Tobias O. Meißner

DUNGEON PLANET

Tobias O. Meißner

DUNGEON PLANET

Roman

PIPER

Von Tobias O. Meißner liegen im Piper Verlag vor:
Im Zeichen des Mammuts (Serie)
Die Dämonen (Serie)
Die Soldaten
Barbarendämmerung
Klingenfieber
Sieben Heere (Serie)
Wir haben die Wahl

FSC
www.fsc.org
MIX
Papier aus verantwortungsvollen Quellen
FSC® C083411

Originalausgabe
ISBN 978-3-492-70487-8

Satz: Satz für Satz, Wangen im Allgäu
Gesetzt aus der Minion
Druck und Bindung: CPI books GmbH, Leck
Printed in Germany

DUNGEON PLANET

Jephron liebte das Draußensein am allermeisten dort, wo das All nicht nur aus weißen Lichtern auf schwarzem Grund bestand.

Ganz früher, von der alten Erde aus, mit bloßem Auge, hatte man kaum etwas anderes wahrnehmen können als Punkte auf Schwarz. Aber wenn man vor Ort war, mittendrin in der Entfernung, stellte man fest, dass der Raum in sämtlichen Farben leuchtete.

Es gab Planeten und Gasriesen in Grün und Gelb und Violett, Sternennebel, die dunkelrot und hellblau glosten wie Schmetterlinge oder Korallenriffe. Darüber hinaus gab es die Möglichkeit, das All in Falschfarben zu betrachten wie die frühen Weltraumteleskope, die – stetig leistungsfähiger werdend – die Sehnsucht der Menschheit bis zur Unerträglichkeit gesteigert hatten. Die Falschfarbendarstellung wurde auf die Innenseite seines Cockpits projiziert, sodass Wärme sichtbar wurde oder chemische Zusammensetzungen oder Strahlung. Jephron konnte dann Wasserstoff grün sehen, Schwefel rot und Sauerstoff blau, es spielte keine Rolle. Denn eigentlich war nichts »falsch« an diesen Farben. Aus wessen Perspektive war eine Wahrnehmung mit Sicherheit »falsch«? War der Mensch etwa der einzige Maßstab des Alls? Warum sollten ausgerechnet Menschenaugen definieren, in welche Gewänder sich die Ewigkeit hüllte? Jedes Insekt hätte die Farben anders wahrgenommen, jeder Hund ebenfalls.

Dies war das Erste, was die Menschen hier draußen gelernt

hatten: Es *gab* gar kein Falsch mehr und auch kein Richtig. Es gab einfach alles und von allem unendlich viel. Alles war möglich. Und alles war relativ.

Der Traumraum der Menschheit war begeh- und bestaunbar geworden.

Besonders schön war es hier, vor den *Säulen der Schöpfung*. Fast siebentausend Lichtjahre von der alten Erde entfernt, im Adlernebel.

Diese aus Staub und Protosternen bestehenden und an drei finstere Schamanengottheiten erinnernden »Säulen« waren so unfassbar gigantisch, sie waren bis zu vier Lichtjahre lang, das Licht musste vier Jahre rasen, um von der Basis bis zur Spitze zu gelangen. Ein Mensch, der dies betrachtete, spürte regelrecht, dass er nur ein Atom war, weniger noch als ein Atom, ein zerteiltes Atom vielleicht, mit derselben mulmigen Unruhe einer Kernspaltung. Ein Mensch saß da in seinem andruckabsorbierenden Pilotensitz und schnaufte, und Tränen liefen ihm über das Gesicht.

Der Hintergrund der Säulen leuchtete in Kobaltblau. Darin rötliche Schlieren mit gelblichen Rändern im erstarrten Wabern. Die Säulen selbst, gefrorene Protuberanzen, sahen aus, als seien sie lila oder getrocknetes Blut. Jephron schaute, und er konnte rundum schauen im kleinen Kuppelcockpit seines Einmannseglers MAYFIELD.

Auf seinen blinkenden Instrumenten und den auf den unteren Bereich der Kompriglasscheiben projizierten Monitoranzeigen bemerkte er einmal mehr, dass er nicht allein war. Hier, wo man so dicht vor den Säulen schwebte wie auf dem berühmten, nun über eintausend Jahre alten Hubble-Foto, trieben noch zwei weitere Schiffe. Eins war ein wie ein Oldtimer aussehendes hellrotes, fast wie ein Schuh geformt, wahrscheinlich drei Mann Besatzung. Jephron mochte, dass die Menschen nach rund zweihundert Jahren zweckmäßig designter Raumschiffe angefangen hatten, Schiffe zu bauen, die eigenwillig waren, die Stil und Aussage wagten, die an Tiere angelehnt waren oder einfach nur besonders farbenprächtig lackiert.

Das andere Schiff war ein dickbauchiger gelber Passagierkreuzer, der Touristen viele Credits abknöpfte für diesen imposanten Anblick. Wahrscheinlich wurde da drinnen jetzt klassische Musik gespielt und man stieß mit dünnwandigen Gläsern an und lachte nervös, eingeschüchtert vom Dreifaltigkeitsantlitz des Universums. Die Säulen der Schöpfung waren, als könnte man Zeit und Raum dabei zusehen, wie sie sich Hand in Hand zu etwas Großartigem, aber noch Rätselhaftem aufrichteten. Als Mensch versuchte man, in die Spitzen der drei Säulen Gesichter hineinzuinterpretieren, so wie man früher in der raumfahrtlosen Zeit die Umrisse von Tieren in den Wolken über der alten Erde erkannt zu haben glaubte.

Früher. Wie lange das jetzt her war!

Inzwischen schrieb man das Erdenjahr 3014.

Seit fünfhundert Jahren kolonisierten die Menschen das All. Seit der Erfindung des FTL-Antriebs. ***Faster Than Light.*** Vorher war gar nichts möglich gewesen, waren die Menschen an die Erdanziehungskraft geschmiedet gewesen wie Kettensträflinge. Die Entfernungen waren einfach zu groß. Sechshundert Tage Flug alleine bis zum Jupiter, etwa neunzehn Jahre bis zum Pluto – wer außer Verhaltensgestörten mit Todeswunsch hätte sich dem aussetzen wollen? Das Verlassen des Sonnensystems: ein unerfüllbarer Traum.

Dann war es mitten im von Freak Weather, den durch den Anstieg des Meeresspiegels verursachten Flüchtlingsbewegungen sowie resistenten Viren heimgesuchten 25. Jahrhundert zwei jugendlichen Forscherinnen aus der kalifornischen Kleinstadt Santa Ana gelungen, *den Antrieb* zu entwickeln. Er basierte auf einer komplizierten Kettenreaktion, an deren Anfang maritimes Flüssigerdgas stand, das war das Verschrobenste daran. Vor den Augen der fassungslosen Weltöffentlichkeit beschleunigten sie zuerst – aus nostalgischen Gründen – eine Untertasse aus handbemaltem Porzellan, dann eine kleine Raumkapsel auf Überlicht. Es knallte nicht wie bei der Schallmauer. Es sah nur so aus, als würde sich die Materie dehnen. Als hätte Salvador Dalí schon immer recht gehabt. Der Jamison-Hedge-Antrieb war geboren, die epochalste Erfindung, die die Menschheit je gemacht hatte (einige sagen: mit Ausnahme von Rad und Brot). Plötzlich gab es keine Grenzen mehr.

Selbstverständlich war der Antrieb zu Beginn noch nicht ausgereift, aber da die finanzstärksten Konzerne des Planeten sich auf dieses Patent stürzten, wurde innerhalb von nur vierzig Jahren eine bemannbare Angelegenheit daraus. Der Rest: Geschichte. War die sogenannte Lichtmauer erst einmal überwunden, schien die jenseitige Geschwindigkeit mit dem Jamison-Hedge-Antrieb geradezu stufenlos steigerbar zu sein. Es war, als sei man in eine Welt hinter den Spiegeln getreten. War es noch unfassbar kompliziert gewesen, an die Lichtgeschwindigkeit heranzukommen, schien jenseits der Lichtgeschwindigkeit das Beschleunigen immer einfacher zu werden, je mehr man beschleunigte. Nachdem das Problem mit der tachyonischen Elektrodynamik ausgeräumt war, ermöglichte es der Jamison-Hedge-Antrieb, das 100 000-Fache der Lichtgeschwindigkeit zu erreichen und mehr. Es stellte sich jedoch heraus, dass die Zellstruktur des menschlichen Körpers bei Geschwindigkeiten jenseits von 90 Parsec pro 24 Erdenstunden zerfiel. In der experimentellen Anfangsphase gab es diesbezüglich schauerliche Unfälle. Ein Schiffsrumpf, in dem sich die Moleküle eines menschlichen Körpers dermaßen gleichmäßig verteilt hatten, dass sich in jedem Kubikzentimeter dieselbe Konzentration an Organischem befand, war ein Anblick, den man seinem schlimmsten Feind nicht hätte zumuten wollen. Dem Menschen war also ein natürlicher Grenzpunkt gesetzt. Frachten, Maschinen und Funksignalkomprimierungen allerdings konnten sogar noch schneller befördert werden. Und 90 Parsec in 24 Stunden waren bereits bahnbrechend genug, denn das entsprach 300 Lichtjahren an nur einem einzigen Tag. Der Mensch überholte das Licht lachend wie ein Rennwagen einen Ochsenkarren. Siebentausend Lichtjahre entfernte Phänomene wie die Säulen der Schöpfung wurden plötzlich in einem nur dreiundzwanzigtägigen Trip erreichbar.

Infolgedessen begann im Jahre 2514 die *Große Expansion*. In klapprigen Raumschiffen, die aufgrund von Materialermüdung oftmals sogar noch auseinanderbrachen, machte sich die Menschheit auf wie in der Frühgeschichte der alten Erde die ersten Fische, die das Wasser verließen. Nur dass sie diesmal ins Meer zurückkehrten: ins Sternenmeer.

Seitdem gab es geschätzt 6000 Planeten, auf denen Menschen mit irdischem Migrationshintergrund anzutreffen waren, weitere etwa 100 000 Planeten waren zumindest besucht, begutachtet und kartografiert oder sogar bereits um ihre Rohstoffe erleichtert worden.

Die Menschen besiedelten die Planeten, von denen sie schon immer geträumt hatten, und besiedelten sie so, dass diese Träume wahr wurden. Sie schlossen sich zu Interessengemeinschaften zusammen, statteten gigantische Exodusflotten aus und verwirklichten – einmal angekommen – die ihnen vorschwebende Lebensweise. Es gab nun einen Planeten namens Africa und einen nur für weiße, paranoide Separatisten mit Herrenmenschenambitionen. Es gab einen Planeten, auf dem wieder Samurai das Sagen hatten, und einen, auf dem der Wilde Westen für alle Zeiten Gegenwart war, inklusive selbstauferlegter technologischer Beschränkungen. Viele Planeten hatten einen solchen Themenparkcharakter, denn wenn sich die Menschen in der Unendlichkeit des Raums alles aussuchen konnten, wonach ihnen der Sinn stand – warum dann nicht etwas, das endloses Vergnügen verhieß? Es gab Bordellplaneten, Wassersportplaneten, Wüstenplaneten, Bergsteigerplaneten, Planeten mit so geringer Schwerkraft, dass man beinahe schweben konnte, Planeten für die Riesenechsenjagd, Planeten für Nudisten, Planeten für Fashion, Planeten für die jeweiligen Angehörigen der verschiedensten Konfessionen, Planeten für Fruktarier, einen garantiert pollenfreien Planeten für Allergiker, es gab einen Jazz-Planeten, einen Gothic-Planeten, einen Fußballturnier-Planeten, einen, den seine Bewohner den »Todesstern« nannten, einen, auf dem nur Frauen lebten und den kein Mann jemals betreten und verpesten durfte, einen, auf dem es überwiegend Transsexuelle gab und auf dem man als geschlechtlich Festgelegter beargwöhnt und schikaniert wurde, einen, auf dem man sich unter mehreren Sonnen bräunen konnte, einen, der wie ein Kuschelzoo war, einen, auf dem es einen Badesee gab, der nach Champagner schmeckte, einen, auf dem sich Musiker trafen, um in Echohöhlen Aufnahmen zu machen, einen, auf dem man zahme Flugechsen reiten konnte, einen mit geringerer Schwerkraft für Übergewichtige, die den vergeblichen Kampf gegen ihre Pfunde aufgegeben hatten, einen, auf dem die Sonnenuntergänge tagelang dauerten, einen, auf dem Goldsucherfestivals veranstaltet wurden und man sich gegenseitig mit harmlosen Laserpistolen aus dem Wettbewerb schießen konnte, einen namens Alexandria II, auf dem man die größte Bibliothek des Universums errichtete, einen, auf dem auf der alten Erde Verbotenes nicht nur erlaubt, sondern erwünscht war, einen, der eine Kopie der alten Erde darstellte und sogar einen Planeten namens Bavarius, auf dem das ganze Jahr über Oktoberfest gefeiert wurde und man im trunkenen Ringkampf gegen Lebewesen antreten konnte, die als *Octobear* bezeichnet wurden.

Wahrscheinlich waren mittlerweile eintausend der sechstausend besiedelten Planeten solche Themenwelten, niemand vermochte mehr darüber Buch zu führen, obwohl es viele Blogger gab, die schreibend umherreisten. Fünftausend Planeten waren einfach nur Kolonien, schlossen sich zu Commonwealths zusammen und begannen schon wieder kleinliche Kriege um Rohstoffe oder Rechthabereien oder einfach deswegen, weil das Kriegerische den nun plötzlich raumfahrenden Steinzeitmenschen nichtsdestotrotz im Blut lag.

Jephron ließ die MAYFIELD sich um die eigene Achse drehen, um alles, wirklich alles sehen zu können. Er brauchte nur die Daumen beider Hände zu bewegen, dermaßen leichtgängig und komprimiert waren die Sticks seiner Steuerung.

Auch er machte jetzt Musik an wie der dicke Pott ein paar zehntausend Meilen backbord von ihm, die Musik des großen Komponisten, nach dem er sein Schiff benannt hatte. Der Song hieß »Keep on pushin'« und enthielt in einem schwungvollen, fast walzerartigen Rhythmus die Textzeilen: *Now look-a look a-look-a yonder, what's that I see, a great big stone wall, stands there ahead of me, but I've got my pride, and I'll move on aside, and keep on pushin'.*

Für Jephron sah es so aus, als würden die Säulen der Schöpfung im Takt des sich bewegenden Schiffes zu tanzen beginnen.

Er lächelte, während er sich vorstellte, dass genau hier, an diesem mysteriösen Ort, der Urknall seinen Anfang genommen hatte. Wenn man sich diese Säulen als eine Art Geburtskammer der Sterne vorstellte, passte der Titel des Songs doppeldeutig perfekt.

Als gravierendstes Problem bei der Großen Expansion hatte sich das Kollidieren mit Materie während des Überlichtflugs herausgestellt. Etliche Pionierschiffe waren nicht nur zerborsten, sondern buchstäblich in Planetoiden geklatscht. Daraus ergab sich die nächste Marktlücke neben der Konstruktion von Raumschiffen und dem Bereitstellen von Emigrationsbedarf: die sogenannten *Korridore*. Korridore waren die Autobahnen des Universums. Auf ihnen wurden Schnellflugstrecken kontinuierlich von Materie frei geräumt, sodass die vollen 90 Parsec/Tag, die ein Mensch verkraften konnte, sorglos ausgeflogen werden konnten. Seitdem es die Korridore gab (erst seit etwa dreihundert Jahren), hatte sich die Aufbruchsbewegung der Menschheit nochmals vervielfacht. Die Reise durchs Weltall war nun nicht mehr nur noch Forschern und Waghalsigen vorbehalten, sondern wurde zum Vergnügen für die ganze Familie. Die Korridore führten natürlich nicht überall hin, aber zu den interessantesten und beliebtesten Nebeln, und von dort aus konnte man sich dann selbstständig weiter verzweigen. Es gab keine Limits mehr. Alles wurde immer einfacher. Und interessanterweise löste die Große Expansion sogar die meisten Probleme auf der alten Erde. Die vielen halsstarrig ineinander verbissenen Gruppierungen konnten sich nun einfach in der Unübersichtlichkeit des Weltalls aus dem Weg gehen, und auch der sich anbahnende Überbevölkerungskollaps auf dem Mutterplaneten der Menschheit wurde abgewendet, denn vierhundert Jahre nach Beginn der Großen Expansion lebten plötzlich nur noch halb so viele Menschen auf der Erde wie zuvor. Die andere Hälfte war aufgebrochen ins größte aller Abenteuer, und mit einem Mal gab es auf der alten Erde genügend Platz und Nahrung und Energie für alle, sodass die Daheimgebliebenen jene, die fortgezogen waren, beinahe bemitleideten.

Auf hunderttausend Planeten und ihren Zwischenräumen suchte die Menschheit außerirdisches Leben, wie man es aus Science-Fiction-Filmen kannte.

Wo waren sie, die Klingonen, die Ewoks, die säuremäuligen

Aliens, die Daleks, die kleinen grünen oder grauen Männchen, der niedliche E. T. oder die großköpfig sabbernden Invasoren aus dem All?

Planeten mit Leben gab es unzählige. Aber bei den meisten hatte dieses Leben den Charakter von Bakterien, Pilzen, Flora oder Fauna. Im weitesten Sinne humanoide Zivilisationen waren bis zum Jahre 3014 erst ein halbes Dutzend gefunden worden, jede einzelne von diesen wurde als große Sensation behandelt. Jedoch befanden sich vier auf einer Entwicklungsstufe weit unterhalb von Raumfahrttechnologie. Eigentlich gab es nur die Yucconae mit ihren bleistiftdünnen Raumschiffen aus Grafitlegierungen sowie die tentakelbewehrten, von vielen Siedlern etwas despektierlich so bezeichneten »Cthulhuiden« als ernst zu nehmende außerirdische Konkurrenten – aber beide Fremdrassen verhielten sich ausgesprochen scheu und misstrauisch, genau wie die Menschen.

Zuerst war die Nachricht mit Begeisterung aufgenommen worden, in den Tiefen des Weltraums nicht alleine zu sein.

Dann hatten sich die Skeptiker zu Wort gemeldet: War das Nicht-Alleinsein eigentlich eine gute oder eine schlechte Neuigkeit? Die Sache war doch nämlich so: Wenn sich auf der Erde zwei Menschenstämme begegneten, konnten sie damit beginnen, beiderseitig nutzbringende Handelsbeziehungen zu etablieren, sie konnten aber auch miteinander in Konflikt geraten. Über Nichtigkeiten. Oder über Territorien. Der Gedanke, dass es im grenzenlosen Universum nun Bereiche gab, die anderen Lebewesen gehören mochten, war neu für die Menschheit. Für die Yucconae und die Cthulhuiden möglicherweise auch. Also beschlossen alle, einander so gut wie möglich zu ignorieren.

Schließlich hatte es nie Probleme bereitet, »den anderen« in den fassungslosen Weiten der Galaxis aus dem Weg zu gehen. Eher schon war es schwierig, überhaupt mit »den anderen« in Kontakt zu treten. Wie die Yucconae aussahen, wusste man bis heute nicht, aber man stellte sie sich als eine Art technisch hochversierter Stabheuschrecken vor. Die »Cthulhuiden« flogen in Klapperkisten, deren technischer Standard in etwa den störungsanfälligen Menschenschiffen zu Beginn der Großen Expansion entsprach.

Die Philosophen hatten bald eine Formulierung dafür parat gehabt, dass es im All so wenig reisende Völker gab und dass diese sich zueinander argwöhnisch verhielten: »Offensichtlich besteht der Hauptzweck des Universums nicht darin, Menschen oder Raumfahrer hervorzubringen. Es gibt weitaus mehr Blumen und Meere da draußen als solche, die Sträuße binden und fischen sollen.« Was natürlich wiederum vielen etwas weniger komplex denkenden Erdlingen bestätigt hatte, wie verhältnismäßig einzigartig und auserwählt sie mit ihrer schönen, blau leuchtenden Herkunft doch waren.

Jephron behielt seine Instrumente stets im Blick. Der größte Teil der Energieversorgung der MAYFIELD lief über Fotovoltaik, er konnte jederzeit in der Nähe einer Sonne parken und das Schiff binnen zweier Stunden vollständig aufladen. Es war bald wieder Zeit für ein solches Manöver, das die Piloten als *Sonnenbad* bezeichneten.

Das war schon faszinierend, wie heiß und glühend und partikelstürmisch es hier überall sein konnte, wenn man nur nahe genug heranflog an die Punkte inmitten der Kälte. Der Weltraum war wie eine nächtliche Wüste, in der überall Schätze vergraben lagen.

Jephron sah, wie das Dreimannschiff abdrehte. Ein ehemaliger Schlepper, umgebaut zu einem Frachttransporter. Hatte wahrscheinlich schon hundert Jahre auf dem Buckel, anders als die MAYFIELD, die eine Werft in einem Cluster aus fünf Monden vor sechzehn Jahren nagelneu ausgespien hatte.

Vor sechzehn Jahren, als Jephron gerade zweiundzwanzig

gewesen war und verrückt genug für das größte Wagnis jenseits der Raumfahrt selbst. Das Wagnis, das auch jetzt wieder seine Schlingen auswarf wie jedes Jahr.

Dungeoncrawler.

Die größte Show des Universums.

Jephron seufzte. Er würde auch dieses Jahr wieder hinfliegen. Vorher brachte er noch die vereinbarte Fracht termingerecht nach Xocotl IX, dann zog es ihn wieder nach Laurel.

Die MAYFIELD hatte nicht so viel Stauraum wie das Dreimannschiff, das gemütlich davonflog, aber es reichte für gekühlte Lieferungen von Früchten, die es nur auf bestimmten Planeten gab, handgeschöpfte Schokolade nach irdischem Rezept, Musikinstrumente aus Familientraditionsmeisterhand, Weine, Morastplanetentrüffel, ethnische Traditionsgegenstände wie Kolonistentrachtenkleidung oder Schmuck, originale Steine von einer Welt mit zwanzig Meilen hohen Bergen oder Strandsand vom Champagnersee, beglaubigte Dokumente, extraterrestrische archäologische Mitbringsel und Ähnliches. Alles, was nicht lebte, was wenigstens zwei Wochen haltbar war und nicht allzu viel Platz einnahm. Schon bei einer zu befördernden Person haperte es, Jephron wollte niemanden auf seinem Schiff haben, er hatte auch gar keine zweite Kabine. Piloten wie er bedienten die Sehnsüchte der Kolonisten. Schiffe von der alten Erde versorgten französischstämmige Siedler in den Untiefen des Kokonnebels mit Camemberts, die tatsächlich aus der Normandie stammten. Jephron dagegen verband eher die Kolonien miteinander, auf der alten Erde war er noch nie gewesen. Je mehr sich die Menschheit in der Galaxis verstreut hatte, desto mehr war die alte Erde zu einem Sehnsuchtsort geworden wie das Haus, in dem man als Kind gelebt hat, aber in dieser Hinsicht hielt Jephron es mit dem russischen Raumfahrtpionier Konstantin Ziolkowski, der einmal gesagt hatte: »Die Erde ist die Wiege der Menschheit, aber der Mensch kann nicht ewig in der Wiege bleiben.« Jephron faszinierte es eher, was die Menschen auf den unterschiedlichen Planeten einander zu bieten hatten, als dass er modischer Erdnostalgie nachhing.

Vor der heutigen, etwas weinerlichen Verklärung der alten Erde hatten die meisten der Siedler es gar nicht erwarten können, die irdischen Konventionen abzustreifen. Sie hatten sich losgesagt von Gesetzen, Verboten, Steuern, Terrorismus, hartnäckigen Reklame-K. I.s und Datenerfassung und sich ein Dasein nach ihren eigenen Regeln eingerichtet. Anfangs hatte die irdische Weltraumverwaltung noch versucht, den Daumen draufzuhalten, hatte sogar Truppen geschickt, um politische Abspaltungen und Steueroasen zu ahnden. Doch mehr und mehr Planeten waren besiedelt worden, und spätestens, als es über tausend waren, gab die Erde den Versuch auf, alles kontrollieren zu wollen. Sie hatte einen eigenen Planeten terraformt, der Militär und Behörden beherbergte, aber auch die waren irgendwann hoffnungslos überlastet gewesen und nach mehreren heftigen Scharmützeln schließlich auch deutlich dezimiert.

Am respekteinflößendsten war heutzutage die IPF, die *Interstellar Police Force*, die mit ihren rot-silberblauen Kanonenbooten überall anzutreffen war, aber die IPF war genau genommen längst keine staatliche Einrichtung mehr, sondern ein privatisierter Player. Im Grunde genommen eine Söldnerarmee, die sich aufführte wie ein Pausenhoftyrann und die man jederzeit mieten/schmieren konnte, um die eigenen Interessen zu vertreten.

Dann gab es noch die Päpstlich-Missionarische Flotte, der es um den Erhalt und die Verbreitung des Katholizismus ging, sowie die diplomatischen Schiffe der ebenfalls inzwischen im irdischen Rom residierenden Interplanetaren Regierung, die allerdings nur noch zuständig war für die etwa zweitausend der sechstausend besiedelten Planeten, die sich weiterhin ausdrücklich als der irdischen Hoheit unterstellt betrachteten. Weder der Papst noch die Interplanetare Regierung mischten sich in Angelegenheiten, die sie nichts angingen, also herrschte zwischen den Sternen überwiegend Gesetzlosigkeit. Vergleichbar den Zeiten, in denen die Menschen noch die Weltmeere auf salzkrustigen Segelschiffen befuhren und beständig auf der Hut zu sein hatten vor Piraten.

Jephron und seine MAYFIELD hatten auch schon mehrmals mit Piraten zu tun bekommen, aber die MAYFIELD hatte vier Vorteile: Sie war schnell, winzig klein, wendig und wehrhaft. *Float like a butterfly, sting like a bee*, zitierte Jephron gerne, bevor er allzu vorwitzigen Möchtegernplünderern mit seiner doppelläufigen Bordimpulskanone den Bug wegschmorte. Bislang hatte es noch niemand fertiggebracht, ihm auch nur einen einzigen Morastplanetentrüffel zu stehlen. Zumindest nicht im All. Auf den Planeten selbst war er natürlich schon übers Ohr gehauen worden wie wohl jeder, der zwischen den Sternen verkehrte. Windige Geschäftemacher würde es immer geben, auch dann, wenn die Menschheit eines Tages Wurmlöcher entdeckte, die Milchstraße verließ oder sich in andere Dimensionen aufmachte.

Er steuerte zurück in die Nähe eines Hellen Riesen der Leuchtkraftklasse II. Umso schneller würde das Aufladen im *Sonnenbad* vonstattengehen.

Es gefiel ihm, die überwältigenden Datenmengen des SpaceNets zu konsultieren, um zu erfahren, ob dieser Stern einen Namen trug. Das tat er durchaus, aber er klang nicht besonders lyrisch: BI657/JHI-2444.

Jephron fuhr die Solaraggregate aus, legte die MAYFIELD

mit dem Partikelschutzschirm voran in den Sonnenwind, zog sich nach hinten durch den schlanken Leib seines Schiffes, saugte ein bisschen aufbereitetes Wasser und schnallte sich für ein paar Stunden in seinen Schlafbeutel, während die Annäherungssensorik der MAYFIELD für ihn Wache hielt. Sein Schiff war bei Weitem nicht groß genug, um eine eigene Zentrifugalschwerkraft erzeugen zu können, geschweige denn sich einen diesbezüglichen Feldgenerator leisten zu können, aber das störte ihn nicht. Gegen den Muskelschwund unternahm Jephron regelmäßig Landungen auf Planeten mit höherer Schwerkraft als der Erde und hielt sich dort mit Laufeinheiten und Gewichtstemmen in Form. Auch im Schiff hatte er Geräte. In der Schwerelosigkeit konnte man mit Gewichten nichts anfangen, aber mit einer Federstange, zwei Handtrainern und einem schwergängigen Ergometer konnte man der Atrophie entgegenarbeiten. Für einen 38-Jährigen war Jephron hervorragend in Schuss, und er tat einiges dafür, nicht so aufzudunsen und zu erschlaffen wie etliche andere Einmannsegler, die ihre Pilotensitze kaum noch verlassen konnten oder wollten.

Er schlief höchstens eine irdische Dreiviertelstunde, in der er von einem Schiffsrennen durch ein Asteroidenfeld träumte, bei dem fast jeder zweite Teilnehmer explodierte, dann weckte ihn das durchdringende Piepen eines Anrufs. Er tastete sich schwebend zur Konsole vor, ließ die Bildübertragung aber weg. Reichte doch, dass er Violaine sehen konnte, seine fast achtzigjährige Verbindungsfrau zu seinem Heimatplaneten Tonatiuh IV, 317 Lichtjahre von der alten Erde entfernt. Er sah Violaines schockrote Perücke leuchten, ihr alterslos schönes Gesicht mit den riesigen Augen. Die knallgrüne enge Latexhose, die sie am liebsten trug, um Männer zu verführen, die halb so alt waren wie Jephron und somit ihre Urenkel sein konnten, war in dieser Cam-Perspektive nicht zu sehen. Er hatte einmal Bilder gesehen von Violaine in ihrer Jugend. Sie musste eines der hübschesten Geschöpfe gewesen sein, die das

Universum je hervorgebracht hatte. Heute konnte er sie unbedrängt bewundern, denn er war zu alt, um in ihr Beuteschema zu passen.

»Bildübertragung kaputt oder Bad Hair Day, Jeph?«

Er knurrte: »Hab grad geschlafen.«

»Du bist doch nicht etwa nackt, Schamloser?« Sie machte ein geschauspielertes Schockiertgesicht.

»Bin ich nie«, sagte er so unbetont wie möglich. »Was gibt es denn?«

»Hör mal, ich hab hier was für dich. Einer der Kontraktoren von Tau Gelb hat diesmal richtig Mist gebaut und ist endlich gefeuert worden. Hundertfünfzig Kilo Guanodünger von Deneb Dulfim III passen doch gut rein in dein Schiff.«

»Aach, das stinkt mir doch schon wieder die ganze Hülle voll …«

»Diesmal nicht, versprochen. Ist alles gut vertütet und verschweißt. Fünfzig Säcke.«

»Deneb Dulfim, was ist das noch mal?«

»Epsilon Delphini. Ist genauso weit von der Erde weg wie ich jetzt, aber in anderer Richtung.«

»Stimmt. Okay, klingt machbar, aber ich …«

»Du musst erst noch nach Xocotl IX und dann wieder nach Laurel, du Junkie, weiß ich doch, kenn ich doch schon alles. Es ist die Zeit des Jahres, wo es die Lachse die Stromschnellen hochtreibt. Die Sache eilt nicht allzu sehr, vertüteter Dünger hält sich ja. Hier kriegt diesen Auftrag erst einmal keiner, denn ich habe ihn geblockt, weil ich immer an dich denke.«

»Und wo soll das dann hin?«

»Fast so weit draußen, wie du jetzt gerade bist. Deshalb will ich es nicht selbst machen.« Violaine hatte einen eigenen Einmannsegler, die MISBEHAVE, aber sie hasste es, in ihrem Alter allzu lange ohne männliche Gesellschaft unterwegs sein zu müssen. Und *mit* männlicher Gesellschaft wurden ausgedehnte Reisen schnell zur Nerverei.

»Das heißt, ich muss erst rein und dann wieder raus?« *Rein* bedeutete: in Richtung alte Erde, die der Einfachheit halber nach wie vor den Mittelpunkt sämtlicher Sternenkarten bildete. *Raus* bedeutete: in Richtung Galaxisrand. Jephron legte so viel Unbegeistertheit wie möglich in seine Stimme.

»Es liegt auf einer Strecke, ich hab's ausgerechnet. Du fliegst doch jetzt ohnehin erst mal über Laurel. Von dort aus dann weiter rein nach Deneb Dulfim und dann in fast gerader Linie wieder raus. Leichter geht's kaum.«

»Verfliegen kann man sich ja ohnehin nicht. Aber ich werde fast zwei Monate brauchen für das alles.«

»Ist doch gut! Zwei Monate unter festem Vertrag, was willst du mehr?« Bei einem jüngeren Kerl hätte sie jetzt spielerisch angeboten: *Soll ich dich begleiten kommen, Honigmund?*

»Also schön. Sag ihnen, ich bin unterwegs, aber ich werde eine Woche auf Laurel bleiben.«

»Was willst du denn dort so lange? Den Dummköpfen beim Sterben zusehen?«

»Man muss da nicht sterben. Ich bin auch nicht gestorben.«

Sie lächelte mitleidig. Er verwendete die seit einigen Jahren unter Unangepassten übliche Abschiedsformel »Rioght!«, schaltete die Verbindung ab und rieb sich das Gesicht.

Zwei Monate unter Vertrag waren wirklich nicht übel. Auch wenn er Vogelscheiße transportieren musste. Die Vögel von Deneb Dulfim waren sicherlich immerhin sogar noch schöner als die auf der alten Erde. Er hatte mal gelesen von welchen auf einem Fremdplaneten, die Flügelspannweiten von dreißig Metern hatten und singen konnten wie Meerjungfrauen. Das Universum war der Ort, an dem sämtliche Märchen Entsprechungen fanden.

Die Verbindung piepste schon wieder. Es war noch einmal Violaine. »Nur aus Neugier«, sagte sie. »Hast du *gebetet* an den Säulen?«

Jephron dachte kurz nach, dann sagte er: »Mit dem Beten

hat meine Familie aufgehört, als sie als Sklaven nach Amerika verschleppt wurden.«

»Einleuchtend. Man hätte aber dennoch wieder damit anfangen können, als die Menschheit ihr Sonnensystem und damit die Sklaverei für immer hinter sich ließ. Rioght!«

»Rioght!«

Dann war es wieder still um ihn, aber er war nicht mehr müde genug, um nicht fliegen zu wollen.

Sechzehn Jahre war das jetzt her.

Der von labyrinthischen Tunneln durchzogene Planet namens Laurel.

Dungeoncrawler.

Damals und seitdem und vielleicht auch für immer Quotenbringer Nummer eins unter den SpaceNet-Livestream-Events. Fünfzig Kandidaten gehen rein in die Dungeons und versuchen, so viele Schätze wie möglich rauszubringen und nicht dabei draufzugehen. Der Tod war kein Muss in dieser Show. Wer sich bescheidete, konnte jederzeit aufgeben, aussteigen oder sich eben nur in den ungefährlichen Levels tummeln und ein besseres Taschengeld finden. Aber kaum jemand nahm teil, um sich zu bescheiden. Die Show wurde auf über 4000 Planeten übertragen, und auch vor Ort gab es Zuschauertribünen, einige der Dungeons waren so groß wie Raumschiffswerften. Wer dort teilnahm, wollte gesehen werden und glänzen, nicht sich wegducken.

Es gab verschiedene Typen von Kandidaten. Diese Typen kristallisierten sich bereits während der ausführlichen Vorberichterstattung heraus. Die *Adventurer* waren die, die sich umgehend in die tieferen Levels vorwagten, wo die Schätze größer wurden, aber ebenso größer auch die von den bizarrsten Planeten handverlesenen Kreaturen. Etliche Adventurer bezahlten ihren Wagemut mit dem Leben. Die wenigsten trauten sich ins tiefste und dunkelste aller Levels, wo der unüberwindbare Minosaurus lauerte, den noch nie jemand bezwungen hatte, wie denn auch? Die Ausrüstung, die man gestellt bekam, war bestenfalls mittelalterlich: Fackeln, Schwerter, Speere und lederbezogene Holzschilde. Das im Alltagsleben hoch technisierte Publikum war verrückt nach diesem anti-elektronischen Ansatz, so wie es auch verrückt war nach dem Fetischaspekt der Lederkleidung, die die Teilnehmer tragen mussten. Einige trugen dieses Leder so knapp wie möglich, obschon es eigentlich schlauer war, sich gegen die Krallen von Ungeheuern so dick wie möglich einzuhüllen, anstatt offenherzig herumzustolzieren. Man musste volljährig sein, um an *Dungeoncrawler* teilnehmen zu können. Bei anderen Sportarten mit potenziell tödlichem Ausgang, wie Raumschiffrallyes, Fremdplaneten-Großwildjagd, Atmosphärensturz-Brennen, Apnoe-Eistauchen oder Vulkansurfen, tummelten sich durchaus auch schon Vierzehnjährige; halt jeder, dessen Knochenstruktur den Belastungen gewachsen war. *Dungeoncrawler* jedoch war für Minderjährige zu aufreizend. Minderjährige durften es *schauen*, weil sie ohnehin im SpaceNet alles finden konnten, aber sie sollten vor einer Teilnahme geschützt bleiben. Etliche Kandidaten hatten in den Labyrinthen Sex miteinander. Das lag an der zehntägigen Todesangst, aber auch am Buhlen um die Zuschauergunst.

Außer den Adventurers gab es bei *Dungeoncrawler* die *Collectors*, die sich auf das Durchforsten der ungefährlicheren Level konzentrierten, die *Bushwhacker*, die sich darauf spezialisierten, mit Schätzen beladenen Adventurers kurz vorm Ausgang aufzulauern und ihnen die mühsam erarbeiteten Schätze einfach abzunehmen, sowie die *Scavengers*, die das aufhoben, was nach Kämpfen zwischen anderen liegen geblieben war.

Jephron war seinerzeit ein Collector gewesen, der sich sogar mit anderen Collectors zusammengetan hatte. Als seine

Gruppe dann auf dem Weg nach draußen von achtbeinigen Zosma-Wimmlern angegriffen worden war, war er zum Scavenger mutiert. Er kümmerte sich um die Schwerverwundeten, sammelte aber ein, was diese nicht mehr tragen konnten.

Kurz vorm Ausgang hatte er dann jedoch etwas getan, was ihn in den Popularitätsrankings ganz nach oben befördert hatte und ihm dadurch für alle weiteren Staffeln dieser Show eine Wildcard einbrachte: Er hatte seine Beute abgelegt, war umgekehrt und in eines der beiden blauen Level eingedrungen. Die Blauen waren die tiefsten, wobei er nur nach Himmelblau gegangen war, nicht nach Nachtblau, aber den Zuschauern hatte dennoch der Atem gestockt. Dort hatte er sich mit einem fast vier Meter hohen Krötenaffen aus dem Hatsya-System angelegt und war siegreich geblieben. Er hatte aus dem Schlafplatz dieses Wesens zwei Minchir-Rubine erbeutet und war dann wieder nach oben geflüchtet mit den Worten: »Jetzt habe ich es mir redlich verdient.« Zusammen mit seiner Scavenger-Beute hatte dieser Schatz ausgereicht, die niegelnagelneue MAYFIELD zu 72 Prozent anzuzahlen, und sein Gesicht beim Wiederhochkommen aus Level Himmelblau hatte zu den am häufigsten in Zusammenfassungsmontagen verwendeten Szenen seit Bestehen der Show gehört.

Dungeoncrawler hatte Jephrons Glück gemacht.

Deshalb zog es ihn nun immer wieder wie magisch dorthin.

Seit über zehn Jahren war die MAYFIELD endgültig abbezahlt und *sein* Schiff, aber jedes Jahr, wenn die neuen Kandidatenbewerber sich auf Laurel einfanden und dort der Weizen aus der Spreu gelesen wurde, flog er dorthin und genoss die Zeit. Er ließ sich einfach nur sehen und wurde von vielen wegen der alten Ausschnitte wiedererkannt. Er gehörte dazu, und das nicht als Versager oder einer, der einfach nur hinter den Kulissen dieses titanischen Hundert-Manegen-Zirkus mitarbeitete, sondern als früherer Held. Einen *Survivor* nannte man solche wie ihn ehrfurchtsvoll.

Das ganze Jahr über war Jephron gerne allein. Er hatte das All um sich. Supernovas und schwarze Löcher, Spiralnebel, Rote Riesen und Raumschiffe, die wie exotische Fische aussahen oder wie abstrakte Kunst mit tausend Auswüchsen. Was brauchte man mehr? Aber einmal im Jahr wollte er unter Menschen sein, und dafür gab es im ganzen Universum keinen besseren Ort für ihn als Laurel.

Nach Tonatiuh IV, auf dem er geboren worden war, zog es ihn kaum noch. Eine seiner Schwestern lebte dort noch, aber zu seinen Eltern hatte er nie einen besonders guten Draht gehabt. Sie waren allen Ernstes immer der Meinung gewesen, die Menschen hätten im Weltraum nichts zu suchen, und hatten dabei vollkommen verdrängt, wie ihre Vorfahren eigentlich nach Tonatiuh IV gelangt waren.

Zur alten Erde hatte es Jephron nie gezogen. Die Erde war für Menschen seiner Hautfarbe auf ewig untrennbar verbunden mit Ungerechtigkeit, Ausgrenzung und Stupidität. Auf Planeten wie Tonatiuh IV oder Africa war das selbstverständlich nicht mehr so, aber Africa war ihm immer zu radikal gewesen, zu verbissen in einem nun wiederum gegen die Weißen gewandten Pflegen von Ressentiments.

Violaine war eine Weiße, na und? Jephrons bester Kumpel unter den Piloten stammte aus Asien. Die einzige Frau, in die Jephron sich jemals wirklich verliebt hatte, Vimalaa, stammte von indischen Vorfahren ab. Sie war nicht wirklich schwarz, aber auch kein bisschen weiß. Wen scherte das? Vor den finstersten Abgründen des Weltraums wirkte alles andere einfach nur fahl. Und seit man auf anderen Planeten Leben entdeckt hatte, waren die Menschen ungeachtet ihrer Pigmentunterschiede eigentlich nur noch umso mehr zusammengerückt. Indem sie sich aber paradoxerweise auf sechstausend Welten zerstreut hatten.

Jephron musste schmunzeln.

Jetzt hatte er schon wieder an Vimalaa denken müssen. Er

wollte das doch nicht immer tun. Wo sie jetzt wohl war? Sie arbeitete als Leitende Offizierin auf einem der sehr großen Schiffe, der MODIGLIANI, die an der Grenze zum Gebiet der Yucconae patrouillierten. Eine rein hypothetische Bedrohung bislang, aber die Menschheit wollte nicht blauäugig sein. Diesen Argwohn hatten sich die Menschen in endlos vielen Kriegen und Konflikten antrainiert, seitdem sie als Affen von den Bäumen gestiegen waren.

Jephron hatte Vimalaa auf Lukida Anseris Prime kennengelernt. Ihn hatte ein Lieferauftrag dorthin geführt, sie einer ihrer wenigen Urlaube. Auf Lukida Anseris Prime hatten die Meere die Farbe von Smaragd, und man konnte auf beigefarbenen Katamaranen über sie hingleiten wie über flüssiges Glas.

Alleine schon Vimalaas Stimme hatte Jephron mehr beeindruckt als alles zuvor in seinem Leben. Und dann das, was sie sagte und wie sie es sagte. Dabei hatte sie mit seinem vergangenen *Dungeoncrawler*-Ruhm überhaupt nichts anzufangen gewusst, sie hatte die Show noch nie gesehen, weil sie viel lieber Bücher las.

Zwei Jahre später hatte sie geheiratet. Einen anderen Offizier der MODIGLIANI. Das war schon seit Langem eine irgendwie arrangierte Sache gewesen. Aber Jephron hatte immer noch Kontakt zu ihr. Etwa zweimal im Jahr schrieben sie sich altmodische Briefe über die Neuigkeiten ihres Lebens, die dann eingescannt und übers SpaceNet versendet wurden. Bald würde es wieder so weit sein, einen Monat vielleicht noch. Jephron hoffte, bis dahin etwas Erzählenswerteres vorweisen zu können als Ladungen mit Vogelkot und einen einsamen Tanz unter den Säulen.

Curtis Mayfield und seine Impressions sangen jetzt *You ought to be in Heaven*.

Curtis war immer bei Jephron wie ein Schutzengel.

Jetzt holte ihn Curtis heraus aus dem Trübsinn und infusionierte Rhythmus und Schub.

Ja, er war wirklich im Himmel.

Im Himmel seiner Vorväter.

Mittendrin.

Danach hörte er *I gotta keep a-moving*, das von Flucht und Verfolgung handelte, und erinnerte sich wie jedes Mal daran, wie weit der Weg gewesen war, den seine Vorväter und er bis zu diesem Hellen Riesen mit der Sternkartenbezeichnung BI657/JHI-2444 hatten zurücklegen müssen.

Mit seinem eigenen Schiff.

Seinem eigenen, ungebundenen Schiff.

Um in absehbarer Zeit nach Xocotl IX und dann nach Laurel zu kommen, musste er den Korridor nehmen, der zu den Säulen der Schöpfung und von dort auch wieder weg führte. Nur innerhalb der Korridore konnte man auf 100 000-fache Lichtgeschwindigkeit beschleunigen, außerhalb schleuderte einen so eine Geschwindigkeit mit hoher Wahrscheinlichkeit mitten in eine Sonne.

Die Korridore waren überlebenswichtig, ohne sie wären weit draußen befindliche Schiffe abgeschnitten von jeglicher Möglichkeit zur Rückkehr. Von hier, wo er sich gerade befand, bis nach Xocotl IX würde die MAYFIELD gut 6000 Jahre benötigen, wenn sie auf sichere, annähernde Lichtgeschwindigkeit zurückgreifen musste. Die MAYFIELD würde diese Strecke vielleicht aufgrund ihrer auf Autopilot programmierbaren Fotovoltaik sogar bewältigen können, aber Jephron wäre dann seit Jahrtausenden nur noch ein Skelett in T-Shirt und Funktionshose. Nicht jeder Pilot konnte mit dem Bewusstsein solcher Entfernungen gut umgehen.

Aufgrund ihrer Überlebenswichtigkeit waren die Korridore hervorragend gesichert.

Die *InstruMentality*, Marktführer auf dem Raumerschließungssektor, verfügte über eine eigene Flotte, um ihre Korridore regelmäßig warten zu können. Ihre gelb-schwarzen Schiffe traf man im All noch häufiger an als die bulligen, in Rot, Silber und Blau lackierten Panzerkreuzer der Interstellar Police Force. Letzten Endes mussten solche eminenten Hauptverkehrsadern auch gegen Unruhestifter beschützt werden. Denn nur weil der Menschheit seit fünfhundert Jahren schier unbegrenzter Raum zur Verfügung stand, bedeutete das noch nicht, dass es keine neuen Kriege und Konflikte gab. Jephrons Großmutter hatte einmal zu ihm gesagt: »Was nützt den Menschen die hunderttausendfache Lichtgeschwindigkeit, wenn sie doch sich selbst und ihre Unreife mitnehmen müssen?«

Auf einem Planeten namens Franklin hatten sich die Siedler in den einzigen beiden Städten dermaßen miteinander verfeindet, dass sie sich gegenseitig in einem altmodischen Atomkrieg ausgelöscht hatten. In einem System namens Gallonigher hatte es sogar eine gewaltige Raumschlacht gegeben, bei der beide Flotten sich unter noch ungeklärten Umständen gegenseitig vernichteten. Es gab islamistische Fundamentalisten, die mit ihren Sprengschiffen immer wieder die Schiffe des Papstes angriffen, sowie päpstliche Vergeltungsfeldzüge, denen nicht selten auch unbescholtene Zivilisten zum Opfer fielen. Es gab skrupellose Piratenbanden, die sich romantisch anmutende Namen gaben wie *Die Bukaniere des Sternenozeans* oder *Wolfsmilchstraße* oder *Captain Bloodmoon*. Es gab auch Marc-Osiriz Jonquière, der mit seinem gigantischen und innen wie der Spiegelsaal von Versailles eingerichteten Schiff POETE MAUDIT nach dem Vorbild des fiktiven Captain Harlock das All unsicher machte, dabei begleitet von berüchtigten Verfemten wie Ancient Olaf und Rephraser. Die POETE MAUDIT war eines der wenigen Schiffe, die sich auch außerhalb von Korridoren auf Überlicht wagten, ihre gesamte technische Ausrüstung schien auf diesen Zweck spezialisiert zu sein. Und es gab immer wieder Terroristen, denen es einfach nur darum ging, Aufmerksamkeit zu erzeugen, indem sie Schaden zufügten. Denn wem es an der Fähigkeit mangelt, etwas aufzubauen, dem bleibt nur noch, etwas, das andere aufgebaut haben, kaputt zu machen. Die InstruMentality tat gut daran, ihre Korridore gegen Störenfriede abzuschirmen.

Deshalb musste Jephron am Eintrittspunkt sowohl einen Personencheck, eine detaillierte Schiffsregistrierung als auch einen Ladungsscan über sich ergehen lassen, was insgesamt eine Stunde dauerte. Manchmal bildeten sich an besonders frequentierten Kreuzungspunkten sogar Staus, dann reihten sich die Schiffe wie an einer Flussschleuse hintereinander auf, und es konnte Tage dauern, bis die sorgfältig arbeitenden und kaum aus der Ruhe zu bringenden InstruMentality-Beamten den Rückstau abgearbeitet hatten.

Heute jedoch war er der Einzige; weder das schuhförmige Schiff noch der große Passagierkreuzer waren gleichzeitig mit ihm hier angekommen. Er beantwortete geduldig alle Fragen, tippte seinen gewünschten Austrittspunkt ein und betrachtete dann den FTL-Countdown, der ihm in seine Bordsysteme gespeist wurde.

Das Überlicht drang in ihn ein, als würde man in all seine Blutgefäße und auch in seinen Gaumen Quecksilber injizieren. Ein andruckabsorbierender Sitz half enorm, in seinen Anfängerjahren hatte Jephron beim Überschreiten der Lichtmauer oftmals Nasenbluten, Zahnfleischbluten, ja sogar Durchfall bekommen. Mittlerweile hatte er sich daran gewöhnt, bis auf diesen bittersauren Geschmack im Mund. Die Optik ringsum verzog sich, sämtliche Sterne wurden zu über die Cockpitscheiben rinnenden Regentropfen. Jephron selbst zu einem hohlen Gespenst. Er konnte an sich herab und durch sich hindurch sehen. Er sah durch sich hindurch surrealistisch geschmolzenen Weltraum. Dann verlor er wie jeder Mensch, der in einer Reihe von Zündstufen auf 100 000-fache Lichtgeschwindigkeit hochkatapultiert wurde, das Bewusstsein und wurde eins mit der Unfassbarkeit des Superluminalen.

Als er wieder zu sich kam, war er mittendrin im Korridor. Von den Säulen der Schöpfung bis nach Xocotl IX musste er beinahe 20 Tage auf Überlicht bleiben. Verrückterweise war dies für das Schiff verhältnismäßig entspannend, denn die Korridore waren material- und sogar strahlungsfreie Zonen. Nichts konnte dem Schiff hier etwas anhaben. Nur für die Piloten war eine solche Zeit strapaziös. Man verbrachte drei Wochen als Geist, war stets müde, schlief viel, litt unter anstrengenden Träumen, fraß und onanierte wie besessen, um die eigene Körperlichkeit zu bestätigen. Fragilere Naturen hinterfragten ihr Dasein und ihre Berechtigung und wurden suizidal. In den Anfangsjahren der Korridore waren so viele Geisterschiffe entstanden: Schiffe, die verwaist am Austrittspunkt ankamen, weil ihre Piloten sich unterwegs das Leben genommen hatten.

Jephron machte Überlicht verhältnismäßig wenig aus. Er hatte den Ausflug zu den Säulen der Schöpfung rein aus Vergnügen unternommen und sich dort mit positiven Eindrücken aufgetankt, ähnlich wie seine MAYFIELD sich in der Nähe einer Sonne mit Wärme und Licht auflud.

In den Phasen sexueller Überspanntheit, die in der Überlichteinsamkeit unvermeidlich waren, dachte er an Vimalaa und die warmen Wasser von Lukida Anseris Prime, aber auch an eine besonders hemmungslose junge Frau, der er einmal auf einem der Monde des Benetnasch-Systems begegnet war, er wusste schon gar nicht mehr, auf welchem. Die Erinnerung an diese Frau, deren Namen er nie erfahren hatte, löste manchmal Wahnsinn in ihm aus, aber immer nur für ein oder zwei Tage.

Erst in den letzten einhundert Jahren hatte die InstruMentality es technisch fertiggebracht, während des FTL-Fluges das SpaceNet bereitzustellen, sodass man Mails schreiben und schicken und lesen konnte und Zugriff hatte auf Datenbanken.

Jephron schaute alte Filme aus dem 25. Jahrhundert, als kurz vor der Großen Expansion sämtliche Künste schier zu explodieren schienen. Filmisch war dies sein Lieblingsjahrhundert. Was Musik anging, konnte dagegen nichts das 20. Jahrhundert toppen, und was Literatur betraf, kam höchstens das 28. Jahrhundert noch einmal einigermaßen an das 19. heran. Er schaute auch zeitgenössische Zeichentrickserien, nach denen er ein wenig süchtig war, besonders nach denen aus Indien, die die großen Epen der Götter folgerichtig in den Weltraum transportierten, und begann seinen nächsten Brief an Vimalaa vorzuformulieren. Darin erzählte er vor allem von den Säulen der Schöpfung, wobei ihm erst jetzt, während er nach Worten suchte, auffiel, dass der Falschfarbeneindruck dieses Ortes an die Muster auf einem Boulderopal erinnerte. Oder auch an einen Bänderachat. Selbstverständlich enthielten die Edelsteine der alten Erde das Wissen über das Universum, denn sie stammten schließlich von dort. Alles stammte von dort. Jeder klägliche und peinliche Idiot war fantastischster Sternenstaub, verrührt mit reichlich Wasser.

Er sprach auch noch einmal mit Violaine und ließ sich die genauen Koordinaten seines Guano-Auftrags geben. Und mit seinem besten Freund Choi, der gerade mit seinem Einmannsegler durch den Katzenpfotennebel kreuzte, auf der Suche nach noch unentdeckten Pflanzensorten, die er in einem niemals endenden Wettrennen der Wissenschaftsfakultäten mehrerer miteinander konkurrierender Planeten katalogisierte. Choi war zehn Jahre jünger als Jephron, aber sie teilten beide die Liebe zu Curtis Mayfield sowie eine herzliche Abneigung gegenüber allzu großen und allzu wohlhabenden Schiffen, die sie *Protzpötte* nannten.

Einen solchen Protzpott hatte Jephron im Korridor vor sich. Ab und zu konnte er ihn irisieren sehen wie einen Geist. Es war nicht das Passagierschiff von den Säulen, sondern wahrscheinlich die Privatjacht eines Angebers aus dem an Treibgasvorkommen reichen Schwanennebel im Sternbild Schütze. Groß wie ein Asteroid und genauso unnütz. Dieses Schiff blieb zwei Wochen lang vor der MAYFIELD – im Korridor gab es kein Überholen, sämtliche in ihm befindlichen Schiffe und Warenträgerobjekte wurden auf genau dieselbe Geschwindigkeit eingepegelt –, dann scherte es endlich aus. Verlassen konnte man die Korridore überall, Austrittskontrollen erübrigten sich, weil nach dem Eintritt ohnehin keine Interaktion mit anderen Objekten mehr möglich war. Man gab beim Eintritt seinen gewünschten Austrittspunkt an und wurde an diesem vom Korridor aus der Spur gezogen und eine Stunde lang kontinuierlich und somit so sanft und körperschonend wie möglich auf Unterlicht heruntergebremst.

Jephron flog noch fast eine Woche ohne den Protzpott vor der Nase weiter, dann erfasste ihn wie geplant der Rand und drosselte. Auch dies war für Anfänger eine körperliche Strapaze. Man gewann an Masse, man hatte das Gefühl, dass Knochen in einem wucherten und ekliges Gedärm, man spürte, dass man alterte. Viele fühlten sich in Überlicht unbesiegbar und beim Herunterbremsen hinfällig und unzulänglich. Im Anfangsjahrhundert der FTL-Raumfahrt war die sogenannte Postsuperluminale Depression ein schwerwiegendes Problem gewesen. Heute gab es Tabletten dagegen und Selbsthilfemanuals im SpaceNet, oder man gewöhnte sich halt daran, wie Jephron und Choi das getan hatten.

Xocotl IX.

Ein Planet, der fast nur aus feucht rauschendem Regenwald, Wasserfällen und fruchtbaren Ackerlandplateaus bestand, Traumhafen der Nachfahren der Azteken. Im Gegensatz zur alten Erde, die in ganz antiken Science-Fiction-Storys oft als »grüner Planet« bezeichnet wurde, weil man sich noch gar nicht hatte vorstellen können, wie blau sie aus dem All gesehen leuchtete, sah Xocotl IX wirklich wie eine schwebende Jadekugel aus.

Als Jephron in die Atmosphäre eintauchte, fiel auch die Anziehungskraft dieses Planeten über ihn her und ließ sämtliche Gegenstände in der MAYFIELD, die nicht irgendwie arretiert waren, zu Boden plumpsen. Er stöhnte unter der für ihn nun ungewohnten Belastung. Seinen Besuch wollte er so kurz wie möglich halten.

Er landete auf der Decksebene einer für Schiffe vorgesehenen Stufenpyramide, wuchtete die Cockpitkanzel auf und lüftete dadurch nach zwei Monaten Flug ohne Zwischenlandung sein miefiges Schiffsinneres. Die Luft auf Xocotl IX roch so frisch und würzig, dass Jephron beinahe schwindelig wurde. Glücklicherweise konnte er einfach sitzen bleiben, es war längst alles arrangiert. Er entsicherte seine Ladeluke, und halb nackte Aztekenarbeiter entnahmen die Lieferung: Schneckenhäuser, die auf Xocotl IX ein sehr beliebtes, weil eigentlich dort kaum vorkommendes Zahlungsmittel waren. Andere Arbeiter – vielleicht sogar Sklaven – rollten eine pyramidenförmige Gangway an Jephrons Cockpit heran, sodass er einem wie ein Vogel geschmückten und geschminkten Priester, der sich zu ihm hineinbeugte, die erforderlichen Dokumente mit einem vorsintflutlichen Federkiel gegenzeichnen konnte. Jephron schlug sämtliche Einladungen, an einem Opferfest teilzunehmen, dankend aus, erstens, weil er so schnell wie möglich aus der Schwerkraft raus wollte, zweitens, weil er nicht wusste, was oder *wer* da eigentlich geopfert werden sollte, und drittens, weil er bereits seit Tagen gespannt die Livefeeds von Laurel verfolgte, wo die Kandidatenauswahl in vollem Gange war.

Der Priester half ihm nicht beim Schließen der Cockpitkanzel. Fluchend musste Jephron selbst alles wieder elektrisch verklammern.

Als er abhob von der Pyramide, sah er über dem Urwald eine gefiederte Riesenschlange sich ebenfalls in die Lüfte erheben und sein Schiff mit dem strengen Auge eines geübten Jägers betrachten. Auf diesem Planeten gab es die Aztekengötter wirklich, und Jephron machte, dass er in die Stratosphäre und von hier wegkam.

Die Schwerelosigkeit tat ihm wohl, wie in ein warmes Bad zu gleiten.

Zurück zum Korridor.

Neue Registrierung.

Dann noch einmal zwei Tage als Gespenst. Einunddreißig der fünfzig diesjährigen *Crawler* standen bereits fest. Die wenigsten wollten sich als Bushwhacker beim Publikum unbeliebt machen, aber ein paar Hinterlistige fanden sich immer. Die meisten kündigten sich als Adventurer an und prahlten damit, wie sie dem Minosaurus den Garaus machen wollten. Eine junge Frau erzählte lachend in die Cam, dass der Minosaurus doch inzwischen schon steinalt und zahnlos sein müsse, und bedachte dabei überhaupt nicht die Möglichkeit, dass Laurel sich alle paar Jahre mit einem jungen und frischen Exemplar ausstattete.

Und dann: Jephrons Ausstiegspunkt.

Endlich.

Seine Hände zitterten ein wenig, so heftig war er diesem Zirkus verhaftet.

Da lag Laurel.

Ein brauner Ball ganz ohne Meere, zernarbt von Schluchten. »Wie die zusammengerollte Kugel eines eifersüchtigen Mistkäfers«, hatte ein Blogger mal formuliert.

Dungeon Planet nannten ihn die Fans. Auf seiner Oberfläche saß glitzernd und kauernd und vielarmig Laureline, die einzige nennenswerte Stadt. Hier war der Einstieg zu den Dungeons. Von diesem Ort abgesehen gab es auf dem ganzen Planeten nichts zu sehen oder zu holen.

Die Sonne, die Laureline beschien, war gerade im Sinken begriffen und ohnehin leuchtschwächer als die Referenzsonne der alten Erde, was sämtlichen Konturen auf Laurel tagsüber etwas Diesiges und Verwaschenes verlieh. Jephron tauchte in die Atmosphäre, die so dünn war und übel riechend, dass man Migräne bekam, wenn man sich länger als einen Monat hier aufhielt. Hunderttausende von Menschen lebten dauerhaft auf Laurel und hielten den Merchandise- und Verwaltungsapparat der *Dungeoncrawler*-Show am Leben, aber Jephron wusste, dass diese Leute sich regelmäßigen Sauerstoffkuren unterzogen. Die entsprechenden Läden waren überall zu finden.

Er steuerte den Raumhafen an.

Schon von weit oben konnte jeder erkennen, dass die neue Staffel der Show unmittelbar bevorstand. Der Raumhafen platzte so sehr aus sämtlichen Nähten, dass man sogar die angrenzenden Areale für Liegeplätze hatte öffnen müssen. Schiffe sämtlicher Größenordnungen – sogar zwei Touristenraumer mit einer Kapazität von jeweils 5000 Passagieren waren darunter, einer davon war die berühmte bauchig-dunkelblaue 21 STAR der zur Erde gehörenden Ophiuchi-Linie – drängelten sich so dicht, dass ihre Ausleger sich beinahe berührten. Nur mit modernster Luftkissenlandetechnik war ein dermaßen enges Parken überhaupt möglich, im Anfangsjahrhundert der Raumfahrt hätten die Schiffe sich mit ihren Landedüsen gegenseitig zerschmolzen.

Wie jedes Jahr bestaunte Jephron die vielfältigen Formen und Farben. Es gab Schiffe, die wie Seepferdchen geformt waren oder wie Paradiesvögel, einige waren Zylinder, Pyramiden, Kugeln, Kegel, Würfel, Speichenräder, einige waren abstrakt und unregelmäßig wie Wucherungen, andere formschön und schnittig, als wäre Luftwiderstand für sie relevant. Einige schienen nur aus riesigen Treibdüsen zu bestehen, andere waren

Montgolfière-Ballons nachempfunden (eine Modeerscheinung des 30. Jahrhunderts), weitere sahen aus wie Raketen oder wie Hanteln oder wie eine aufgeklappte Schere, einige wie Eisenbahnwaggons, eins war gekrümmt wie eine Banane, ein anderes hatte allen Ernstes die ungefähren Umrisse einer Kuh, komplett mit Hörnern.

Jephron genoss diesen Anblick – auch weil er nicht die Stellplatzprobleme der meisten dort unten hatte. Er war Wildcardinhaber. Wildcardinhaber durften – sofern ihr Schiff eine bestimmte Größe nicht überschritt, und die MAYFIELD war schließlich nur ein Einmannsegler – im für die Showteilnehmer und -moderatoren abgesperrten Sonderbereich festmachen.

Jephron meldete sich an und nannte seine Wildcardnummer. Er kannte diese auswendig. Wie jedes Jahr bildete er sich ein, dass das »Willkommen auf Laurel!« des größtenteils computerisierten Registrierungspersonals für ihn herzlicher klang als für die anonymen Zuschauer.

Er spürte dieses Kribbeln im Bauch, als er die MAYFIELD über den ihm mit Blinklichtern zugewiesenen Stellplatz manövrierte. Dieses Kribbeln, das nur *Dungeoncrawler* hervorzurufen verstand, jenes kreischende, scheppernde, von Werbeunterbrechungen durchlöcherte Ungeheuer, dem er seine Existenz als Raumpilot zu verdanken hatte.

Seufzend setzte er auf.

Als Erstes öffnete er das Cockpitdach und ließ Luft herein, die natürlich ein Hohn war im Vergleich zu der an Sauerstoff geradezu übersättigten von Xocotl IX. Die Atmosphäre des Dungeon Planet roch wie ein großer Haufen gärender Salate, was an ungefährlichen Gasen lag, die durch seine Kavernen zischten. Aber das war nun einmal dieser ganz spezifische Laurel-Geruch: schwer und dräuend, fast ein bisschen zu Kopf steigend. Für *Dungeoncrawler*-Jünger hatte das beinahe etwas Erotisches. Kein anderer Planet roch so.

Jephron saß erst einmal eine Weile und versuchte, mit der Schwerkraft klarzukommen. Auf Xocotl IX war er nur eine Viertelstunde geblieben und hatte bis auf das Öffnen und Schließen des Cockpits sitzen bleiben können, das bekam man mit Selbstüberwindung hin, ähnlich wie bei einem Endspurt, wenn man wusste, dass die Ziellinie schon nahe war. Aber auf Laurel wollte er aussteigen, herumlaufen, mehrere Tage bleiben, hier musste er sich richtig umgewöhnen.

Anderthalb Monate ohne Schwerkraft mit zwischenzeitlichem Überlichtflug stellten jedes Mal eine Belastungsprobe dar, wenn man sich dann wieder 1 G aussetzte. 1 G – die Schwerkraft der alten Erde – war das, was die Menschheit beim Erobern des Weltalls am sehnlichsten gesucht hatte. Einige der schönsten Planeten, die jemals ein Menschenauge erblickt hatte, waren buchstäblich links liegen gelassen worden, weil auf ihnen eine Gravitation von 2 oder auch nur 1,5 G herrschte. Wenn ein 60 Kilogramm schwerer Mensch plötzlich 90 oder sogar 120 Kilogramm mit sich herumschleppen musste, machte das jeden einzelnen Schritt zur Qual für Muskeln, Sehnen und Gelenke. Man konnte sich daran anpassen, brauchte aber viel Zeit und Training dafür – und wurde dann dennoch das Gefühl nie los, gegenüber »leichteren« Planeten benachteiligt zu sein. Sehr beliebt waren dagegen anfangs Planeten mit weniger als 1 G gewesen. Verwöhnt vom Erdmond mit seinem Sechstel der Erdanziehungskraft und dem Mars mit seinem Drittel hatten sich zu Beginn der Großen Expansion viele Siedler auf Planeten mit weniger als 1 G niedergelassen, nur um jedoch im Verlaufe bereits weniger Jahre physische Degenerationserscheinungen auszubilden. Gesünder für den Körper war tatsächlich eine Schwerkraft, die ihn mehr belastete, also etwas über 1 G. Am wohlsten jedoch fühlte sich ein Mensch bei genau 1 G, denn dafür war er evolutionär konstruiert. Für eine gewisse Zeit genoss er auch leichtere oder sogar schwerelose Bedingungen. Nach fünfhundert Jahren Expansion konnte man inzwischen schon auf den ersten Blick die lang- und feingliedrigen Siedler leichterer Planeten von den gedrungeneren, bulligen Kolonisten schwererer unterscheiden. Erstere waren meistens heitere Leute, die auf einem Planeten wie Laurel unter 1 G plötzlich zu ächzen hatten, zweitere hatten festgefurchte Zornesfalten auf der Stirn, grinsten aber nun über die »kindischen« 1 G.

Jephron vereinigte gerade dies alles in sich. Er fühlte sich heiter, weil er wieder auf Laurel war, schwitzte angesichts der Schwerkraft, hatte eine gefurchte Stirn, weil er sich nach so langer Schwerelosigkeit wie ein Hundertzwanzigjähriger fühlte, der sich aus seinem Rollstuhl hochzustemmen versuchte, und grinste, weil dies jedes Jahr dasselbe Malheur war.

Er kletterte aus dem Sitz, kroch dann nach hinten, kramte seine Siebensachen zusammen und stopfte sie in eine Umhängetasche, wühlte sich dann wieder nach vorne durch – in der Schwerelosigkeit konnte er den engen Flur entlang »schwimmen«, jetzt kroch er wirklich auf allen vieren wie ein Maulwurf – und blieb dann noch mal zehn Minuten schnaufend in seinem Pilotenliegesitz kleben. Er hörte bereits, wie sich draußen Bodenpersonal an seiner MAYFIELD zu schaffen machte, das Landegestell verklammerte, den Rumpf nach Strahlung abscannte, den Unterboden nach lecken Stellen absuchte und alles Sonstige, was ein Raumhafen in seinem eigenen Interesse und dem der Stellplatznachbarn so tat. Sie verständigten sich untereinander auf Laurelianisch, einem Englisch, das eine bestimmte höhlenbewohnerische Dialektfärbung aufwies, die aus jedem weichen »th« ein peitschendes »t« machte.

Jephron zog sich hoch, grüßte die Leute, sie grüßten zurück. Er klappte die Lukenleiter aus, verließ das Cockpit, verriegelte es und kletterte an seinem Schiff hinab. Einer der in rostrote Overalls gehüllten Laurelianer stützte ihn sogar dabei auf den letzten zwei Metern.

»Länger als einen Erdmonat draußen gewesen, Syre?«,

fragte er freundlich. In der Raumfahrt war es gebräuchlich, die Zeiteinheiten der alten Erde zu verwenden, damit man sich überhaupt angesichts Tausender unterschiedlicher Planeten auf einen gemeinsamen Standard verständigen konnte.

»Fünfundvierzig Tage«, antwortete Jephron nickend. Er nahm die Lukenleiter, verstaute sie in einer kleinen Kammer am Bauch des Schiffes, und versiegelte auch diese mit seinem elektronischen Code samt kurzem Daumenabdruck.

Ein Bediensteter hielt eine kleine Rollplattform mit einem weichen Sitz darauf bereit, auf diese stakste Jephron zu und ließ sich ächzend auf dem Sitz nieder. Als der Bedienstete anfuhr, blickte Jephron zu seinem Schiff zurück. Er war selbstverständlich nicht objektiv, aber immer wieder fand er, dass seine MAYFIELD eines der attraktivsten Schiffe überhaupt war. Der Rumpf ganz schlank und mattschwarz, nur mit einigen Herkunfts- und Zwecksymbolen sowie technischen Beschriftungen verziert. Die Tragflächen – eigentlich im Weltall irrelevant, aber bei Atmosphärenflügen sehr praktisch, und außerdem fand Jephron, dass sie ein toller Blickfang waren – waren schräg schwarz und rot gestreift, vorne in der Nähe des Cockpits zwei waagerechte, am Heck dann zwei waagerechte und eine senkrechte, die drei hinteren deutlich größer als die vorderen, sodass die MAYFIELD wie eine Kreuzung aus einem Dartpfeil und einem Zierfisch aussah. Das Landegestell war ausgeklappt, sodass der Zierfisch nun auf dünnen Stelzenbeinen ruhte. Nur eine Wäsche konnte das Schiff mal wieder vertragen, Jephron war durch Staubfelder geflogen, in denen sich nicht wenige Partikel magnetisch an die Schiffshülle geheftet hatten. Darum konnte er sich vom Terminal aus kümmern. Jetzt tuckerte die Rollplattform mit ihm dorthin, und Jephron betrachtete abermals vielfältige Schiffe, diesmal nicht von oben, sondern von unten.

Im überwiegend aus transparenten Kunststoffen gefertigten Terminal checkte Jephron erst einmal richtig auf diesem Planeten ein, wobei seine Biodaten gescannt und mit seinen gespeicherten Daten abgeglichen wurden. Es gab inzwischen so viel implantativen Cyborg-Unfug da draußen, mit Gliedmaßen, die in Wirklichkeit Bomben waren, man konnte nirgendwo vorsichtig genug sein. Auch hier kam seine Wildcardnummer wieder zum Einsatz, sie war mit weiteren Privilegien verbunden, unter anderem konnte er eine Schiffswäsche mit neunzehn Prozent Rabatt anordnen sowie bereits am Raumhafen die Schlüsselkarte für ein Hotelzimmer ausgehändigt bekommen. Laureline war wie immer zu dieser Saison hoffnungslos überbucht, aber ein Wildcardinhaber – in jedem Jahr bekam nur der Sieger und zwei weitere, vom Publikum ausgewählte Teilnehmer eine, also waren in den insgesamt siebenundsechzig Staffeln knapp über zweihundert Wildcards verteilt worden – konnte jederzeit auf ein reserviertes Kontingent zurückgreifen. Sein Hotel war dabei fast jedes Jahr ein anderes, diesmal würde es das *The Dungeon Experience* sein, ein Themenpark-Resort, das das Erlebnis der Show nachäffte und für einen echten ehemaligen Teilnehmer wie ihn eigentlich eher peinlich war, weil ihm überall die Ungenauigkeiten und bewussten Verfälschungen in der Reproduktion der Showbedingungen auffielen. Aber Jephron hatte keinen Grund, sich zu beklagen. Er würde das Zimmer ohnehin nur zum Schlafen brauchen und sich ansonsten in der Stadt und bei der Show herumtreiben.

Als er aus dem abendlichen Terminalkomplex trat, die Zwillingsmonde bereits blassblau am Himmel, erschlug ihn Laureline beinahe, wie jedes Jahr, mit seiner wummernden Grellheit.

Tagsüber wirkte Laureline diesig.

Nachts bestand sie aus Farben und Licht.

Aus Hunderten von Klanganlagen zuckten stroboskopische Installationen und Elektrobeats. In diesem Jahr war zufallsgeneriert verzerrter Tango der angesagteste Trend, überall schwappten Tangoakkorde über ihn herein, mit rasend schnellen Perkussionen unterlegt. Die Touristen trugen glänzende Materialien, die das allgegenwärtige Flackern zusätzlich vervielfachten. Entertainment-Etablissements spien einem ihre Neonschilder entgegen. Hotels. Badehäuser. Massagesalons (sehr beliebt unter Schwerkraftleidenden wie Jephron gerade), Kinos, auf Klassiker spezialisiert, Kinos, auf interaktive Pornos spezialisiert. Auf Laurel war man irgendwann auf die Idee gekommen, dass Freudenjungs und Freudenmädchen blinkende Plaketten am Gürtel trügen, damit man sie leicht identifizieren konnte und Missverständnisse vermieden wurden. Dieses Gewerbe boomte natürlich in Zeiten der neuen Showsaison, Freudenjungs und Freudenmädchen aus allen Teilen der Galaxis reisten an, um sich hier feilzubieten. Aber auch Musiker, Bands, Performancekünstler, Händler, Tanzkompanien, Blogger, Soziologen, Taschendiebe, Trickbetrüger, Missionare, Urlauber, Fans – Laureline stand kurz vor dem Kollaps, das war jedes Jahr so, das war ein Teil des Reizes wie der Tanz auf einem Vulkan.

Jephron verlief sich, weil die Straßenführung sich seit dem letzten Jahr geändert hatte. Selbstverständlich hatte er eine Navi-Funktion dabei, aber deren Daten waren nicht auf dem allerneuesten Stand, sondern auf dem des Vormonats. Das hing damit zusammen, dass Jephron sich nur einen der billigeren Datendienste leisten konnte. Er versuchte, es mit Humor zu nehmen, obwohl jeder Schritt ihn anstrengte. Als er kurz stehen blieb, um zu verschnaufen, fiel ihm auf, dass er angestarrt wurde. Auf der anderen Straßenseite standen zwei Mädchen, womöglich Schwestern, beide sehr hellhäutig und blond, beinahe ausgebleicht, beinahe Albinos. Die eine war noch ein Kind, vielleicht zehn Jahre alt, die andere vielleicht gerade volljährig. Jephron war nicht gut darin, das Alter von Menschen zu schätzen. Es hing nämlich sehr von dem Planeten ab, von dem man stammte, wie jung oder wie alt man aussah. Die beiden

Mädchen jedenfalls bestaunten ihn, dann wandten sie sich wie ertappt ab, als er zu ihnen hinsah.

Er lächelte. Manchmal kam so etwas noch immer vor. Sechzehn Jahre war es jetzt her, dass er berühmt gewesen war auf diesem Planeten, aber es gab Best-of-Shows und Verwertungssendungen und Vorbereitungsmagazine auf die jeweils nächste Saison. Das Problem dabei war nur, dass er in diesen Shows nicht alterte. Deshalb erkannten ihn nicht mehr viele. Aber manchmal kam es immer noch vor, und es waren meistens ältere Menschen, die ihn erkannten, weil sie sich noch an ihn erinnern konnten, oder sehr junge, die enthusiastisch die Geschichte von *Dungeoncrawler* studierten und in sich aufsogen.

Als er wieder hinschaute, waren die beiden verschwunden. Er fand es schade, denn er hatte nichts dagegen, Autogramme zu geben. Jedes Jahr erhielt er zehn bis zwanzig diesbezügliche Anfragen, man konnte wirklich nicht behaupten, dass es überhandnahm und ihm zur Last wurde.

Zur Last wie sein eigenes verfluchtes Idealgewicht.

Er war natürlich nicht der einzige Passant mit einem Schwerkraftproblem, aber nur wenige waren so lange nicht irgendwo umherspaziert wie er. Um anderthalb Monate im All zu bleiben, musste es einen schon bis an die Säulen der Schöpfung verschlagen, da draußen gab es immer weniger besiedelte Planeten, denn die meisten Kolonisten wussten es zu schätzen, Handelsbeziehungen zu immerhin einigermaßen Gleichgesinnten unterhalten zu können. Im Weltraum fühlte man sich schnell einsam, auch wenn man mit anderen zusammen auf einem Planeten siedelte. Schon vor Beginn des Raumfahrtzeitalters hatten die Menschen der Erde sich nach UFOs und Engeln gesehnt und sich ihren Himmel zu Sternbildern geordnet und somit bevölkert. Um sich von der Schöpfung nicht allzu allein gelassen zu fühlen.

Ein hysterisch wirkender Typ in einem Kunststoffsmoking fing an, Jephron zu bedrängen. Er wusste erst nicht, ob er es mit einem Taschendieb, einem Antänzer oder einem aufdringlichen Anwerber zu tun hatte, entschied aber auf Letzteres. Der Typ quatschte etwas von der »sexysten Attraktion des Universums«. Das konnte natürlich auch die Masche eines Langfingers sein, aber Jephron hatte nichts dabei, das von Wert oder unersetzlich war, und er sah auch nicht nach einer fetten Beute aus, deshalb war es wohl nur ein drogengepushter Marktschreier. Jephron wimmelte ihn ab, musste beinahe handgreiflich werden dabei.

Er fragte sich, ob er schon auf dem Weg zum Hotel in einen Massagesalon oder auf eine Sauerstoffliege musste, am besten beides gleichzeitig.

Alles war sexualisiert, aber auf jene eigentümlich keusche Art, die seit dem 28. Jahrhundert wieder in Mode gekommen war. Überall flimmerten Monitore mit Werbungen, in denen Fußknöchel, Handgelenke und Halsbeugen betont wurden. Oder die Art, wie Haar roch. Oder die Menschen trugen Kleidung, die so eng anliegend und glänzend war, dass sie wie ein Ölfilm aussah, jedoch war diese Kleidung hochgeschlossen von den Füßen bis unters Kinn und ließ so gut wie gar keine Haut sehen. Sogar Gesichter waren maskiert. Kaum ein Produkt wurde ohne Geheimnisverlockung verkauft. Weil diese sexuelle Neugier der einzige Trieb der Menschheit war, den alle weit Verstreuten noch wirklich gemeinsam hatten. Für jemanden wie Jephron, der einen Großteil seiner Zeit in der Einsamkeit des Raums verbrachte, war dieser Overkill an Reizen manchmal nicht einfach zu verkraften. Er sehnte sich dann sehr schnell wieder weg, oder aber er sehnte sich auch danach, eins zu werden mit dem allgemeinen Anbetungskarussell der Attraktivität. Aber eigentlich hatte er sich damit bereits in seinen Teenagerjahren ziemlich übersättigt. Schon als er an *Dungeoncrawler* teilgenommen hatte, war etwas Gegenteiliges sein Wunsch gewesen: das unendliche Drinnen oder das unendliche Draußen, beides so allein und so autark wie nur möglich.

Jemand drückte ihm etwas in die Hand und strahlte dabei beglückt. Es war eine Zugangs-Codekarte für irgendein Varieté. Jephron musste das Ding schnell loswerden, viele von denen enthielten Reklame-K. I.s, die in der Lage waren, durch Pop-up-Infektionen ganze Schiffsflotten lahmzulegen. Er suchte und fand einen Müllverwerter und warf die Karte hinein. Er roch an seiner Hand, ob das Material irgendwelche Botenstoffe übertragen hatte, die sein Kaufverhalten ändern sollten. Er konnte jedoch nichts feststellen, seine Hand roch nur bereits nach Laurel.

Endlich erreichte er das von diversen Baustellen wie belagerte *The Dungeon Experience*. Der Eingang war dem tatsächlichen Eingang in die Dungeons nachempfunden – einem von zahnbewehrten Mäulern wimmelnden Felsportal –, und zwar so täuschend echt, dass mancher Tourist, der die Dungeons besichtigen wollte, erst einmal dieses Resort betrat und dann drinnen immer noch dachte, richtig zu sein. Denn auch die Lobby sah aus wie aus Naturstein, die Zimmerjungs und Zimmermädchen trugen die Tarnfarben-Jumpsuits des *Dungeoncrawler*-Personals, überall gab es verschiedenfarbige Treppen, die im Resort in den Erlebniskeller führten, irgendwo röhrte ein heiseres Ungeheuer als Loop. Verräterisch waren allenfalls die überall herumstehenden und extrem störungsanfälligen animatronischen Monsterfiguren. Früher hatte man Menschen in Kostüme gesteckt, aber das hatte immer albern ausgesehen – humanoide Leiber, die nichthumanoide Wesen nachahmten. Selbst wenn man die Abkömmlinge von Planeten verwendete, deren Körperformen sich deutlich von der Erdnorm unterschieden, war der Effekt nie überzeugend gewesen. Dann hatte man es eine Zeit lang mit echten Ungeheuern in Käfigen versucht, aber deren Gestank und Gebrüll hatte die Gäste vergrault. Raubschnecken zum Beispiel oder Krötenaffen gehörten in keinen Zoo. Schließlich hatte man es mit naturgetreuen Nachbildungen versucht, was langweilig gewesen war, dann mit den heutigen Bewegtnachbildungen, die leider oft kaputtgingen, weil jeder sich mit ihnen ablichten wollte, sie dabei betatschte oder sogar bekletterte. Schutzumzäunte Monsternachbildungen wiederum ergaben keinen Sinn, widersprachen zu sehr der tatsächlichen *Dungeon Experience.* Denn dort gab es nirgends Schutz.

Momentan funktionierten die animierten Krötenaffen und Bulphars alle, es war Hochsaison, und das Resort ließ sich die Wartung viel kosten. Jephron war schon oft hier gewesen und staunte jedes Mal darüber, wie harmlos ein nur steif die Krallen hebender Krötenaffe im Vergleich zu einem echten war, der sich wie ein Albtraum bewegte und auch wie einer roch.

Abermals hinterlegte er seine Daten bei einer freundlichen Rezeptionistin, die ihn aufgrund seines Zugriffs auf ihr Wildcardkontingent ganz besonders herzlich willkommen hieß. »Eine Flasche Veuve Suttungr steht gekühlt auf Ihrem Zimmer bereit, Mr. Girant.« Er bedankte sich ebenso freundlich und begab sich in etwas, was es in den echten Höhlen nicht gab, nämlich *höher gelegene* Dungeons, um sein Zimmer zu finden. Er war schon immer der Meinung gewesen, dass dieses Resort, um wirklich überzeugend zu sein, unterirdische Zimmer anbieten müsste, aber bedauerlicherweise war das bautechnisch nicht möglich: Wie überall auf diesem Planeten verliefen auch unter diesem Hotel die *echten* Dungeons, mit *echten* Monstern, und selbst ein gesicherter Bereich würde sich dort unten ständig in *echter* Gefahr befinden.

Jephron fand sein Zimmer, das keine Luxussuite war, sondern klein wie die meisten Kontingenträume, das er aber immerhin mit niemandem teilen musste wie in vielen Hotels, wenn Laureline überbucht war. Ein schießschartenschmales Fenster führte hinaus auf eine neonblinkende Gasse voller Feuerleitern und Hydranten.

Er widerstand der Versuchung, seine strapazierten Knochen gleich ins weiche Bett zu schmeißen, und duschte stattdessen.

Echtes, prasselndes, abwärts findendes Wasser, keine zwanzigfach wiederaufbereitete Gebräublase, mit der man sich in der Enge einer horizontalen Nasszelle einseifte.

Danach warf er sich aufs Bett. Fingerte nach der Fernbedienung. Machte alle drei Monitore gleichzeitig an. Das SpaceNet hielt Tausende und Abertausende von Programmen bereit, jeder besiedelte Planet bot mindestens eins, und während jeder Normalsterbliche allenfalls hundert davon abonnierte, boten Hotels einem mindestens tausend. Jephron interessierte sich in dieser Zeit des Jahres für nichts anderes als die *Dungeoncrawler*-Vorberichterstattung. Bei den Wettbüros kristallisierten sich bereits die ersten Favoriten heraus. Allen voran ein fast drei Meter großer Schwertkämpfer namens Mxu. Mutanten, die wie er aus Niedriggravitationsumgebungen stammten, hatten es normalerweise bei 1 G nicht leicht, aber Mxu schien schon seit Jahren in 1 G zu trainieren und konnte erstaunliche Schwertkunstmoves vorführen. Dann eine energische kleine Frau namens Aurania Anbasch, die von zwei Leibwächtern begleitet wurde und mit diesen also ein Dreier-Adventurer-Team bilden wollte. Teams waren immer beliebt, weil sie besonders viel Tragik versprachen. Und ein muskulöser Angeber namens Kamil Cluvaerts, ein echter Erdenmensch, Nachfahre flämischer Belgier, der mit seiner ansteckenden Gute-Laune-Mentalität punkten konnte. Schließlich ging noch das Gerücht, dass eine der Survivors des letzten Jahres, die wunderhübsche Sui Kubo, erneut teilnehmen würde. Sie kokettierte noch, aber Jephron wäre jede Wette eingegangen, dass sie es tun würde. Niemand brachte sich so ins Gespräch, nur um dann am Ende zu kneifen.

33 der 50 Plätze waren bereits vergeben. Noch siebzehn.

Wer würde das Rennen machen? Jephron hielt Mxu für überschätzt. Die Leute ließen sich von seiner Größe blenden, aber Niedriggravitationsmenschen hatten noch nie besonders gut abgeschnitten bei *Dungeoncrawler.* Aurania Anbasch nahm er ebenfalls nicht für voll. Wer Leibwächter brauchte, um sich auf ein solches Abenteuer einzulassen, würde dort unten von einem Nervenzusammenbruch zum nächsten taumeln, wenn erst einmal die Angriffe aus dem Dunkeln begannen.

Jephrons Favorit war jemand, den die Wettbüros gar nicht so richtig auf dem Schirm hatten: ein schon fast fünfzigjähriger Orioner namens Thibanth Alnilam. Der wirkte wortkarg und zäh wie ein Allrounder, der schon allerhand erlebt hatte. Vielleicht lag es daran, dass Jephron auch schon achtunddreißig Jahre alt war – er traute den Erfahreneren mehr zu als den sich selbst maßlos überschätzenden Jungspunden wie diesem Spaßbelgier.

Er fühlte sich angenehm schläfrig und gleichzeitig unruhig. Hier im Hotelzimmer war der Laurel-Geruch nicht ganz so wahrnehmbar, aber Jephron wusste, dass er überall dort draußen waberte. Früher hatte das Resort noch versucht, die Zimmer ganz besonders intensiv nach den Dungeons riechen zu lassen, aber auch hier hatten sich wieder zu viele Touristen beschwert.

Jephron war einfach nicht müde genug. Hier drinnen war alles zu abgeschirmt, zu künstlich, er fühlte sich abgeschnitten vom wirklichen Erleben. Isolation hatte er an Bord seiner MAYFIELD genug, wenn er auf Laurel war, wollte er Laurel spüren.

Er wuchtete sich wieder hoch, zog sich an und ging raus.

Immer noch bereitete jeder Schritt ihm Mühe, aber so langsam gewöhnte er sich daran. Draußen umfingen ihn wieder Musik und Menschenströme. Vergnügungssüchtige wie er selbst, vielleicht genauso ausgehungert nach Wochen in der großen, kalten Leere. Einmal war ihm, als sähe er die beiden ausgebleichten Schwestern erneut um eine Ecke huschen, aber das konnte auch eine Täuschung gewesen sein, eine Spiegelung von irgendetwas anderem. Falls sie ihm auflauerten, um ein Autogramm zu ergattern, brauchten sie sich nicht zu verstecken, sie konnten ihn ganz einfach ansprechen.

Niemand sonst schien ihn zu erkennen. Das machte das Alter. Ein wenig war er enttäuscht darüber wie jedes Jahr. Ein wenig aber auch erleichtert, weil der Small Talk mit Fremden manchmal peinlich wurde. Ihn zog es dahin, wo er jemanden kannte: Zuzanns Bar *Paradox Lost* im Ostdistrikt.

Das *Paradox Lost* war wie immer gut besucht. In dem schummrigen Unterwasserlicht, das dort herrschte, konnte man die Gäste nur undeutlich erkennen. Eigentlich eine Raumpilotenkaschemme, aber mit verblüffend gutem Geschmack. Die Drinks stammten überwiegend aus dem Fomalhaut-System, in dem es die besten Destillerien gab und folgerichtig auch die raffiniertesten Schmuggler. An den Wänden waren Souvenirs verschiedenster Planeten angebracht, außergewöhnliche Steine, getrocknete Pflanzen, Siedlerkunst. Es gab sogar Bruchstücke der Außenhüllen von Raumschiffwracks. Die Musik, die leise im Hintergrund lief, war Jazz aus dem 20. Jahrhundert, Dave Brubecks Zeitverschiebungsexperimente, aber auch afrofuturistisches Zeug wie Herbie Hancock und Sun Ra, Alben wie »Space is the Place« und »Cosmos« mit ihren typischen 1970er-frühe-Synthesizer-Sounds, die der Raumfahrt etwas Außerepochales und Schon-immer-Dagewesenes verliehen. Aufgrund ihres Musikgeschmacks hatte Jephron sich vor sechzehn Jahren mit Zuzann angefreundet. »Ich mag schwarze Menschen«, hatte sie damals gesagt. »Das ist zwar rassistisch, aber ich kann nichts dagegen tun: Ihr habt einfach schon immer die beste Musik gemacht.« Und hatte dabei entwaffnend gegrinst. Zuzann war weiß und die muskelbepackteste Frau, der Jephron jemals begegnet war. Er war sich sicher, dass sie ihn und jeden anderen mühelos quer durch ihre ganze Bar durchs bullaugige Fenster schleudern konnte, wenn sie es darauf anlegte. Darüber hinaus war sie einen halben Kopf größer als er, der durchaus kein Winzling war.

»Hoher Besuch!«, sagte sie und grinste wieder breit. Ohne dass er bestellen musste, machte sie ihm einen Singapore Sling mit Crushed Ice von einem der Jupitermonde. »Ich habe dich schon vor Tagen erwartet. Übermorgen geht's ja schon los.«

»Ich weiß. Ich war draußen bei den Säulen.«

»Schon wieder? Das wird ja fast so eine Manie bei dir wie *Dungeoncrawler*.«

»Ja. Vielleicht gesünder. Vielleicht aber auch nicht.«

»Ich war noch nie da. Was gibt es dort?«

»Man kann das nicht in Worte fassen.« Sie schaute ihn ungerührt an, bis er es dennoch versuchen musste. »Es ist … als würden sich deine Geburtshelfer über dich beugen und dich mit völlig undurchdringlichem Gesichtsausdruck betrachten, und du bist schon bei vollem Bewusstsein und bekommst alles mit, kannst aber nichts zu deiner Verteidigung vorbringen.«

»Klingt nach Stress.«

»Stress oder die vollkommene Gelassenheit. Oder beides.« Er zuckte die Schultern, sie stellte den mehrschichtig roten Drink vor ihn hin. Alleine schon die Cocktailkirsche war für jemanden, der lange im All gewesen war, ein Overkill. Wie jedes Jahr mussten sie beide lachen, als Jephron am Strohhalm saugte und so tat, als würde er zu Boden gehen. Er verheimlichte ihr, wie sehr die Schwerkraft tatsächlich an ihm zerrte. Auch der Alkohol wirkte doppelt und dreifach, denn in der Schwerelosigkeit zu trinken hatte so seine Tücken, deshalb war Jephron nichts mehr gewöhnt.

»Und, was hältst du von den Kandidaten?«, fragte sie ihn, während sie eine andere Bestellung zubereitete.

»Mein Geheimtipp ist Thibanth Alnilam.«

Zuzann lachte wieder. »Der muss doch dort unten künstlich beatmet werden. Nein, Mxu ist der Mann. Die Geeks unterschätzen ihn jetzt, weil die Büros auf ihn abfliegen, aber der hat viel mehr auf dem Kasten, als man annimmt. Ich kenne seinen Trainer, der ist Stammgast hier.«

»Wenn sein Trainer in Bars rumhängt, weiß ich nicht, ob das für sein Training spricht.«

»Du bist doch selber hier Stammgast!«, bepolterte sie ihn, und sie grienten wieder beide. Plötzlich zupfte jemand Jephron am Ärmel.

»Entschuldigen Sie bitte, Mister Girant, dürften wir kurz mit Ihnen sprechen?«

Jephron traute seinen Augen nicht im funzeligen Licht. Es waren die beiden bleichen Gespensterschwestern, junge Frau und Kind.

Zuzann legte auch sofort los: »Wie seid ihr denn hier reingeschlüpft? Meine Bar ist doch kein Kindergarten!«

»Wir wollen nichts trinken, wir wollen Mister Girant sprechen«, erwiderte die Ältere.

»Ach ja? Und in welcher Angelegenheit?«, fragte Zuzann, als wäre sie Jephrons Managerin.

»Es geht um *Dungeoncrawler*. Es ist äußerst wichtig.«

Jephron war schon längst von Neugier gepackt. Die beiden mussten ihm quer durch die Stadt gefolgt sein. Hatte er sich also doch nicht getäuscht, als er sie vorhin erneut zu sehen glaubte. Für Autogrammjägerinnen waren sie zu hartnäckig.

»Können wir eins deiner Separées benutzen?«

»Die eine ja, für die andere muss ich erst einen Kindersitz besorgen!«

»Hier drinnen passiert ihr ja nichts. Mach ihr 'ne Limonade. Von ein bisschen Jazz ist noch niemand verdorben worden. Besser, als wenn sie draußen alleine rumstehen und warten muss.«

Zuzann knurrte. »Na ausnahmsweise. Aber du übernimmst die Verantwortung, falls die IPF hier reinschneit.« Das war natürlich eine leere Drohung. Zuzann würde immer für alles, was im *Paradox Lost* passierte, die Haftung übernehmen müssen und auch wollen.

Jephron nickte, nahm seinen noch halb vollen Sling und steuerte mit den beiden Mädchen eine der Wandkabinen an, die durch altmodische Stoffvorhänge sogar noch ungestörter gestaltet werden konnten. Er ließ die Vorhänge jedoch offen. Er hatte keine Lust, von zwei durchtriebenen Mädchen in eine Sittlichkeitsfalle gelockt zu werden.

Sie nahmen alle drei Platz. Auch in der Kabine war das Licht äußerst sparsam, dennoch hatte er zum ersten Mal Gelegenheit, sich die beiden genau anzuschauen. Sie waren hundertprozentig Schwestern. Sie hatten dieselben ausdrucksvollen, wahrscheinlich seegrünen Augen und dieselben, leicht arrogant geschwungenen, feinen Augenbrauen. Ihre Nasen unterschieden sich, und ihre Münder und Kinne auch, aber das mochte daran liegen, dass die eine etwa 18 war, die andere vielleicht fünf, sechs Jahre jünger. Beim ersten Sehen hatte er die jüngere noch auf 10 geschätzt, jetzt würde er eher 12 oder 13 sagen. Beide hatten sehr ähnliche hellblonde Haare, die ältere trug sie zu einer komplizierten Zopfknotenfrisur gebunden, die jüngere hatte einen Pagenschnitt, der ihr herzförmiges Gesicht betonte. Sie trugen helle Touristenkleidung, die nicht verbarg, dass sie sehr schmal, geradezu fragil gebaut waren. Beider Handgelenke wirkten wie Hühnerknöchelchen. In einem früheren Jahrhundert hätte man sie als »elfenhaft« bezeichnet. Fotoblogger rissen sich wahrscheinlich darum, sie ablichten zu dürfen.

»Wir sind Ihnen sehr dankbar, dass Sie sich Zeit für uns nehmen, Mister Girant. Wir wollen diese Zeit auch gar nicht lange beanspruchen. Wir möchten Ihnen eine geschäftliche Transaktion vorschlagen.« Es war immer nur die ältere, die sprach, und sie begann die meisten ihrer Sätze mit einem »wir«.

»Ich bin ganz Ohr.« *Sie wollen mich nicht für einen Transport anheuern. Es geht um* Dungeoncrawler. Im Hintergrund strudelten Sun Ras Bläsersätze.

»Wir müssen uns erst vorstellen. Ich bin Bjanje Cilings, und das ist meine Schwester Syonje. Wir stammen vom Planeten Castelbouc im Alrischa-System.«

Wahrscheinlich eine oder zwei Sonnen mit geringer Helligkeit, deshalb sind die Bewohner so bleich und haben diese großen Nachttieraugen.

»Da war ich noch nie«, sagte Jephron freundlich und saugte wieder an seinem Sling. Angesichts von erwachsenen Geschäftspartnern gab er sich gerne cool und unnahbar, diesen Mädchen jedoch wollte er eher die Nervosität nehmen. Irgendetwas an ihnen gefiel ihm sehr. Vielleicht ihre ernsthafte Dringlichkeit. Vielleicht aber auch der Umstand, dass sie so extrem hellhäutig waren und sich mit so großem Respekt einem Dunkelhäutigen näherten. Es gab so viele Separatistenidiotenplaneten da draußen, Jephron fand es immer wieder erleichternd, wenn Menschen kein Thema aus Farben oder Falschfarben machten.

»Dort ist es sehr hübsch. Der Planet erinnert an einen irdischen Ort namens Castelbouc, deshalb hat man ihn so genannt. Dörfer, die sich über tiefen Seen und Flüssen an Felshänge schmiegen. Aber es gibt wenig zu erleben dort. Man kann nur so viele Flüsse durchschwimmen und Felshänge erkraxeln, bis es einem langweilig wird. Wir sind *Dungeoncrawler*-Fans, seit wir denken können, meine Schwester sogar noch ärger als ich. Wenn das überhaupt möglich ist.«

»Was fasziniert euch daran?« Milliarden Menschen waren von *Dungeoncrawler* fasziniert, aber Jephron hatte schon hundert unterschiedliche Gründe dafür erfahren.

»Die Zuspitzung.« Bjanje wirkte sehr altklug, wenn sie so redete und ihr Mund sich bei der Silbe »zu« selbst zuspitzte. »Die Galaxis ist so weitläufig. Eine Balkenspirale von 120 000 Lichtjahren Durchmesser. Zweihundert Milliarden Sterne.

Selbst mit Jamison-Hedge wäre man über ein ganzes Jahr unterwegs, wenn man sie ganz durchqueren wollte, und für eine solche Strecke gibt es gar keine Korridore. Und danach? Kommen vielleicht 50 000 Lichtjahre der Leere, und dann kommt die nächste Galaxis. Und danach die nächste. Denn unsere ist nur eine von unzähligen. Wie soll der Mensch nicht den Verstand verlieren angesichts dieser Größenordnungen? Deshalb gibt es *Dungeoncrawler*. Hier kriecht der Mensch wieder durch Höhlen wie ganz zu Beginn seiner Geschichte. Hier hüllt er sich in Häute und Felle und sieht sich mit gefährlichen Tieren ganz unmittelbar konfrontiert, ohne die strahlenabweisende Hülle eines Raumschiffes als Schutz, ausgerüstet lediglich mit einer Knochenkeule und einem Speer mit Feuersteinspitze. *Dungeoncrawler* hilft uns, unsere Kleinheit und Begrenztheit zu verstehen und beides jedoch auch zu überwinden. Es ist, als würde man den Beginn unserer Geschichte immer wieder aufs Neue miterleben können, formuliert in Misserfolgen und Siegen.«

»Du klingst, als hättest du sämtliche Werbeformate dieser Show auswendig gelernt.«

»Es ist mehr als das, Mister Girant. Ich werde dieses Jahr teilnehmen.«

Jephron blubberte in seinen Sling. »Du? Ja, bist du denn überhaupt schon …?«

»Ich bin ein bisschen älter, als ich wirke, Mister Girant. Ich bin zwanzig Erdenjahre alt, meine Schwester ist dreizehn.«

»Aber ich habe dich noch gar nicht …«

»Ich werde erst morgen in den Listen auftauchen. Die Veranstalter folgen da einer eigenen Dramaturgie, das wissen Sie ja selbst. Von den fünfzehn offiziell noch freien Plätzen sind sicherlich zehn intern schon vereinbart. Deshalb wenden wir uns ja jetzt schon an Sie, damit es nicht zu spät ist.«

Jephrons Gedanken kamen kaum hinterher. Es waren noch siebzehn freie Plätze gewesen, als er das Hotel verlassen hatte, aber natürlich, seitdem war etwas Zeit vergangen, jetzt waren es nur noch fünfzehn. Die Schwestern blieben sicherlich ständig via Applikationsimplantate auf dem Laufenden. Jephron hatte sich so etwas nie zugelegt, weil er nicht ständig anvibriert und angepiepst werden wollte, wo auch immer in der Milchstraße er sich befand.

»Ich soll dir ein paar Tricks verraten?«

»Ehrlich gesagt: Nein. Sie sollen mich begleiten.«

Diesmal prustete Jephron nicht durch seinen Strohhalm. Er saß einfach nur da und blinzelte träge. »Das ist ein Scherz.«

»Nein. Aurania Anbasch hat uns auf diese Idee gebracht. Sie lässt sich dort unten von zwei Leibwächtern abschirmen. Aber diese Leibwächter sind ebenfalls Neulinge und werden den Ungeheuern genauso leicht zum Opfer fallen wie Miss Anbasch selbst. Viel schlauer wäre es dagegen, sich einen Leibwächter mitzunehmen, der sich dort unten *auskennt.*«

»Niemand kennt sich dort unten aus. Von Jahr zu Jahr verändern sie die Anordnung der Räume, und die ist immer streng geheim. Und ebenfalls von Jahr zu Jahr verändern sich die Anzahl, die Verteilung und sogar die Arten der Ungeheuer. Damit eben genau das nicht passiert: dass es vorhersagbar und somit langweilig wird.«

»Das wissen wir alles. Und dennoch ist sämtliche theoretische Kenntnis nichts wert im Vergleich zu der Erfahrung, tatsächlich bereits Teil des Ganzen gewesen zu sein. Wir kennen die letzten fünfzig Staffeln auswendig, Mister Girant, und uns ist klar, dass uns das nicht vorbereitet auf das, was sich in *dieser* Staffel dort unten abspielen wird. Nicht nur die Dungeons und die Ungeheuer, sondern auch die neuen Teilnehmer verändern alles. Aber *Sie* wissen mehr als alle, die sich nur theoretisch vorbereiten können. Sie wissen, wie man da unten überlebt.«

»Da bin ich aber nicht der Einzige. Sui Kubo hat letztes Jahr erst überlebt, die ist also viel näher dran am aktuellen Geschehen als ich. Warum schließt du dich nicht einfach mit ihr zusammen?«

»Weil sie kein Interesse daran hätte. Sie will ja selbst teilnehmen und gewinnen. Aber Sie, Mister Girant, würden nur teilnehmen, weil ich Sie dafür bezahle. Sie wären mein Leibwächter. Das wäre viel besser, als sich mit einer Konkurrentin auf ein Bündnis einzulassen, dessen Haltbarkeit pausenlos infrage steht.«

Zuzann betrat die Kabine und stellte den beiden Mädchen zwei phosphoreszierende Limonaden hin. Syonje griff gleich durstig danach. Bjanje jedoch lächelte und sagte: »Vielen Dank, aber ich nehme noch einen solchen.« Sie deutete auf Jephrons Singapore Sling. »Ich bin zwanzig und kann mich ausweisen.«

Zuzann schaute Jephron an. »Alles klar bei euch? Du siehst fast so bleich aus wie die beiden.«

»Nein, alles klar.«

Zuzann trollte sich.

Die dreizehnjährige Syonje hatte ihre Limo schon ganz ausgetrunken und wirkte jetzt wieder genauso ernst und konzentriert wie vorher.

Jephron war nach wie vor damit beschäftigt, seine galoppierenden Gedanken im Zaum zu halten. Er sah dauernd dieses zarte zwanzigjährige Mädchen vor sich, wie es von Bulpharhörnern aufgespießt und dann gefressen wurde. »Also der Reihe nach. Für meine Teilnahme ist es zu spät. Ich habe zwar eine Wildcard, aber ich hätte mich spätestens 48 Stunden vor Beginn der Pilotfolge melden müssen, und jetzt sind es nur noch etwa 38 Stunden.«

»Das stimmt, aber ganz so streng springt man mit Wildcardinhabern von Ihrer Beliebtheit nicht um, Mister Girant. Wir sind vor zwei Stunden, kurz nachdem wir Sie erblickt hatten, im Büro gewesen und haben einen Teilnehmerplatz geblockt für Jephron Girant. Bis zur buchstäblich letzten Sekunde wird dieser Platz freigehalten. Ich glaube, alleine schon die Möglichkeit, dass Sie teilnehmen wollen, lässt gerade die Blogger durchdrehen.«

»So was könnt ihr doch nicht machen!«

»Das ist doch nicht schlimm. Wenn Sie sich partout weigern, können Sie immer sagen, eine übermütige Teilnehmerin namens Bjanje Cilings hat ein Sie betreffendes Falschgerücht in Umlauf gebracht. Das wird Ihnen nicht schaden, im Gegenteil. Den Shitstorm kriege ich ab. Aber Sie haben jetzt fast 38 Stunden Zeit, es sich zu überlegen.«

»Ich gehe da nie wieder rein, außer als Zuschauer. Ich habe Menschen sterben sehen dort unten und hätte selbst ebenfalls draufgehen können.«

»Wir bieten Ihnen für Ihre Unterstützung 100 000 Credits Festgehalt. Plus natürlich alles, was Sie dort unten erbeuten.«

Jetzt wurde Jephron wahrscheinlich tatsächlich bleich.

Sein damaliger *Crawl* hatte ihm fürstliche 140 000 Credits eingebracht. Das hatte gereicht, um seinen nagelneuen Einmannsegler zu fast drei Vierteln anzuzahlen.

Leider endeten damit nicht die finanziellen Belastungen. Der Unterhalt eines eigenen Raumschiffes war eine teure Angelegenheit.

Es waren nämlich vor allem die laufenden Kosten, die so manchen Traum vom All zerplatzen ließen.

Das begann mit dem Preis eines Liegeplatzes auf einem Raumhafen, den Jephron brauchte, obwohl er sich überwiegend im All aufhielt – aber die MAYFIELD benötigte auch regelmäßige Wartungen, Reinigungen und Überholungen. Hier hatte Jephron einen günstigen Tarif mit 1000 Credits im Monat, weil er seinen Liegeplatz so selten nutzte, dass er ihn sogar untervermieten konnte.

Dafür waren seine Treibstoffkosten höher als die eines häufiger im Hafen anzutreffenden Schiffes. Obwohl er versuchte, so viel wie möglich über Fotovoltaik zu lösen, waren spätestens für die Überlichtbeschleunigung Treibstoffvorräte unabdingbar. Die schlugen mit bis zu 2500 Credits im Monat zu Buche.

Dann die Gebühren für das Benutzen der FTL-Korridore. Hier bot der Marktführer InstruMentality verhältnismäßig günstige Konditionen sowie ein Rabattsystem für Vielflieger, aber das Leistungspaket-Abonnement kostete nichtsdestotrotz selbst für ein winziges Schiff wie seins 800 Credits im Monat. Der diesbezügliche Slogan lautete: *So erschwinglich die Unendlichkeit!*

Dann die Verpflegungskosten, Hygieneartikel, die Kosten für das Nachladen der Sauerstoffvorräte, der Strahlenpistole, der Bordkanonenmunition (die alle zwei Jahre erneuert werden sollte, selbst wenn man sie gar nicht abgefeuert hatte; Jephron erneuerte sie wie die meisten anderen Kleinpiloten nur alle vier Jahre), und ganz wichtig: die Wartung und Instandhaltung der Heizungsanlage, denn ohne Heizung gefror man im All innerhalb weniger Minuten. All das erhöhte seine monatliche Finanzbelastung noch einmal um gut 500 Credits.

Insgesamt musste Jephron also für jeden Monat Freiheit im All satte 4800 Credits investieren und bekam dies durch seine Lieferaufträge nur mit Müh und Not zusammen. Die 100 000 Credits, die Bjanje Cilings ihm soeben angeboten hatten, würden ihm zwanzig sorgenfreie Monate einbringen. Monate, in denen er durch Aufträge Rücklagen aufbauen konnte.

Er wollte versuchen, sich die Wässrigkeit seines Mundes nicht anmerken zu lassen. »Wie kommt es, dass du … dass ihr beide über solche Geldmittel verfügt?«

»Unsere Eltern sind wohlhabend umgekommen. Wir haben gut geerbt.«

»Aber welchen Sinn hat es dann, an *Dungeoncrawler* teilzunehmen? Es sind arme Schlucker wie ich, die dort ihr Leben riskieren.«

»Ich erklärte es doch schon«, antwortete sie etwas oberlehrerhaft. »Es geht um die Zuspitzung. *Dungeoncrawler* ist unsere einzige Obsession. Ich weiß gar nicht, welches andere Ziel wir im Leben verfolgen sollen.«

»Das ergibt keinen Sinn«, beharrte Jephron. »Es gibt Milliarden von Zielen da draußen, und mit jedem Jahr werden es mehr. Und ich meine nicht nur die Planeten, die durch das Voranbauen der Korridore immer besser erschlossen werden können. Es gibt auch andere Ziele. Eine Familie gründen. Einen Staat. Eine Weltanschauung.«

Erstmals sah er sie lächeln. »Ja. Das hat auch Sie ungeheuer ausgefüllt, nicht wahr? Familie, Staat und Weltanschauung.«

»Ich bin nicht wie ihr. Ich war niemals wohlhabend.«

»Wohlhabend bedeutet überhaupt nichts. Wir haben uns unseren Wohlstand nicht verdient. Er ist uns in den Schoß gefallen. Schlimmer noch: Wir haben einen brutalen Preis dafür entrichten müssen, nämlich unsere Eltern, die einzigen Angehörigen, die uns etwas bedeutet haben. Wir schenken unseren Wohlstand her für einen einzigen Augenblick, in dem wir wahrhaftig *am Leben* sein können. Und jetzt erzählen Sie mir nicht, dass es andere Wege gibt, sich lebendig zu fühlen. Gerade aus dem Mund eines *Dungeoncrawler*-Survivors klingt so etwas vollkommen unglaubwürdig.«

Zuzann brachte jetzt den Drink für Bjanje sowie eine zweite Limo für Syonje. Zuzann hatte dieses Separée kaum aus den Augen gelassen. Und wieder fragte ihr Blick Jephron, ob alles in Ordnung war. Wieder wich er diesem Blick aus. Er wand sich förmlich auf seinem Sitz, und das lag diesmal nicht an der Schwerkraft.

Bjanje spitzte die Lippen und begann, roten Singapore Sling durch den Plastikhalm zu saugen. Jephron verfolgte das Aufsteigen der Flüssigkeit, als handelte es sich um sein eigenes Blut. Dieses Elfenhafte, es hatte auch etwas Anämisches, vielleicht sogar Vampirisches.

Er deutete mit dem Kopf in Richtung der jüngeren Schwester. »Und sie?«

»Sobald sie alt genug ist, ebenfalls. Es sei denn, ich krepiere dort unten und biete ihr ein abschreckendes Beispiel.«

»Das klingt wie ein Spiel, das man nicht gewinnen kann. Eine von euch beiden muss sterben, um der anderen dasselbe Schicksal zu ersparen.«

»Mister Girant, mit voller Absicht wenden wir uns an jemanden, der *Dungeoncrawler* bereits *überlebt* hat. Weder meine Schwester noch ich haben die Absicht, dort unten zu sterben. Es ist nicht ein Todeswunsch, der uns antreibt, sondern der Wunsch, dem Tod zu trotzen. Ihm mitten in die ungerechte Visage zu spucken.«

Die Grimmigkeit ihrer Worte erschreckte und beeindruckte den Achtunddreißigjährigen. Dennoch konnte er sich auf diesen Deal nicht einlassen. Er war nicht vorbereitet auf die Belastungen dort unten. Er war keine zweiundzwanzig mehr. Er wollte sich dem nie wieder als Teilnehmer aussetzen. Es war zwar erfolgreich gewesen, aber auch, als würden Albträume leibhaftig werden. Und am allerwenigsten wollte er Verantwortung übernehmen müssen für eine hochnäsige, verwöhnte Tochter aus bestem Hause. *Zwei* hochnäsige, verwöhnte Töchter aus bestem Hause. Nein. *No way.*

»Ich kann das nicht machen, tut mir leid«, sagte er. »Vor sechzehn Jahren hatte ich einmal im Leben richtig Glück. Man darf das nicht überstrapazieren, indem man davon ausgeht, dass man immer wieder Glück haben wird.«

Bjanje Cilings lächelte wieder. Dieses Lächeln sah gar nicht völlig unwarmherzig aus. »Das mag Ihnen jetzt seltsam erscheinen, Mister Girant, aber gerade Ihre ablehnende Haltung ist es, die uns davon überzeugt, dass Sie genau der richtige Mann für uns sind. Würden Sie begeistert an Bord springen, hätten wir das Gefühl, dass Sie *Dungeoncrawler* nicht ernst genug nehmen und dass ich verloren wäre, wenn ich da unten jemandem wie Ihnen vertrauen würde. So jedoch bestärken Sie uns nur. Wir machen es also folgendermaßen: Sie haben noch achtunddreißig Stunden Bedenkzeit. Es gibt keinen anderen Kandidaten für uns. Wenn Sie nicht mitmachen, gehe ich alleine dort runter. Bis dahin betrachten Sie Ihre Rechnung hier als von uns bezahlt. Und hier haben Sie noch 30 Credits extra.« Sie legte ihm einen Creditchip hin. »Gönnen Sie sich etwas Gutes zu essen, Sie haben sich doch bestimmt längere Zeit nur aus Tuben und verschweißtem Plastik ernährt.«

Die beiden Schwestern erhoben sich fast gleichzeitig. Die jüngere hatte auch ihre zweite Limonade leer gesaugt, die ältere an ihrem Sling nur genippt. So, als könnte Jephron gerne den Rest bekommen.

»Ich kokettiere nicht, um den Preis in die Höhe zu treiben«, sagte dieser. »Ich meine es wirklich ernst. Nur ein paar Leute sind jemals zweimal in die Dungeons gestiegen, und für jeden von ihnen war es beim zweiten Mal schlimmer als beim ersten.«

»Das wissen wir«, sagte Bjanje. »Einige sind sogar umgekommen beim zweiten Versuch. Aber in diesem Jahr ist Sui Kubo wieder dabei. Sie probiert es ein zweites Mal, und sie scheint sich drauf zu freuen.«

»Wir werden hinterher wissen, ob diese Freude nicht nur Leichtsinn war.«

»Auf dem Chip stehen meine Kontaktdaten. Achtunddreißig Stunden, Mister Girant.«

Die beiden huschten davon. Die Jüngere hatte kein einziges Wort von sich gegeben, ja nicht einmal beim Limotrinken ein Geräusch gemacht. Wie ein Geist oder eine Fata Morgana.

Der 30-Credit-Chip war geblieben. Und der zweite, kaum angerührte Singapore Sling.

Was gutes Essen anging, hatte Jephron ein peinliches Geheimnis. Nachdem er so lange im All gewesen war, reagierte sein Körper gar nicht gut auf feste Nahrung. Es schien, als ob die Gravitation alles, was er zu sich nahm, nach unten durchzerrte.

Aber das dauerte in der Regel nur rund 24 Stunden.

Morgen Abend würde er sich auf Bjanje Cilings' Kosten ein herrliches, ultragesundes, fettfreies Laborsteak schmecken lassen.

Einen halben Tag, bevor sich die Dunkelheit der Dungeons über dieses helle Mädchen senkte.

Selbstverständlich bekam er das nicht mehr aus dem Kopf.

Sie hatte das gewusst, darauf spekuliert.

Er trank ihren Sling aus und fühlte sich hinterher schrecklich besoffen. Zwei lächerliche Cocktails. Viel Überlicht sorgte dafür, dass man gar nichts mehr gewöhnt war. Dass man auch zu einem diaphanen Gespenst wurde wie diese beiden Mädchen.

Vielleicht waren sie in Überlicht geboren worden. Konnte doch sein.

Zuzann fragte nach, was die beiden Bleichlinge denn nun eigentlich von ihm gewollt hatten.

»Eine geschäftliche Transaktion«, formulierte er überdeutlich mit schwererer Zunge, als ihm lieb war.

»Sie haben jedenfalls die Rechnung übernommen.«

»Und mir ein Steak spendiert.« Er zeigte ihr den Chip. Hintendrauf waren die Kontaktdaten eingraviert. Eigene Chips konnten sich nur wirklich Wohlhabende anfertigen lassen. »Wo gibt es denn dieses Jahr die besten Steaks?« Im *Paradox Lost* gab es nichts zu essen außer Wasabi-Pecannüsse, Jephron konnte Zuzann also fragen, ohne sie zu beleidigen.

»Versuch es in einem der beiden *Ambassadors*. Das ist zwar eine Hotelkette, aber die haben gute Beziehungen nach Botein, dort gibt es einfach die besten Fleischzellenlabore.«

»Gut. Eines der beiden *Ambassadors*.«

»Und was sollst du für die beiden transportieren? Hübsche Kameen?«

»Ja, so sehen sie aus, nicht wahr? Nein. Die Ältere nimmt dieses Jahr teil, und sie will mich als Bodyguard.«

»*No way.* Du gehst nicht noch einmal mit runter, oder?«

»Nein. Nie und nimmer.«

»Wie viel haben sie dir geboten?«

»Zwanzig sorgenfreie Monate.«

»Das ist nicht genug. Für zehn sorgenfreie Jahre würde ich es mir überlegen.«

»Wirklich?«

»Na ja, überleg mal: *zehn Jahre?* Aber zwanzig Monate sind ja nicht einmal zwei Jahre. Dafür lässt man sich nicht von Krötenaffen den Arsch fressen.«

»Nein. Auch für zehn Jahre nicht. Denn was hat man dann von diesen zehn Jahren, wenn man entweder tot ist oder für den Rest seiner Zeit an einem künstlichen Kreislauf angeschlossen bleiben muss, weil man keinen Arsch mehr hat?«

»Du machst es nicht.«

»Nie und nimmer.«

So drehten sie sich noch eine Weile im Kreis, als würden sie einen sehr langsamen Walzer miteinander tanzen. Sie bestätigten sich gegenseitig in seiner Weigerung.

Dann verabschiedete Jephron sich.

Draußen war inzwischen edelgasbrillanteste Nacht.

Alles drosch auf ihn ein, alles war ein wenig zu grell und zu laut. Die ganze Stadt wie ein Vergnügungspark, wie ein Auffahrunfall von Karussellen. Je näher die Show rückte, desto kreischiger wurde alles. Einige waren in Panik, weil sie teilnahmen. Einige waren überschwänglich, weil sie teilnahmen. Einige platzierten hohe Wetten. Einige waren eigens angereist, um das Geschehen zu verdammen. Andere waren zornig, weil sie nicht teilnehmen durften. Oder regelrecht suizidal deswegen. Andere freuten sich darauf, unter den Zuschauern vor Ort sein zu dürfen, wenn es endlich, endlich wieder losging. Die meisten freuten sich einfach nur auf die Livefeeds, die viel mehr Überblick boten, weil jeder interaktiv zwischen sämtlichen Levels hin- und herschalten, seine Favoriten abonnieren, jederzeit Hintergrundinformationen aufrufen oder sich über neue Entwicklungen unterrichten lassen konnte.

Laureline kreiste um dieses Event. Der ganze Planet schien sich nicht mehr um seine Achse, sondern nur noch um *Dungeoncrawler* zu drehen.

Deshalb war Jephron hier. Weil er diesen komprimierten Tumult eigentlich jedes Jahr genoss.

Diesmal war es jedoch anders.

Ein Schatten hatte sich über alles gelegt. Genau genommen waren es zwei Schatten, und sie waren nicht dunkel, sondern hell.

Er fand zurück ins Resort. Eine Gruppe von Touristen, die mit der 21 STAR angekommen waren, erkannten ihn, und Jephron musste tatsächlich ein paar Autogramme geben. Seine Schrift war unleserlicher als sonst. Er fragte sich währenddessen, ob die Cilings-Schwestern ebenfalls mit der 21 STAR angereist waren. Aber wohl eher nicht, sie stammten ja nicht von der Erde. Wahrscheinlich hatten sie ein privates Weltraumtaxi gechartert.

Auf seinem Zimmer tigerte er auf und ab, stieß dabei sogar zweimal gegen Möbel. Sein Gleichgewichtssinn wurde von Alkohol und Schwerkraft aus zwei Richtungen gleichzeitig torpediert.

Er fragte sich, ob die Gesellschaft einer schönen Frau ihn ausreichend ablenken könnte. Laureline wimmelte von schönen Frauen, aber sie waren teuer.

Hunderttausend Credits.

Plus das, was er erbeuten würde. Was schon damals genügt

hatte, um sein Raumschiff annähernd abzubezahlen. Heutzutage waren die Schätze sogar eher noch größer geworden, um der natürlichen interstellaren Inflation zu entsprechen.

Jephron setzte sich aufs Bett. Ihm war schwindelig, als hätten die Schwestern ihm etwas in den Drink gemischt, aber das hatten sie gar nicht nötig gehabt.

Hunderttausend Credits. Mitmischen, anstatt einfach nur zuzuschauen. Noch einmal einer von fünfzig sein anstatt einer von zwanzig Milliarden.

Er machte die aktuellen Übertragungen an. Nachts ruhte das Geschehen dort ein wenig, es hatte sich kein weiterer Teilnehmer eingefunden. Es würden ja ohnehin höchstens neunundvierzig werden können. Einen Platz hielt man ihm frei.

Er löschte die drei Monitore, legte sich hin.

Fand keinen Schlaf. Fand keine Liegeposition, in der die Schwerkraft ihm nicht die Eingeweide quetschte.

Machte einen der Monitore wieder an.

Schaute mit sehr leisem Ton eine Seifenoper von Kullat Nunu 44. Menschen, deren Haut grünlich transluzent wirkte, liebten sich und hassten sich bis zum Tod. Darüber schlief er endlich ein.

Am Morgen war Laurel allgegenwärtig.

Er machte das Fenster auf und atmete den sinnlichen Gestank dieser Stadt, dieses Planeten. Wie einer, der aus einem Meer hochtauchend nach Luft schnappt. Oder einer, der plötzlich Lungen hat statt Kiemen.

Jephron fühlte sich besser als gestern. Unternehmungslustiger. Selbst im Schlaf hatte sein Körper Gelegenheit gehabt, sich an die Gravitation zu gewöhnen. Selten dauerte es länger als vierundzwanzig Stunden, seine diesbezüglichen Schwierigkeiten zu überwinden. Ein wenig fühlte es sich jetzt wie Muskelkater an.

Er machte ein paar Übungen gegen genau diesen Muskelkater. Liegestütze. Klappmesser. Alberne Kniebeugen, mit das Schwerste davon.

Er duschte. Sogar das Wasser roch ein kleines bisschen nach Gärung. Nach ein paar Tagen roch jeder Körper danach, jedes Haar, jede Wimper.

Er machte die Monitore an. Es lief ein Feature über einen Teilnehmer namens Stockhausen Brynn, einem gedrungen gebauten Typen von einem Planeten mit extraordinärer Schwerkraft. Man sah ihm bei seinem Hobby zu: in primitiver Helmmontur Wandern auf dem Grunde eines Flüssiggasmeeres. In diesem Meer waren Konturen zu sehen von riesigen Wesen, die entweder schwammen oder flogen oder beides. Stockhausen Brynn stapfte ungerührt mitten hindurch.

Jephron konnte sich irgendwie ein bisschen mit ihm identifizieren.

Er suchte den Frühstücksraum auf. Es gab ein reichhaltiges Buffet, das optisch den kargen Rationen nachempfunden war, die die Teilnehmer in die Dungeons mitnahmen, nur dass in den Plastikbeuteln Köstlicheres, Gesünderes und Verderblicheres enthalten war. Eine Gruppe enthusiastischer Schauspieler, die versuchten, ein paar lachende Frühstückende ins Geschehen mit einzubinden, führten einen Kampf zwischen zwei Bulphars und zwei prominenten Collectors aus der letzten Saison auf. Menschen in Bulpharkostümen wirkten wenig erschreckend. Sie hatten ähnliche Hörner, ähnliche Krallen, ähnliche Mäuler wie diese Chimären, aber sie bewegten sich viel harmloser. Nicht so schnell, nicht so entschlossen, nicht so ruckartig unberechenbar. Auch fehlten selbstverständlich das markerschütternde Brüllen und der fast sengend heiße Speichel dabei.

Jephron fragte sich, ob auch er bereits von Schauspielern nachempfunden worden war, irgendwo in einer der unzähligen *Dungeoncrawler*-Shows. Diesbezügliche Tantiemen hatte er jedenfalls nie erhalten, aber das war nicht weiter verwunderlich: Jeder Teilnehmer trat sämtliche Rechte an die Verwertungsgesellschaft ab, die sich dann für alle Ewigkeit gesundstoßen konnte an dem, was man ihr an Input geliefert hatte.

An einem der Nebentische trafen sich welche, die wie er über Wildcards verfügten und deshalb Kontingentzimmer in Anspruch nehmen durften. Survivors. Man kannte sich vom Sehen und Plaudern. Wie auch ihn zog es sie immer wieder nach Laurel, der Stätte ihres größten Abenteuers. Zwei von ihnen hatten es zu etwas gebracht, ihre Kleidung troff förmlich vor Geld. Zwei wirkten eher etwas heruntergekommen, aber in der Survivor-Runde waren sie alle gleich und tauschten die immer gleichen Anekdoten aus. Wie der eine sich vollgekotzt hatte. Wie der andere unter dem toten Körper eines Ungeheuers eingeklemmt liegen blieb, stundenlang. Jephron wurde entdeckt und herübergewinkt, aber er tat sehr beschäftigt, tupfte sich den Mund an seiner Serviette ab und huschte an einem gerade theatralisch langsam zu Boden stürzenden Bulphar vorbei in die Lobby zurück. Dort war es noch voller als gestern. Viele Touristen kamen gar nicht, um sich hier ein Zimmer zu nehmen, sondern um sich die Themenshows anzuschauen. Die Lobby des *The Dungeon Experience* war kostenlos betretbar, aber wenn man sich in den Frühstücksraum zwischen echte Survivors mischen wollte, musste man ordentlich Credits hinblättern.

Jephron eilte auf sein Zimmer. Sogar auf den Fluren war ein ständiges Kommen und Gehen. *Nur noch 27 Stunden bis zum Start.*

Diesmal konnte er es nicht so genießen wie sonst. Normalerweise wäre er jetzt rausgegangen und in der Stadt umhergeschlendert, hätte geschaut, ob man ihn erkannte, vielleicht noch ein paar Autogramme gegeben, vielleicht auch nicht. Wahrscheinlich hätte er den Eingangsbereich aufgesucht, mit seiner Wildcard gewedelt, vielleicht ein bisschen bei den hektischen Konstruktionsarbeiten zugeschaut. Jedes Jahr hatte er den Eindruck, die Kabel wurden erst in letzter Sekunde verlegt. Der Dungeonbereich war ein Ameisenhaufen in Aufruhr.

Aber diesmal stimmte etwas nicht. Eine Unruhe erfüllte ihn, die sehr unangenehm war. Er machte die Monitore an. Nachrichten von den Konflikten um Kaus Borealis. Er fand es unglaublich, dass es im Überlichtzeitalter immer noch Selbstmordattentäter gab. Um sich selbst in die Luft zu sprengen, musste man etwas ganz Fundamentales über die Verfügbarkeit des Raumes nicht begriffen haben.

Dann das Neueste von *Dungeoncrawler.*

Und da war sie!

Schnitt wie ein Keramikmesser in ihn ein.

Hübsch sah sie aus auf diesem Foto, hübscher als gestern in der Bar, wo sie nervös gewesen war und unsicher und nicht so zurechtgemacht.

Bjanje Cilings, 20 Jahre, von Castelbouc. Teilnehmerin.

Und dann ihr Status: *Collectoress.*

Jephron atmete auf. Immerhin nicht *Adventuress.* Das bedeutete, sie würde nicht in die ganz tiefen Dungeons abtauchen, sich nicht am Minosaurus versuchen, wahrscheinlich sogar die Krötenaffen meiden.

Sein Gesicht verzog sich. *So, wie er selbst als Collector die Krötenaffen gemieden hatte.* Nämlich gar nicht. Ohne jemanden da unten, der sie vor solchen Dummheiten zurückhielt, würde sie sich womöglich genauso überschätzen wie er seinerzeit. Gerade weil sie ihn kannte, ihn gut fand, sich an ihm orientierte. Letzten Endes würde er also sogar schuld sein daran, wenn sie es tat.

Er versuchte, sich diese Gedanken aus dem Kopf zu schlagen.

Er konnte nicht verantwortlich sein für jeden Trottel, der ihn nachzuahmen versuchte. Schließlich hatte er seine Bildrechte abgetreten, er konnte nichts dafür, wenn sein triumphierend vorgerecktes Kinn seit sechzehn Jahren wiederholt wurde.

Und dennoch. Dennoch.

Er hatte ihre Kontaktdaten auf dem Geldchip, den sie ihm gegeben hatte. Was würde es nützen oder ändern, sie anzurufen und anzuschreien? Nicht das Geringste.

Für alle Fälle übertrug er die Kontaktdaten in seinen Handballenscanner, damit er sie nicht verlor, wenn er den Chip später am Tag in einem der beiden *Ambassador*s ausgab.

Er verfolgte die Nachrichten weiter. Wie viele Teilnehmer waren es jetzt? 41. Nur noch neun freie Plätze. Die meisten dieser neun standen bestimmt ebenfalls schon fest, wurden im Laufe dieses Tages erst enthüllt. Jephron konnte die Dramaturgie förmlich vor sich sehen: Wenn er sich bereit erklärte, würde er wahrscheinlich der Fünfzigste sein als Höhepunkt eine Überraschung. Einer der beliebtesten Survivors tritt noch einmal an. *Himmel, der ist ganz schön alt geworden. Findest du? Er hat sich doch ganz gut gehalten.*

Jephron verscheuchte auch diese Gedanken. Sie schwirrten unkoordiniert durch seinen Kopf, trieben ihn in den Wahnsinn. Er musste etwas tun. Raus!

Er verließ das Resort. Schaute Richtung Raumhafen. Abhauen? Einfach weg? Aber das ergab keinen Sinn. Er würde den Übertragungen nicht entkommen können. Bjanje Cilings, aufgespießt und halb verzehrt von einem Bulphar. In zwei Teile gesägt von einer mannshohen Gottesanbeterin. Hinterrücks niedergeschossen von einem feixenden Bushwhacker.

»Aber ich kenne dieses Mädchen doch überhaupt nicht!«, rief er sich selbst zu. »Ich kenne weder sie noch ihre Schwester! Ich kannte auch ihre Eltern nicht! Ich war noch nie auf ihrem Planeten, hatte noch nicht einmal von ihm gehört! Also wie kann irgendjemand auf die Idee kommen, mich verantwortlich zu machen für das, was ihr widerfahren ist, nur weil ich es *abgelehnt* habe, sie näher kennenzulernen?«

Niemand. Niemand wird auf diese Idee kommen. Außer mir selbst. Weil ich es hätte verhindern können. Nur ich.

Aber wie? Er würde sie nicht umstimmen können. Nicht dieses altkluge, verwöhnte Persönchen. Verdammt noch mal, sie war ihm noch nicht einmal richtig *sympathisch* gewesen!

Sie war nur einfach viel zu jung, um draufzugehen. Und ihre verwaiste dreizehnjährige Schwester im Weltall ganz allein zu lassen.

Aber sie waren doch alle viel zu jung! Kamil Cluvaerts war doch auch kaum über zwanzig, und das scherte Jephron kein bisschen.

Aber genau genommen stimmte das nicht ganz.

Weil es ihn scherte, gehörte er zu den zwanzig Milliarden, die jedes Jahr zuschauten. Weil er mitleiden wollte, den Netten und Aufrechten den Sieg gönnte und den Aufschneidern und Hinterlistigen, dass sie ordentlich eins auf die Fresse bekamen. Das war statusunabhängig. Es gab auch gentlemaneske Bushwhacker, die wie Trickdiebe vorgingen und den Beraubten keinerlei Schaden zufügten. Einige von denen trugen sogar ostentativ keine Waffen. Auch solche konnte man bewundern und mit ihnen mitfiebern. Immerhin verhielt sich die gesamte Menschheit ein wenig wie Bushwhacker des Weltalls: Was die Planeten in Jahrmillionen Kleinarbeit hervorgebracht hatten, erntete man flugs. Die Menschheit war noch nie anders gewesen, die Besiedlung jedes Kontinents in jedem Zeitalter der alten Erde war genauso vonstattengegangen.

Dungeoncrawler bewegte ihn immer. Er war süchtig danach. War in seiner Jugendzeit, im Alter von Syonje und Bjanje, so süchtig danach gewesen, dass er schließlich selbst teilgenommen hatte, genau wie die beiden Schwestern. War seitdem süchtig, weil *Dungeoncrawler* sein Glück gemacht hatte, war süchtig nach dem Aroma dieser Hochzeit.

Aber er wollte nicht draufgehen.

Der Krötenaffe war das Schlimmste gewesen, was ihm jemals im Leben zugestoßen war. Schlimmer noch als die Stunden, als er in der MAYFIELD mit schwindenden Sauerstoffvorräten in der Umlaufbahn von Mesarthim III havariert war, nichts ging mehr, alle Instrumente tot, die Atmosphärenfeuerbestattung kam immer näher. Das Gefühl damals war nicht unangenehm gewesen, das langsame Ersticken hatte ihn zusehends müder gemacht und wie narkotisiert. Der Krötenaffe jedoch war die personifizierte Brutalität gewesen, übermächtig und kolossal.

Davon konnte er Bjanje Cilings erzählen. Davon *musste* er ihr erzählen. Vielleicht gab es noch ein Zurück für sie. Wenn ein Gemeldeter sich am Tag vorm Start den Knöchel brach, konnte er seinen Platz freigeben, selbstverständlich.

Er rief sie auf seinem Handy an, indem er die Bedienfeldimplantation in seiner linken Handfläche aktivierte.

Schon während des Wartens darauf, dass sie ranging, fragte er sich, warum er das tat. Er hatte sich zu nichts verpflichtet. Aber so ein Anruf kostete doch nichts, auf den Vertragsplaneten seines Anbieters hatte er eine Flatrate, und Laurel gehörte selbstverständlich dazu, sonst hätte er nicht diesen Anbieter gewählt.

»Ja?«

»Jephron Girant hier. Können wir uns noch einmal treffen, ich möchte dir etwas erzählen.«

»Meine Schwester ist gerade im Badezimmer. Sie ruft gleich zurück.«

Ein elektronisches *Klick*.

Zum ersten Mal hatte Jephron die Stimme der Jüngeren gehört. Er hätte sie kaum auseinanderzuhalten vermocht.

Er wartete, während er sich völlig ziellos durch die Straßen treiben ließ. Tagsüber wirkte Laureline fahler und unspektakulärer als nachts. Wie eine ungeschminkte Prostituierte. Die Sonne war ferner als auf den meisten Planeten und wärmte zwar, ihr Licht wirkte jedoch wie gebraucht.

Sein Handy vibrierte. Bjanje Cilings Kopf und Hals erschienen in einer Holoprojektion in seiner Handfläche, das feuchte Haar in einem Handtuchturban verborgen.

»Ja?« Sie sagte dieses Ja genauso spitz wie ihre kleine Schwester.

»Können wir uns heute noch mal treffen? Ich möchte dir ein paar Tipps mit auf den Weg geben.« Er beglückwünschte sich innerlich zu dieser Formulierung. Er stellte dadurch klar, dass er nicht mitkommen würde, versuchte aber auch gar nicht erst, sie zu einer Umkehr zu bewegen und somit zu bevormunden.

»Ich verstehe. Können Sie in unser Hotel kommen? Das *Giacomona* im Seilbahnviertel.« Das kannte Jephron gut. Benannt nach der herausragenden Lyrikerin des 27. Jahrhunderts verfügte es ebenfalls über ein oder zwei Kontingentzimmer, und vor einigen Jahren hatte Jephron eins von diesen erhalten. Klein, ziseliert, altmodisch, für echte Gemütlichkeit ein bisschen zu zuckerig.

»Ja. Wann?«

»Sagen wir in drei Stunden, zum Mittagstisch?«

Mittagstisch. Wie antik das klang für jemanden, der es gewohnt war, sich in ewiger Dunkelheit und wann immer ihm danach war, den Inhalt einer Tube in den Mund zu quetschen. »Ich werde da sein. Im Speisesaal.«

»Ja. Ich lade Sie ein.«

»Ich habe noch einen 30-Credits-Essenschip von euch.«

Bjanje gluckste vergnügt. »Den haben Sie noch gar nicht ausgegeben? Na, dann kriegen Sie zusätzlich von uns noch ein Mittagessen spendiert.«

Er dachte darüber nach, einen Witz zu machen wie *Du willst mich wohl fett mästen als Rache dafür, dass ich dich nicht begleiten will?*, aber dann fand er diesen Witz bei Weitem nicht gut genug und sogar geschmacklos und ließ es lieber. Die Cilings-Schwestern waren sicherlich das Beste gewöhnt, als

Kinder hatten sie bestimmt einen Privatcomedian gehabt, da konnte er ohnehin nicht mithalten. Humor war nie seine Stärke gewesen. Er war lieber geradeheraus. »Gut, bis dann«, sagte er nur, und sie legten beide auf, indem sie ihre Hände zur Faust schlossen.

Wo befand er sich eigentlich? Während des Gesprächs war er einfach weitergegangen.

Ah, er näherte sich dem Pumpenviertel, wo Laurelines Bodenschätze gefördert wurden. Nach sechzehn Jahren kannte er sich in dieser Stadt im Großen und Ganzen gut genug aus, um auf die Kartenfunktion seines Handys verzichten zu können. Nur die baulichen Umleitungen, die manchmal auch auf tektonische Verschiebungen der Erdkruste zurückzuführen waren, führten ihn manchmal wie gestern Abend in die Irre.

Er suchte einen Sauerstoffladen auf und gönnte sich zehn Minuten von einem Berg-und-Seenplaneten importierte Frischluft.

Danach fühlte er sich fit genug für eine halbe Stunde Hanteltraining in einem Gravitationsstudio. Inzwischen hatte er sich schon so gut wie gewöhnt, eine Nacht Schlafen wirkte Wunder, aber er fühlte sich immer noch ein wenig gehandicapt, und dagegen wollte er ankämpfen. Nützlicher Seiteneffekt war, dass er das Training in einer Einzelkabine nackt machen konnte und dass unterdessen seine Kleidung in einer nahe gelegenen Hochdruckreinigung gewaschen, aromatisiert und getrocknet wurde, sodass er das *Giacomona* nicht als Weltraumverwahrloster zu betreten brauchte.

Er duschte im Gravitationsstudio. Zuletzt noch eine entspannende Rasur, die ein Konturlaser vornahm. Jephron hätte währenddessen auf Monitoren die Neuigkeiten der Teilnehmerfindung verfolgen können, aber er hielt lieber seine Augen geschlossen und genoss einfach sein Hiersein.

Seine Kleidung wurde geliefert, er schlüpfte hinein, sie roch wie neu. Spätestens in zwei Stunden würde sie ohnehin nach

Laurel riechen, aber vorher konnte er noch einen guten Eindruck bei den Schwestern hinterlassen.

Wie jemand, der sich bewarb. Aber er hatte eher das Gegenteil davon vor. Er wollte nicht nur weiterhin ablehnen, sondern darüber hinaus auch noch umstimmen.

Er brach auf ins Seilbahnviertel. Laurels Sonne hatte auch zur beginnenden Mittagsstunde kaum mehr Strahlkraft als die von Jephrons Heimatplaneten Tonatiuh IV an einem diesigen Herbsttag.

Das Viertel war recht malerisch in steile, scharfkantige Felshänge hineingebaut, und die einzelnen Straßen sowie innerhalb dieser Straßen etliche Gebäude waren nur über Seilbahnen zu erreichen. Diese Seilbahnen liefen fast lautlos, sie knarrten allenfalls ein wenig an ihren Trägerkabeln. Es gab über hundert Linien, ein unablässig emsiges Auf und Ab und Hin und Her. Jephron musste zweimal umsteigen, dann erreichte er das *Giacomona*, das von außen wie eine minzfarbene Torte mit Sahneverzierungen verputzt war. Er war froh, dass er sich ein wenig fein gemacht hatte, er kannte das Hotel schließlich.

Ein livrierter Lakai führte ihn in den Speisesaal. Dort schwappte ihm das von den Spiegelwänden scheinbar noch zusätzlich verstärkte Klirren von Tellern und Besteck sowie das Geplauder von über zweihundert Menschen entgegen. Der Speisesaal fasste mehr Leute als das ganze Hotel, wie bei einigen Hotels kamen viele auch einfach nur zum Speisen hierher.

In der durch geschmackvoll drapierte Flüssigkristalllüster verstärkten Helligkeit des Saales leuchteten die beiden Schwestern noch mehr als gestern im schummrigen *Paradox Lost*. Sie trugen weiterhin helle Kleidung. Jephron brauchte beinahe eine Sonnenbrille, um sich ihnen nähern zu können.

Sie erhoben sich artig und begrüßten ihn. Er setzte sich unbehaglich. Er kam sich underdressed vor, weil er nur frisch gewaschene Klamotten trug, nicht jedoch ein Dinnerjacket oder eine von diesen topmodischen Lavalampenwesten.

»Zuerst möchte ich mich bei Ihnen entschuldigen, Mister Girant. Es lag wirklich nicht in meiner Absicht, Sie zu beleidigen.«

»Beleidigen? Wovon sprichst du?«

»Unser Angebot. Ich erhöhe es hiermit auf 250 000 Credits. Wir haben den Vormittag damit zugebracht, unsere Finanzen zu regeln, und können nun eine solche Summe aufbringen. Selbstverständlich steht Ihnen nicht weniger als eine Viertelmillion zu, wenn Sie sich meinetwegen in Gefahr begeben sollen.«

Jephron saß da wie gegen eine Glasscheibe gelaufen. *250 000 Credits*. Das war das Anderthalbfache von dem, was sie ihm gestern noch angeboten hatte. Das waren jetzt nicht mehr zwanzig, sondern *fünfzig* Monate. Vier Jahre. In denen er nicht einfach nur so mit Müh und Not über die Runden kam, sondern in denen auch die MAYFIELD finanziert sein würde, Wartung, Treibstoff, Korridore, Sauerstoff, alles. Sogar edel abgefüllter Sauerstoff, nicht nur Billigware aus irgendeinem Hinterwäldlerweltlabor.

Vier Jahre!

In vier Jahren konnte man eine Reise machen, in der man nicht auf Aufträge zu achten brauchte. Ein Jahr hin, ein Jahr zurück. Dorthin, wo noch nie zuvor ein Mensch gewesen ist. Und darüber berichten. Ein Videoblog. Schluss mit Ex-Survivor. Aufschlagen eines vollkommen neuen Lebenskapitels.

Er musste traumverloren ins Leere gestarrt haben, denn die Kellnerin – eine ehemalige Bewohnerin des Sternbilds *Kiel des Schiffes* mit den dort gebräuchlichen Ziernarben an den Unterarmen – fragte ihn schon zum zweiten Mal nach seinem Getränkewunsch. Er wollte einen völlig klaren Kopf behalten und bestellte etwas Nichtalkoholisches. Die Speisekarte war klein, aber erlesen. Ebenso waren die Portionen. Er beschloss, jetzt schon ein Steak zu essen. So konnte er sich das *Ambassador* aufsparen für morgen oder übermorgen. *Falls du dann nicht längst schon unten auf der Speisekarte von Bulphars stehst, du schwankender Dummkopf. Nein, niemals. Niemals wieder!*

Als er jetzt zum Reden ansetzte, fiel ihm auf, dass er Bjanje Cilings bislang immer ganz selbstverständlich geduzt hatte. Er kannte Planeten, auf denen man erst mit 21 als volljährig galt. Auch hatten Zuzann und er sie – und ihre Schwester – gestern für jünger gehalten, als sie tatsächlich waren. Nun kam ihm das Duzen allerdings unangemessen und respektlos vor, angesichts einer Viertelmillion Credits, die Bjanje ihm soeben angeboten hatte.

Gleichzeitig begriff er plötzlich, dass er schon so gut wie verloren hatte.

Es waren zwei Schachspiele gewesen, eines gestern Abend, das zweite jetzt. In beiden Partien hatte Bjanje ihn massiv unter Druck gesetzt, ihn aus dem Gleichgewicht gehebelt. Nun ahnte er, dass er vier Jahren Freiheit nicht würde widerstehen können. Was er hier noch tat, was er nun aß oder trank – es spielte überhaupt keine Rolle mehr. Das war nicht mehr als eine Hintergrunddekoration.

Wie hatte das passieren können?

Dass er seinen Grundsätzen so untreu wurde. Nur des Geldes wegen? Nein. Ganz so einfach konnte man ihn nicht kaufen. Es ergab keinen Sinn, wegen vier Jahren Freiheit möglicherweise draufzugehen oder sich für den Rest des Lebens zu blamieren, sämtliche Wildcardguthaben auf das Peinlichste verspielt. Nein, es war nicht nur das Geld. Es war auch und vor allem das Wissen, dass dieses Mädchen auf jeden Fall dort runtergehen würde. Und dass er, falls ihr dann etwas zustieß, sich vorwerfen müsste, nicht zumindest versucht zu haben, ihr zu helfen. Damit hatte sie ihn bezwungen. Im Grunde genommen gestern Abend schon. Die Angebotserhöhung heute war nur der zweite Zug, der das Matt in zwei Zügen besiegelte.

»Ist Ihnen nicht gut?«, fragte Bjanje wie unschuldig.

»Geht schon«, sagte er. »Mir ist nur gerade klar geworden, wie raffiniert ihr beiden seid. Du ebenfalls.« Er deutete auf die Jüngere. »Du sagst zwar keinen Ton, bist aber ein wichtiger Bestandteil der Gesamtchoreografie. Das durstige Waisenkind, das untröstlich ganz allein zurückbleibt, wenn ich mich weigere und etwas passiert.«

Bjanje lächelte. Und auch Syonje konnte sich jetzt ein kleines Schmunzeln nicht verkneifen. *Sie sind stolz auf ihren Plan, die Biester. Stolz und eitel.*

»Stimmt das denn überhaupt, dass eure Eltern tot sind?«

»Wir haben Sie nicht angeschwindelt, Mister Girant. Sie können alles nachprüfen. Das Einzige, worin wir nicht ganz aufrichtig waren, ist, dass wir nicht bereits gestern Abend 250 000 Credits hätten bieten können. Aber Sie können wohl niemandem vorwerfen, dass er versucht zu handeln. Unsere Mittel sind nicht unbegrenzt.«

»Ich werfe euch nichts vor. Aber ihr werft mein Leben aus der Bahn.«

»Ist das wirklich so, Mister Girant? Ist es denn wirklich so erstrebenswert, jemand von gestern zu sein? Sie sind noch zu jung, um schon zum alten Eisen zu gehören. Wir haben Erkundigungen über Sie eingezogen. Wir wussten, dass Sie gut in Form sind. Also was ist, wenn wir Ihr Leben nicht aus der Bahn werfen, sondern vielmehr in seinen eigentlichen Korridor zurückbugsieren? Wenn wir in Wirklichkeit Ihr Glück machen, während Sie einfach nur zu zaghaft waren, dieses Glück zu ergreifen? Eine Wildcard bedeutet eben nicht nur ein Hotelzimmer und diverse Vergünstigungen. Eine Wildcard bedeutet vor allem, dass *Dungeoncrawler* sich nach Ihrer Rückkehr regelrecht *sehnt*. Und alle Zuschauer ebenfalls.«

»Ich bin nicht der Einzige mit einer Wildcard.«

»Das gilt für alle, die eine haben. Jeder Survivor ist ein willkommenes Gesicht. Aber nur ganz wenigen der Wildcardinhaber wäre ein zweiter Versuch überhaupt zuzutrauen. Viele sind fett und faul geworden und moderieren jetzt irgendwelche Dauerverkaufskanäle. Und von den wenigen, die noch infrage kämen, sind Sie derjenige, auf den ich am ehesten setzen würde. Mit dem zusammen ich am liebsten durch diese Erfahrung schreite.«

»Warum? Warum ich? Ihr kennt mich doch gar nicht wirklich.«

»Man erfährt eine ganze Menge über einen Menschen, wenn man ihn im Angesicht des Todes gesehen hat.«

»Das mag stimmen.« Die Speisen wurden serviert. Jephron bekam ein gut durchgebratenes Formsteak, fast so groß wie sein Teller. Blutig gab es bei Laborfleisch nicht, denn es war nie durchblutet worden, hatte nie gelebt. Dafür war es aber garantiert schadstofffrei und hatte sich in den letzten Jahrhunderten gegenüber dem barbarischen Abschlachten von Tieren mehr und mehr durchgesetzt. »Eigentlich wollte ich mich mit euch beiden treffen, um euch zu erzählen, wie durch und durch grauenerregend mein Kampf mit dem Krötenaffen war.«

»Das kann ich mir vorstellen.«

»Nein, genau das, fürchte ich, kannst du nicht. Du bist jetzt zwanzig Jahre alt. Du kannst dir nicht vorstellen, dass dir etwas widerfährt, bei dem du seit sechzehn Jahren jeden einzelnen Tag und jede einzelne Nacht froh bist, dass du es niemals wieder erleben musst.«

»O doch. Ich musste als Kleinkind Rosenkohl essen.«

»Diese Bemerkung beweist nur, dass du die Dinge nicht richtig einschätzen kannst. Beides hat nichts miteinander zu tun, nichts.«

»Ich wollte nur einen Scherz machen, tut mir leid. Natürlich kann man das nicht vergleichen.«

»Der Krötenaffe war … die absolute Hilflosigkeit. Plötzlich

steht ein Ding vor dir, das doppelt so groß ist wie du selbst und viermal so stark und das dich einfach nur töten will. Ich hatte nichts als Glück. Ich habe meinen Speer zur Abwehr erhoben, und das Ungeheuer hat sich selbst daran verletzt. Dadurch war es irritiert. Ich wollte nach hinten weg, aber da war nur noch Fels. Es schlug mich und traf. Ich dachte, ich bin tot oder meine Eingeweide hängen raus, so fühlte sich das an. Ich wusste nichts mehr. Auf den Bildern sieht man, wie ich mit dem Speer voran in das Vieh reinstürze. Dann rangeln wir, dann flüchte ich schnaufend, dann bricht es zusammen und stirbt. Nichts als Glück. Ich hatte nichts als Glück.« Er musste im Essen innehalten, so deutlich schauderten ihn diese Erinnerungen, die sich sogar für ihn überwiegend aus den Übertragungsbildern konstruierten. Er selbst, aus seiner eigenen Sichtweise, wusste fast nichts mehr davon. Es war zu schnell gegangen und er selbst zu benommen gewesen.

»Aber Sie haben es besiegt. Das ist doch das Größte überhaupt. Dem Tod in die Augen zu sehen und ihn niederzumachen. Wer fragt denn hinterher, ob Oberst Gagarin nicht einfach nur Glück hatte, als er lebendig wieder zur Erde zurückkehrte?«

»Schöner Vergleich. Weißt du, wie Yuri Gagarin gestorben ist?«

»Nein.«

»Mit nur vierunddreißig Jahren. Weil er sich eben nicht zur Ruhe gesetzt hat nach seiner Heldentat, sondern weiterhin als Testpilot arbeiten wollte. Absturz. Ende.«

»Das weiß man aber heute gar nicht mehr.«

»Das macht es für ihn selbst aber nicht weniger tragisch. Und ich bin ja ich selbst, was schert mich also, was die Nachwelt von mir sagt? Wenn ich als Trottel sterbe, ist das das Letzte und Bleibendste, was mir durch den Kopf gehen wird, während es passiert.«

»Ich kann Sie nicht zwingen, Mister Girant. Ich kann Sie nur bitten, darüber nachzudenken. Unterschätzen Sie auch meine Fähigkeiten nicht. Ich bereite mich seit Jahren auf den Crawl vor, ich kann wahrscheinlich besser mit Speer und Schild und Schwert umgehen als Sie damals. Wir gehen zu zweit dort runter, können uns also gegenseitig den Rücken freihalten. Bei Ihrem ersten Crawl haben Sie sich erst unten einer Notgemeinschaft angeschlossen, die dann natürlich nicht besonders beständig war. Diesmal wüssten Sie von Anfang an, dass Sie nicht alleine sind.«

»Zugegeben.«

»Sie kriegen 250 000 Credits plus die Hälfte von dem, was wir beide erbeuten. Wir bilden einen gemeinsamen Topf und teilen gerecht durch zwei. Als Collectors. Das bedeutet, wir müssen uns gar nicht tief genug hinab begeben, um Krötenaffen zu begegnen.«

»Zugegeben. Aber das hatte ich damals ebenfalls vor. Oben bleiben. Sicheres Gefilde abgrasen. Der Crawl macht aber etwas mit einem. Vielleicht sind es auch die Gase, die dort unten aus jeder Felsenpore zischen. Es steigt einem zu Kopf. Man wird übermütig.«

»Sie passen auf mich auf und ich auf Sie.«

»Und wenn wir beide durchdrehen?«

»Sind wir immer noch wenigstens zu zweit.«

Verdammt, ich fange an, mich mit dem Gedanken abzufinden. Ich begehre gar nicht mehr richtig auf! Sie haben mich nicht nur eingewickelt, sondern sie verschnüren und verknoten mich.

Wütend zerbiss er das Fleisch. Er konnte gar nicht sagen, ob es ihm schmeckte. Eigentlich hätte es ein Genuss sein müssen nach wochenlangem Brei und unfrischen Sandwiches und den *Schiffszwieback* genannten Keksen. Aber es war, als könne sich seine Zunge nicht mehr richtig konzentrieren, weil sein Gehirn permanent am Rotieren war.

Er kaute und schluckte einzig nur noch, um einen zum Sprechen freien Mund zu haben.

»Ich muss zugeben, dass das Angebot nicht uninteressant ist. Ich habe nur zwei Probleme. Erstens habe ich mir hoch und heilig geschworen, nie wieder eine solche Dummheit zu begehen. Und zweitens wäre es mir lieber gewesen, es handelte sich um das *nächste* Jahr. Dann hätte ich ein Jahr lang Zeit, mich vorzubereiten, mich abzufinden, was auch immer.«

Bjanje Cilings lächelte und sah dabei aus, als sei sie älter als er. Fast mütterlich. Sogar ein bisschen mitleidig wohlmeinend. »Wenn Sie ein ganzes Jahr Zeit hätten, würde Sie das wahrscheinlich so zermürben, dass Sie mir im Laufe dieses Jahres ein Dutzend Mal ab- und dann wieder zusagen würden.«

»Schon möglich.«

»Und was das Erste betrifft: Sie haben es sich selbst geschworen, niemandem sonst. Also sind auch Sie selbst in der Lage, sich von diesem Schwur wieder zu entbinden. Erzählen Sie uns nicht, Sie würden ihren Crawl ausschließlich als Dummheit werten. Wenn es so wäre, wären sie jedes Jahr zur *Dungeoncrawler*-Zeit irgendwo im Universum, aber ganz bestimmt nicht ausgerechnet hier. Sie *genießen* es, hier zu sein. Sie scheuen nur vor dem letzten Schritt zurück.«

Sein letztes Argument war nur noch halbherzig. »Es zu genießen, hier oben den Wildcardstatus abzufeiern, bedeutet nicht, es zu genießen, noch einmal dort unten in der Hölle zu stecken.«

»Selbstverständlich ist das nicht dasselbe. Aber können Sie mir in die Augen sehen und sagen, dass es vollkommen ausgeschlossen ist, dass Sie es auch dort unten genießen werden?«

Jephron sah ihr in die Augen. Dann betrachtete er die jüngere Schwester, die sich die ganze Zeit über akribisch wie ein General mit einem Stück Pastinakenkuchen beschäftigte. Dann wieder die Augen, hell wie kunstvoll beleuchtete Edelsteine. Schließlich sagte er: »Nein.«

In Bjanje kam eine Bewegung wie eine Rührung. »Hören Sie, ich habe begriffen, was Sie mir über den Krötenaffen erzählt haben. Ich danke Ihnen dafür. Ich weiß, dass es gefährlich werden wird, lebensgefährlich sogar. Glauben Sie mir, dass ich das nicht unterschätze. Dass ich Sie anwerben möchte, ist der Beweis dafür, dass ich mich nicht Hals über Kopf hineinstürze.«

»Aber wenn ich Nein sage, gehst du allein.«

»Ja. Aber werden Sie denn Nein sagen?«

Ihm fiel auf, dass, wenn er jetzt »Nein« antwortete, er ein Paradoxon erzeugen würde.

Die ganze Situation war paradox. Er, gekommen als privilegierter Zaungast, gab das alles auf, um sich erst zu blamieren und dann womöglich sogar zu sterben oder schwer verwundet von robot-unterstützten Medics aus den Höhlen geschleppt zu werden.

Er sah nun beide Schwestern fast hilfesuchend an. »Gebt mir noch zwei Stunden. Zwei Stunden, um mich zu entscheiden.«

»Gut«, sagte Bjanje. Auch Syonje betrachtete ihn nun, interessierter wirkend. »Wir bleiben im Hotel, unsere Handynummer haben Sie. Ich werde mich wahrscheinlich im Kraftraum aufhalten, um mein Training nicht zu vernachlässigen.«

»Okay.« Er erhob sich zum Gehen. »Ich melde mich. Danke für die neuerliche Einladung. Das nächste Mal bin ich mal dran mit bezahlen.«

»Ja, wenn Sie unser Angebot annehmen, dürfte Ihnen das von den 250 000 Credits keine Mühe bereiten.«

Sie hatte das lächelnd gesagt, und dennoch blieb es wie ein Pfeil in seinem Rücken stecken.

250 000 Credits.

Das stellte wirklich alles auf den Kopf.

Zum ersten Mal erlaubte er sich, die Dinge nicht nur pessimistisch zu betrachten. Was, wenn es tatsächlich klappte? Vier Jahre Freiheit. Plus die Beute. Vielleicht ein weiteres Jahr? Plus der Status eines zweimaligen Survivors, der womöglich noch mehr Privilegien auf Laurel mit sich brachte. Vielleicht sogar nicht mehr nur auf Laurel beschränkt. Eine Berühmtheit allerorten.

Er hatte in der Seilbahngondel keinen Blick mehr für die exzentrisch gezackten Berge, schaute nur noch nach innen.

Lediglich für ein paar Sekunden wusste er nicht, wo er in der Stadt hin sollte.

Dann wurde es ihm klar.

In die MAYFIELD natürlich. Seinen schützenden, eigenen Rumpf.

Er ließ sich von einem Rikschamann mit Sauerstoffmaske zum Raumhafen rausstrampeln. Dort musste er im Terminal einen kurzen Aufenthalt in seinem Schiff anmelden, offiziell zum Be- und Entladen. Eine Angestellte, deren Overall erstaunlich eng anlag, kurvte ihn gut gelaunt zur MAYFIELD. Natürlich wollte sie zwei Autogramme, mindestens eins von beiden zum Weiterverkaufen.

Jephron schlüpfte in sein Schiff wie ein mittelalterlicher Ritter in seine Rüstung. Auch hier drinnen roch es jetzt schon nach Laurel, immerhin hatte er die Kanzel nun inzwischen schon zweimal aufklappen müssen.

Sein vertrauter Sitz. Die Instrumente, die wie erfreut aufblinkten, als er sie anstellte. Wie junge Hunde sprangen die Lichter an ihm empor.

Er schloss die Kanzel und machte Musik an, so laut wie möglich.

Curtis sang jetzt »Get down«. *It's strange, so plain, we're all cannibals. The most wasted and two-faced of all animals.* Natürlich hatte der Begriff »get down« nichts mit einer Landung oder einem Hinabsteigen in die Dungeons zu tun, sondern bezeichnete das Offenlegen der Karten, das Sichbekennen. Passte aber trotzdem.

Dann, als er das Gefühl hatte, dass Curtis alleine es heute nicht reißen würde, hörte er noch Funkadelic. »Hit it and quit it«. Das wäre dann also sein Motto. War eigentlich auch beim ersten Crawl schon sein Motto gewesen.

Er tanzte im Sitzen, auf die Art, wie nur Piloten sehr kleiner Raumschiffe es perfektioniert hatten.

Dann kroch er nach hinten durch, berührte seinen Schlafbeutel, die Faltwand zu Nasszelle und Abort, den Kleidungsspind, die Werkzeugkisten, seinen kleinen Backofen, seine Vorratsfächer, die Bodenluken zur Antriebswartung, den Durchschlupf zum Laderaum, die Heizaggregate für ihn, den Menschen, und Kühlaggregate für sie, die Maschine. Alles seins. Sein Zuhause in der Unermesslichkeit von Raum und Zeit und Sein.

Sollte er all das riskieren, all das verlieren?

Er hatte noch nicht einmal ein Testament gemacht. Was würde aus ihr werden, seiner MAYFIELD?

Er konnte sie schlecht Vimalaa vermachen, das würde ihren Mann wohl sehr stutzig machen. Choi. Natürlich Choi. Im Grunde genommen sein einziger Freund, auch wenn man sich sehr selten begegnete im All, vielleicht einmal im Jahr. Er sah Choi seltener, als er Zuzann in ihrer Bar sah, die immerhin besuchte er jedes Jahr an mehreren Tagen. Dann gab es noch Violaine, aber die war zu alt, um mit einem zweiten Schiff etwas anfangen zu können. Sie würde die MAYFIELD nur verkaufen, und wer konnte wissen, an wen?

Choi hatte allerdings ebenfalls ein eigenes Schiff, und zwar ein sehr spezifisches: Wenn seine INVERTED JENNY aufrecht stand, ähnelte sie einem kopfunter fliegenden antiken Doppeldeckerflugzeug und entsprach damit einem der kostbarsten Briefmarkenfehldrucke aller Zeiten. Alles an ihr war altmodisch, auch Briefmarken benutzte ja schon seit achthundert Jahren niemand mehr. So waren Choi und Jephron ins Gespräch gekommen. Zwei noch junge Männer damals, mit einem Faible für Musik und Ästhetik des 20. Jahrhunderts, in dem die motorisierte Luftfahrt ihren Anfang genommen hatte.

Jephron wollte ihn anrufen, jetzt. Wollte, dass Choi ihm den Wahnsinn ausredete. Musste er nicht ohnehin allen Bescheid geben? Choi schaute *Dungeoncrawler* gar nicht. Aber Violaine. Violaine würde einen Herzinfarkt erleiden, wenn sie ihn plötzlich mit angstverzerrtem Gesicht im Neonlicht herumturnen sah. Und Vimalaa? Wie viele andere Menschen auch würde sie die Staffel nicht regelmäßig sehen, aber ab und zu vielleicht mal reinschauen, nach Feierabend, kuschelnd mit ihrem Mann auf einem transparenten Sofa, in dem genügsame Fische schwammen. Und dann in Großaufnahme, wie Jephron von einem Krötenaffen in zwei Hälften gerissen und zerbissen wurde.

Nein, das konnte er niemandem zumuten!

Vor sechzehn Jahren war das noch anders gewesen. Alle aus seinem winzigen Umfeld hatten gewusst, dass er teilnahm, weil er selbst das lange zuvor angestrebt hatte. Diesmal jedoch war es ein Schock. Auch für ihn selbst.

Er griff zu den Armaturen, wollte Bjanje anrufen und absagen.

Doch er stutzte. Etwas verhielt seine Hand.

Bjanje. Sie würde auf jeden Fall dort runter gehen. Und dann würde *er* es sein, der in Großaufnahme miterleben musste, wie ein Krötenaffe sie sich vornahm. Die ganze Zeit über würde er das Gefühl haben, dass es in seiner Macht gestanden hätte, das zu verhindern.

Damit hatte sie ihm also ohnehin bereits diese Staffel verdorben. Er konnte weder morgen dorthin gehen, auf einem Kontingentsitz Platz nehmen und sich live anschauen, wie Bjanje den nur für die Zuschauer sichtbaren Bulphars entgegenstürmte. Noch konnte er den Rest der Staffel in der MAYFIELD sehen wie sonst jedes Jahr.

Hinterher. Hinterher würde er mit bangem Herzen die Ergebnislisten durchforsten. Und dann der Stich, wenn er ihren Namen las. Er sah schon jetzt Syonje vor sich, die ihn trotz ihrer erst dreizehn Lebensjahre bereits leidenschaftlich verachtete.

Sie konnten unmöglich von ihm erwarten, dass er sich für sie aufopferte. Er kannte sie doch gar nicht.

Aber sie waren beide noch so jung und dachten vielleicht gar nicht richtig nach. Waren mehr emotional als rational. Jeder, der an *Dungeoncrawler* teilnahm, war wie geblendet von dessen Fassade. Jephron selbst ja auch, sechzehn Jahre zuvor. Nur zwei Jahre älter war er gewesen als Bjanje Cilings heute.

Nein, was redete er sich denn ein? Es war alles längst entschieden.

Es gab nur zwei Möglichkeiten, wie er das diesjährige *Dungeoncrawler* überstehen konnte, ohne jahrelange Albträume davonzutragen: Entweder stand Bjanje das alles ohne ihn durch, oder er machte mit und sie beiden kamen da gemeinsam wieder raus.

In sich hineinforschend, glaubte er, dass das Zweite wahrscheinlicher klang als das Erste.

Er benutzte nicht sein Handy, sondern seinen Schiffsfunk, um sie anzurufen. Folgerichtig konnte er sie nicht holografisch sehen und sie ihn ebenfalls nicht. Auch seine Anruferverbindung musste ihr unbekannt erscheinen.

»Bjanje?«

»Ja?«

»Ich bin es, Jephron. Ich habe mich entschieden. Ich mache mit.«

»Großartig! Wirklich? Und Sie sind sich sicher? Ich habe Sie nicht nur überrumpelt?«

Natürlich hast du das, Mädchen. Was willst du von mir hö-

ren? Komplimente, wie clever du das angestellt hast? »Wie regeln wir das mit dem Geld?«, sagte er so hart wie möglich. »Was passiert, wenn du da unten stirbst, ich aber nicht?«

»Syonje hält die von mir unterzeichnete Vollmacht. Sie geht nicht mit rein, ihr kann also nichts passieren. Mir kommt da aber gerade ein Gedanke. Für mich wäre es gut, wenn Sie im Erfolgsfall mehr Geld bekommen, als wenn ich draufgehe. Um Sie mehr zu motivieren. Sie bekommen die 250 000 Credits also nur, wenn wir beide gemeinsam da rauskommen. Sollte ich sterben, bekommen Sie nur die 100 000, die ich Ihnen gestern versprochen hatte. Finden Sie das fair?«

»Ja, okay. Für mich gibt es ohnehin keine andere Option, als dich dort lebend rauszubringen. Ich kriege das Geld aber auch dann, wenn wir ohne Beute rauskommen.«

»Na ja, wenn Sie mir gleich zu Beginn eins übern Schädel geben und mich bewusstlos wieder rausschleppen, haben Sie sich keine 250 000 Credits verdient. Wir müssen schon richtig *crawlen.*«

»Wer bewertet das?«

»Syonje natürlich.«

»Syonje wird immer auf *deiner* Seite sein. Wir kriechen fünf Tage durch die Hölle, und hinterher behauptet deine kleine Schwester, das war nicht genug, und bescheißt mich um 150 000 Credits.«

»Okay, ich sage Ihnen, was genug ist: Wenn ich in eine der Kameras sage, ich will raus hier. Dann helfen Sie mir, lebend rauszukommen. Und dann ist es genug.«

»Aber das ist doch Wahnsinn! Du kannst das doch gar nicht richtig einschätzen! Da können zwanzig Bulphars angestürmt kommen, jeder normale Mensch würde sagen, okay, das reicht mir jetzt, aber du willst weitermachen. Ich will nicht Spielball einer Besessenen sein. Ich bin der Survivor von uns beiden. Ich muss ein Mitspracherecht haben.«

Er konnte förmlich vor sich sehen, wie es in ihr arbeitete.

Wie sie antworten wollte: *Aber ich bezahle, also bestimme ich die Regeln.* Und es nicht tat, weil er immer noch abspringen konnte. Noch hatte er sich nicht angemeldet.

»Also gut, dann regeln wir es über das Geld. Wenn alles so läuft, wie ich das will, bekommen Sie 250 000 Credits. Für jedes Mal, das Sie mich dort unten gegen meinen Willen überstimmen, verlieren Sie 50 000 Credits, aber dafür werde ich Ihrem Ratschlag folgen. Sie werden aber auf jeden Fall mindestens 100 000 bekommen.«

»Diese Regelung ergibt überhaupt keinen Sinn. Ihr heuert mich an, damit ich euch helfe, aber für jeden Ratschlag, den ich euch gebe, verliere ich Geld?«

»Stimmt. Wenn man es so formuliert, klingt es idiotisch.« Sie klang jetzt kleinlauter, vorher war sie noch begeistert gewesen und von ihren eigenen Ideen mitgerissen.

»Also hör zu, wir machen es folgendermaßen: Ich bringe dich lebend raus, mit Beute, als erfolgreiche Surviroress: Ich bekomme 250 000. Ich bringe dich lebend raus als Flüchtling ohne Spielspaß, du zeterst und greinst, aber lebst immerhin: Ich bekomme nur 150 000. Ich kehre ohne dich zurück: Ich bekomme nur 100 000. Du kommst ohne mich zurück oder keiner von uns beiden: Ihr könnt euer Geld behalten, denn ich habe keine Familie, der ich etwas vererben möchte. Mein Schiff geht an meinen besten Freund Choi Baumgart. Seine Kontaktdaten sende ich dir im Anschluss an dieses Gespräch.«

Sie schien nachzudenken. Er konnte ganz leise zwei Mädchenstimmen tuscheln hören wie Störungen in der Leitung. »In Ordnung«, sagte sie dann. »Ja, in Ordnung, das klingt vernünftig.«

»Gut. Dann ist das abgemacht. Ich gehe mich jetzt anmelden, dann gibt es kein Zurück mehr. Ach, und noch etwas: Kannst du in drei Stunden in mein Hotel kommen? Ins *The Dungeon Experience Resort*?«

Sogar ihr Atem klang argwöhnisch. »Warum das denn?«

»Die haben dort im Fitnessbereich allerlei Ausrüstungen, wie sie auch bei einem echten Crawl verwendet werden. Ich will mit dir zwei, drei Stunden lang zumindest ein paar Grundlagen trainieren und absprechen. Damit wir morgen schon ein wenig aufeinander eingespielt sind.«

Ihre Stimme hellte sich merklich auf: »Das ist eine gute Idee! Wir werden da sein!«

»Ja, bring deine Schwester ruhig mit, sie kann uns behilflich sein. Dann werden wir diese ganze dümmliche Themenpark-Hektik mal zu etwas Sinnvollem verwenden.« Er sprach wie zu sich selbst, bereits in Gedanken, Pläne schmiedend. Merkte kaum, dass noch jemand in der Leitung war.

Denn es gab schon jetzt kein Zurück mehr.

Sie verabschiedeten sich für drei Stunden.

Ab morgen würden sie auf Leben und Tod zusammengeschweißt sein. Heftiger noch als ein Mann und eine Frau, die sich das Jawort geben, heftiger als zwei Geschwister, die sich wenig zu sagen haben, zwei beste Freunde, die sich höchstens einmal im Jahr begegnen, heftiger als Auftraggeberin und Auftragsempfänger, die einfach nur Zahlen und Daten miteinander austauschen, heftiger als er selbst und sein Ich von vor sechzehn Jahren, die voneinander entfernt waren durch Jahre, Lichtjahre, Erlebnisse und Erfahrungen.

Er verließ sein Schiff zögerlich.

Betrachtete es, als würde er es womöglich niemals wiedersehen.

Zu den Säulen der Schöpfung hatte es ihn gebracht, zu den zwanzigtausend Meter hohen Eisbergen von Cantharellus XII, durch die vielfarbigen Ringe des Planeten Géronimo de Mendieta, zu den golden schimmernden Brachiosauriern von Gomeisa II, durch die Nebel von Minkowskis Fußabdruck, über die blumenbunten Wälder von Aura II und Aura III, nach

Barnard 33 und in die beweglichen Dunkelheiten des Pferdekopfs, zur edelsteingrünen See von Lukida Anseris Prime und dadurch zu Vimalaa.

Ohne seine MAYFIELD hätte sein Leben gar nicht stattgefunden.

Ohne die MAYFIELD und ohne *Dungeoncrawler*.

Er bahnte sich einen Weg durch die überfüllte Stadt. Der Tag vor dem Beginn der neuen Staffel. Tagsüber sahen die Menschen im funzeligen Sonnenlicht bleicher und unattraktiver aus als in der Nacht (»Schau dich um im Universum – die Nacht ist viel größer als der Tag!«, hatte mal jemand zu ihm gesagt), dennoch vibrierte alles vor Vorfreude.

Er erreichte den Verlies-Eingang. Den Weg dorthin hätte er blind gefunden, er ging ihn jedes Jahr. Der Eingang blieb immer derselbe, auch wenn die Verzweigungen darunter jedes Jahr neu definiert wurden.

Hier gab es eine Absperrung. Man musste entweder eine Karte vorzeigen oder Eintritt bezahlen, die Veranstalter verdienten sich dumm und dämlich alleine schon mit dem Tummelplatz vorm Dämonentor.

Hinter der Absperrung musste man durch einen Schlauch aus Abtastscannern. Hier wurde sichergestellt, dass kein Spielverderber Waffen mit sich führte. Die Menschheit hatte sich mit dem Gedanken, dass ein einzelner Verrückter ausreichte, um alles in Schieflage zu bringen, längst pragmatisch abfinden müssen.

Dann eine zweite Absperrung. Jephron ließ wieder seine Karte scannen. Die Felswand, in der das Tor lag, kam in Sicht.

Dann öffnete sich der Platz.

Hier war die Hölle los.

Gaffer drängelten und zerrten sich, um Autogramme und Holo-Selfies mit den Teilnehmern, Ex-Teilnehmern und anderweitigen Prominenten zu erhaschen, die im Bereich des sogenannten »blutroten« Teppichs Interviews gaben. Im Hintergrund die Felswand und darin, nun sichtbar werdend, das dreifach mannshohe schmiedeeiserne und mit roten Mustern unterlegte Doppelflügeltor, auf dem unzählige Dämonenfratzen ihre Zähne bleckten. Dieses Tor schien nicht in den Weltraum zu führen, sondern in die Mythen-Innenwelten, die die Menschen schon seit Jahrtausenden mit sich herumtrugen. Alles hier war Auseinandersetzung mit Grenzbereichen. Dennoch war das Tor nur Show, dahinter begannen die Dungeons noch lange nicht, sondern lag erst einmal ein loungiger Bereich, in dem sich Blogger, Zuschauer und Teilnehmer tummelten, nachdem sich die Pforte morgen Mittag öffnen würde.

Jephron reckte sich und hoffte, irgendwo einen Blick auf Sui Kubo erhaschen zu können. Mit ihr hätte er sich gerne noch unterhalten, bevor er sich anmeldete. Sie hatte letztes Jahr teilgenommen und dieses Jahr wieder, sie würde ihm am frischesten erzählen können, was jemanden bewegte, der sich zweimal auf diese Tortur einließ. Machte sie es freiwillig? Oder war sie – wie er selbst – *überzeugt* worden?

Aber sie war nirgends. Oder er übersah sie, weil sie nicht groß war.

Am Anmeldestand war es verhältnismäßig ruhig. Hier hatte der größte Trubel vor drei Monaten geherrscht, als die Anmeldefrist begann, bevor die Bewerber dann minutiös ausgesiebt wurden. Jedes Jahr bewarben sich an die siebentausend Menschen um die fünfzig Teilnehmerplätze. Es war sogar schon zu Auftragsmorden gekommen, um Konkurrenz auszuschalten.

Jephron fragte sich, wie viel Bjanje Cilings hatte hinblättern müssen, um einen Teilnehmerplatz zu blocken. Als Teilnehmerin hatte sie zwar einige Rechte, aber ein Blocken für einen weiteren Crawler war dennoch sicherlich nicht einfach und darüber hinaus kostspielig.

Außer ihm bildeten nur acht Personen eine kleine Schlange.

Unverzagte, die darauf hofften, dass einer der Teilnehmer sich verletzt hatte und sein Platz wieder frei wurde. Oder dass der von ihnen angeheuerte Auftragsmörder es inzwischen geschafft hatte, einen der Teilnehmer mindestens zu verletzen. Was aber ziemlich sinnlos war, weil es eine Nachrückerliste gab, die mindestens einhundert Leute enthielt. Manchmal behielten sich die Veranstalter es aber vor, einen Teilnehmer noch in allerletzter Sekunde zuzulassen. Oder irgendein Preisausschreiben hatte einen Platz geblockt. Oder jemand Wohlhabendes wie Bjanje Cilings.

Jephron stellte sich in die Schlange und lauschte dem aufgeregten Geschnatter der anderen. »Hast du gehört, dass Kamil Cluvaerts angekündigt hat, den Minosaurus zu erledigen? Er will ganz nach unten!« »Jedes Jahr gibt es solche Großtöner, aber die kriegen die Hose gestrichen voll spätestens auf der letzten Treppe.« »Mittags ist ein neuer Teilnehmer auf der Liste aufgetaucht. Ein schweigsamer Vermummter namens Luetin. Ich glaube ja, er ist eine Frau. Oder was dazwischen.« »Wenn er stumm ist, kann er zumindest nicht prahlen.« »Er oder sie ist nicht stumm. Nur still.« »Fünf Plätze sind noch frei. Hoffentlich sind die nicht alle geblockt.«

Die etwa siebzigjährige Frau am Schalter hatte schon alles gesehen. Sie erkannte ihn sogar. »Mister Girant! Was kann ich für Sie tun?«

»Eine Teilnehmerin namens Bjanje Cilings hat einen Teilnehmerplatz für mich geblockt.« Stöhnen in der kleinen Schlange, die sich hinter ihm bereits wieder gebildet hatte. »Ich möchte mich anmelden.«

»Haben Sie Ihre Wildcard dabei?«

»Die habe ich immer dabei.« Er legte sie vor. Sollte dieses – abgesehen von der MAYFIELD – wertvollste seiner Besitztümer ihm gestohlen werden oder abhandenkommen, konnte er es jederzeit sperren lassen und neu beantragen. Seine Daten waren überall in der Veranstaltungsverwaltung hinterlegt.

»Wir müssen das kurz mit Miss Cilings abgleichen.«

»Selbstverständlich.«

»Kommen Sie doch hier herum zur Seite, dann kann ich die Schlange weiter bearbeiten.«

Jephron ging zum Seiteneingang der Anmeldekabine. Die Menschen hinter ihm bedachten ihn mit teils bösen, teils aber auch neidischen und bewundernden Blicken. Zwei erkannten ihn und machten Holo-Selfies mit ihm. Jetzt ging es los. Es war nicht mehr aufzuhalten.

Ein sehr junger Mann, fast noch ein Knabe, telefonierte in der Kabine mit Bjanje. Jephron hörte ihn seinen Namen nennen. Dann notierte der Knabe eine lange Codenummer, die Bjanje ihm durchgab, in eine Tastatur. Anschließend kam er zu Jephron. »Das scheint alles seine Richtigkeit zu haben, Mister Girant. Ich gratuliere Ihnen zur Teilnahme an der 67. Staffel von *Dungeoncrawler*. Können Sie bitte hier und hier und hier gegenzeichnen, auch mit Daumenabdruck auf den Scanner?«

Jephron tat wie ihm geheißen. Der Knabe scannte ihn noch für die Kleidungsanpassung, druckte ihm Durchschläge aus und gab ihm eine frisch eingeschweißte Teilnehmerkarte. »Sie haben die Nummer 49. Nach Ihnen ist nur noch ein weiterer Platz geblockt.«

»Vielen Dank.«

»Viel Glück in der Tiefe!«

»Danke.«

Jephron stand da und atmete tief durch. *Teilnehmer. Noch mal.*

Bin ich denn verrückt geworden? Habe ich nicht gründlich genug nachgedacht? Da war ein Loch in seiner Magengrube, als würde er nie wieder etwas essen können. Und gleichzeitig, ganz zaghaft noch, ein leise irisierendes Hochgefühl.

Jemand schoss auf ihn zu. Ein Blogger mit langem, gelbem Bart. Neuigkeiten verbreiteten sich von der Anmeldekabine aus in Lichtgeschwindigkeit.

»Jephron Girant, liebe Freunde, Survivor aus einem anderen Jahrtausend, nämlich dem Jahre 2998«, sprach er in seine Sendehand. Er wusste die Jahreszahl tatsächlich auswendig, brauchte nicht einmal nachzusuchmaschinen. Viele Blogger waren selbstermächtigte Stümper, dieser schien sich immerhin wirklich auszukennen. »Das ist nicht weniger als eine Sensation! Aber warum erst am Tag vor dem Start, Mister Jephron? Haben Sie sich kurzfristig entschlossen, oder konnten Sie nicht früher hier sein?«

Der Blogger hielt ihm die Hand hin. Jephron merkte, wie sich ganz unwillkürlich dieses Medienlächeln auf sein Gesicht stahl, das er schon seit Jahren nicht mehr aufgesetzt hatte. Er sprach mehr in die Hand als ins Gesicht des Interviewers. »Ehrlich gesagt wusste ich gestern noch gar nicht, dass ich mich noch einmal darauf einlassen werde.«

»Was hat diese Meinungsänderung bewirkt?«

»Eine Teilnehmerin namens Bjanje Cilings hat mich angesprochen und mich gefragt, ob ich sie im Labyrinth unterstützen könnte. Ich habe hin und her überlegt, aber nun: da bin ich.« Grinsen, eine Mischung aus Entschuldigung und Siegesgewissheit. *Entschuldigt, liebe Mitteilnehmer, dass ihr es jetzt mit* mir *zu tun bekommen werdet.*

»Bjanje Cilings ist Collectoress mit der Startnummer 29. Heißt das, dass Sie beide ein Collectorenteam bilden werden?«

»Das heißt es.«

»Also, liebe Freunde, ihr habt es gehört: Jephron Girant ist wieder da, sechzehn Jahre älter, aber kein bisschen außer Form, wie ihr sehen könnt. Eine Zusammenstellung seiner besten Szenen folgt, bleibt dran. Viel Glück, Mister Girant!«

»Danke. Das kann man dort unten immer brauchen.«

»Und weiter geht's mit der Hauptdarstellerin aus *Ausgerechnet Antares*, die ich soeben dort drüben erblicke.« Der Dotterbart eilte weiter. Bloggerinterviews waren glücklicherweise meistens kurz, die Aufmerksamkeitsspanne der meisten Abonnenten betrug ohnehin nur wenige Sekunden.

Jephron sah weitere Blogger auf ihn zuhetzen. Jeder hatte sein eigenes Publikum. Da musste er jetzt durch. Er holte tief Luft.

Eine Viertelstunde später war es erst einmal überstanden. Jetzt war er schon wieder *old news*. Acht kurze Interviews hatte er in dieser Viertelstunde gegeben. Keine tiefschürfenden Fragen. Die absurdeste war gewesen: »Was essen Sie am liebsten?« (seine scherzhafte Antwort: »Schiffszwieback.«), die am wenigsten überraschendste: »Wem räumen Sie Favoritenchancen ein?« (»Ich traue Thibanth Alnilam allerhand zu, aber vielleicht irre ich mich auch.«), die überraschendste: »Wie stehen Sie zur Kaus-Borealis-Frage?« (»Ich war noch nie dort und weiß nicht genug darüber, um mir eine fundierte Meinung zu erlauben.«)

Über diese Frage dachte er noch auf dem Weg zurück in die Stadt nach. Wie stand er zur Kaus-Borealis-Frage? Freiheit von einem unterdrückenden Commonwealth-System war immer eine gute Sache, aber Freiheit erkaufen mit den Mitteln des Terrors? Keine Ahnung. Er hatte jetzt plötzlich wieder genug eigene Sorgen.

Er traf die Schwestern vorm Kraftraum des Resorts.

»Ich bin jetzt angemeldet. Nummer 49.«

Bjanje strahlte, Syonje schaute weiterhin skeptisch und stirngerunzelt. Sie schien sich mehr für einen Süßigkeitenautomaten in der Ecke zu interessieren als für alles andere. Bjanje spendierte ihr schließlich einen Kaugummi mitsamt Raumschiffring aus Plastik.

Dann betraten sie den Kraftraum. Tanzbeats blubberten aus

Lautsprechern. Frauen schindeten sich, gepresst in schweißaufbereitende Anzüge. An der gewonnenen Flüssigkeitsmenge konnte jede hinterher ablesen, wie fleißig sie Fett verbrannt hatte. Interessanterweise roch es in diesem Raum besser als draußen an der frischen Luft, weil das Resort Wert darauf legte, die Rekreationsbereiche mit kostbarer, importierter Wellnessweltenluft zu klimatisieren. Abgefüllte Luft war überall im All eine beliebte Handelsware.

Jephron führte die beiden Mädchen vorbei an den Laufbändern und Trimmrädern, den Stemmliegen, Ruderbänken und Sprossenwänden zu den vorhandenen Ausrüstungsgegenständen, die *Dungeoncrawler* nachempfunden waren: Schwerter, Speere, Pfeil und Bogen, Schilde, sogar Rüstungsteile, die man noch nicht als Grundausrüstung erhielt, aber in den Dungeons finden konnte.

Schnell stellte sich heraus, dass Bjanje mit all diesem Zeug besser umgehen konnte als Jephron, denn im Gegensatz zu ihm hatte sie sich schon lange zielgerichtet auf ihre Teilnahme vorbereitet. Sie war auch viel vertrauter mit den neuesten Materialien und Schwertformen, während sein praktisches Wissen eher auf die Waffen von vor sechzehn Jahren beschränkt war.

Folgerichtig kam er sich schnell ein bisschen blöd vor. Bjanjes altkluges Gebaren und die offensiv zur Schau gestellte Gelangweiltheit ihrer Schwester machten das nicht besser.

Dennoch konnte er mit Bjanje ein paar Dinge einstudieren, die ihnen beiden in den Verliesen womöglich von Nutzen sein konnten.

So stellten sie sich Rücken an Rücken und sicherten sich gegenseitig mit Speerreichweite.

Er zeigte ihr, wie man den Krallenhieb eines angreifenden Bulphars mit dem Schild so weit nach außen abschmetterte, dass dessen Rumpf für eine Sekunde völlig ungedeckt vor einem lag.

Sie zeigte ihm, dass man einen anstürmenden Gegner auch direkt auf die scharfe Unterkante eines Schildes auflaufen lassen konnte. Und wie man sehr gelenkig unter Schlägen durchtauchen und gleichzeitig mit einem Beinwischer den Gegner aus dem Gleichgewicht bringen konnte. Und dass sie mit Pfeil und Bogen zwar umgehen konnte, diese Bewaffnung sich in den verwinkelten und oftmals engen Gängen jedoch eher als Nachteil erwies, da Gegner im Nu an einem dran waren. Und wie weit sie aus dem Stand springen konnte, nämlich weiter als Jephron (der das auf die Schwerkraft schob, die wahrscheinlich lahmste aller Ausreden). Und dass sie geschickt darin war, mit zwei Faustschutzbügeldolchen gleichzeitig zu hantieren. Als Jephron das sah, kam er auf die Idee, sie mit zwei Schilden abzuschirmen, während sie selbst mit zwei Dolchen hinter der Deckung hervorstach. Aber um das gut üben zu können, hätte Syonje als Angreifer-Ersatz erstens größer und zweitens enthusiastischer sein müssen. Die kleine Schwester ließ sich nur schwerlich zum Mitmachen überreden. Im Laufe der drei Übungsstunden sammelte sie immerhin fünf Plastik-Raumschiffringe aus dem Automaten.

Jephron schwitzte sehr und benötigte ein Handtuch, während Bjanje immer noch wie ein frischer Wiesenmorgen auf Aura II aussah.

Zu guter Letzt testeten sie sich gegenseitig im Balancieren auf einem Schwebebalken. Balance wurde in den Dungeons bei allen möglichen Kletterpartien oder Hängebrücken abgefragt. Hier konnte Jephron erstaunlich gut mit Bjanje mithalten, ständiges Bewegen in Schwerelosigkeit gab einem ein recht gutes Gefühl für Gleichgewicht, Schweben und Schub.

»So, besser als nichts«, sagte er zum Abschluss. »Natürlich wären eine Woche oder sogar ein Monat gemeinsames Training viel sinnvoller gewesen, aber das lässt sich nun einmal nicht machen.«

»Wir haben immerhin einiges herausgefunden. Die Variante

mit zwei Schilden und zwei Dolchen ist ganz originell und wird von den Zuschauern wahrscheinlich gemocht werden, aber leider wissen wir nicht, welche Ausrüstung wir bekommen werden.«

»Wir können aber mit anderen tauschen. Oder zielgerichtet sammeln. Ansonsten nehmen wir, was kommt, anders geht es ohnehin nicht. Das war's für heute. Ich schlage vor, wir bleiben in Kontakt, falls sich noch irgendwelche Fragen ergeben, und treffen uns morgen eine Stunde vor der Eröffnung dort.«

»Das wird ein Riesengetümmel.« Plötzlich wirkte Bjanje erstmals eingeschüchtert vor dem selbst gewählten Unterfangen.

»Ja. Kennst du die Scheinwerfersäulen vor dem Torbereich?«

»Klar.«

»Wir treffen uns an der äußersten linken Säule. Wenn man vor dem Tor steht und Richtung Tor schaut links.«

»Die äußerste linke Säule. Gut. Dann also bis morgen! Gute Nacht noch!«

»Ja, gute Nacht euch beiden ebenfalls.«

Bjanje ging beinahe zögernd davon, als hätte sie noch etwas sagen oder tun wollen. Vielleicht hätte sie gerne den Abend vor dem gemeinsamen Crawl mit Jephron zusammen verbracht. Aber er hatte das Gefühl, Abstand zu brauchen. Die Tage dort unten würden intim genug werden. Außerdem fand er die Anwesenheit der jüngeren Schwester anstrengend.

Er ging hoch auf sein Zimmer, um zu duschen.

Schaltete noch nass die Monitore an. Er war jetzt dort drinnen angekommen. Konnte sein sechzehn Jahre jüngeres Selbst grinsen sehen. Und immer wieder: *»Jetzt habe ich es mir redlich verdient.«* Mit Untertiteln. Auf einem der Sender sogar mit einer fremden Stimme übersynchronisiert, als beherrschte er eine Sprache, die er nicht einmal verstehen konnte.

Er sah sich selbst im Schrankspiegel und kam sich vor wie der Vater des Typen auf dem Monitor.

Plötzlich fühlte er sich müde und hoffnungslos überfordert.

Er gab der Unerbittlichkeit der Schwerkraft vollkommen nach und sank aufs Bett.

Aber auch dort hielt er es nicht lange aus. Das Kissen und die Decke drängten sich gegen ihn wie bleiche Weichtiere aus den Dungeons.

Er musste noch mal raus.

Wohin sonst als zu Zuzann?

Im *Paradox Lost* lief gerade das »Mysterious Traveller«-Album von Weather Report. Der »Nubian Sundance«. Zuzanns Musikanlage brachte die bassigen, treibenden Percussions gut zur Geltung. Die nächsten beiden Stücke waren auch stark, aber Jephron kannte ihre Namen nicht.

Selbstverständlich wurde er auch im *Paradox* erkannt. Er war jetzt der Neunundvierzigste von nur fünfzig im ganzen Universum.

Zuzann schrie ihn geradezu an: »Was zum Teufel ist denn in dich gefahren? Waren das etwa die beiden Mädchen? Hätte ich sie von dir fernhalten müssen?«

»Vielleicht. Vielleicht aber auch gerade nicht. Noch kann ich es nicht sagen.«

Sie beruhigte sich wieder ein bisschen. Schenkte ihm einen harten Drink ein, einfach, und sich selbst ebenfalls, doppelt.

Sie schwiegen. Er auf den Tresen gelehnt, sie dahinter Bestellungen entgegennehmend und ihre Zapfhähne bedienend.

Dann, nachdem sie innerlich lange genug daran herumgefeilt hatte, stellte sie eine Frage. »Weißt du, Jeph, eine Sache musst du mir mal erklären. Ich weiß, ich habe gut reden, ich wohne ja schließlich selbst auf Laurel und lebe von den Leuten, die hierherkommen, um sich *Dungeoncrawler* anzusehen. Aber so richtig verstehen tue ich es nicht. Wir haben das ganze Weltall zur Verfügung. Das war ja nicht immer so. Früher hatte die Menschheit nichts als eine einzige winzige blaue Kugel, und auf der mussten alle klarkommen. Aber jetzt sind die Möglichkeiten doch grenzenlos, buchstäblich unendlich. Wie kommt es also, dass wir alle eine Sendung anhimmeln, in der fünfzig Verrückte in mittelalterlicher Kleidung und mit mittelalterlicher Ausrüstung gegen extraterrestrische Monster antreten? Was soll das? Warum schauen das so viele? Warum ist es so wichtig? Warum schauen wir nicht lieber irgendwelche Videotagebücher von Leuten, die gerade einen neuen Planeten erkunden? Oder etwas *Schönes*? Etwas mit Kultur? Und die Teilnehmer – ich verstehe es nicht. Wenn es alles irgendwelche Hinterwäldler wären, die niemals irgendetwas gesehen oder erlebt haben, die keinerlei Möglichkeiten besitzen und nun verzweifelt genug sind, in einer Gameshow ihr Heil zu suchen – von mir aus. Aber viele von ihnen sind wie du. Sie haben wunderschöne Schiffe. Sie können überall hin. Doch dann lassen sie sich freiwillig in ein stinkendes Labyrinth pferchen und gehen dort unten drauf.«

Auch Jephron dachte nach, bevor er antwortete. »Vielleicht hat das etwas mit Entropie zu tun.«

»Mit Entropie?«

»Oder mit Thermodynamik. Die Menschen verteilen sich wie Moleküle im All und entfernen sich dadurch immer weiter voneinander. Sie dünnen aus. Das ist ein chaotischer Vorgang, niemand kann noch irgendetwas regeln. Deshalb gibt es wahrscheinlich eine Sehnsucht in uns nach etwas, das uns noch verbindet. Das könnten auch Bücher sein oder Musik. Aber in den letzten siebenundsechzig Jahren war es halt eine spektakuläre Sendung, die das Leben enthält und auch den Tod, die Suche, das Glück und das allergrößte Unglück, die Hoffnung, die Chance. Man kann sich identifizieren. Man kann auch ablehnen und dagegen sein. Aber kalt lässt es fast niemanden. Das gibt uns allen etwas Gemeinsames.«

»Aber warum kann das nicht etwas sein, bei dem niemand draufgehen muss? Warum schaut niemand die Sendungen über die Kunstschätze sämtlicher Kolonialplaneten?«

»Das schauen ja auch welche. Aber es sind eben nie so viele. Dort ist man dann eher Teil von etwas Kleinem. Bei *Dungeoncrawler* ist man Teil von etwas Großem. Da wir uns im Universum alle winzig fühlen, gibt uns das Kraft.«

»Was ist aus Religion geworden?«

»Religion hat das Problem, dass wir *ihn* da draußen nirgends gefunden haben. Wie immer er – oder sie – sich nennen oder aussehen mag. Religion hat mehr denn je etwas Überlebtes. In den Heiligen Schriften ist immer nur von der Erde die Rede. Man merkt deutlich, in welcher Zeit sie geschrieben wurden, welchen Blickwinkel sie haben. Aber die Erde haben wir längst zurückgelassen. Wo wird in der Bibel das Weltall durchreist? Nirgends. Klassische Science-Fiction-Erzählungen haben uns da mehr zu geben.«

»Aber *Dungeoncrawler* ist keine Science-Fiction.«

»Nein. Es ist sogar noch raffinierter. Es führt zurück in unsere Vergangenheit als Höhlenmenschen. Gegen Dunkelheit und unbekannte Tiere. Aber die Leute, die sich dem aussetzen, sind – genau, wie du sagtest – größtenteils Raumfahrer. Es sind Menschen von heute, die sich dem Gestern stellen. Das Gestern ist hässlich und gemein. Und wir versuchen, es zu überwinden.«

»Das ist wie Alchemie«, sagte Zuzann nach einer Weile.

»Alchemie?«

»Ja. Die Verwandlung von Unedlem in etwas Edles. Die Leute dachten früher, es ginge darum, Blei in Gold zu verwandeln. Aber in Wirklichkeit ging es darum, etwas zu lernen und den Menschen dadurch zu verfeinern, ihn näher an Gott zu führen. *Dungeoncrawler* tut so, als hätte es eben so eine Bedeutungsebene. Aber ich glaube eher, dass es sich einfach nur um ein furchtbar kommerzielles Gladiatorenspiel handelt. Wie früher diese Turniersysteme, die so umstritten waren. *Rakuen, Paradies der Schwerter, Neverwake, The Foreshadowing* und wie sie alle hießen.«

»Alles ist kommerziell. Auch die Raumfahrt ist kommerziell. Was mache ich denn dort draußen? Ich versuche, Geld zu verdienen. Warum bricht jemand auf ins große Unbekannte? Um dort etwas zu finden, das wertvoller ist als das, was er bereits besitzt. Niemand tut irgendetwas, um etwas zu verlieren.«

»Außer die Crawler, die es dort unten erwischt.«

»Nein, auch die wollen ja gewinnen. Niemand will verlieren. Selbst wenn einer alles aufgibt, um in Armut zu leben, hofft er, dadurch Frieden zu finden. Es gibt keinen Ausweg aus diesem System. Wir sind nun einmal alle aus demselben Sternenstaub beschaffen.«

»Amen, Jephron. Ich wünsche mir, dass du lebend zurückkehrst. Unsere Gespräche würden mir fehlen.«

Sie stießen an. »Wir werden das überstehen, Zuzann. Wir gehen nicht runter bis zum Minosaurus. Auch deshalb mache ich das: Um das Mädchen von Selbstüberschätzung abzuhalten.«

»Ja, sie wirkte ein bisschen eingebildet.«

»Das sind wir alle, bevor wir uns dem Dungeon stellen.«

Er spürte, wie der Drink in ihm Mobiliar verrückte. Halb ärgerte er sich, halb freute er sich darüber. Er bestellte noch einen zweiten.

Der Rückweg bestand aus flackernden Lichtern und Rempeleien. Viermal musste er Autogramme auf Handrücken krakeln.

Im Resort lief in einem Saal eine *Der Vorabend der Eröffnung*-Gala. Starlets, die beinahe nackt waren, bis auf die Farbe, die ihre Körper hochgeschlossen einhüllte, tanzten kichernd um Jephron herum. Ein riesiger blonder Schwerelosigkeitsbasketballer wollte ihm unbedingt die Hände schütteln. Ein Interviewmikro prallte gegen seine Vorderzähne, hinterließ das Gefühl eines Schnurrbarts.

Er befreite sich aus einem Gestrüpp falsch lächelnder Gesichter und fiel in sein Bett.

Das war fast noch einmal wie Schwerelosigkeit. Vielleicht zum letzten Mal.

Im Liegen ahmte er die Bewegungen eines Basketballers nach.

Noch konnte er in die MAYFIELD steigen und wegfliegen. Jetzt. Jetzt gleich.

Er würde schon beim Starten kollidieren. Also schlief er ein.

Am Morgen bereute er die Drinks. Er war wirklich überhaupt nichts mehr gewöhnt. An der Hotelrezeption wollte er sich zwei Brausetabletten gegen den Kopfdruck holen. Glücklicherweise war es auf diesem Planeten wenigstens nie stechend hell. Zumindest nicht vom Himmel her. Es waren jedoch Blitzlichthände, die ihn blendeten. An der Rezeption herrschte Tumult. Blogger durchforsteten die ganze Stadt nach den Teilnehmern, um die letzten Interviews vorm Betreten der Dungeons zu erhaschen, vielleicht die letzten Interviews im Leben dieser Teilnehmer überhaupt.

Jephron verdrückte sich die Treppe wieder hoch, kam sich bereits vor wie in den Dungeons, von Bulphars gehetzt.

Er bestellte sich die Tabletten aufs Zimmer, anstatt sie selbst zu holen.

Geriet kurz in Panik. *Was habe ich nur angestellt?*

Aber ihm war klar, dass er sich nicht anders hätte entscheiden können.

Sei ehrlich zu dir selbst: Ein ganz kleines bisschen hast du es doch gewollt, dich nach diesem Anlass gesehnt. Warum sonst treibst du dich jedes Jahr hier herum, anstatt die Show aus sicherer Entfernung im Netz zu verfolgen?

Ja, das war ein richtiger Gedanke.

Was auch immer nun passieren würde, es würde ihm helfen, wenn er sich als Herr seines eigenen Schicksals begriff, nicht als jemand, dessen Gutmütigkeit man ausgenützt hatte.

Er selbst hatte diese Entscheidung getroffen. Da war er nicht betrunken gewesen. Und niemand hatte eine Strahlenpistole an seine Schläfe gehalten.

Die Tabletten kamen. Sie kamen nicht ohne Blitzlichthände. Jephron griff sie sich, warf die Tür zu, nahm sie ein, duschte, kleidete sich sorgfältig an, streckte sich in der Kleidung. Dann trat er vor die Tür ins Geblitze. Hände sausten auf ihn zu, in die er hineinsprechen sollte. »Ich habe eine Partnerin dort unten«, sagte er, »und die ist sehr gut vorbereitet.« Er sprach sich selbst Mut zu.

An ein unbehelligtes Frühstück im Speisesaal war nicht zu denken. Er nahm sich ein paar Hörnchen vom Buffet sowie zwei Apfelbirnen. Ständig blitzte es, als sei er das Epizentrum eines Gewitters.

Vorm Hotel schwang er sich in eine Rikscha und hieß den Fahrer, loszustrampeln. »Zum Eingang?«, fragte dieser, ihn erkannt habend.

»Ist noch zu früh. Fahren Sie mich einfach durch die Parks, ich will in Ruhe frühstücken.«

Die »Parks« waren künstlich angelegte Dornenhecken, etwas anderes wuchs auf Laurel nur unter Glas. Hier fand Jephron eine Infosäule, er ließ die Rikscha dort halten und betrachtete die sich überschlagenden News, während er seine Hörnchen und sein Obst knabberte.

Dungeoncrawler.

Dungeoncrawler!

Dungeoncrawler!!!

In der gesamten Galaxis schien es kein anderes Ereignis zu geben. Sicherlich gab es auch heute wieder irgendwo Attentate, Kollisionen, Havarien, sintflutartige Regen auf Siedlerplaneten, Skandale und Morde. Aber heute war der Tag der neuen Staffel. Nichts interessierte gravierender.

Jephron dachte über andere Galaxien nach.

Die Galaxis der Menschheit durchmaß 100 000 Lichtjahre, von der alten Erde aus war der Rand der Milchstraße fast 75 000 Lichtjahre entfernt. Selbst mit maximaler FTL-Leistung – und absurd riesigen Treibstofftanks – brauchte man 250 Tage, um dorthin zu fliegen, und genauso lange, um wieder zurückzukommen. Da es aber mangels Nachfrage gar keine sicheren Korridore gab, die nach so weit draußen führten, würde es noch länger dauern und viel gefährlicher sein als in den Korridoren.

Und dann? Jenseits des Randes? Erst einmal endlos scheinende Schwärze. Und dann, nach weiteren Jahren der Reise, die wie ein Blindflug wirken musste: die nächste Galaxis wie zum Beispiel Canis Major.

Doch wozu? Angesichts von rund 200 Milliarden Sternen alleine in unserer Galaxis erschien es sinnlos, noch weiter hinaus zu wollen, noch mehr zu suchen. Zumal man dort dann vollkommen alleine wäre.

Einzelgänger, die nichts mehr liebten als die Einsamkeit, hatten es dennoch gewagt. Aber man hatte nie wieder von ihnen gehört, vielleicht, weil sie den Kontakt absichtlich abgebrochen, vielleicht, weil sie ihn einfach nur verloren hatten, im Sendeschatten irgendwelcher Sternennebel.

Jephron war nicht ganz so ein Verrückter. Die Säulen der Schöpfung, annähernd 7000 Lichtjahre von der Wiege der Menschheit entfernt, waren ihm bereits der Gipfel der Entfernung.

Dann mischte er sich schon ganz gerne wieder unter Menschen. Schaute in ihre Gesichter, die alle unterschiedlich und dennoch ähnlich waren. Eine weitverzweigte Familie aus einem kleinen blauen Perlenhaus.

Vielleicht waren aber – mehr noch als die alte Erde, die er nie betreten hatte – die Dungeons sein Zuhause.

Hier war er geboren worden. Zumindest als der autarke Raumfahrer, der er heute war. Alles davor zählte kaum. Choi, Vimalaa, Violaine – alles, was ihm etwas bedeutete, verdankte er dem Raum.

Heute kehrte er dorthin zurück, wo er geboren worden war.

Vielleicht ergab das alles ja tatsächlich Sinn.

Er vertrödelte in der Rikscha fast den ganzen Vormittag. Nur eine einzige wirklich sinnvolle Vorkehrung traf er noch: Er gönnte sich in einem Sauerstoffladen noch mal zehn Minuten bewusstes und frisches Atmen.

Es roch nach einem Wald, der Boden grün und neblig. Auf einem Holofoto, das die Luftladung illustrierte, war mitten in einem lichtdurchbrochenen Dschungel ein rundlicher Elefant zu sehen, ein Mädchen ritt auf ihm, eine Frau in einem Sarong tätschelte den Rüssel.

Die alte Erde. Die Menschen, schon immer wie selbstverständlich hantierend mit etwas, das viel größer war als sie.

Vermessene Höhlenbewohner allesamt.

Nun zum Eingang. Eigentlich noch zu früh.

Jephron wurde von dem Gedanken heimgesucht, sein Leben, sein Freisein noch genießen und auskosten zu müssen, bevor er abermals in die Tiefe stieg. Vielleicht noch einmal Sex haben? Aber wie, auf die Schnelle, ohne sich das kaufen zu müssen? Käuflichen Sex verabscheute er.

Er konnte seinen Status als Teilnehmer schamlos ausnützen,

um eine schnelle Nummer zu schieben. Aber auch das würde er verabscheuen.

Ihm kam ein anderer Gedanke: Teilnehmen bedeutete bereits, das Leben auszukosten. Es bedeutete nicht zwangsläufig den Tod, sondern vielmehr beinhaltete es Aufregung, Ruhm und möglichen Triumph. Es war doch schon wie Sex. Größer als Sex, denn es wurde auf zwanzig Milliarden Bildschirme übertragen.

Ja. So musste er sich das einhämmern. Er glaubte es nicht ganz, anders als vor sechzehn Jahren. Warum eigentlich nicht? Für ihn hatte es sich doch sogar bewahrheitet. Aber er hatte zu viel Entsetzliches gesehen dort unten.

Dungeoncrawler war kein Sport, sei er auch noch so brutal wie zum Beispiel *The Foreshadowing*. *Dungeoncrawler* war eine Auseinandersetzung mit allem, was der Mensch fürchtete. Sogar wie er mit Erfolg umging, wie er Ruhm verkraftete, ohne an seiner Seele Schaden zu nehmen, gehörte dazu.

Er stieg aus und gab dem Rikschamann ein reichliches Trinkgeld.

Dann betrat er das Areal, nun durch einen anderen Eingang als dort, wo die Zuschauer tobten. Er war die Nummer 49, ihm stand jetzt noch mehr offen als nur mit seiner Wildcard.

Er sah andere Teilnehmer. Nickte einem der Leibwächter von Aurania Anbasch zu. Gab dem freundlichen Kamil Cluvaerts sogar die Hand. Erblickte Stockhausen Brynn, wie dieser Liegestütze machte, die Hände auf zwei Griffblöcken. Im Hintergrund hielt sich der/die vermummte Luetin abseits in den Schatten. Ein/e Ninja womöglich.

Die Cilings-Schwestern sah er nirgends. In diesem Bereich waren Angehörige noch erlaubt, Syonje würde also sicherlich dabei sein.

Er meldete sich bei der Kostümausgabe, bekam ein Hartlederwams angepasst. Suchte sich schon einmal eine Waffe aus. Langschwerter hatten sich in den teils engen Gängen als unpraktisch erwiesen. Er wollte ein oder zwei Kurzschwerter haben, fand welche, deren Griffe ihm gut in der Hand lagen. Alles wurde notiert und nummeriert. Mindestens dreihundert Mitarbeiter in Camouflage-Jumpsuits wuselten hier herum. Dabei war dies immer noch außerhalb des großen Tores.

Stockhausen Brynn machte immer noch Liegestütze. War er inzwischen bei 700, oder hatte er pausiert? Luetin war immer noch nur ein Schemen. Kamil Cluvaerts war schon nicht mehr ganz so freundlich, die Mitarbeiter schienen außerstande zu sein, ihm bequeme Schuhe zu besorgen.

Eigentlich war das Einkleiden und Waffenaussuchen Teil der Show, wurde in den ersten Stunden nach dem Durchschreiten des Tores übertragen, aber die meisten Zuschauer hatten keine Ahnung, wie viel bereits vorher ausprobiert und selektiert wurde, um später einen reibungsloseren Ablauf zu garantieren.

Dann fand Jephron die Schwestern. Bjanje gab sich cool, Syonje interessierte sich am meisten für die vielen altertümlichen Waffen, die überall herumlagen. Sie hantierte mit einem Morgenstern herum.

»Hast du noch mal über alles nachgedacht?«, raunte Jephron Bjanje zu. »Wenn dir hier unten etwas zustößt, trudelt deine dreizehnjährige Schwester ganz allein durchs Universum.«

»Sie ist dann wenigstens nicht mittellos. Falls Ihnen auch etwas zustößt, kann sie sogar Ihre Prämie verprassen.«

»Sehr lustig.«

»Nicht wahr? Und schauen Sie: Sie hat einen Morgenstern. Was also soll ihr passieren?«

Jephron lächelte. »Hier drinnen sollten wir das Siezen sein lassen. Ich bin Jephron. Ich habe euch beide nur geduzt, weil ich euch für jünger gehalten habe, als ihr seid.«

»Jephron.« Sie gaben sich formell die Hand. Das war eigenartig. Beim gestrigen Training hatten sie sich auch schon mehrmals berührt, aber nie so Auge in Auge. Jephron wollte verdrängen, dass Bjanje ausgesprochen hübsch war. Sie war achtzehn Jahre jünger als er. Was viele Männer von gar nichts abgehalten hätte, im Gegenteil. Aber hier war alles anders. Sie bezahlte ihn, war also seine Auftraggeberin. Gleichzeitig war er ihr Leibwächter und auch eine Art Lehrmeister. Alles Vertrauensverhältnisse, die man nicht kompromittierte. Zumindest nicht nach Jephrons Verständnis der Dinge.

Dungeoncrawler dauerte höchstens zehn Tage. In diesen anderthalb Wochen würden sie zusammen leben und sterben, angreifen und flüchten, weinen und lachen. Danach würden sich ihre Wege trennen, und sie würden sich niemals wiedersehen. Sie in ihrer champagnerfarbenen Welt des Wohlstands, er in seiner MAYFIELD, so weit draußen und entfernt wie treibstofftechnisch machbar.

Organisatoren tauchten auf. Die Teilnehmer wurden zusammengetrieben wie in früheren Jahrhunderten das Schlachtvieh. Aber dies war rituelles Schlachtvieh. Wie Pfingstochsen wurde es geschmückt und herausgestellt. Überall waren Kameras, nicht nur Handkameras, sondern aufwendiges Gerät. Es diente dazu, das »Hinter den Kulissen« einzufangen, den Abonnenten exklusive Einblicke zu gewähren. Interviewer tauchten auf – junge Frauen und junge Männer in modisch extravaganter Robe – und stellten ein paar standardisiert wirkende Fragen. »Wie fühlen Sie sich, jetzt so kurz davor?« »Für welche Waffe wollen Sie sich entscheiden?« »Ich biete Ihnen Gelegenheit, jetzt schnell noch jemanden zu grüßen, möchten Sie?«

Jephron wurde gefragt, ob er sich wieder mit einem Krötenaffen anlegen wolle. Jeder kannte diese Szene. »Nicht, wenn ich es vermeiden kann«, antwortete er und spielte das Spiel dabei gut mit, indem er den Veranstaltern die Gefährlichkeit ihrer

Ungeheuer bestätigte. Was allerdings auch voll und ganz der Wahrheit entsprach.

Bjanje blieb von Fragen verschont. Sie verabschiedete sich von ihrer Schwester. Die beiden hielten sich erstaunlich lange aneinander fest. Und noch etwas verblüffte Jephron: Im sonst immer so unbeteiligten Gesicht der kleinen Schwester Syonje sah er kurz Panik aufschimmern sowie echten Trennungsschmerz. Zwei Sekunden später hatte sich Syonje schon wieder gefangen. Als nun von der Seite her ein Mikrofon auf sie zuschnellte und sie gefragt wurde, ob sie keine Angst um ihre Schwester hätte, antwortete sie: »Bjanje wird gewinnen!« und machte in die Kamera hinein das Daumen-hoch-Zeichen und das entschlossenste Gesicht, das möglich war.

Jephron und Bjanje reihten sich ein. Jephron war umgeben von Teilnehmern, die er zwar in der Berichterstattung bereits einmal erblickt hatte, deren Namen er sich jedoch noch nicht merken konnte. Wozu auch? Ihre Wege würden sich ohnehin rasch trennen. Der Weg der meisten führte flüchtend raus, ins Krankenhaus oder sogar ins Grab. Jephron nahm sich vor, mit all dem nichts zu tun haben zu wollen und seinen ganz eigenen Weg zu beschreiten, genau wie vor sechzehn Jahren ebenfalls.

Nun ging es nach draußen, in den blutrot ausgelegten Bereich, vor das Tor.

Das Geschrei der Menge brauste wie bei einem Popkonzert. Jetzt, durch diesen Lärm, dieses begeisterte Gezappel und Fähnchengeschwenke, wurde alles erst richtig real.

Jephron war wirklich dabei. Ein zweites Mal.

Jetzt erblickte er Sui Kubo, die ebenfalls zum zweiten Mal dabei war. Sie lächelte. Dann sah sie ihn und lächelte auch ihm nickend zu. Er nickte, brachte aber kein Lächeln fertig. Sui Kubo war eine der hübschesten Frauen der Galaxis, im letzten Jahr war sie mit Modelaufträgen regelrecht überschüttet worden. Man munkelte, dass irgendein Kosmetik- oder Haarpflegeproduktehersteller hinter ihrer neuerlichen Teilnahme steckte. Zehn Tage kostenlose Werbung sozusagen. Aber Jephron sah nun, dass das nicht stimmen konnte. Sui Kubo war nicht gekauft worden. Sie freute sich wirklich darüber, wieder mit dabei zu sein. Womöglich ging es ihr ähnlich wie ihm: Sie hatte an dieser Stätte ihr Glück gemacht. Es hätte sie ohnehin immer wieder hierher zurückgezogen. Sie war nur etwas konsequenter als er damit umgegangen und hatte gleich Nägel mit Köpfen gemacht. Bevor das Universum ihr jahrelang die Sicht verstellen konnte.

Der Tross der Teilnehmer näherte sich einer Präsentationsplattform. Der fast drei Meter große Mxu überragte natürlich alle.

Oben wartete bereits das Hauptmoderatorenduo: Yessiga & Yasson. Zehn Tage würden die beiden nun wieder wahnsinnig attraktiv miteinander flirten und sich necken, während sie sich privat verabscheuten, aber das war ein Teil des Spaßes. Die beiden waren mal ein Prominentenpaar gewesen, hervorgegangen aus irgendwelchen *Adventure-Planet*-Showformaten, dann hatten sie sich öffentlich zerstritten und befehdet bis fast zum Auftragskilleranheuern, nun moderierten sie – für gutes Geld, das sie beide aufgrund ihrer luxuriösen Lebensstile brauchen konnten – die größte Show des Universums schon im dritten Jahr hintereinander und ließen sich dafür von findigen Gagschreibern trendige Sprüche auf den Leib schneidern. Die beiden waren ideal für die Show, weil es schon vor fünfzig Jahren aus der Mode gekommen war, sich gehässig über Showteilnehmer zu äußern. Die Würde derjenigen, die ihr Leben riskierten, blieb unangetastet, Yessiga & Yasson beleidigten sich nur gegenseitig. Sie waren »the couple you love to see hating«.

Yessigas Nippel zeichneten sich unter ihrem Kleid ab wie aus Eisen, Yasson trug dieselbe Frisur und Bart wie alle, die gerade »in« waren. Beider Lächeln war mit echten Aldebarandiamanten verziert. Nun holten sie jeden Teilnehmer einzeln auf die Bühne, in der Reihenfolge ihrer Nummerierung, also als Erste Aurelia Anbasch mit ihrer Nummer 1, gefolgt von ihren beiden Leibwächtern mit den Nummern 2 und 3. Bei fünfzig Teilnehmern war es klar, dass dieser Teil der Show fast drei Stunden dauern würde, selbst wenn jeder Teilnehmer nur wenige Sätze sagte und nur in einem zwanzigsekündigen Kurzfilm präsentiert wurde. Dazwischen gab es fünfzig Werbeunterbrechungen, während derer die unten noch Wartenden oder oben bereits Abgefertigten mit Getränken und Gebäck versorgt wurden oder sogar kurz das nahe gelegene Örtchen aufsuchen konnten.

Bjanje war mit ihrer Startnummer 29 etwa in der Mitte dran. Ihr Kurzfilm zeigte sie auf ihrem Heimatplaneten Castelbouc ungesichert eine steile Felswand erklettern, lachend und im sexy Kleid eine Party auf einer blauen Katamaranjacht geben (die extrem belustigten Gäste sahen in ihrer interplanetaren Mischung aber irgendwie zusammengecastet aus) sowie in einem Trainingsraum einen buddhistischen Kampfmönch treten. Dessen verzerrtes Gesicht war noch eingefroren im Hintergrund zu sehen, als sie live in Yassons Mikrofon sagte: »Ich freue mich sehr über die Ehre, dabei sein zu können, ich schaue diese Show schon mein ganzes Leben lang, und ich habe mir fest vorgenommen, alle zu überraschen.«

»Du hast dich mit Survivor Jephron Girant zusammengetan, was für ein Coup!«

»Ja. Wir bilden ein Collector-Team.«

»Und? Was läuft zwischen euch beiden?«

Bjanje ließ sich keinerlei Verlegenheit anmerken. »Wir kennen uns erst seit zwei Tagen. Was läuft, wird sich im Dungeon entscheiden.«

Jephron brach der Fremdschäm-Schweiß aus. Aber das war natürlich cleveres Marketing. Es war schlauer, die Zuschauer auf sich neugierig zu machen, anstatt alles abzuwiegeln, denn je höher die Beliebtheit beim Publikum war, desto mehr Vorteile wurden einem zugestanden.

Jephron musste sehr lange warten, bis er – als Vorletzter – endlich an die Reihe kam. Dazwischen sonderten die anderen Teilnehmer entweder dümmlich Populistisches oder gewollt Kryptisches ab. Als Zuschauer hätte er das alles sehr vergnüglich gefunden, jetzt konnte er sich kaum konzentrieren. Warum war eigentlich hinter ihm niemand mehr? Wo war der 50. Teilnehmer? Warum war Jephron der Letzte, obwohl er nicht der Letzte war?

Vor ihm stand Luetin und kam auch vor Jephron dran. Jephron versuchte zu erkennen und sogar zu erschnuppern, ob Luetin ein Mann oder eine Frau war, aber er konnte überhaupt nichts wahrnehmen. Vielleicht war Luetin nichts von beidem oder beides. Vielleicht war Luetin überhaupt kein Mensch.

Luetin ging hoch, mit Schritten, als würde er/sie durch Wasser waten, und absolut geräuschlos. Yessiga & Yasson hießen ihn/sie willkommen, scherzten darüber, dass Luetin niemals sprach, zeigten aber ein beeindruckendes Video, das Luetin zeigte, wie er/sie im Inneren eines Zweihundert-Meter-Wasserfalls nach oben kletterte. Viele der Teilnehmer kletterten und kämpften in ihren Videos. Luetin sah dabei ganz besonders unheimlich aus. Er/sie bewegte sich wie eine Spinne.

Die Spinne huschte in die Schatten.

Jetzt endlich Jephron!

Er ging hoch und setzte sein Kameralächeln auf. Sein Öffentlichkeitsgesicht.

»Schön, dich wieder dabeizuhaben, Jephron«, begrüßte Yessiga ihn wie einen alten Kumpel, als wäre sie vor sechzehn Jahren bereits Teil der Show gewesen. Sie duftete nach zwei Parfums gleichzeitig, eins in ihrem Haar, eins auf ihrer Haut und ihrem Kleid.

»Ich freue mich ebenfalls.« Sein Video lief schon. Immer dasselbe Material von früher. Niemand hatte mit ihm etwas Neues aufnehmen wollen.

»Für dich haben wir eine ganz besondere Überraschung

vorbereitet«, lachte Yasson. »Kommst du bitte mal kurz mit hier rüber?«

Jephron folgte Yasson. Kam sich dabei ein bisschen täppisch vor wie ein Octobear, der an einem Nasenring herumgeführt wird.

Yasson leitete ihn zu einem verkleideten Aufbau – und riss plötzlich das rote Tuch herunter, das diesen verhüllte.

Der Krötenaffe sprang sofort nach vorne und versuchte, Jephron zu packen.

Jephron schrie den Pilotenfluch: »Schiff Gottes!« und machte einen weiten Satz zurück, der ihn beinahe von der Bühne stürzen ließ.

Yasson lachte. Yessiga lachte. Aldebarandiamanten glitzerten. Das Publikum raste vor Vergnügen. Der Krötenaffe prallte gegen seine Käfigwand, haschte noch nach Jephron oder Yasson, konnte aber keinen von beiden erreichen und ließ es bleiben. Er trollte sich wieder nach hinten. Wahrscheinlich war er sogar sediert und hatte einen Elektrostoß oder irgendeinen anderen Reflexauslöser erhalten, als Yasson den Vorhang weggezogen hatte. Sein fast vier Meter hoher Leib passte nur gekrümmt in den Käfig, deshalb hatte Jephron diesen Scherz gar nicht kommen sehen.

Sein Herz schlug bis zum Hals. Er versuchte, sich wieder zu beruhigen. Warum ausgerechnet er? Warum trieben sie nur mit ihm solche blödsinnigen Scherze?

»Deine Reflexe sind jedenfalls noch bestens in Ordnung!«, lobte ihn Yasson mit Diamantenlächeln.

»Geht so«, sagte Jephron. Er spielte jetzt wieder die Rolle eines Showteilnehmers, sagte mit scherzhaftem Fingerdrohen: »Ihr habt mich ganz schön drangekriegt.«

»Dabei bist du wahrscheinlich der einzige Teilnehmer in diesem Jahr, der schon einmal ein solches Untier bezwungen hat!«, erläuterte Yasson, dabei professionell ernster werdend. »Glaubt mir, Freunde, auch mir ist gerade das Herz in die Hose gerutscht, obwohl ich wusste, dass das Viech aus seinem Käfig nicht raus kann. Aber wir kennen alle die *King Kong*-Filme, oder? Da ging doch auch immer was schief.« Gelächter. »Jedenfalls noch mal einen krötenaffengewaltigen Applaus für Jephron Girant, unsere diesjährige Nummer 49!«

Das Publikum spendete Jephron ehrlichen Beifall. Dessen Puls beruhigte sich langsam wieder. Eigentlich konnte er fast dankbar sein für diesen Scherz, diese Sonderstellung würde ihm einige Sympathiepunkte einbringen.

Aber der Krötenaffe. So nahe. Er hatte ihn springen und fauchen *gespürt.*

Vielleicht handelte es sich sogar um einen Nachfahren von dem, den er vor sechzehn Jahren umgebracht hatte. Ein Familienmitglied mit Rachedurst. Jephron wollte gar nicht erst darüber nachdenken.

Er ging von der Bühne. Fühlte sich dabei schon jetzt, als könnte er eine Pause brauchen. Verfluchte Schwerkraft. Verfluchte Monster von diversen danteschen Höllenplaneten.

Jetzt wurde doch noch die Nummer 50 präsentiert. Er hatte bis zum letzten Moment geheim gehalten werden sollen. Sein Name war Umlar Keikör. Er sah aus wie eine Mischung aus Wikinger und Brasilianer, mit bronzefarbener, rituell tätowierter Haut und blonden Dreadlocks. Er wurde als Adventurer vorgestellt, mit nur einem Ziel: den Minosaurus zu erschlagen.

Für die Zuschauer war so jemand immer besonders spannend, ein schöner Bestandteil der Gesamtdramaturgie. Für Jephron war Umlar Keikör wahrscheinlich der Erste von allen, der kläglich krepieren würde.

Jetzt ging es zum großen Tor.

Die Musik war eine andere als vor sechzehn Jahren, aber ansonsten war es immer dasselbe Ritual.

Jephron fiel auf, dass ein nicht unwesentlicher Bestandteil

seiner *Dungeoncrawler*-Seherfahrungen in den letzten Jahren auch immer eine gewisse Langeweile gewesen war und dass diese Langeweile tatsächlich auch ein Teil des Erfolgs dieser Show war. Niemand hielt unaufhörlichen Nervenkitzel durch, wenn man sich zwischendurch nicht auch bei Altbekanntem und Vorhersagbarem zurücklehnen konnte. Jetzt selbst auf das Tor zuzugehen war natürlich nicht langweilig. Die Monster dahinter waren allzu real. Aber als Zuschauer hatte er auch drinnen oft nur überflogen oder ab und zu die Werbeunterbrechungen mit mehr Aufmerksamkeit verfolgt als das eigentliche Showgeschehen.

Dungeoncrawler sehen war lustvolle Trägheit. Beinahe königliches Gelassensein.

Dungeoncrawler am eigenen Leib erfahren war Anspannung bis hin zur völligen Erschöpfung.

Beides hatte seinen Reiz. Beides hatte seinen Preis.

Yessiga & Yasson riefen den Chef der Show herbei, einen erstaunlich uncharismatischen Finanzmagnaten aus dem Yed-Posterior-System. Der kleine, groß tuende Mann mit dem öligen Haar hielt die obligatorische Rede. Jephron hörte kaum zu, während Bjanje jedes Wort aufzusaugen schien.

»… wünsche ich euch allen, dass ihr in unserem Verlies euer Glück findet …«

»… keine Kosten und Mühen gescheut, die größte Show aller Zeiten …«

»… jeder ist seines Glückes eigener Schmied, wirklich jeder, auch ihr Milliarden da draußen …«

»… möge der Dungeoncrawl **beginnen**!«

Das große Tor öffnete sich selbstständig, elektronisch, aber es sollte wie magisch wirken.

Es knirschte und knarrte künstlich, die Musik dazu erinnerte an uralte Abenteuerfilme.

Dabei war das alles unnötig. Direkt hinter dem Tor drohte noch überhaupt keine Gefahr, sondern waren erst einmal nur Unterkünfte, Verpflegungsstellen und Lagerstätten der Teilnehmer. Jeder wusste das, aber dennoch schnitt das Tor die Teilnehmer vom Zaungastpublikum ab. Innerhalb des Tores gab es nur noch Zuschauer, die gutes Geld bezahlt hatten, um auf einer der strategisch platzierten Tribünen Platz nehmen zu dürfen.

Auf sämtlichen Ebenen gab es Zuschauertribünen, nur auf der Minosaurusebene nicht. Deshalb war der Minosaurus das schaurigste Geheimnis der Show. Es hatte Staffeln gegeben, in denen niemand ihn zu Gesicht bekommen hatte. Aber erst letztes Jahr hatte er drei wagemutige Teilnehmer gleichzeitig zerrissen.

Das große Tor stand nun offen.

Die Teilnehmer – mitten unter ihnen die unablässig in Mikrofone quasselnden Yessiga & Yasson – marschierten im tosenden Jubel der Menschen hindurch. Ein Triumphzug, der hinwegführte von den Leuten anstatt auf sie zu. Dann schloss sich das Tor unendlich langsam. Ein künstlich verstärktes Krachen, als es ganz zufiel.

Stille.

Dann flackerte überall angenehmes Licht auf. Kameraleute wurden sichtbar, mindestens zehn huschten umher. Jede größere Teilnehmergruppe würde einen zugeteilt bekommen, obwohl das überwiegende Bildmaterial aus den Dungeons von überall fest montierten Automatikkameras oder von Kameradrohnen – fliegenden und auf Panzerketten rollenden – stammen würde. Die lebendigen Kameramänner trugen sogenannte *Embedded*-Anzüge, die gleichzeitig Attacken dämpften und Angreifer mit Elektrizität schockten. Sie waren für Nahaufnahmen und kurze Interviews zuständig sowie für künstlerische Impressionen aus dem schwadenverhangenen Inneren der Labyrinthe. Schaurige Schatten, umhertaumelnde Ungeheuer.

Noch roch nichts nach dem eigentlichen Verlies. Die Luft im Inneren des Aufenthaltsbereiches war sogar angenehmer als draußen.

Jephron und Bjanje wählten sich zwei Schlafstätten nebeneinander. Das war eher symbolisch; abgesehen von den Bushwhackern und früh Geflohenen würde keiner der Teilnehmer hier nächtigen können, die Wege waren einfach zu weit. Man schlief dort drinnen, in den Labyrinthen.

Jeder hatte aber einen Spind, in dem er seine Sachen einschließen konnte.

Alle bekamen ihre Dungeon-Kleidung: eng anliegendes, stark riechendes Leder von sich häutenden Sauriern, Schuhe fast ohne Sohlenverstärkung, gut zum Klettern, gut zum Pirschen. Schutzhandschuhe, wer wollte. Dünne Helme, wer wollte.

Die Lederanzüge waren Maßanfertigungen, dafür hatte man Jephron in der Anmeldekabine aktuell gescannt. Jephron fühlte sich dennoch unbehaglich in der rundum geschlossenen Montur, zu heiß, das Material zu steif, hinderlich und knarrend bei ausladenden Bewegungen. Er musste das Leder regelrecht weichbewegen. Bjanje dagegen stolzierte mit deutlich sichtbarem Thigh Gap umher. Jephron war schon immer der Meinung gewesen, dass nur Frauen so was tragen können, die Linie ihrer Körper kam dadurch ausgezeichnet zur Geltung, bei Männern sah so eine Kluft schnell blamabel aus, nach Uniform oder Fetischklub bei den Austrainierten, komplett lachhaft bei denen mit Bauchansatz. Das Publikum aber feierte es und kaufte sich auch selbst gern die jedes Jahr leicht veränderten Designs.

Als er Bjanje beim Umhergehen nachschaute, fiel ihm einmal mehr auf, dass er nichts über sie wusste. Vielleicht war sie ein ganz hinterlistiges Luder, das auf Castelbouc Jachtpartys veranstaltete, auf denen zum Vergnügen der Reichen Kätzchen und Bedienstete ertränkt wurden. Konnte doch sein. Das gab es alles im Universum. Wo immer es Reichtum gab, gab es auch Ausschweifung. Ihr Kurzvorstellungsvideo hatte ganz nach einem solchen Snobismus ausgesehen.

Dennoch war er fest entschlossen, seine Aufgabe als Leibwächter ernst zu nehmen, und sei es nur, um anschließend nicht Syonjes anklagendem Blick begegnen zu müssen.

Die Ausrüstung wurde mehr oder weniger zufällig verteilt. Zuschauervotings spielten hier eine gewisse Rolle, sodass Kamil Cluvaerts zum Beispiel seinen geliebten Bidenhänder bekommen konnte und Aurania Anbaschs zwei Leibwächter jeweils Pfeile und Bogen. Noch lieber hätten sie Armbruste gehabt, aber die waren in dieser Staffel nicht vorgesehen.

Wie immer bekamen die Bushwhacker keinerlei Waffen, mit denen sie andere Teilnehmer töten könnten, sondern lediglich Netze und Seile, was in den Händen versierter Hinterhältler gefährlich genug war. In dieser Staffel gab es immerhin fünf Teilnehmer, die sich als Bushwhacker angemeldet hatten und darauf warten würden, mit Beute beladenen anderen Teilnehmern aufzulauern.

Des Weiteren gab es neun Scavengers, die die Wege vorwitzigerer Teilnehmer nachgingen und versuchten abzustauben, was an Beute liegen geblieben oder übersehen worden war. Die Scavengers durften sich anfangs überhaupt nicht bewaffnen, was ihr Risiko enorm erhöhte, aber sie durften benutzen, was sie in den Dungeons fanden, also auch Waffen.

Dann die vierundzwanzig Collectors, zu denen auch Jephron und Bjanje gehörten. Diese würden in die »einfacheren« Ebenen ausschwärmen, sich eventuell zu Plünder- und Kampfgemeinschaften zusammenfinden.

Schließlich die Königsdisziplin: Zwölf Adventurers, die sich in die tiefsten und dunkelsten Ebenen hinab begeben würden, einige von diesen sogar bis zum Minosaurus. Kamil

Cluvaerts, Stockhausen Brynn und Umlar Keikör gehörten zu jenen.

Jephron bekam nicht die zwei Schilde, die er sich wünschte, sondern nur einen. Bjanje bekam nicht die zwei Dolche, die sie sich wünschte, sondern nur einen. Da Jephron aber ebenfalls einen Dolch erhielt und Bjanje ebenfalls einen Schild, konnte Jephron Bjanje seinen Dolch geben und sie ihm ihren Schild, sodass sie genau so ausgerüstet waren, wie sie sich das im Resort überlegt hatten.

Um Ungeheuer auf Distanz halten zu können, entschied sich Jephron lieber für einen Bambusstab als für einen Speer. Speere hatten die unangenehme Eigenschaft, sich aus den Körpern von Kreaturen nur schwerlich wieder herausziehen zu lassen, erst recht nicht, wenn es schnell gehen musste. Einige der Neulinge, die sich mit Speeren eindeckten, würden das noch schmerzhaft lernen müssen.

Auch Bjanje wollte eine Distanzwaffe haben und erhielt zwölf massive Wurfsterne. Besser als nichts.

Jephron hätte gerne noch eine Eisenkeule bekommen oder eine Art Tomahawk, aber nichts dergleichen stand zur Verfügung. Um nicht völlig wehrlos dazustehen, entschied er sich für ein leichtes Bushwhacker-Netz und ein Mangbetu-Sichelmesser, das man ihm sicherlich aufgrund seiner Hautfarbe anbot. Das war nicht despektierlich, sondern durchaus respektvoll gemeint. Er fand es ein wenig peinlich, aber das Sichelmesser lag ihm gut in der Hand. Sogar das Griffstück war aus stabilem Metall mit Lederumwicklung.

Bjanje wollte einen Wasserschlauch mitnehmen und selbst tragen. Das war nicht dumm. Wasser ließ sich in den Dungeons zwar finden, war aber manchmal von Ungeheuern umlagert. Bjanjes Wasservorrat würde sie beide ein wenig unabhängiger machen.

Als Nächstes wurden sämtliche Handys sowie implantierte Apps, subkutane Reklamepeiler und Sender deaktiviert. Jephron und Bjanje hatten nur Handys, aber einige der Teilnehmer mussten schmerzhafte Prozeduren über sich ergehen lassen, bis sämtliche Multimedia-Cyborg-Teile in ihnen außer Funktion gesetzt waren.

Einer der Teilnehmer hatte Durchfall, erkundigte sich, ob er mit ein paar Stunden Verspätung starten durfte. Das wurde ihm bewilligt.

Aurelia Anbasch und ihre beiden Leibwächter knieten auf dem Boden und beteten in die Himmelsrichtung, in der die Erde – also Mekka – lag. Jephron staunte darüber, er hätte die blonde, hellhäutige Anbasch nicht für eine Muslimin gehalten. Aber im All gab es alle möglichen Verzweigungen und Glaubensgemeinschaften. Jephron hatte sogar einmal von einer Kongregation fundamentalhinduistischer Protestanten gehört.

Er hielt nach Luetin Ausschau und konnte den Schatten nirgends ausmachen.

Unübersehbar dagegen Kamil Cluvaerts, der lachend jedermann Glück wünschte. Seine Gutgelauntheit und Freundlichkeit waren wohl beinahe permanent. Es fiel schwer, ihm nicht mindestens zu wünschen, dass er lebend aus dem tiefsten, dunkelblauen Level zurückkehrte.

Einen Plan der diesjährigen Labyrinthe hatte natürlich keiner der Teilnehmer. Die Gesamtstruktur war jedes Jahr ähnlich, und dennoch wurde durch Verschließen oder Öffnen von Durchgängen in jeder Staffel ein neuartiger Grundriss erzeugt mit neuartigen Fallen und Gefahren. Auch die großen Säle wurden jedes Jahr aufs Neue mit unbekannten Fährnissen bestückt.

Direkt um den sicheren Aufenthalts- und Rückzugssektor herum lag Level Gelb mit gelb markierten Türen und Gängen. Dies waren die einfachsten Räume und Gefahren mit den unspektakulärsten Schätzen. Dahinter lag dann das Level Orange, hier wurde es schon etwas haariger, und auch die Monster wurden gefährlicher. Von Level Orange aus gab es Gänge, die hinab ins Level Hellrot führten, wo die Zosma-Wimmler hausten. Oder ins Level Dunkelrot, wo die Bulphars ihre Hornhautnester bauten, von denen aus sie selbst zu Raubzügen aufbrachen.

Man konnte aber auch von Level Orange aus verborgene Treppen finden, die gleich in die drei schrecklichsten Ebenen führten: Grün, Himmelblau und Nachtblau. In Himmelblau war Jephron vor sechzehn Jahren kurz gewesen und hatte sein Tänzchen mit dem Krötenaffen gewagt. In Nachtblau herrschte der Minosaurus, aber selbst der war nicht das Einzige, was es dort unten an tödlichen Hindernissen gab.

»Wir gehen nach Orange«, sagte Jephron zu Bjanje. »In Gelb wird es anfangs zu voll sein, und später streifen dort die Scavengers umher. Man ist dort die ganze Zeit damit beschäftigt, gegen andere Teilnehmer zu kämpfen.«

»Von mir aus können wir noch tiefer.«

»Hellrot vielleicht noch. Wenn es in Orange gut läuft. Aber schon für Grün sind wir auf keinen Fall stark genug. Da hätten wir ein Jahr lang zusammen trainieren müssen.«

»Du warst schon in Himmelblau, Jephron.« Erstmals duzte sie ihn deutlich.

»Ja. Aber nur, weil ich ein Idiot war. Es war falsch, und ich hatte einfach nur Schwein, dass ich da wieder herauskam.«

»Du bist der Boss. Ich folge dir. Wollen wir uns jetzt schon mit anderen zusammenschließen? Dahinten spricht sich eine Zehnergruppe ab.«

»Die werden aufhören, eine Zehnergruppe zu sein, sobald sie den ersten Schatz finden, der nicht durch zehn teilbar ist. Nein, je mehr Leute, desto mehr Ärger. Wir machen unser eigenes Ding und halten uns aus dem gröbsten Stress raus.«

»Ich will aber hinterher nicht als Feiglingin dastehen, die überhaupt nichts riskiert hat.«

»Glaub mir, das Risiko ist stets groß genug. Vergiss, was

du vom Bildschirm her kennst. Jetzt bist du mittendrin und schmeckst und riechst das Ganze, und du hörst die gurgelnden oder gellenden Schreie, die den Mikros entgehen.«

Bjanje schluckte und nickte. Ihr flacher Bauch atmete heftig. Sie war aufgeregt, aber das waren alle jetzt. Alle außer vielleicht Kamil Cluvaerts, der wirkte, als ginge es ins Schwimmbad.

Jetzt gab es erst einmal ein Essen. An einer großen, im Quadrat angelegten Tafel, an der fünfzig Teilnehmer Platz fanden.

Leise Deep House Music wummerte. Das passte zum höhligen Ambiente.

Es gab Reis mit gebratenen Auberginen in exotischer Würzung, als Dessert Vanillecreme mit roten Weintrauben.

Einige aßen gar nichts. Bekamen nichts runter.

Andere stopften sich regelrecht voll, bis ihre Lederanzüge empfindlich spannten. Sie wussten, dass sie in den nächsten bis zu zehn Tagen zwar überall Rationen finden konnten, diese aber nur zweckmäßig waren, nicht so schmackhaft wie dieses »Henkersbuffet«.

Jephron und Bjanje aßen, weil es sinnvoll war zu essen. Je weniger Hunger man am ersten Tag hatte, desto unabhängiger konnte man sich bewegen, war nicht so angewiesen darauf, Rationen zu finden.

»Achte darauf, dass du nichts zu dir nimmst, was dir den Magen verdirbt«, raunte Jephron Bjanje zu.

»Es gibt da unten Toiletten«, raunte diese zurück.

»Das schon, aber das hält Ungeheuer nicht davon ab, einen gerade dann anzugreifen. Aufs Klo zu gehen heißt, sich aus dem Leder zu pellen, sich nackt zu machen und offen, heißt angreifbar und geschwächt zu sein. So selten wie möglich, das ist mein Rat.«

»Ich muss aber öfters mal pinkeln.«

»Wir werden das schon hinbekommen. Ich schirme dich ab.«

Sie nickte und trank ein ganzes Glas Sprudel in einem Zug leer. »Viele machen sich wahrscheinlich einfach in die Hose, oder? Das wird dann immer rausgeschnitten.«

»Selbst wenn du dir nicht in die Hose gemacht hast: Wenn du dieses Zeug ausziehst, läuft überall das Wasser raus. Man schwitzt wie irre da drinnen. Das zeigen die nie in den Übertragungen. Höchstens mal ein nass glänzendes Dekolleté.«

»Oder Angebertypen mit bis zur Hüfte heruntergerolltem Anzug, schweißnassen Muskeln, brüllend eine Axt schwingend.« Sie schmunzelten beide, in Erinnerung an die entsprechenden Bilder aus früheren Staffeln.

Bjanje rülpste wenig elfenhaft. Das Sprudelwasser. »Gibt es jetzt noch ein Verdauungsschläfchen zu klassischem Geigengedudel, oder geht es endlich los?«

»Es geht bald los. Das Henkersbuffet ist beendet. Siehst du, dahinten wird schon abgeräumt. Jetzt kommen noch mal die beiden Strahlepüppchen, und dann … da sind sie schon.«

Yessiga & Yasson hatten mitgespeist, mit einigen Teilnehmern gescherzt und gelacht. Jetzt angelten sie sich zwei altmodisch wirkende Mikros und erklärten den Anwesenden, dass es in wenigen Minuten losgehe. »Erledigt alles, was noch erledigt werden muss. Testamente, dringende Geschäfte, letzte Anrufe an die Liebsten, dort hinten sind öffentliche Einwählstationen. Wenn das Innere Tor sich hinter euch schließt, gibt es für achtundvierzig Stunden kein Zurück mehr. Erst nach achtundvierzig Stunden könnt ihr den Aufenthaltsbereich wieder aufsuchen, um euch auszuruhen, euch satt zu essen und zu trinken, medizinische Hilfe in Anspruch zu nehmen. Vergesst nicht: Die Sanitäter sind hier. Wer aufgeben will: hierher zurück. Wer genügend Schätze eingesammelt zu haben glaubt und seinen Crawl beenden möchte: hierher zurück. Aber bedenkt, dass die Bushwhacker genau darauf lauern, dass Leute mit Schätzen beladen hierher zurückkehren. Und vergesst nicht Folgendes: Ihr könnt nicht Schätze hier in Sicherheit bringen. Wenn ihr medizinische Hilfe braucht oder zum Schlafen und Essen hierherkommt, müsst ihr vorher eure bisherige Beute im Labyrinth versteckt haben und somit natürlich den Scavengers ausliefern. Das gilt auch für Ausrüstungsteile, die ihr nicht von Anfang an hattet, das ist alles von uns aufgezeichnet worden, mogeln ist unmöglich. Wer Schätze mit nach hier bringt, verliert sie dadurch entweder, oder er darf anschließend nicht mehr ins Dungeon zurück, weil für ihn oder sie der Crawl beendet ist.«

»Hier im Aufenthaltsbereich dürfen einem die Bushwhacker aber nichts mehr klauen?«, fragte einer, der die Show zwar schon oft gesehen, sich aber noch nie über sämtliche Details Gedanken gemacht hatte.

»Hier im Aufenthaltsbereich ist alles sicher, alles wird verzeichnet und euch gutgeschrieben. Manche Schätze sind Statuen oder schwere Truhen. Manche muss man zu mehrt tragen. Trägt man welche zu mehrt, wird ihr Wert von uns durch die Anzahl derjenigen geteilt, welche am Tragen beteiligt waren.«

»Wenn einer zwar zur Gruppe gehört, aber zu erschöpft ist, um mit tragen zu helfen?«

»Dann geht er, was diesen Schatz betrifft, leer aus. Das ist nur fair, denn er hat ja nicht geholfen, ihn hierher zu schaffen.«

»Gibt es dieses Jahr wieder einen Jackpot?«, fragte Sui Kubo.

»Einen Jackpot gibt es immer: einen Schatz, der den Wert aller anderen Schätze bei Weitem übersteigt. Der ist aber entweder sehr gut versteckt oder bestens bewacht. Wer den Minosaurus erschlägt, bekommt den Jackpot anteilig, falls jemand anderer den Jackpot gefunden hat.«

»Was ist der Jackpot?«

Yessiga & Yasson kicherten. »Das verraten wir euch nie. Findet es selbst heraus!« Ein Kameramann umschwirrte die beiden. Das wurde Material, das nicht live gesendet, sondern hinterher zusammengeschnitten wurde. Live lief gerade wahrscheinlich Werbung für Kondome, sportliche Antigravitationsgleiter und diskrete Inkontinenzeinlagen.

Jephron sah plötzlich Luetin hinter sich stehen. Luetin trug immer noch seine/ihren Kapuzenumhang und die allgemein übliche Lederkluft einfach darunter. Eine Sondergenehmigung? Vielleicht ein Publikumsvoting. Hier drinnen wurde einem nicht mehr jede Entscheidung transparent gemacht. Hier war man Hauptperson und Ausgelieferter zugleich.

Er lauschte in sich hinein.

Da war es. Ganz klein noch, als genierte es sich, sich zu zeigen.

Das Hochgefühl. Die gute alte *Dungeoncrawler*-Euphorie.

Sie war kaum zu unterscheiden von Todesangst, und genau wie diese spornte sie zu Höchstleistungen an.

Kameradrohnen schwirrten über ihren Köpfen.

Einige Teilnehmer wurden noch immer willkürlich für kurze Statements herausgepickt. Jephron und Bjanje blieben diesmal verschont.

Die fünfzig Teilnehmer brachen auf zum Inneren Tor. Die Formation war ungeordnet. Ein paar rempelten sich schon jetzt, spielten die Knallharten, obwohl man ihnen ihre Mulmigkeit deutlich ansah. In der Höhlenbeleuchtung wirkten alle Gesichter kränklich, verschattet, gealtert.

Das Innere Tor.

Es war vage dem »Höllentor« von Auguste Rodin nachempfunden, nur nicht ganz so filigran. Statt dreihundert Figuren zeigte es nur fünfzig. Da diese Figuren von Jahr zu Jahr gleich blieben, fragte Jephron sich jetzt, ob die Teilnehmer überhaupt

Individuen waren oder nicht vielmehr Archetypen. Austauschbar ohnehin. Er selbst trug dazu bei, dass es sogar Wiederholungen gab.

Bombastische Musik erklang.

Es war noch nicht das »O Fortuna« aus Orffs »Carmina Burana«, mit dem dann später die spektakulärsten Kampfszenen in Zeitlupe unterlegt werden würden. Aber etwas anderes, das klassisch und wuchtig klang, vielleicht aber auch nur Filmmusik war aus dem 27. oder 28. Jahrhundert.

Viele hielten die Köpfe gesenkt wie antike Gladiatoren beim Sammeln. Dass Gladiatoren traditionell »Die Todgeweihten grüßen dich« gesagt haben sollen, galt längst als historisch widerlegt, dennoch spukte diese Floskel jetzt sicherlich durch viele Köpfe.

Aber wir sind nicht todgeweiht, dachte Jephron. *Die meisten von uns werden überleben. Jedes Jahr erwischt es etwa zehn. Wir werden nicht zu diesen zehn gehören. Aber vielleicht zu den dreißig weiteren, die verwundet werden. Vielleicht jedoch nicht einmal dies.*

Er schaute Bjanje an.

Sie nickten sich zu.

Dann öffnete sich das Tor.

Sofort wirbelte ein unirdischer Gestank durch den Raum, viel intensiver noch als die Fauligkeit, die ohnehin auf Laurel herrschte. Dies war der Gestank von frei umherstreifenden Ungeheuern und ihren Ausscheidungen.

Die Teilnehmer strafften sich. Dann rannten sie los. Hinein ins hier noch von gelben Lampen konturierte Labyrinth.

Jephron hielt Bjanje an den Schultern fest, damit sie nicht gleich mitgerissen wurde im Pulk. Sie wussten beide, dass es vor sieben Staffeln zu einem denkwürdigen Zwischenfall gekommen war, als Ungeheuer sich bereits hinter dem Tor versammelt hatten und sofort über die Teilnehmer hergefallen waren. Die Ungeheuer hatten dermaßen blutige Ernte gehalten, dass anschließend sogar über einen Abbruch oder Neustart der Staffel diskutiert worden war.

Diesmal war jedoch wie meistens hinterm Tor alles frei. Die Ungeheuer wussten nicht, wann dieses Tor sich öffnete, an den meisten Wochen des Jahres war es einfach verschlossen und deshalb eigentlich nicht weiter interessant.

Der erste Gang hinter dem Tor war noch breit genug für drei Teilnehmer nebeneinander, doch schon bald verliefen sich die fünfzig in schmaler werdenden Nebengängen. Wie jedes Jahr hatten sich mehrere Gruppen gebildet. Wie jedes Jahr lösten sich aber auch Einzelne so schnell wie möglich vom Rest, um ihr Glück ganz alleine zu versuchen.

Jephron und Bjanje blieben natürlich zusammen, aber auch Aurelia Anbasch, ihre zwei Leibwächter sowie ein sehr junges Geschwisterpaar, Bruder und Schwester mit langen schwarzen Haaren, waren noch in der Nähe.

Jephron wollte nichts überstürzen. Überall waren Fallen montiert. Traditionell endete für einige Teilnehmer der Crawl schon in den ersten Stunden mit einem gebrochenen Bein oder einem von einem aus der Wand hervorschnellenden Spieß durchbohrten Arm.

Das gelbe Licht ließ alles wie Bernstein aussehen. Die Wände waren glatt und kalt und schleimig feucht.

In großer Ferne schrie ein Wesen, der Schrei splitterte zu Echos auf, die von überall her zu kommen schienen.

Ein *großes* Wesen.

Vielleicht aber auch eine Einspielungsdatei über versteckte Lautsprecher, um Furcht zu schüren.

Überall trappelten die Teilnehmer, riefen sich etwas zu.

Irgendwo knarrte eine Steintür. Dann das Klirren von Klingen, die versehentlich gegen Wände schlugen. Ein frustriertes Schreien. Der erste Kampf. Schon jetzt.

»Wo gehen wir lang?«, fragte Bjanje, die Jephron wohl etwas zu zögerlich fand.

»Ich schlage vor, wir hängen uns an jemanden dran, der vor uns die Fallen auslöst.«

»Die Anbasch?«

»Weiß nicht. Die bringt es fertig und lässt ihre Leibwächter auf uns schießen. Mir wäre Thibanth Alnilam am liebsten gewesen, aber ich habe ihn aus den Augen verloren.«

»Ich habe ihn vorhin noch gesehen. Er ist da drüben rein, in diesen Gang.«

»Dann hinterher! Aber vorsichtig!«

»Wenn er vor uns hier rein ist, kann es doch keine Fallen mehr geben.«

»Aber sicher! Er kann sie umgangen oder übersprungen haben. Er kann sogar welche erst scharf gemacht haben für Leute, die hinter ihm kommen.«

Bjanje erinnerte sich an Bilder aus einer früheren Staffel, in der ein Teilnehmer eine zuerst nur von der Seite feuernde Pfeilschussanlage so umpositioniert hatte, dass sie längs in den Gang schoss, aus dem er gekommen war. »Stimmt«, musste sie zugeben.

Sie bewegten sich also sehr vorsichtig. Die Konturen verschwammen in dem stellenweise sehr durchdringend gelben Licht. Als würde man sich zwischen Honigwaben, ja sogar durch Honig selbst bewegen.

Hinter ihnen huschte etwas vorüber. Sie wirbelten beide herum: andere Teilnehmer, die ebenfalls gestresst aussahen.

Alleine schon das gelbe Level umfasste mehrere Quadratkilometer.

Wieder ein Brüllen. Dann ein nervöses Gelächter. War das echt? Aufgezeichnet?

Das spielte keine Rolle. Wichtig war nicht, was man hörte, sondern was man sah. Was sich tatsächlich auf einen zubewegte.

Sie erreichten eine Treppe, die nach unten führte. Die Stufen schief und krumm, wie nur sehr lustlos in den Stein gekerbt.

»Orange?«, fragte Bjanje.

»Ich weiß nicht. Es wird richtig dunkel da unten. Es könnte alles Mögliche sein.«

»Ist Alnilam da runter?«

»Keine Ahnung. Man kann auf diesem Untergrund keine Spuren sehen. Warte mal. Da bewegt sich was, siehst du es auch?«

»Ja, da kommt was die Treppe rauf. Was machen wir?«

»Wenn es raufkommt, kann es eigentlich kein Teilnehmer sein. Zurück. Irgendwo in Deckung. Schnell!«

Sie huschten hektisch zwanzig Meter zurück, verbargen sich hinter einer Gangkrümmung und starrten angestrengt ins Honiglicht.

Lange passierte nichts. Was immer die Stufen hochkam, beeilte sich nicht dabei.

Dann wurde etwas sichtbar. Ein menschlicher Umriss. Thibanth Alnilam. Nicht groß, nicht dick. Ein wenig vorgebeugt gehend wie lauernd oder vorsichtig.

Sie atmeten auf, lösten sich aus der Deckung, gingen auf den Fünfzigjährigen zu, Jephron hatte seine Hand grüßend erhoben. »Runter und gleich wieder hoch?«

Alnilam nickte. »Ich dachte, da unten ist Orange. Aber ich stieß auf eine Dunkelrotmarkierung. Dunkelrot ist mir zu heftig. Ich würde mich am Anfang sogar von Hellrot noch fernhalten, zumindest ohne zusätzlich gefundene Ausrüstung.«

»Du willst also nach Orange. Wir auch. Wir könnten ein Trio bilden, auf Zeit. Was wir finden, teilen wir durch drei.«

»In Ordnung. Auf Zeit.«

Sie gingen zu dritt weiter, nicht die Treppe hinab, sondern weiter den Gang entlang.

»Ich dachte, du wolltest ihm nur hinterher, nicht uns ihm anschließen«, zischte Bjanje Jephron zu.

»Ja, wollte ich. Aber als er auf uns zukam, ging das nicht mehr. Ist nur auf Zeit. Sechs Augen sehen mehr als vier. Für ein Nachtlager ist es günstig, mindestens zu dritt zu sein.«

»Ich will kein Nachtlager mit Fremden.«

»Mich kennst du doch auch erst seit vorgestern.«

»Dich habe ich *studiert*. Deinen Crawl kenne ich, seit ich vier bin.«

Dem konnte er nichts entgegensetzen. Für ihn war höchstens Sui Kubo keine Fremde. Die konnte überall sein. Vielleicht würde man sich in einer größeren Halle treffen.

Sie pirschten zu dritt voran. Bewegten sich eine ganze Stunde lang durch Gelb, bis sie die ersten orangenen Markierungen fanden. Das Labyrinth war so weitläufig, dass sie schon jetzt von den anderen siebenundvierzig nichts mehr hörten oder sahen. Schließlich war dies kein in irgendeinem Fernsehstudio eingerichteter Spielplatz. Dies war ein aus Höhlen bestehender Planet.

Orange brachte ihnen ihre ersten Dungeonbewohner ein: Es waren weiße Weberknechte, die in zittrigen Ballungen wie wuchernder Schimmel die Wände und Decke besetzten.

Bjanje ekelte sich sehr vor diesen Tieren, weigerte sich zuerst, diesen Gang weiterzugehen. Doch dann war sie die Einzige von ihnen dreien, der es gelang, sich so geschickt zwischen den vielbeinigen Knäueln hindurchzuwinden, dass ihr kein einziger Weberknecht auf den Körper fiel.

»Hier scheint jedenfalls noch keiner durchgekommen zu sein«, stellte Thibanth fest.

»Das hat nichts zu sagen«, widersprach Jephron. »Es gibt so viele mögliche Wege hier, Leute können vor uns sein, ohne diesen Gang genommen zu haben.«

»Ja, die waren schlau«, sagte Bjanje, die es immer noch schüttelte.

Sie fanden tatsächlich Beweise, dass andere Teilnehmer sich vor ihnen befanden: leer geräumte Proviantnischen.

»Warum sind die so schnell?«, fragte Bjanje. »Ist es nicht gefährlich, so schnell durch die Gänge zu rennen?«

»Sie wollen halt zuerst bei den Schatzkammern ankommen«, erklärte Jephron. »Vielleicht sind sie gar nicht übermäßig ehrgeizig, wollen nur einen einzigen Schatz. Aber dazu müssen sie halt als Erste dort ankommen.«

»Aber sie laufen in Fallen!«

»Das ist das Risiko. Ich glaube jedoch, in Gelb und Orange gibt es noch nicht so viele Fallen wie weiter unten.«

Sie bewegten sich dennoch umsichtig weiter voran.

»Ob schon welche aufgegeben haben? Oder gestorben sind?«, fragte Bjanje nach einer Weile. »Das Einzige, was ich absolut unerträglich fände, wäre, die Erste zu sein, die nicht mehr weitermachen kann.«

»Möglich ist es. Obwohl in so kurzer Zeit noch niemand die wirklich tiefen Level erreichen kann.«

»Wir waren kurz vor Hellrot, ich glaube, Hellrot ist tödlich genug«, gab Thibanth zu bedenken.

»Stimmt auch wieder.«

Sie fuhren zusammen, als ein lang gezogenes Trompeten durch den Gang schallte. Wie von einem Rüsseltier, aber grollender.

»Was war das denn?«, fragte Bjanje.

»Keine Ahnung«, gab Jephron zu. »Jedes Jahr warten die Veranstalter mit neuen Überraschungen auf. Es mag Lebewesen hier drinnen geben, die noch nie ein Zuschauerauge erblickt hat. Ich glaube, die Veranstalter beschäftigen eigene Großwildjäger, um jede Staffel so aufregend wie möglich zu bestücken.«

»Das heißt, es gibt auch keinerlei Erfahrungswerte im Umgang mit diesen Wesen«, sagte Thibanth.

»Ja, dafür sind *wir* zuständig. Und das Universum schaut

uns dabei zu.« Jephron grinste. Da war es wieder, dieses Gefühl von nervenkitzelndem Vergnügen, das nur *Dungeoncrawler* hervorrufen konnte. Eine mildere Art von Sucht. Oder eine harte Sucht, die einen aber an einer vermeintlich langen Leine ließ.

Sie erreichten den ersten von anderen Teilnehmern leer geräumten Schatzraum.

Die orange markierte Steintür war aufgetreten worden. Danach hatte es im Inneren einen Kampf gegeben. Ein Wesen, das wie eine riesige, panzerlose Schabe aussah, lag tot auf dem Rücken, sämtliche zwölf Beine von sich gestreckt, von Speer- oder Schwertstichen vielfach durchbohrt. Es stank sauer. Ob in dem Raum ein lohnender Schatz gewesen war oder nur eine Niete, ließ sich nicht mehr erkennen.

»Widerliches Vieh«, stellte Bjanje fest. »Ob es in anderen Räumen noch mal dieselben gibt?«

»Es gibt Hunderte von Schatzräumen«, sagte Jephron. »Sehr wahrscheinlich, dass die darin hausenden Arten sich wiederholen. Aber was gut sein kann, ist, dass die Anzahl sich ändert. Wenn man dachte, eins von denen ist leicht zu bezwingen, bekommt man es im nächsten Raum plötzlich mit dreien zu tun.«

»Ja, ich erinnere mich an eine Sache mit Darmwürmern.« Das war vor etwa zehn Jahren gewesen. Zwei verbündete Adventurer hatten einen Schatzraum geöffnet, in dem eine Handvoll Würmer umherkroch, die groß und verschlungen waren wie menschliches Gedärm, weshalb man sie auf den naheliegenden Namen getauft hatte. Die Würmer krochen mehr oder minder harmlos umher. In einem späteren Raum jedoch waren dieselben beiden Adventurer von einer regelrechten Lawine dieser Würmer überschüttet worden, und erst hier hatte sich herausgestellt, dass diese Würmer sich über Extremitäten stülpten und begannen, diese zu verdauen. Beide Adventurer hatten mit Müh und Not überlebt, hatten danach aufgrund ihrer Verletzungen jedoch ihr Aufgeben erklären müssen und waren von einem Bergungsteam auf Tragen aus dem Dungeon geholt worden. Bjanje schauderte, als sie daran dachte. Das eine Bein des einen hatte fast nur noch aus Knochen bestanden. Die Bilder davon waren so grausig gewesen, dass sie verpixelt hatten werden müssen.

Sie erreichten eine Toilettenkabine. Einzig in diesen gab es keine Kameras und somit so etwas wie eine Intimsphäre.

Bjanje benutzte die Kabine, dann auch Thibanth Alnilam. Jephron verspürte noch keinerlei Bedürfnis, er war viel zu sehr Augen und Ohren, um etwas anderes wahrzunehmen. Er hatte auch keinen Hunger, keinen Durst, während Bjanjes Wasserschlauch schon halb leer war. In der Toilettenkabine konnte sie den Schlauch jedoch an der Trinkwasserleitung wieder auffüllen.

Mit einem Einweglappen wusch sie sich den schweißigen Leib, soweit das möglich war.

Weiter unten, weiter drinnen würde es sogar Möglichkeiten geben zu duschen. Dort sammelten sich die Teilnehmer meistens wie um sakrale Stätten. Nach mehreren Tagen in diesen engen Lederanzügen mochte es tatsächlich nichts Ersehnteres geben, als sich einmal richtig abspülen zu können.

Sie gingen weiter. Das Licht war jetzt dunkler als zu Beginn, es war orangefarben wie eine mit dem Untergehen beginnende Sonne über einem Planeten mit Atmosphäre.

Der Weg führte abwärts. Beständig. In einer früheren Staffel hatten die Veranstalter einmal Wasser in die Dungeons geleitet, um die Teilnehmer mit kleinen Sturzfluten in Panik zu versetzen. Das hatte allerdings auch viele der Ungeheuer das

Leben gekostet, sodass diese Staffel dadurch langweilig und die Methode verworfen wurde.

Sie bewegten sich abwärts durch ein Licht wie aus Dotter und kamen an überhaupt keinen Schatzkammern vorüber.

»Wir sind irgendwo ungünstig abgebogen«, maulte Bjanje nach einer Weile.

»Immerhin geht es uns noch gut. Glaub mir, man kann *noch* ungünstiger abbiegen«, mahnte Jephron einmal mehr zur Geduld.

»Scht!«, machte Thibanth. Er wirkte, als nervten ihn die beiden mit ihrem Geschnatter und als bereue er es schon längst, sich ihnen angeschlossen zu haben. »Da vorne ist etwas!«

Jephron und Bjanje konnten nichts sehen. Ein Glas voller Goldfische, dicht an dicht, so sah alles aus.

Dann hörten sie es aber auch. Schritte näherten sich ihnen von vorne, eilige Schritte. Das konnte ein anderer Teilnehmer sein, aber auch ein Bulphar.

Was sich voraus aus dem dämmerigen Dunst schälte, sah ausgesprochen beunruhigend aus. Auf zwei Beinen, aber ohne Kopf, der Leib unförmig und ausgefranst, mit zwei überlangen Armen wie eine halbierte Gottesanbeterin.

»Schiff Gottes!«, entfuhr es Jephron. »Zurück! Irgendwo war doch ein schmaler Abzweig!«

»Hey, keine Panik«, kam eine Stimme von vorne. »Ich bin doch kein Bushwhacker!«

Das Untier kam näher, und dann konnten sie es erkennen. Es war Mxu, der fast drei Meter große Teilnehmer von einem Niedrigschwerkraftplaneten, der in dem nicht besonders hohen Gang geduckt gehen musste und deshalb sowie aufgrund der Beute, die er mit sich schleppte, unförmig und kopflos ausgesehen hatte.

Mxu hatte eine Art Schutzpanzer erbeutet, den er jedoch nicht angelegt, sondern sich auf den Rücken geschnallt hatte. Er grinste breit. »Seid ihr bislang leer ausgegangen? Ich finde es großartig hier! Ich verstecke dieses Zeug und komme dann wieder hier entlang, also erschreckt euch nicht noch einmal.«

»Hast du irgendetwas gesehen von anderen Teilnehmern?«, erkundigte sich Jephron.

»Der kleine Dicke, Stockhausen Brynn, war eine Zeit lang vor mir, dann aber nicht mehr. Sonst nichts.«

»Und Monster?«

»Ich habe zwei Hornschlangen erledigt, die das hier bewacht haben. Aber da hetzt noch etwas anderes durch die Gänge. Es sah wie ein Rudel Hunde aus, aber sie haben mich wohl nicht gewittert.«

»Hunde? Hier gibt es bestimmt keine Hunde«, sagte Jephron nachdenklich, doch Mxu hatte sich schon zwischen ihnen durchgezwängt wie sie sich weiter oben durch die Weberknechtballungen und war aufwärts verschwunden. Der langbeinige Schwertkämpfer war schneller als normal gewachsene Menschen.

»Warum hat er sich den Panzer nicht angezogen?«, fragte Bjanje.

»Wahrscheinlich passt er ihm nicht richtig, und er will die Bewegungsfreiheit seiner Arme nicht einschränken«, vermutete Jephron. »So, wie er ihn trägt, ist es nicht dumm. Gegen Angriffe aus dem Hinterhalt ist er mit einem Panzer als Rucksack ziemlich gut geschützt.«

»Aber oben werden Bushwhacker ihn ihm abnehmen.«

»Ich glaube, Mxu ist einer von denen, die gut mit Bushwhackern fertigwerden. Je mehr von denen er ausschaltet, desto besser für uns.« Im Allgemeinen wurden Bushwhacker nicht umgebracht (das kostete Sympathiewerte beim Publikum), sondern dermaßen verprügelt oder in einen Unterwerfungsgriff genommen, dass sie ihr Aufgeben erklärten und somit »freiwillig« aus der Staffel ausschieden.

»Wir könnten an ihm dranbleiben«, schlug Thibanth vor.

»Uns mit ihm zusammentun. Er schien nicht unfreundlich, vor allem aber: bester Laune zu sein.«

»Ich fürchte, er ist zu schnell für uns. Ich kann nicht stundenlang hinter jemandem herrennen«, sagte Jephron.

»Außerdem: Was soll das immer mit dem Anschließen?«, schimpfte Bjanje. »Ich finde, wir kommen auch alleine klar.« Ein verweisender Seitenblick zu Jephron. »Lasst uns endlich voranmachen. Hier ist Mxu langgekommen, hier müssen wir also nicht mehr auf Schritt und Tritt mit einer Falle rechnen.«

»Bis zum nächsten Abzweig zumindest«, seufzte Jephron.

Der nächste Abzweig kam schon nach fünfhundert Metern. Da sie nicht erkennen konnten, welchen Weg Mxu genommen hatte, blieben sie längere Zeit unschlüssig stehen. Thibanth schlug vor, die Wände abzusuchen. Mxu war so groß und durch seinen Panzerrucksack auch so breit, dass er womöglich hier und dort an Wänden oder Decke entlanggeschabt war. Aber Bjanje platzte abermals der Kragen: »Wir müssen doch nicht da langgehen, wo vor uns schon jemand war! Da gibt es nichts zu holen! Ich nehme doch nicht an *Dungeoncrawler* teil, um mich die ganze Zeit furchtsam auf ausgetretenen Pfaden zu bewegen! Ich will etwas erleben!«

»Wir sind aber keine Adventurer, sondern nur Collectors«, gab Jephron zu bedenken.

»Ja, Collectors, aber keine Scavengers! Also weiter, verdammt noch mal!«

Das mit dem »Erleben« ließ gar nicht lange auf sich warten.

Von der Decke herab ließ sich ein Wesen auf die vorangehende Bjanje fallen, das farblich perfekt an den Fels angepasst war. Es war ledrig und flach wie ein Lappen, maß etwa einen Quadratmeter und schloss sich wie eine feuchte Decke um Bjanjes Kopf und Schultern. Sie schrie dumpf, torkelte blind zwei Schritte weit und stürzte.

Jephron und Thibanth hatten es nicht leicht, das Wesen von Bjanje zu lösen. Sie konnten weder darauf eindreschen noch zustechen, aus Sorge, die darunterliegende Bjanje zu verwunden. Dass Bjanje panisch mit den Beinen zappelte, machte es ebenfalls nicht leichter. Mit sechs Händen versuchten die drei, den lebendigen Lappen von Bjanjes Kopf zu zerren, an dem er sich wie ein Vakuum festsaugte, um seine Beute zu ersticken und dann wahrscheinlich zu verdauen.

In alter *Dungeoncrawler*-Gewohnheit fragte sich Jephron während dieses Durcheinanders, wo die Kameras sein mochten, die all dies einfingen. Ebenso unwillkürlich versuchte er, möglichst gute Figur zu machen. *Dungeoncrawler* war nicht das wahre Leben, auch wenn es tödlich ausgehen konnte. *Dungeoncrawler* war vor allem Repräsentation für zwanzig Milliarden Augenpaare.

Es gelang ihnen, das Lappenvieh von Bjanje abzuschälen. Thibanth versetzte ihm ein paar reißende Schnitte mit seinem Mehrzweckmesser, die sich aber sofort wieder schlossen. Jephron schlug mit der Bambusstange drauf, was aber ebenfalls kaum Effekt hatte. Das Wesen hatte nirgendwo Augen, nirgendwo eine Nervenzentrale, es war vielleicht sogar eher pflanzlich als tierisch. Es scharrte davon wie ein Rochen an Land und war bald darauf verschwunden.

Bjanje stöhnte und wimmerte. Ihr Gesicht sah aus wie sonnenverbrannt, und sie brauchte die Hälfte ihres Wasservorrats auf, um es und ihr Haar von dem ätzenden Schleim reinzuwaschen, den die Kreatur abgesondert hatte.

»Warum ausgerechnet ich?«, haderte sie.

»Du bist vorangestürmt, deshalb. Eine Schussfalle hätte auch nur dich erwischt.« Jephron hoffte, pädagogisch wirksam sein zu können. Für den Moment wenigstens schien es zu funktionieren, denn nach einer Verschnaufpause fügte sich Bjanje ohne zu murren in die Mitte ihrer Dreiergruppe ein.

Sie bewegten sich stundenlang durch Orange. Die Level waren riesig, man konnte tagelang gehen, ohne das nächste zu erreichen. Was auch daran lag, dass die Gänge fast nie in gerader Linie verliefen, sondern stets in Kurven, Verschlingungen und Halbkreisen.

Einmal erreichten sie sogar wieder Gelb und machten kehrt.

Zweimal mussten sie auf den Bäuchen kriechen, um schmale Durchschlupfe zu passieren.

Einmal mussten sie ein paar fast mannshohe Stufen abwärts klettern, um diesen Höhenunterschied nur hundert Meter weiter durch ein Aufwärtsklettern wieder auszugleichen.

Zwei Schatzkammern passierten sie, die bereits geplündert worden waren.

Irgendwo war Kampflärm zu hören, altertümliche Klingen, die funkend gegen Steine schlugen. Aber keine Schreie.

An einer Stelle gab es ein Rinnsal. Thibanth untersuchte das Wasser, befand, dass es nicht nur nicht trinkbar, sondern womöglich sogar giftig war. Eine Falle für durstige Unachtsame.

Sie bewältigten ein Gefälle, nach dem sie sich schon in Level Hellrot wähnten, aber es war immer noch Orange. Ein und dasselbe Level konnte sich über bis zu hundert Höhenmeter erstrecken. Der Planet konnte kilometerweit in die Tiefe führen.

Sie passierten eine Hängebrücke, die extrem schwankte. Hierbei konnten sie sich zu dritt helfen: zwei stabilisierten die Brücke, einer überquerte. Jephron ging voraus, der mittlere – Bjanje – hatte es am leichtesten, weil die Brücke von beiden Seiten festgehalten werden konnte. Hier gab es in der Wand der zu querenden Schlucht eine voll besetzte Zuschauertribüne, die Leute feuerten an und applaudierten. Diese Zuschauer mussten selbstverständlich keine Hängebrücken überqueren, Stufen klettern oder gefährliche Wege gehen – es gab Aufzugschächte, die direkt zu den Tribünen führten.

Sie winkten den Zuschauern zu und setzten ihren verschlungenen Weg fort.

Schließlich stellten sie beunruhigt fest, dass sie in ihrem Gang nicht alleine waren, und es hörte sich nicht nach anderen Teilnehmern oder einer Tribüne an. Da war ein Scharren und Tappen zu hören, ab und zu sogar ein Schnobern und ein kehliges Grollen. Es war hinter ihnen und bewegte sich hinter ihnen her.

»Die Hunde, von denen Mxu gesprochen hat?«, fragte Bjanje. Ihr war eine gewisse Bangigkeit nun deutlich anzusehen. Noch immer war ihr Gesicht gerötet von der Lappensäure.

»Möglich«, antwortete Jephron. »Fragt sich, ob es wirklich Hunde sind. Ob er sie gesehen hat oder nur gehört. Und wie viele es sind.«

»Bei einem Rudel von mehr als fünf sollten wir uns nicht auf einen Kampf einlassen«, sagte Thibanth.

»Wohl eher nicht. Aber ich weiß nicht, ob wir vor ihnen wegrennen können. Zumal wir dann in irgendwelche Fallen tappen.«

»Wenn wir die nächste enge Stelle erreichen, könnten wir die nutzen, um ihnen aufzulauern.«

»Versuchen wir's.«

Ihr Gang bot keine engen Stellen. Sie fanden einen Abzweig und probierten diesen, aber auch der verengte sich nirgends.

Das schnüffelnde Knurren blieb hinter ihnen. Sie bogen noch zweimal ab. Es blieb an ihnen dran.

»Schiff Gottes!«, entfuhr es Jephron. »Das bringt so nichts. Ich habe keine Lust, mich hetzen zu lassen. Das macht uns nur fertig, und dann übersehen wir etwas, das vor uns liegt.«

»Was wollen wir denn machen?«, fragte Bjanje.

»Was immer das ist, es scheint nicht mutig genug zu sein, uns direkt anzugreifen. Es wittert nur hinter uns her. Vielleicht können wir es erschrecken, indem wir es angreifen! Soll es sich doch an andere Teilnehmer dranhängen, es wimmeln ja schließlich genügend hier rum.«

»Wir sind aber schon lange keinem mehr begegnet«, gab Thibanth zu bedenken. »Vielleicht sind wir die Einzigen in diesem Bereich.«

»Das glaube ich nicht. Wir machen kaum Geräusche. Wenn andere ebenso leise sind, könnten sie hundert Meter rechts oder links von uns sein. Lasst es uns versuchen.«

»Aber dann machen wir Geräusche«, sagte Thibanth lächelnd.

»Ist doch egal. Können doch alle wissen, wo wir sind. Hauptsache, wir ziehen kein möglicherweise immer zahlreicher werdendes Rudel von Bluthunden hinter uns her.«

»Also gut. Angriff. Bjanje, du bleibst hinter uns. Jephron, du stürmst mit deinen zwei Schilden voran.«

»Ein Schild muss genügen. Ich brauche den Stab. Wenn es wirklich Hunde sind, kann man sie erschrecken.«

Sie atmeten noch einmal tief durch, dann rannten sie los. Immerhin den Weg zurück, also brauchten sie dort keine Fallen zu befürchten.

Nach hundert Schritten schon wurden im orangefarbenen Licht Umrisse sichtbar, die sich unruhig hin und her bewegten. Sie sahen tatsächlich wie Hunde aus, aber nicht ganz. Sie waren stämmig, ihre vier Pfoten klauenartiger als die von Hunden, und ihre Gesichter sahen fast menschlich aus wie breitgeklopft, deformiert. Keiner von ihnen wusste, was das für Wesen waren.

Es waren vier. Sie fletschten die Zähne, wichen nicht zurück.

Dann schlug Jephron seinen Bambusstab laut knallend gegen die Wand. Einmal. Zweimal. Gleichzeitig machte er sich so groß wie möglich und brüllte. Bjanje brüllte mit, eine Oktave höher.

Die »Hunde« wurden immer unruhiger, endlich ging ein Ruck durch alle vier, sie wandten sich ab und rannten davon.

Jephron, Bjanje und der etwas langsamere Thibanth verfolgten sie noch hundert Meter, Jephron knallte dabei noch dreimal, Bjanje wetzte ihre Dolche aneinander. Die »Hunde« winselten und flüchteten.

Keuchend blieben die drei stehen. Die Luft hier unten war dicklich und trübe, man geriet viel schneller außer Atem als draußen. Außerdem spürte vor allem Jephron weiterhin die Schwerkraft. Von ihnen dreien war er derjenige, der sich vorher am längsten in Schwerelosigkeit aufgehalten hatte. Er hatte ja nicht ahnen können, dass er teilnehmen würde.

»Ich würde keine Wette eingehen, dass sie nicht wiederkommen«, ächzte Thibanth.

»Ich auch nicht«, schnaufte Jephron. »Aber vielleicht werden wir sie los, wenn es mal wieder eine Kletterpassage gibt. Lasst uns weitergehen und bei Abzweigen diejenigen wählen, die für Hunde nicht passierbar sind.«

So nahmen sie es sich vor, aber die nächsten sieben Abzweigungen waren alle ebenerdig.

Ab und zu hielten sie inne, um nach den Hunden zu lauschen. Sie bildeten sich ein, Scharren und Schnüffeln zu hören, aber sie waren sich nicht sicher, ob es nicht nur ihre Erinnerungen und ihre Erwartungshaltung waren, die sie täuschten.

Langsam wurden sie müde.

Sie mochten noch nicht einmal einen halben Tag lang unterwegs sein, aber das war typisch für die Dungeons von Laurel, dass man eher alle acht Stunden vier Stunden Ruhe brauchte als alle sechzehn Stunden acht. Die gasig riechende Luft betäubte unablässig. Betäubte sogar Schmerzen, wenn es darauf ankam.

Mitten in einer Steigung legten sie eine längere Pause ein. Sie alle hechelten wie in Höhenluft.

Sie lauschten in das Labyrinth hinein. Irgendwo tropfte

Wasser, womöglich ungenießbar. Irgendwo zwitscherte ein Vogel, nur dass es hier unten keine Vögel gab. Eine verwirrende Toneinspielung? Ein Raubtier, das Vögel nachahmte? Zwei Teilnehmer, die sich mit Signalen verständigten?

»Wenn man nur zuschaut, weiß man stets über alles Bescheid«, begann Bjanje. »Man weiß, wer sich wo befindet, wer bereits ausgeschieden ist, wer gegen was gekämpft hat, wer was erbeutet hat. Aber hier drinnen? Darüber habe ich noch nie nachgedacht: Wie erfährt man hier drinnen eigentlich, wie es um die anderen steht? Vielleicht sind wir schon die Letzten, die überhaupt noch übrig sind!«

»Das kommt einem nur so vor, als sei man der einzige lebende Mensch hier drinnen«, erläuterte Jephron. »In Wirklichkeit ist es eher unwahrscheinlich, dass am ersten Tag überhaupt schon jemand ausfällt. Die anderen siebenundvierzig sitzen wahrscheinlich ebenso wie wir herum, starren furchtsam in irgendein buntes Licht und versuchen, zu Atem zu kommen.«

»Aber wie kann man etwas in Erfahrung bringen? Es gibt nirgendwo Geräte hier drinnen, mit denen man sich in die Nachrichten einloggen kann?«

»Nein, nirgendwo. Es gibt nur zwei Möglichkeiten, sich zu informieren. Man kann in den Aufenthaltsbereich zurückkehren. Das machen alle, die verwundet wurden oder sich mal wieder richtig entspannt ausschlafen möchten. Dort hat man Zugang zu sämtlichen Übertragungen, man kann verfolgen, was die Konkurrenz tut. Oder man begegnet hier drinnen jemandem, der im Aufenthaltsbereich war und die Neuigkeiten kennt. Aber das birgt das Risiko, dass man von demjenigen beschwindelt wird.«

»Warum sollte jemand einen anschwindeln?«

»Aus taktischen Gründen. Jemand sagt dir, es sei noch niemand ausgeschieden, um dich zu frustrieren, während in Wirklichkeit schon die Hälfte der Teilnehmer nicht mehr mit dabei ist. Oder er wiegt dich fälschlich in Sicherheit, erzählt, außer euch beiden gibt es nur noch fünf weitere und alle Bushwhacker sind eliminiert, und kaum schlenderst du zum Ausgang …«

»BushWHACK!«

»Genau. Man sollte niemandem trauen. Außer denen, mit denen man gemeinsam unterwegs ist. Oder jemandem, der so ehrlich wirkt wie Kamil Cluvaerts. Ich glaube nicht, dass er andere übers Ohr hauen würde.«

»Wie mag es dem gerade gehen?«

»Der wollte ganz nach unten. Die Frage ist aber, ob er die entsprechenden Wege überhaupt findet. Manche, die zum Minosaurus wollen, irren eine Woche lang in Hellrot herum, ohne dass es jemals dunkler wird. Irgendwann bekommst du nicht mehr mit, dass du dich durch Gänge bewegst, in denen du schon warst. Nirgendwo bleiben Spuren zurück.«

»Man könnte Markierungen ritzen.«

»Ja. Aber jemand anderer könnte diese Markierungen manipulieren. Außerdem hält das einfach nur auf.«

Bjanje kratzte sich das immer noch brennende Gesicht. »Es ist viel anstrengender, als man sich das vorstellt.«

»Was hast du erwartet? Es ist wie bei einer Sportübertragung. Du sitzt bequem auf der Couch und futterst Chips und versetzt dich nicht in den Athleten hinein, der flach auf der Bahn liegt und beinahe besinnungslos ist vor Erschöpfung. Aber jetzt, jetzt bist du selbst auf der Bahn. Du wolltest es so.«

»Ich beschwere mich ja gar nicht«, sagte sie ärgerlich und erhob sich wieder. »Ich bin froh, dass ich nicht mehr auf dieser blöden Couch sitze. Gehen wir jetzt endlich weiter?«

Die beiden deutlich Älteren mühten sich hoch. Thibanth hatte die ganze Zeit über geschwiegen. Bjanje machte keinerlei Anstalten, mit ihm überhaupt ein Gespräch zu beginnen. Sie ließ es den Orioner deutlich spüren, dass sie am liebsten mit Jephron alleine gewesen wäre.

Hinter ihnen wurde das Tappen und Schnaufen nun wieder deutlicher.

»Ich glaube, es werden mehr«, war Thibanths Stimme doch einmal zu vernehmen. Der Orioner bildete weiterhin die Nachhut.

»Verfluchte Viecher«, schimpfte Jephron. »Was wollen die denn bloß von uns? Können die sich nicht jemand anderes suchen?«

»Vielleicht ist hier sonst niemand. Und da wir nichts Verwertbares dabeihaben, kann es eigentlich nur unser Fleisch sein, das sie wollen.«

»Idiotenhunde. Wir sind zweimal zäh und einmal ungenießbar!« Jephron rief das nach hinten in den Gang. Thibanth grinste. Bjanje fand das nicht so lustig.

Sie beeilten sich, vor ihnen einen Abzweig zu finden, den Hunde nicht passieren konnten, erreichten damit aber nur, dass ihre Verfolger ebenfalls zu rennen begannen. Irgendwann lief das Fass über. Das Rudel griff an!

Es waren jetzt sieben Hunde. Ihre widerwärtig menschenähnlichen Gesichter schienen fast nur noch aus gebleckten Gebissen zu bestehen. Sie kläfften nicht, wie es Hunde wahrscheinlich getan hätten. Sie atmeten schwer, fast wie die Athleten, von denen Jephron vorhin gesprochen hatte.

Jephron ließ wieder den Bambus knallen und brüllte. Auch Bjanje schrie.

Es brachte nichts.

Jephron riss den Schild hoch und ließ den Leithund dagegenprallen. Die Wucht schleuderte Jephron beinahe rückwärts, doch dort stand Thibanth und stabilisierte ihn beidhändig wie vorher die Hängebrücke. Bjanje entriss Jephron den zweiten Schild und stürzte sich den Hunden entgegen, bereit, ihre Wut an jemandem auszulassen.

Jephron dachte wieder daran, wie das alles auf den Monitoren aussehen würde. Wahrscheinlich würde zwischen zwei

Kameras hin- und hergeschnitten werden können, eine über ihre Rücken auf die Hunde, eine aus der Hunderichtung auf die verzerrten Gesichter der Kämpfenden.

Schnitt/Gegenschnitt. Genau wie Attacke/Parade.

Der Leithund biss unter dem Schild hindurch nach seinen Waden. Jephron hüpfte und stocherte mit seinem Stab, der ihm gar nichts brachte. Er warf ihm einem weiteren Hund gegen die Flanke und fingerte nach seinem Mangbetu-Sichelmesser.

Bjanje bearbeitete einen weiteren Hund mit einem ihrer Dolche. Das Tier greinte fast wie ein Kind, blutete bereits dickflüssig.

Zwei Hunde pressten sich an Jephron und Bjanje vorbei und griffen Thibanth an. Der tötete einen sehr schnell und versiert mit seinem Allzweckmesser, bei dem er eine Art Korkenzieherklinge verwendete. Der zweite jedoch sprang gegen ihn und riss ihn um, verbiss sich im Leder, zerrte Thibanth zwei Schritte weit davon.

Jephron spürte vier Krallentatzen an seinem Schild schaben, hörte Zähne klacken. Ihm lief der Schweiß, sodass er in seinem Leder steckte wie in einem umgedrehten Neoprenanzug, sämtliches Meerwasser innen. Er blieb in Bewegung, das war das Einzige, was half. Thibanth verschwand schon fast im diesigen Licht, sein Hund verschleppte ihn regelrecht.

Von ihnen dreien war Bjanje am effektivsten. Ihr erster Hund brach ein, sie kämpfte gegen einen zweiten und brachte es sogar fertig, Jephrons Hund einen empfindlichen Stich zuzufügen. Jephron nutzte die Gelegenheit, dass sein Hund jaulend herumfuhr, tötete ihn mit einem wuchtigen Abwärtshieb und trat wiederum nach Bjanjes Hund, sodass sie sich nun gegenseitig unterstützten.

Sie hatten das Glück, dass die beiden letzten Hunde sich am Kampf nicht mehr beteiligen wollten. Diese Tiere schienen über einen ausgeprägten Überlebenswillen zu verfügen. Sie sahen mehrere ihrer Rudelmitglieder fallen und gaben auf. Bjanjes verbliebener Hund tat es ihnen gleich. Er löste sich von ihr und Jephron und rannte mit den beiden unverletzten Artgenossen zurück ins Orange. Bjanje wollte ihnen Wurfsterne hinterherschleudern, doch Jephron hielt sie ab. »Das bringt jetzt nichts mehr. Nächstes Mal kannst du welche werfen, wenn sie ankommen, statt erst, wenn sie abhauen, das wäre schlauer.«

Sie schauten sich zu Thibanth Alnilam um. Der kam durch die Diesigkeit auf sie zu, aufrecht, aber leicht unsicher auf den Beinen. Sein linker Ärmel war zerrissen und zerkaut, er selbst schien jedoch unverletzt zu sein. »Deshalb diese Lederkluft, die hat durchaus ihren Sinn«, sagte er zu Bjanje.

Es stellte sich heraus, dass Thibanth auch seinen zweiten Hund erstochen hatte. Jephron und Bjanje hatten jeweils nur einen geschafft und einen zweiten gemeinsam verletzt. Im Tod sahen diese eigenartig muskulösen Tiere immer noch aus wie eine Kreuzung aus grausig verwachsenen Menschen und balinesischen Löwengötzen. Ihr Blut verströmte einen Geruch, der an warme Bitterschokolade erinnerte und Bjanje zum Würgen brachte.

»Falls es noch mehr von denen gibt, laben die sich hoffentlich erst einmal an ihren toten Artgenossen«, sagte Jephron. »Wir können uns aber nicht darauf verlassen. Vielleicht werden sie es nur umso rachsüchtiger auf uns abgesehen haben. Hier könnten ja Hunderte von denen unterwegs sein.«

»Ich habe die noch nie gesehen«, sagte Bjanje mit belegter Stimme. »In keiner bisherigen Staffel.«

»In jeder Staffel gibt es neue Arten.« Jephron redete sich in Rage. »Ich kann mir richtig vorstellen, wie Yessiga & Yasson gerade lange Reden halten, wie schwer die zu fangen und zu züchten sind, dazu gibt es lehrreiche Einspieler, wie irgendwelche Eingeborenen auf Sirius 118 von diesen Viechern zerrissen werden. Wir müssen einen sicheren Abzweig finden, mehr denn je!«

Sie hetzten weiter.

Suchten diesen sicheren Abzweig. Fanden keinen. Probierten zwei Abzweige aus, ob sich da drinnen endlich ein relevanter Höhenunterschied bildete. Fehlanzeige.

Bjanje kam ein Gedanke. »Wir sind doch vorhin schon geklettert! Erinnert ihr euch nicht mehr? Die hohen Stufen runter, dann wieder hohe Stufen rauf. Wenn wir dahin zurückkehren, müssten wir die Viecher abschütteln können!«

»Ich glaube nicht, dass das etwas bringt«, spielte diesmal Thibanth den Dämpfer.

»Warum nicht?«

»Drei Gründe. Erstens: Findest du den Weg zurück? Ich nicht, wir sind mehrmals abgebogen. Zweitens: Die Hunde kennen sich hier unten viel besser aus als wir. Vielleicht können sie die Treppenpassage umgehen. Und drittens: Erinnerst du dich an Mxu? Auch der hat uns von Hunden erzählt, das war lange vor der Treppe.«

»Weil er von hinter der Treppe kam!«

»Möglich, aber nicht sicher. Die Hunde können überall sein und überall hingelangen. Ich würde eher sagen: Hier sind wir jetzt am sichersten, weil wir hier immerhin schon vier von denen erledigt haben. Anderswo können noch mehr Siebenerrudel rumstreunen.«

Bjanje musste sich eingestehen, dass es einfach keine Sicherheiten gab. Dennoch konnte sie sich ein »Euer dauernder Fatalismus geht einem ganz schön auf die Nerven« nicht verkneifen.

»Unser dauernder Fatalismus dient deinem Überleben«, sagte Jephron, der froh darüber war, dass Thibanth das Palavern übernommen hatte.

Sie erreichten eine orange markierte Kammertür, die noch nicht aufgebrochen und geplündert worden war.

Hier diskutierten sie fast fünf Minuten lang, ob sie die Kammer überhaupt aufbrechen sollten. Keinem von ihnen stand an diesem Tag der Sinn nach einem weiteren Kampf. Aber Bjanje bestand darauf, dass sie endlich etwas unternahmen, um Beute zu machen. »Bislang rennen wir nur umher wie gescheuchte Hühner. Wir müssen doch das Heft mal in die Hand nehmen!« Ihr bestes Argument jedoch war, dass alle drei sich schon längst nach einer sicheren Schlafstätte sehnten. »Was ist sicherer als eine Schatzkammer, deren Tür wir hinter uns schließen können?«

Das mussten Jephron und Thibanth einsehen. Also versuchten sie nacheinander, die Tür aufzubekommen. Aber es ging nicht. Sie probierten es zehn Minuten lang, auch mit roher Kraft, doch die Tür bewegte sich keinen Deut.

»Deshalb ist sie noch zu«, ächzte Jephron. »Die anderen haben sie auch nicht aufbekommen.«

»Das kann doch nicht sein!«, wollte Bjanje es nicht wahrhaben und sprang zweimal gegen die Tür. Sie klopfte überall gegen den Stein. Nichts rührte sich, nichts reagierte. »Was für eine Verarschung!«

»Es gibt Türen, für die man spezielle Schlüssel braucht«, rekapitulierte Jephron. »Kristalle wie in einem Fantasyfilm, die vor der Tür plötzlich leuchten, weil sie elektronisch mit dieser interagieren.«

»Aber wir haben noch keinen Schlüssel gefunden, weil wir nichts finden können, weil wir entweder nirgendwo reinkommen oder alles schon leer geräumt ist!«, herrschte Bjanje ihn an.

»Hör mal, Bjanje, wenn du keine Lust mehr hast auf diesen ganzen Quatsch, können wir uns morgen gerne zum Aufenthaltsbereich zurücktasten und für den Rest der zehn Tage dort bleiben, ich hätte überhaupt nichts dagegen. Aber gestern und vorgestern hast du mich angefleht, genau diese Situation jetzt unbedingt erleben zu dürfen!«

»Ich werde nicht mit leeren Händen aufgeben«, beharrte sie schmollend.

»Dann lerne Geduld. Wir haben jetzt einen Tag von zehn. Wir werden schon noch genug Schatzkammern finden, es gibt Hunderte, die anderen können sie nicht alle ausräumen.«

»Und wenn doch?«

»*Und wenn doch?*«, äffte Jephron sie nach. »Bist du jetzt sieben Jahre alt?«

Das gab ihr den Rest. Sie schwieg mit verschränkten Armen.

»Also, was machen wir?«, fragte Thibanth.

»Die Idee, die Nacht in einer Kammer zu verbringen, ist angesichts dieser Hunde ausgezeichnet. Wir suchen eine andere Kammer. Das kann ja auch ruhig eine leer geräumte sein, Hauptsache, wir können die Tür hinter uns zumachen.«

Sie streunten noch eine weitere Stunde umher. Alles blieb orange und still.

Sie fanden keine geöffnete Kammer, aber sie fanden eine weitere geschlossene. Die sah nicht aus wie aufgebrochen und dann wieder geschlossen. Die war noch intakt.

»Da ist garantiert ein Monster drin ...«, sagte Jephron wenig begeistert.

»Na und? Irgendein Risiko müssen wir mal eingehen! Wir machen uns hier total lächerlich, wenn wir jetzt auch noch an geschlossenen Schatzkammern vorbeilatschen.«

Bjanjes Bemerkung ärgerte ihn, denn diesmal hatte sie recht. Was war denn nur los mit ihm? War er so eingerostet, dass er vor jeglicher Gefahr zurückscheute? Er war doch erst verfluchte 38 Jahre alt, in diesem Alter spielten andere noch Profi-Bloodball oder prügelten sich auf zweihundert Meter hohen Ringtürmen die Seelen aus dem Leib!

Nein, das Alter allein konnte es nicht sein. Es war die *Verantwortung*, die er für Bjanje geschultert hatte. Er wollte nicht, dass ihr etwas zustieß, und er wollte nicht, dass *ihm* etwas zustieß, weil er dann nicht mehr dafür sorgen konnte, dass ihr nichts zustieß.

So zumindest erklärte er sich sein Zögern. Ihm schwante jedoch, dass er möglicherweise Feigheit bemäntelte. Das ärgerte ihn noch zusätzlich.

»Also gut. Von mir aus probieren wir's. Thibanth?«

»Ich bin bei euch.«

»Erst einmal müssen wir die Tür aufkriegen, und zwar am besten so, dass sie intakt bleibt und sich hinterher wieder schließen lässt.«

Sie untersuchten das Material zu dritt. Die Tür bestand aus Gestein, aber aus durchaus brüchigem Gestein. Mit einem Hammer konnte man sie wahrscheinlich kaputt schlagen, aber keiner von ihnen hatte einen.

Thibanth betastete die Fugen am sorgfältigsten und fand einen altmodischen Zugmechanismus: eine Schnur, die man herausziehen konnte. »Das müsste es sein. Soll ich es tun?«

»Tu es«, sagten Bjanje und Jephron beinahe gleichzeitig.

Thibanth zog an der Schnur. Die Tür schwang nach innen auf.

Dunkelheit. Es war vollkommen finster in dem Raum dahinter, dessen Abmessungen deshalb auch unermesslich waren. Es mochte eine Kammer sein, eine Halle oder ein Gang. Lampen gehörten zu den Dingen, die man in den Labyrinthen erbeuten konnte.

Es roch nicht nach einem Tier, aber dennoch irgendwie lau, pulsierend. Klebrig.

»Da drinnen ist etwas«, raunte Jephron. »Aber ohne Licht können wir uns nicht koordinieren.«

»Vielleicht gibt es einen Lichtschalter. Oder es ist eine Lichtschranke«, vermutete Bjanje. Nicht alles in den Dungeons war altertümlich. Einiges war Hightech, um magisch-mystische Ergebnisse zu simulieren.

»Ich gehe rein, ein Schild, mein Messer«, sagte Jephron. »Versucht, nicht mich zu treffen, wenn ihr irgendwo hinstecht. Und wirf keine Sterne, Bjanje, solange du nicht sehen kannst, worauf.«

»Ich bin doch nicht bescheuert. Du brauchst mir wirklich nicht jeden einzelnen Schritt zu erklären.«

»Ja, tut mir leid. Bereit?«

»Bereit.«

Jephron atmete tief ein. Dies war ein besonders intensiver Moment. Anders als das Schweben vor den göttergroßen Säulen der Schöpfung. Dort war alles wie grenzenlos. Hier verdichtete sich alles zu einem winzigen Knäuel, in dem Leben und Tod nur noch einen Herzschlag voneinander getrennt waren. Vielleicht waren Leben und Tod in einem solchen Moment sogar eins wie in der Quantenmechanik, wo die Dinge gleichzeitig existieren und nicht existieren können, bis sie objektiv beobachtet werden.

Jephron wartete, bis die Furcht aus diesem Moment hinausschwemmte und überging in eine Art Hochgefühl. Den Adrenalinstoß, den jeder *Dungeoncrawler* kannte und liebte.

Jetzt ging er rein. Die beiden anderen folgten ihm dichtauf, füllten das Dunkel mit zusätzlichen Schatten vor orange glosendem Hintergrund.

Jephron hob Schild und Messer. Irgendetwas war hier. Zog sich zusammen. Atmete ebenfalls ein. Und sprang.

Es klatschte gegen seinen Schild, den er wie instinktiv noch herumriss. Thibanth schrie auf. Gleichzeitig wurde es heller. Bjanje hatte an der Innenwand einen Drehregler gefunden und dimmte orangefarbenes Licht hoch.

Es war nur ein Raum. Vielleicht sechs mal sechs Meter und drei Meter hoch.

Etwas lebte hier drinnen, wucherte in den Ecken und bildete nun transparent schillernde Tentakel aus, mit denen es nach den Eindringlingen schlug. Thibanth war getroffen worden und strauchelte. Jephron kappte einen Tentakel, Bjanje einen zweiten. Und einen dritten.

Ein Tentakel saugte sich außen an Jephrons Schild fest und rüttelte Jephron umher, bis er den Schild losließ und einfach seinen zweiten vorhielt.

Mehrere Tentakel trafen nun Bjanje, die ächzte und ihren dritten kappte. Gleichzeitig wurde es wieder dunkler, vielleicht war sie oder einer der Tentakel gegen den Drehregler gekommen.

Jephron wurde von vier Tentakeln gleichzeitig attackiert und wehrte sich verzweifelt. Zwei kappte er, einer versetzte ihm einen schmerzhaften Stoß gegen den Brustkorb, der vierte saugte sich an seiner linken Wade fest und riss ihn aus dem Gleichgewicht. Jephron fiel, schlug aber weiter um sich.

Bjanje begann zu schweben, mehrere Tentakel hingen an ihr wie die Schlauchverbindungen eines Astronauten zu seinem Raumschiff und wirbelten sie herum. Einer ihrer Dolche schleuderte haltlos dicht an Jephron vorüber zu Boden.

Plötzlich erstarben die Tentakel. Bjanje wurde noch höher gerissen, dann abgeworfen. Sie fiel auf allen vieren wie eine Katze zu Boden.

Thibanth hatte in dem Durcheinander eine Art Zentrum des Tentakelwesens ausgemacht und es mit einem beherzten Vorstoß durchbohrt. Sein Multifunktionsmesser offenbarte die Klinge eines Kreuzschlitzschraubendrehers.

Jephron und Bjanje lagen schnaufend, Thibanth stand als Einziger. Er ging zum Regler und fuhr das Licht hoch. »Das war's«, sagte er zufrieden.

Zu zweit hätten wir schlecht ausgesehen, sagte der Blick, den Jephron Bjanje zuwarf. Sie nickte zerknirscht.

Immerhin war keiner von ihnen ernsthaft verletzt.

Dennoch fühlten sie sich eigentümlich erschöpft. Irgendwo in diesem Raum mussten Kameras sein, die den Kampf übertragen hatten. *Es kann nie schaden*, dachte Jephron, *nicht allzu prahlerisch aufzutreten. Das Publikum sortiert diejenigen, die zu angeberhaft posieren, gerne aus.* Aber ihre Erschöpfung war keine bescheidene Geste, sie war echt. Vielleicht lag es an dem giftig wirkenden Geruch in diesem Raum.

»Ich glaube nicht, dass ich hier übernachten kann«, ächzte Bjanje.

»Willst du noch weitersuchen? Noch einen Kampf? Ich rate dringend davon ab, in den Gängen zu schlafen. Denk an die Hunde. Sogar die Weberknechte machen sich vielleicht im Schlaf an uns zu schaffen.«

Bjanje schauderte es alleine schon bei diesem Gedanken. »Aber es stinkt hier drinnen wie in einem … Klo für Monster! Und dann dieses tote Viech …«

»Wir schaffen es raus. Komm, hilf mir, Thibanth.«

Thibanth und Jephron gaben ihr Bestes, den Kadaver des vieltentakeligen Wesens, das das Innere der Kammer geradezu ausgekleidet hatte, von den Wänden zu schaben und nach draußen zu werfen. So lange ließen sie die Kammertür offen stehen, damit es wenigstens einen ungefähren Austausch mit der Gangatmosphäre gab.

Bjanje nörgelte noch ein wenig, aber die Aussicht, vorm Schlafen einen weiteren solchen Kampf durchstehen zu müssen, ließ sie verstummen. Zu gering war die Chance, eine bereits leer geräumte Schatzkammer mit intakter Tür zu finden. Sie beschwerte sich auch nicht mehr darüber, dass Thibanth bei ihnen in der »Schlafkammer« war.

Jephron dagegen war froh über Thibanths Anwesenheit. Im Kampf eben hatte der Fünfzigjährige als Einziger den Überblick behalten. Und in der Nacht würde er eine ausgezeichnete Anstandsdame abgeben. Die Kameras sahen schließlich alles, auch alles, wofür Bjanje und Jephron sich später vor Syonje und dem Rest des Universums schämen müssten.

Was auch immer das sein sollte. Man konnte nie wissen bei *Dungeoncrawler*. Die ständige Lebensgefahr ließ Menschen überreagieren, auf alles.

»Welchen Schatz gibt es hier drinnen eigentlich?«, fragte Bjanje. Sie hatte recht: Die Kammer war schlicht und einfach leer.

Das war aber eher unwahrscheinlich.

Sie klopften und tasteten systematisch die Wände ab und wurden doppelt fündig: Unter Stellen, die von dem Tentakelwesen überwuchert gewesen waren, fanden sie zuerst eine Luke, die ein Proviantdepot mit Nahrung und frischem Wasser enthielt, und dann noch eine Art Schublade, die einen Gegenstand enthielt: eine Kugelkopfkeule mit Metallstachel.

»Was ich mir schon immer gewünscht habe: eine Kugelkopfkeule mit Metallstachel«, sagte Jephron sarkastisch.

»Man weiß nie, wozu's gut ist«, grinste Thibanth.

»Ja. Zur Not kann man sie jemandem entgegenschleudern.« Jephron verstaute die neue Waffe an seiner Kleidung. Weder Bjanje noch Thibanth hatten Interesse an dem Ding bekundet.

Bjanje stand noch immer sinnend vorm Proviantdepot, hatte schon zweieinhalb Reisbällchen verdrückt. »Wie befüllen die die eigentlich? Müssen sie dann immer das Viech bekämpfen und hinterher austauschen?«

»Sie befüllen die von hinten«, erklärte Jephron. »Die gesamten Labyrinthe sind mit Wartungsschächten durchzogen, die wir Teilnehmer nie zu Gesicht bekommen. Wahrscheinlich sind es für die Befüller ganz kurze Wege: einfach ein senkrechter Schacht ein oder zwei Etagen weiter hoch, während wir kilometerweit krauchen müssen.«

»Aber diese Schächte sind zu eng, als dass man sie benutzen könnte?«

»Weiß ich nicht. Irgendjemand wird sich da drinnen schon bewegen können. Roboter. Kinderarbeit. Oder winzige, dünne Leute von Planeten mit wenig Sonnenlicht. Vor allem aber glaube ich, dass die Schächte gut gesichert sind. Mit Strom wahrscheinlich, der nur zum Befüllen sektorweise abgeschaltet wird.«

»Hm. Ist schon beeindruckend, wie das alles funktioniert. Dass wir hier mittendrin zu essen finden können.«

»Tja, es ist die größte Show aller Zeiten.«

Sie schlossen die Tür, als Bjanje das Okay dafür gab.

Jephron setzte sich mit dem Rücken dagegen, um sicherzustellen, dass niemand unbemerkt eindringen konnte.

Bjanje rollte sich in seiner Nähe zusammen wie ein Kätzchen. Thibanth in der hintersten Ecke.

Die beiden schliefen sehr schnell ein. Das machte die schlechte Luft hier unten.

Ist das nicht verrückt?, dachte Jephron. *Mit hunderttausendfacher Lichtgeschwindigkeit kann der moderne Mensch überallhin fliegen, aber er bevorzugt es, in einer muffigen Kaverne bei künstlicher Beleuchtung aneinanderzukleben. Die können hier so viele Monster reinpacken, wie sie nur wollen, wir werden uns immer darum reißen, genau hier schlafen zu dürfen.*

Jephron war ebenfalls eingedöst.

Nach einer unbestimmten Anzahl von Stunden weckte ihn, dass jemand oder etwas von außen an der Tür ruckelte.

Das erste Mal mochte es noch ein Albtraum gewesen sein.

Das zweite Mal mit Sicherheit nicht.

»Besetzt!«, sagte Jephron laut, als handelte es sich um eine Toilette.

Tatsächlich hörte das Ruckeln auf. Anzeichen dafür, dass es kein Ungeheuer, sondern ein anderer Teilnehmer war, der Einlass begehrt hatte. Aber wer und wie viele, würden sie erst erfahren können, wenn sie sich hinterher die Zusammenschnitte anschauten.

Falls diese Szene in den Aberhunderten von Materialstunden überhaupt noch enthalten sein würde.

Ihr zweiter Tag begann, nachdem Bjanje wach geworden war und die anderen beiden weckte.

»Schlafmützen«, nannte sie sie und schaute dann nach, ob das Proviantdepot inzwischen schon wieder befüllt worden war. Zu ihrer großen Freude war es das. Deshalb hieß es Proviantdepot. Im Nu hatte sie zwei weinrote Beeren und ein Reisbällchen gleichzeitig im Mund und krümelte mit Reis herum.

»Heute holen wir uns Schätze!«, gab sie das Tagesmotto aus.

»Ich weiß gar nicht, was du willst: Wir haben doch bereits eine Kugelkopfkeule mit Metallstachel!«

Jephron konnte der geworfenen Beere gerade so ausweichen.

Draußen war es still und weiterhin orange. Es gab hier unten keine künstliche Nacht, sodass es keinerlei Anhaltspunkte dafür gab, ob man seine Ruhephasen eigentlich nachts oder tagsüber einlegte. Jeder horchte hierbei einfach nur auf seine eigene Müdigkeit. Folgerichtig gab es – Jephron kannte das schon – einen Post-Dungeon-Jetlag, der sich gewaschen hatte.

Sie durchstöberten weiterhin das Höhlensystem, lauschten nach Hunden oder anderem. Einmal hörten sie jemanden lachen. Das konnte eigentlich nur ein anderer Teilnehmer sein.

Entweder einer, der übergeschnappt war, oder es waren mehrere.

Sie fanden auch erstmals eine Falle, und zwar eine Bodenluke. Sie war ziemlich gut zu erkennen und diente womöglich weniger dazu, Teilnehmer zu gefährden, als vielmehr Teilnehmern eine Möglichkeit zu geben, sie verfolgende Ungeheuer abzuschütteln. Das Problem bestand nicht darin, die Falle nicht rechtzeitig zu sehen, sondern sie zu umgehen. Das war nur durch einen Sprung möglich, den sie aber alle ohne Probleme bewältigten.

Voraus änderten sich die Lichtverhältnisse.

Erst glaubten sie nur, sich zu täuschen, aber dann sahen sie es deutlicher: Die Lampen waren nicht mehr orange, sondern hellrot.

»Schiff Gottes!«, sagte Jephron. »Hier wollten wir nicht hin. Also zurück.«

»Warte mal«, sagte Bjanje. »Schau mal, dort drüben! Das ist eine Kammertür. Unbeschädigt. Hier war noch niemand.« In ihren hellrot beleuchteten Augen blitzten mögliche Schätze auf.

»Aber das hier ist hellrot. Du willst nicht wirklich eine Hellrot-Kammerkreatur wecken. Wir hatten sogar schon in Orange Probleme.«

»Aber das hier ist ein Grenzbereich. Hundert Schritte zurück ist es noch Orange. Meinst du nicht, dass an den Rändern die Monster noch nicht ganz so heftig sind? Quasi Übergangsmonster?«

»Ich glaube, das spielt überhaupt keine Rolle. Es gibt ja auch keine Übergangsbeleuchtung oder Übergangsmarkierungen. Diese Kammer ist hellrot markiert, hellrot ist hellrot.«

»Aber hellrot ist *nur* hellrot! Ich meine, darunter gibt es dann noch Dunkelrot, Grün, Himmelblau und Nachtblau. Was immer dort drin haust, kann nur von der fünftschlimmsten Sorte sein.«

»Fünftschlimmst ist schlimm, glaube mir.«

»Du warst mal in Himmelblau!«

»Und habe es schnell bereut. Sehr schnell. Mein heroischer Kampf war mehr Abwehr und Flucht als irgendetwas anderes.«

»Aber wenn du alleine in Himmelblau warst und es überlebt hast, verstehe ich nicht, warum wir nicht zu dritt wenigstens einmal Hellrot ausprobieren können! Ich will hier unten nicht als Feigling durch die Gegend schleichen. Ich will zumindest einmal was riskiert haben!«

»Du wirst noch genug riskieren müssen, warte es nur ab.«

»Ja, so ein Mist wie mit den Hunden. Mist, wo man in der Defensive ist. Ich will aber selbst der Angreifer sein!«

Jephron seufzte tief. »Du willst es probieren?«

»Natürlich!«

»Thibanth?«

»Wir können ja mal einen Blick rein riskieren. Wenn es zu heftig ist, legen wir den Rückwärtsgang ein und schmeißen die Tür wieder zu.«

»Wenn sie sich denn überhaupt wieder schließen lässt. Wenn das Ding nicht an uns vorbei gleich nach draußen hüpft.«

»Dann wäre es ja nicht mehr *unser* Problem. Lass es uns machen!«, flehte Bjanje.

Jephron gab nach. Die beiden hatten schließlich nicht unrecht. Vielleicht hatten sie sogar Glück und fanden in Hellrot einen so zufriedenstellenden Schatz, dass Bjanje bereit war, den Rückweg anzutreten.

Jephron lächelte über sich selbst. Sein letzter Einfall war reinstes Wunschdenken gewesen. Solange die Show noch acht Tage lief, würde Bjanje nicht klein beigeben wollen. Vielleicht, schätzte er, wenn nur noch drei Tage zu spielen waren, vielleicht aber noch nicht einmal dann.

»Na schön. Aber ihr beide geht voran, diesmal bilde ich die Nachhut. Das war ja nicht meine Idee.«

»Ich gehe voran«, sagte Bjanje eifrig und huschte zur Tür, um sie zu untersuchen. Was Jephron natürlich verpflichtete, doch als Zweiter zu gehen, denn sein Job war es, sie zu beschützen. Er machte dabei ein Gesicht, als wäre ihm etwas zu Kaltes an einen empfindlichen Zahn geraten.

Bjanje bekam die Tür nicht auf.

Abermals war es Thibanth, der ihnen mit Fingerspitzengefühl beistand und den Mechanismus durchschaute.

Die Tür schwang nach innen auf.

Etwas sprang sofort, als hätte es nur darauf gelauert, dass jemand tatsächlich so dämlich war, die Tür zu öffnen.

Bjanje schrie auf, und Jephron zerrte sie noch unsanft zurück, aber das Wesen knallte schon gegen sie, raubte ihr die Luft, trieb sie gegen Jephron und Jephron gegen Thibanth. Alle drei purzelten zu Boden. Das Wesen, das an einen äußerst zotteligen Bären erinnerte, nur dass seine Beine länger waren und es damit springen konnte wie ein Känguru, trampelte mit einem Gewicht von fast zweihundert Kilogramm über die drei hinweg und hüpfte dann ungelenk, als seien seine Gliedmaßen von einem zu langen Aufenthalt in einem zu kleinen Raum eingerostet, in den hellroten Gang, dorthin, wo die drei noch nicht gewesen waren.

Sie blieben kurz benommen liegen. Alles tat ihnen weh. Zweihundert Kilogramm fühlten sich an wie eine Büffelherde. Jephron und Thibanth ächzten.

Bjanje hob als Erste den Kopf. »Seid mal leise! Was ist das denn?«

Aus der Richtung, in der das Bärenwesen verschwunden war, drang ein eigentümliches Geräusch: eine Art Trillern und Flattern.

»Mist, das sind Flederschrecken! Bewegt euch nicht, rollt euch zusammen, schützt eure Köpfe, die Lederkleidung müsste ausreichen, um die Körper zu schü…«

Weiter kam Thibanth nicht oder war nicht weiter zu verstehen. Aus dem hellroten Gang wirbelte – fast als hätte man ihn geschüttelt – ein Schwarm von Lebewesen, die wie Fledermäuse wirkten, nur dass sie chitingepanzert und vielgliedrig waren wie Heuschrecken. Es mochten etwa dreihundert, vierhundert Exemplare sein. Sie fielen über die drei am Boden Liegenden her, die sich schnell zu Kugeln einrollten und dem Schwarm nur ihre Rücken, Arme und Hintern darboten. Überall wurden sie bestoßen und beklettert, bekratzt, bekrabbelt, gezwackt, immer wieder angeflogen. Das Trillern, das der Schwarm dabei ausstieß, war ohrenbetäubend.

Jephron hatte das Gefühl, diesem Ansturm nicht mehr lange standhalten zu können. Allein das dauernde Gegen-ihn-Prallen versetzte ihn beinahe in Panik. Er wollte aufspringen, mit den Armen um sich schlagen, Deckung suchen im Inneren der offenen hellroten Schatzkammer. Doch bevor er überschnappen konnte, war der Schwarm weitergetobt.

»Wo kamen die denn jetzt plötzlich her?«, stöhnte Bjanje.

»Ist doch klar: Unser Trampelbär hat sie aufgescheucht!«, erläuterte Thibanth. »Los jetzt, schnell rein in die Kammer und Tür zu, wer weiß, ob er nicht gleich wieder zurückkommt, falls das alles eine Sackgasse ist!«

Das wollte keiner von ihnen erleben. Zerschunden, wie sie sich fühlten, aber unzerkratzt dank des schützenden Leders, krabbelten sie alle mehr oder weniger auf allen vieren in die Kammer, und Thibanth erhob sich weit genug, um den Türmechanismus betätigen zu können. Die Tür schloss sich beinahe luftdicht. Im Inneren der Kammer stank es bestialisch nach den Exkrementen des Sprungbären.

Dennoch blieben sie hier erst einmal eine Weile. Gestank war harmlos im Vergleich zu Überranntwerden und Schwarmgefledder. Bjanje schaffte es sogar, das Licht heller zu regulieren und in eine kaum getarnte Kamera zu winken. Sie fand ein Proviantdepot mit leider ebenfalls übel riechendem Wasser und glücklicherweise eingeschweißtem Schiffszwieback sowie einen Schatz, der sie staunen ließ: einen altmodisch kratzigen Jutesack mit einhundert Creditmünzen aus Metall. Jede dieser Münzen war – umtauschbar an der *Dungeoncrawler*-Kasse – zehn Credits wert. Die finanziell nicht eben schlecht gestellte Bjanje betrachtete die einhundert Münzen wie einen sagenhaften Schatz.

»Wir haben tatsächlich etwas gewonnen!«, strahlte sie.

»Na ja«, dämpfte Jephron. »Du zahlst mir 250 000 Credits und hast jetzt 1000 gewonnen. Du schreibst noch nicht wirklich schwarze Zahlen.«

»Du verstehst das nicht. Das ist *Dungeoncrawler*-Währung, und wir haben sie erbeutet! In Hellrot! Erstens kann man die für ein Vielfaches ihres eigentlichen Wertes an Fans verkaufen, und zweitens ist ihr ideeller Wert viel höher als der von normalem Geld.«

»Mag sein, aber einer von uns muss diesen Beutel jetzt herumschleppen.«

»Ich nehme ihn, keine Diskussion«, beharrte Bjanje. Niemand wollte mit ihr diskutieren. Sie band sich den Beutel an eine Gürtelschlaufe ihres Anzugs.

Sie warteten noch eine Stunde und rieben sich die geprellten Körperteile. Draußen war weder Trillern noch Stampfen noch sonst irgendetwas zu hören.

Schließlich wagten sie sich aus der Kammer und beeilten sich, aus Hellrot wieder nach Orange zu kommen. Immerhin darin waren sie sich einig.

So langsam bestand ihr dringlichstes Problem darin, wie sehr ihr immer wieder antrocknender Schweiß in den luftundurchlässigen Anzügen juckte. Sie fanden zwar Toilettenkammern, aber keine richtigen Waschgelegenheiten, um sich einmal aus der Lederhaut pellen und sich erlösend abschrubben, geschweige denn duschen zu können. Sie kratzten sich durchs Leder, so gut es ging, aber meistens war das eher ein Kneifen, und das machte alles nur noch unannehmlicher.

Nachdem sie Orange neu erreicht hatten, tappten sie dort eine Stunde lang herum, bis sie schließlich glaubten, einer Sinnestäuschung aufzusitzen: Von voraus hörten sie leise Musik. Es klang wie eine akustische Gitarre.

»Eine Einspielungsdatei als Soundtrack?«, fragte Bjanje.

»Ich weiß nicht, dafür klingt es nicht glatt genug«, meinte Jephron. »Es könnte echt sein.«

»Aber keiner der Teilnehmer hatte eine Gitarre dabei!«

»Vielleicht hat einer eine gefunden. Als Schatz.«

Sie erwarteten eine Falle, mit der Musik als Lockmittel, aber es war keine. In einer Kaverne, die so riesig war, dass die orangenen Lampen mehrere Schattenzonen übrig ließen, hatten sich neben einer heißen Quelle sechs Teilnehmer und zwei Kameramänner versammelt, und einer der Teilnehmer spielte auf einer Gitarre. Der Vordereingang der Kaverne war notdürftig mit ein paar Planken verrammelt – kein echtes Hindernis für Menschen und wahrscheinlich auch nicht für entschlossene Ungeheuer, aber lautlos kam niemand daran vorbei, das war wohl die Idee dabei. Jephron, Bjanje und Thibanth schlüpften hindurch und wurden willkommen geheißen. Die Quelle befand sich neben einer ständigen Proviantversorgung und stellte somit eine Art Paradiesoase inmitten der Hölle dar, wenngleich man vor Attacken nicht hundertprozentig gefeit war. Aber immerhin. Unter den Teilnehmern befand sich die hübsche Sui Kubo, ansonsten waren es eher die Unscheinbareren, die es sich hier gut gehen ließen. Collectors und Scavengers und eine Adventuress einträchtig beieinander.

Die drei Neuankömmlinge bekamen zu essen und wurden nach Neuigkeiten befragt. Sie wussten nichts über andere Teilnehmer, berichteten jedoch von den zwei Schatzkammern, die sie »geknackt« hatten. Von den Versammelten erfuhren sie, dass mindestens zwei Teilnehmer bereits schwer verwundet ausgeschieden waren, ein Unscheinbarer und einer der beiden Leibwächter von Aurania Anbasch. Genaues über einen Gesamtstand wusste jedoch niemand, denn niemand war im Aufenthaltsbereich gewesen. »Hier ist es fast besser als dort«, griente der Gitarrist, der sein Instrument nicht in einer Schatzkammer erbeutet, sondern in dieser Oase neben der Proviantversorgung gefunden hatte, und stimmte eine populäre Ballade aus dem von Hitproduzenten nur so wimmelnden Schwedensystem an.

Thibanth fügte sich gerne in die Gutelaunegruppe ein, Jephron und Bjanje fühlten sich nicht so wohl. »Wir sind nicht hergekommen für Lagerfeuerromantik«, sagte Bjanje, und Jephron nickte. »Allerdings möchte ich die heiße Quelle nicht verschmähen. Ein kurzes Bad und dann weiter?« Jephron nickte wieder.

In zwanzig Metern Höhe erblickte er eine Spiegelglaswand, hinter der sich höchstwahrscheinlich Zuschauer tummelten. In solchen größeren Höhlen gab es immer besonders viel zu sehen, erst recht an einer Badestelle. Aber immerhin gab es einen verhängten Bereich, zu dem auch die Kameramänner keinen Zutritt und in den die Zuschauer somit keinen Einblick hatten, wo man sich seiner Lederpelle entledigen und sich ein weißes Frotteehandtuch umlegen konnte, ganz wie in einem Spa. Als sie sich voreinander blickgeschützt auszogen, bemerkten Jephron und Bjanje an sich die Blutergüsse, die der Trampelbär hinterlassen hatte.

Seufzend senkten sie sich in das heiße Wasser, das leider

roch, als hätte der eine oder andere aus der Gruppe bereits hineinuriniert, aber in den Dungeons konnte man nicht allzu wählerisch sein. Es war trotzdem eine Labsal, den juckenden Schweiß abzuspülen. Danach wieder in die Lederkluft zu kommen, war schwierig, denn die Haut war schrumpelig und störrisch vor Feuchtigkeit.

Der Gitarrist sang und spielte etwas Schwungvolleres, und die Gruppe sang mit. Jephron war etwas enttäuscht von der Surviverin Sui Kubo, die er sich etwas aparter vorgestellt hatte als Gassenhauer zwitschernd. Dafür imponierte ihm Bjanje, die sich so überhaupt nicht anstecken ließ von dieser Freizeitatmosphäre. Jephron selbst misstraute der ganzen Sache extrem. Spätestens in der Nacht würde die gesamte Kaverne wahrscheinlich von irgendwelchen Käfern, Würmern oder Schlangen geflutet werden. Die Veranstalter errichteten keine Geborgenheit ohne entsprechenden Aufpreis.

Er wies die Singenden darauf hin. Die versicherten jedoch, das zu wissen und auf der Hut zu bleiben. Er glaubte ihnen das nur nicht so richtig.

Es stellte sich heraus, dass Thibanth bei der größeren Gruppe bleiben wollte. »Nicht, weil sie geschickter sind als ihr, das sind sie sicherlich nicht, sondern einfach, weil sie zu sechst sind, mit mir sogar zu siebt. Überlegt es euch. Wir könnten zu neunt weitermachen. Da könnten uns Hunderudel und einzelne Monster aus Schatzkammern nicht mehr allzu viel anhaben.«

»Ich fürchte, doch«, widersprach Jephron. »Neun Leute stehen sich alle gegenseitig im Weg, keiner kann mehr effektive Attacken ausführen. Und wenn der erste von euch schwer verwundet ist, gehen die ganzen Diskussionen los: Bringen wir ihn zum Aufenthaltsbereich oder lassen wir ihn abholen? Wenn wir ihn bringen, wer geht mit? Wenn wir ihn abholen lassen, wer bleibt solange bei ihm? Bleiben wir zusammen?

Trennen wir uns? Pausenloses Geschnatter. Das wäre mir zu anstrengend.«

»Jeder hat seine Empfindlichkeiten«, lachte der Fünfzigjährige. »Schnattern macht mir nicht ganz so viel aus wie Überranntwerden.«

Sie gaben sich die Hände, wünschten sich Glück, dann machten sich Jephron und Bjanje zu zweit auf in die schattigen Bereiche der Quellenkaverne. Die Gruppe hatte ihnen erzählt, dass sie nicht die Ersten waren, die diesen Weg nahmen: Aurania Anbasch und ihr verbliebener Leibwächter waren ebenfalls nach dorthin aufgebrochen.

Vor das Verlassen der Kaverne hatten die Veranstalter eine Aufgabe gestellt: Eine heiße Pechgrube – als schwarze Entsprechung zur hell sprudelnden Badequelle – versperrte den Weg, ein Polypropylenseil mit einer Rolle zum Daranhängen – einem sogenannten Pulley – führte darüber hinweg. Auf beiden Seiten der Grube gab es einen Hebel, mit dem man die Seilmasten so verstellen konnte, dass das Seil das gewünschte Gefälle bekam. Das Gefälle stimmte: Das Seil führte abwärts über die Grube, aber der Pulley war leider auf der anderen Seite, da er von Aurania Anbasch und ihrem Leibwächter verwendet worden war. Eine Rückholschnur war auf dieser Seite nicht vorhanden, aber auf der anderen Seite lag eine, zusammengerollt und ungenutzt.

Jephron schaute in die Pechgrube hinunter. Sie war fast zwanzig Meter lang und nicht allzu tief, also wahrscheinlich nicht tödlich. Sie würde jedoch schmerzen wegen der Hitze und einen so verkleben, dass man ohne ausgiebigen Gebrauch der heißen Quelle nicht mehr weiterkam. Diese wiederum würde dadurch verschmutzt werden, die Gitarrengruppe gegen einen aufgebracht – dies war ein typisches Hindernis, um soziale Konflikte unter den Teilnehmern aufzuheizen.

Er bemerkte den Kameramann, der sich seitlich von ihnen hinstellte, um ihre Überquerung aufzuzeichnen.

»Ich klettere rüber und besorge dir den Pulley«, sagte Bjanje.

»Unterschätz das mal nicht. Das Seil schneidet ganz schön ein.«

»Ich kenne mich aus mit solchen Seilen. Auf Castelbouc gibt es viele Klettermöglichkeiten, erinnerst du dich noch an mein Video? Außerdem bin ich deutlich leichter als du, bei mir wird das Seil nicht so einschneiden und auch nicht so durchhängen.«

»Mist, dass wir keine Handschuhe aus Leder haben.« Er erinnerte sich daran, dass man ihnen bei der Ausrüstungsverteilung welche angeboten hatte, aber nur wenige Teilnehmer hatten welche mitgenommen.

»Es wird auch ohne gehen. Ich habe Leder an den Kniekehlen und Armbeugen, die werde ich benutzen.«

Ganz so einfach, wie Bjanje sich das vorstellte, war es nicht. Die Pechgrube war heiß und dampfte, das Seil war dadurch angefeuchtet, allein mit den Armbeugen rutschte Bjanje auf dem Seil ab, sie musste die Finger benutzen, um richtig greifen zu können. Aber sie kam voran. Jephron fühlte sich hilflos, er konnte nichts tun, um sie zu unterstützen. Nur falls sie gar nicht mehr weiterkam, konnte er auf seiner Seite den Hebel betätigen, damit sie zu ihm zurückrutschen konnte.

Tatsächlich hing sie in der Mitte der Grube empfindlich durch, was die zweite Hälfte des Weges schwieriger machte, weil sie sich dort aufwärts ziehen musste. Aber sie schaffte es, das insgesamte Seilgefälle half ihr, sie biss sich durch. Erleichtert ließ sie sich auf der anderen Seite vom Seil plumpsen.

»Es wäre einfacher gewesen, wenn das ein authentisch mittelalterliches Hanfseil gewesen wäre«, beklagte sie sich, während sie die Rückführschnur an dem Pulley festmachte.

»Hier ist nichts wirklich authentisch, es sieht nur einigermaßen so aus«, sagte Jephron. »Wahrscheinlich können echte Hanfseile zu leicht von irgendwelchen Wesen durchgeknabbert werden.«

Bjanje hatte die Rückführschnur festgemacht und stand nun ratlos am Grubenrand. »Ich weiß nicht, ob das funktionieren wird. Damit du das Ende fangen kannst, muss ich die Schnur mindestens zwanzig Meter lang lassen. Wenn ich nicht weit genug werfe oder du es nicht fängst, klatscht sie mit fünfzehn Metern Länge ins Pech und wir können sie nicht mehr benutzen, ohne uns die Hände zu versauen.«

»Irgendwie müssen die beiden vor uns es ja auch geschafft haben.«

»Ich weiß, was wir machen!« Sie betätigte den Hebel auf ihrer Seite, die Masten verstellten sich so, dass das Seil nun abwärts zu Jephron führte. Bjanje ergriff sowohl Schnur als auch Pulley, stieß sich ab und rollte am Griff über die Grube zu Jephron zurück.

»Und jetzt?«, fragte dieser. »Nun sind wir beide wieder am Anfang!«

»Aber wir haben den Pulley und die Schnur. Du behältst das Ende der Schnur in der Hand und ich verabschiede mich jetzt wieder. Adieu!«

Jephron begriff jetzt, wie sie sich das gedacht hatte. Er legte den Hebel dieser Seite um, das Seilgefälle änderte sich wieder. Der Pulley war leichtgängig genug, um sich von einem leichten Durchhängen aufgrund des Körpergewichts nicht stoppen zu lassen. Bjanje war schon wieder jenseits. Jetzt zog Jephron an der Führschnur den Pulley zu sich hinüber. »Bring die Führschnur mit, das macht es anderen schwieriger, uns zu folgen!«, rief Bjanje ihm zu, und er tat wie ihm geheißen. Bjanje betätigte den Hebel, und er kam angerauscht, mitsamt der Führschnur. Er sprang ab, bevor er gegen den Seilmast prallen konnte. »Voilà!«, sagte sie und vollführte, während er noch zwei Ausfallschritte machen musste, um sein Gleichgewicht zu halten, zum Kameramann hin die elegante Abschlussverbeugung einer Akrobatin.

»Clever gelöst«, lobte Jephron sie.

»Und ganz ohne Pech!«, lobte sie sich auch selbst.

Jenseits der Grube führte nur ein einziger Weg weiter. Er war lediglich lückenhaft beleuchtet, die beiden hielten ständig nach einem Hinterhalt Ausschau, aber nichts rührte sich. Der Weg verengte sich zu einem Höhlengang, der aus der großen Kaverne hinausführte.

Nach einem letzten, fast sehnsüchtigen Blick zurück zur heißen Quelle, von der immer noch leise Gitarrenmusik echote, machten sie sich auf ins Unbekannte. Es war ein kleiner Trost, dass sie immerhin nicht die Ersten waren, die diesen Weg nahmen. Was allerdings aus den beiden vor ihnen geworden war, konnten sie nicht wissen.

Der Gang war fast so heiß wie das Wasser der Badequelle. Die beiden schwitzten in ihren Anzügen. Jephron hielt stets einen der beiden Schilde vor sich, Bjanje ging einen Schritt hinter ihm und hatte zwei Wurfsterne zwischen den Fingern. Ab und zu klirrten die Münzen in ihrem Beutesäckchen.

Der Gang schien endlos zu sein und bot weder Schatzkammern noch Abzweigungen. Da er beständig leicht bergab zu führen schien, weckte er nicht gerade Zuversicht. Die spärlichen Lampen jedoch waren immer noch orange.

»Was hält eigentlich den Minosaurus davon ab, das Level Nachtblau zu verlassen und uns einfach entgegenzukommen?« Bjanje fielen unterwegs immer wieder Fragen ein, über die sie selbst als glühender Fan der Show noch nie eingehend nachgedacht hatte.

»Ich vermute, dass die Durchgänge zu schmal sind. Menschen können sich da durchzwängen, aber so ein Koloss nicht.«

»Er ist nicht eingesperrt durch Elektrozäune oder so was?«

»Das wäre viel zu riskant bei einem technischen Defekt. Nein, es werden die Durchgänge sein.«

Bjanje schwieg fast fünf Minuten. Dann fragte sie: »Und wie kriegt man ihn da rein wie ein Schiff in eine Buddel?«

»Vielleicht mit einem riesigen Lastenaufzug. Oder er ist noch klein und wächst dann. Genau weiß das niemand außer den Veranstaltern. Die behalten ihre Geheimnisse für sich wie Zaubertricks.«

»Ja. Das alles hier ist eine große Zaubershow.«

»Bereust du es jetzt, dich darauf eingelassen zu haben?«

»Nein. Ich habe die körperlichen Unannehmlichkeiten in diesen Anzügen bei dieser Hitze etwas unterschätzt. Ich wusste gar nicht, dass es im Inneren von Laurel so heiß wird. Aber ansonsten, die Atmosphäre, auch dieser Gang – das ist schon gigantisch.«

»Ja. Das muss ich auch zugeben. Es hat mich wieder gepackt.« Er grinste zu ihr nach hinten, aber sie sah ihn so eingeschüchtert an, dass er – von hinten diffus beleuchtet – wohl eher Furcht einflößend ausgesehen hatte. Wie jemand, der halb verrückt die Zähne bleckt.

Der Gang knickte im rechten Winkel nach links. Nirgendwo sonst gab es Abzweigungen. Nur diese eine Richtungsänderung.

Argwöhnisch spähte Jephron um die Ecke. Funzeliges Orange voraus. Eine der Lampen schien defekt zu sein, sie flackerte pulsierend.

»Orange?«, fragte Bjanje.

»Orange.«

»Dann weiter.«

Immer noch ging es abwärts, immer noch war es heiß und stickig. Vielleicht lag es an dem pulsierenden Licht, aber die Luft sah irgendwie trübe aus. Milchig. Gas? Sie konnten beide nichts riechen außer dem üblichen Miasma, aber das musste überhaupt nichts heißen.

Sie pirschten eine weitere Stunde lang umsichtig vorwärts, immer auf Fallen achtend, obwohl die Anbasch und ihr Leibwächter hier bereits langgekommen sein mussten, es gab schließlich nirgends Abzweigungen. Aber das bedeutete nicht, dass keine Fallen mehr zu befürchten waren. Sie mochten welche umgangen haben. Sie mochten einer zum Opfer gefallen sein. Oder sie ausgeschaltet und hinter sich wieder angeschaltet haben, so wie Jephron und Bjanje das mit dem Pulley gemacht hatten. Jeder gegen jeden. Jeder gegen jeden in einer heißen, engen Röhre.

Jephron wischte sich wiederholt den Schweiß von den Augenbrauen. Mehrere der Lampen waren defekt, sie pulsierten alle wie pumpende Käfer. Zu erlauschen war überhaupt nichts. Er war froh, dass es Bjanjes Atem gab, ansonsten hätte er sich wie schwerhörig gefühlt.

»Hier ist etwas!«, sagte Bjanje plötzlich, und Jephron fuhr regelrecht zusammen.

»Was? Wo?«, fragte er etwas hysterisch.

»Eine Tür. Hier.« Tatsächlich. Die hatte er übersehen. *Eine Geheimtür, kaum auszumachen. Vielleicht nur mit ganz jungen Augen.* War diese Geheimtür von der Anbasch benutzt worden? Sie sah nicht so aus, ihre Fugen waren flechtenbehaftet, lange unbewegt. Wahrscheinlich hatten die Anbasch und ihr Begleiter die Tür genauso übersehen wie er.

Eine halbe Stunde lang versuchten Bjanje und er nun, die Tür zu öffnen, aber es wollte ihnen nicht gelingen. Sie drückten, zogen, krallten, tasteten, suchten, schnüffelten sogar. Sie stemmten sich gemeinsam dagegen, an vermutlich neuralgischen Punkten. Sie bekamen nichts richtig zu fassen, die Tür rührte sich nicht, und auch im Bereich darum herum war kein versteckter Schalter oder Regler zu finden.

»Entweder ist der Schalter weiter entfernt, oder sie geht nur von der anderen Seite auf«, schlussfolgerte Jephron.

Bjanje wollte noch nicht aufgeben. Sie witterte förmlich ein bedeutsames Geheimnis hinter dieser Tür. Sie suchte noch zehn weitere Minuten, bis zu fünfzig Schritte entfernt.

Nichts.

Sie ließen es bleiben und gingen weiter. Aber Jephron spürte, dass ein Teil von Bjanjes Gedanken an dieser Tür haften blieb wie ein sich immer weiter zerdehnender Kaugummi.

Weiter. Abwärts. Hitze. Hitze*schwaden*. Das war keine Täuschung, die Luft waberte dicklich.

An den Wänden saßen hier und da Eidechsen.

Die ersten bereiteten ihnen noch keine Sorgen, sie waren nur etwa handgroß, geradezu niedlich, Geckos womöglich.

Doch sie wurden größer, je weiter sie gingen. Zwei Hände groß. Eine Unterarmlänge. Schließlich, voraus im dunstigen Dämmern, zwei Echsen so lang wie Jephrons Arm, die an der Wand klebten wie festgenagelt. Sie lebten jedoch. Ihre Zungen prüften suchend den Stein.

»Wir bewegen uns womöglich in eine Art Nest hinein«, sagte Jephron leise.

»Wie groß können die werden?«

»Keine Ahnung. Wie groß können Echsen irgendwo im Weltall werden? Dinosauriergroß? Planetoidengroß?«

»Das sind aber keine kleinen Minosauren, oder?«

»Nein, bestimmt nicht. Sie scheinen recht harmlos und unaggressiv zu sein. Ich frage mich nur: Warum sollten die Veranstalter einen solchen Gang mit harmlosen Echsen bevölkern?«

»Um uns Angst einzujagen? Oder vielleicht als Nahrung für andere Monster!«

»Möglich.« Jephron blieb stehen. »Da die Tür vorhin nicht aussah, als sei sie in den letzten Jahren irgendwann einmal geöffnet worden, müssen die Anbasch und ihr Knilch hier entlanggekommen sein. Oder meinst du, die Echsen haben sie restlos verspeist?«

»Ich weiß es nicht, Jephron. Ich weiß gerade gar nichts mehr.«

»Wollen wir lieber umkehren?«

»Und den ganzen Scheißweg wieder zurück? Über die Pechgrube? Erfolglos zum Gitarrensingverein? Lieber lasse ich mich restlos von Echsen fressen.«

Jephron musste grinsen. »Geht mir genauso. Was hältst du davon: Wir zählen die Echsen. Gegen die Langeweile. Wenn es mehr als hundert sind, kehren wir um, denn dann wird mir wirklich mulmig, falls die alle zusammen angreifen.«

»Okay. Bis hundert.«

Sie zählten. Jeder für sich, bis sie sich damit dauernd in die Quere kamen. Dann einigten sie sich darauf, dass Bjanje die Echsen zählte, während Jephron weiter voranging und auf Fallen achtete. Und auf die wirklich großen Echsen, die sie nun passieren mussten. Es waren insgesamt sieben, die so lang waren wie ein Arm, dann fünf, die noch größer waren, fast so lang wie Jephrons gesamte Armspannweite. Vielleicht die Elterntiere. Sie bewegten sich kaum. Griffen nicht an, flohen aber auch nicht. Die meisten von ihnen schienen zu verharren und zu hoffen, dass die komischen Lederzweibeiner sie nicht bemerkten.

Vielleicht ist das Leder der Schlüssel, dachte Jephron. *Vielleicht halten sie uns auch für eine Art Echsen.*

Hinter den fünf »Eltern« wurden die Exemplare wieder kleiner. Bjanje war bis »57« gekommen, als sie die letzte Echse passierten.

»Das waren eine ganze Menge.«

»Ja. Und am Anfang haben wir noch gar nicht gezählt. Waren aber trotzdem insgesamt keine hundert.«

»Na gut. Wir gehen ja auch weiter.«

Der Gang wurde schmaler, dann wieder so breit, dass sie nebeneinanderher laufen konnten.

Nirgendwo Abzweigungen. Nirgendwo Deckung, falls ihnen ein Ungetüm entgegengestürmt kam. Jephron konnte sie nicht loswerden, diese Sorgen. Das einzig Gute in einem Labyrinth war, dass man Verfolger abschütteln konnte. In einer Röhre dagegen gab es überhaupt nichts Gutes. Was, wenn diese Röhre geflutet wurde? Einfach nur so zum Spaß für die Veranstalter und zwanzig Milliarden chipsfressende Zuschauer? Die Echsen waren bestimmt gute Taucher.

Seine Gedanken verfingen sich zwischen Groll und Angst. Er merkte, dass er aufpassen musste, nicht Schritt für Schritt den Verstand zu verlieren. Er war heilfroh, noch jemanden bei sich zu haben. Alleine wäre er längst umgekehrt, und vielleicht war Umkehren das Schlaueste, was man tun konnte. Überhaupt ertappte er sich dabei, Bjanje die Schuld zu geben für die lebensgefährliche Situation, in der er sich befand. Aber das ergab keinen Sinn. Sie hatte ihn nicht mit vorgehaltenem Strahler zu irgendetwas gezwungen. Er hatte selbst entschieden. Er war hier wegen Geld oder Ehre oder Verantwortungsgefühl oder wegen einer uneingestandenen Sehnsucht nach genau diesem grässlichen Tunnel. Er war an allem ganz alleine schuld. Diese nagenden inneren Diskussionen mussten endlich aufhören.

Das Brüllen einer Bestie hätte ihn jetzt zum kreischenden Davonlaufen bringen können. Doch Davonlaufen wohin? Was, wenn ein Brüllen von vorne ihn nur in Krallen und Mäuler von hinten trieb?

Jephron blieb stehen. Ohrfeigte sich selbst. Einmal. Zweimal. Dreimal.

»Was machst du?«, fragte Bjanje, deren Stimme vor Bangigkeit ganz brüchig klang.

»Ich fange an durchzudrehen«, sagte er. »Aber ich werde mich zusammenreißen. Keine Sorge. Es ist nur alles so lange her. Ich glaube, ich bin den Weltraum inzwischen so sehr gewöhnt, dass ich hier drinnen ein bisschen klaustrophobisch werde.«

»Das kann ich gut verstehen. Auf Castelbouc gibt es Höhlen, aber keine, die so beengend und so heiß sind wie diese.«

»Weiter?«

»Ja. Weiter.«

Sie verloren jegliches Zeitgefühl. Stapften voran in einem engen Tunnel, umpresst von Megatonnen Gesteins.

Das Licht flackerte und bebte. Einige Lampen summten sogar ganz leise wie ferne Stimmen.

Schließlich änderte sich voraus die Helligkeit. Zuerst glaubten sie an eine dunstbedingte Sinnestäuschung. Doch je näher sie kamen, desto eindeutiger wurde es.

»Grün«, stellte Jephron fest.

»Bist du sicher, dass das nicht nur irgendein Widerschein ist?«

»Das ist Level Grün. Wir sind durch diesen Gang an Hellrot und Dunkelrot vorüber gleich nach Grün gekommen.«

»Und Grün ist zu gefährlich?«

»Natürlich! Viel zu gefährlich! Wir hatten schon in Hellrot zu dritt Probleme, jetzt sind wir nur noch zu zweit.«

»Aber wir sind so weit gegangen. Müssen wir jetzt all das wieder zurück, ohne irgendetwas erreicht zu haben?«

»Weißt du, in einem normalen Höhlensystem würde ich mich vielleicht auf Grün einlassen. Weil man immer noch weglaufen und ausweichen kann. Aber hier, in diesem Rohr? Was immer wir entfesseln, es wird ewig hinter uns herhetzen, ohne dass wir ihm entgehen können. Dieser Gang ist der denkbar mieseste Ort für eine Begegnung.«

»Wir hätten ihn gar nicht erst reingehen dürfen.«

»Wir konnten ja nicht wissen, wie lang er ist. Und dass er nach Grün führt.«

»Aber die Anbasch! Die Anbasch muss dann also auch nach Grün gegangen sein!«

»Ja. Aber die Anbasch ist vielleicht tot. Wir wissen es nicht.«

»Wir haben keine Schreie gehört. Keinen Kampflärm.«

»Das beweist gar nichts. Vielleicht sind sie in eine Giftgasfalle getappt und einfach nur zusammengebrochen.«

»Dann könnten wir sie retten! Irgendetwas unternehmen!«

»Nein. Vertrau mir jetzt einfach mal. Wir gehen zurück. Der Weg ist immerhin sicher und kostet uns nichts als Zeit. Zeit haben wir genug. Von der Quellenhöhle aus schlagen wir uns weiterhin in Orange herum und öffnen jeden Raum, den wir finden können.«

»Auch noch einmal einen hellroten?«

»Von mir aus auch noch einmal einen hellroten.«

»Auch einen dunkelroten?«

»Vielleicht auch einen einzigen dunkelroten.«

Aber nicht grün. Grün ist ganz dicht neben Himmelblau, und in Himmelblau sind die Krötenaffen.

»Na gut.«

Sie kehrten um, und ihre Stimmen, die gerade noch alles mit leisem, aufgeregtem Widerhall erfüllt hatten, verstummten wieder.

Der Rückweg kam ihnen noch viel langwieriger vor als der Hinweg. Wahrscheinlich, weil der Hinweg aufregender gewesen war, weil sie nicht wussten, was sie erwartete. Jetzt wussten sie es.

Sie schlängelten sich durch die vielen Eidechsen, und diesmal kam ihnen langweilig vor, was sie auf dem Hinweg noch in Atem gehalten hatte.

Bjanje stöhnte über den Beutel, der schwer an ihrer Hüfte baumelte. Jephron bot an, ihn ihr abzunehmen, doch das reiche Mädchen wollte die hundert Münzen keine Sekunde lang abgeben. Nicht einmal ihm.

Sie wurden müder und müder.

Insgesamt schlurften sie bestimmt schon länger als einen halben Tag durch diesen verfluchten, sinnlosen Gang.

Sie passierten die Geheimtür. Versuchten noch einmal, sie aufzubekommen. Erneut ergebnislos.

Wanderten weiter.

»Ich kann nicht mehr«, sagte Bjanje dann. »Ich muss ausruhen und schlafen.«

»Mitten in diesem Gang?«

»Es sind noch Stunden bis zum Ausgang. Ich kann keine Stunden mehr weitermachen.«

»Also gut. Aber lass uns wenigstens zu der Geheimtür zurückgehen.«

»Warum das denn?«

»Weil ich dieser Tür nicht traue. Wer weiß, was die Veranstalter da durch schicken, wenn sie mitbekommen, dass wir nicht weit davon entfernt schlafen. Ich will die Tür lieber *direkt* im Rücken haben, also mich mit dem Rücken dagegenlehnen. Dann werde ich wenigstens wach, wenn sie geöffnet wird.«

»Das klingt schlau. Gut, das machen wir!«

Sie gingen zur verschlossenen Tür zurück und legten sich hin, Jephron genau an die Tür. Wenn sie nach außen aufschwang, würde er sie mit seinem Körper blockieren, und selbst wenn sie nach innen aufschwang, würde er das merken.

Bjanje bettete ihren Kopf auf den Münzbeutel, Jephron seinen auf seine Armbeuge.

Sie schliefen beide ein. Schabend und leckend krochen Eidechsen durch Jephrons Träume.

Jephron erwachte zuerst. Er ließ Bjanje noch ein wenig schlafen. Sie sah so erschöpft aus.

Er wusste nicht, wie viele Stunden er geschlafen hatte, aber jedenfalls war nichts passiert. Niemand hatte die Tür betätigt.

Vielleicht waren sie einfach vergessen worden. Uninteressant in diesem langweiligen Gang zu weit weg von sämtlichen dramatischen Entwicklungen. Anderswo überstürzten sich womöglich gerade die Ereignisse, wurde gekämpft und geopfert und Beute errungen, und die Zuschauer hielt es nicht mehr auf ihren Sitzen. Bjanje und er dagegen: verirrt.

Aber vielleicht war das gut, so weitab vom Schuss zu sein.

Vielleicht überlebten sie dadurch und konnten absahnen, während die meisten anderen sich in sinnlosen Gemetzeln aufrauchten.

Jephron bekam nicht übel Lust, zum Aufenthaltsbereich zurückzukehren, um die Zwischenstände in Erfahrung zu bringen. Aber der Weg dorthin war inzwischen schon weit, über einen Tagesmarsch.

Er wartete, dass Bjanje aufwachte. Doch sie schlief und schlief, vielleicht betäubt von den Schwaden in diesem kaum belüfteten Gang. Castelbouc war sicherlich ein Planet mit frischer Berg-und-Seen-Luft. Vielleicht war es sogar Castelboucer Luft gewesen, die Jephron im Sauerstoffshop serviert bekommen hatte.

Er weckte sie besorgt. Sie musste sich wieder erst orientieren, wo sie eigentlich war und mit wem.

Sie gingen weiter, zurück zur Quellenkaverne. Jetzt freuten sie sich auf das frische Wasser dort. Und auf ein neues Bad. Sogar Gitarrengeklimper kam ihnen nach der Stille des Tunnels gar nicht mehr so nervig vor.

Aber als sie die Kaverne von hinter der Pechgrube aus erreichten, war es dort still. Es wirkte geradezu verwaist ohne die Musik. Weit und breit war niemand mehr zu sehen. Der Pulley war immer noch auf ihrer Seite, was sie nicht überraschte, denn wenn ihnen jemand in den Tunnel gefolgt wäre, hätten sie ihm auf ihrem Rückweg zur Kaverne begegnen müssen.

Bjanje betätigte den Hebel, stellte dadurch die Masten wieder um und griff schon nach dem Pulley, doch Jephron hielt sie zurück.

»Warte mal«, sagte er. »Irgendetwas stimmt hier nicht.«

»Weil keiner mehr hier ist? Sie werden weitergezogen sein. Sie können nichts erbeuten, wenn sie die ganze Zeit nur herumsitzen und musizieren.«

»Das ist es nicht. Es riecht hier anders. Ich kenne diesen Geruch.«

»Gas?«

»Nein. Das ist etwas anderes. Etwas, das ich vor sechzehn Jahren … Da, siehst du das?« Er deutete.

Jetzt sah Bjanje es auch. Eine Bewegung nahe der Quelle zwischen Stalagmiten. Dann noch eine Bewegung. Dann eine dritte.

»Das sind doch keine Menschen …«, sagte Bjanje angespannt.

»Das sind Bulphars«, sagte Jephron. »Eigentlich gehören die in Level Dunkelrot, aber es kommt immer mal wieder vor, dass welche von ihnen ausschwärmen. Sie sind sozusagen die Scavengers unter den Ungeheuern.«

»Ach, du liebes Schiff Gottes! Wie viele mögen das sein?«

»Das können ganz viele sein. Oder es sind nur die drei. Hier hinter der Grube sind wir ja noch sicher. Lass uns beobachten. Am besten gehen wir hinter dem Felsen dort in Sichtdeckung.«

Das machten sie und spähten.

Im Laufe der nächsten Viertelstunde sahen sie insgesamt vier Bulphars, die schnobernd durch die Kaverne streiften. Ihre Schädel erinnerten von der Form her an die von Bisons und waren mit etlichen Hörnern bestückt, ihre lilafarbenen Leiber und Reißklauen ähnelten eher aufrecht gehenden Raubsauriern. Sie hatten dicke, fast schuppige Haut. Jeder einzelne von ihnen war gut zwei Meter groß und brandgefährlich. Einer von ihnen näherte sich gemächlich der Pechgrube.

»Was machen wir denn jetzt?«, fragte Bjanje. »Mit denen können wir es nicht aufnehmen, oder?«

»Das würde uns auch gar nichts bringen. Wir können von ihnen nichts erbeuten. Umherstreifende Bulphars sind einfach nur wandelnde Fallen, weiter nichts.«

»Und was machen wir? Wir können nicht zurück, weil wir die Geheimtür nicht aufkriegen und der Gang nur in Level Grün führt.«

»Ich weiß auch nicht, Bjanje. Lass uns einfach abwarten und beobachten, okay? Noch haben wir Proviant und leiden keine Not.«

Sie warteten. Warteten zehn Minuten lang. Zwanzig Minuten.

Die Bulphars streiften einfach nur umher, als würde die Kaverne ihnen gehören. Kratzten sich. Gähnten sogar. Schnatterten miteinander wie Schwäne. Einer von ihnen kam bis an die Pechgrube und witterte dort umher. Er berührte den Hebel, betätigte ihn aber nicht. Er sah auch das Seil und fing an, daran herumzuzerren.

»Wenn er es kaputt macht, kommen wir nicht mehr zurück!«, zischte Bjanje.

»Ich weiß. Aber was können wir machen?«

»Ich kann ihn umlegen. Mit meinen Wurfsternen!«

»Aber dann kommen die anderen und zerstören das Seil erst recht!«

»Dann müssen wir schnell über die Grube und kämpfen! Uns bleibt doch gar nichts anderes mehr übrig, wir sitzen sonst hier fest!«

Jephron wünschte sich mehr Zeit zum Nachdenken, aber genau die blieb ihnen nicht. Der Bulphar schlug argwöhnisch gegen das Seil. Seine Krallen waren scharf und stabil.

»Wie ausdauernd kannst du rennen?«, fragte Jephron.

»Ein paar Stunden im Dauerlauf bestimmt. Was hast du vor?«

»Ich sehe keine andere Möglichkeit, als diesen Bulphar anzugreifen. Du wirfst, ich fahre über die Grube. Dann kommst du mir hinterher und wir rennen, rennen, was das Zeug hält. Richtung Aufenthaltsbereich. Nur dort sind wir sicher vor streunenden Bulphars.«

»Aber wenn wir mit Beute in den Aufenthaltsbereich gehen, ist die Show für uns beendet!«

»Du hast recht, wir dürfen keine Beute mitbringen. Dann versteck deine Münzen hier unter ein paar Steinen. Mach schon, niemand außer uns weiß, wo er danach suchen sollte.«

»Niemand außer uns und zwanzig Milliarden Zuschauern. Und deine Keule ebenfalls!«

»Stimmt. Aber die kann ich noch gebrauchen gegen die Bulphars. Ich schmeiße sie weg, bevor wir den Aufenthaltsbereich betreten.«

»Findest du denn überhaupt den Weg nach dort?«

»Ich weiß, wie wir von der Kaverne aus zu der Kammer kommen, wo wir das erste Mal geschlafen haben. Von dort aus müssten wir in Level Gelb zurückfinden.«

»Und die Bulphars können uns einfach folgen!«

»Ja, aber in Level Gelb sind die ganzen Scavengers und

Bushwhacker unterwegs, das sind vierzehn Leute, die uns unterstützen können. Plus etliche Collectors.«

Der Bulphar spannte das Seil, dass es schon knarzte.

Bjanje häufte ein paar Steine über ihren Beutesack, war nicht zufrieden mit der Tarnung, doch Jephron schob sie regelrecht aus der Deckung.

Sie lief zum Rand der Grube. Der Bulphar starrte sie an, verzog das Maul zu einem zahnbewehrten Fauchen. Sie schleuderte golden flimmernde Sterne. Der erste war zu schwach geworfen, er durchdrang kaum die dicke Haut des Wesens. Sterne zwei bis fünf jedoch saßen. Das Schmerzensgebrüll des Bulphars hallte dermaßen laut in dem weiten Höhlenraum wider, dass einige Stalaktiten erzitterten. Endlich knickte das Wesen ein, war aber eindeutig noch nicht tot.

Jephron schwang sich am Pulley über die Grube. Zückte dort seine Keule, in der anderen Hand einen Schild, und sicherte. Bjanje zog den Pulley an der Schnur zurück, ohne den Hebel betätigen zu müssen, und folgte dann Jephron.

Sie begannen zu rennen. Erst einmal Richtung Quelle. Doch von dort erschienen drei Bulphars.

Sie änderten die Richtung und versuchten einen der anderen Ausgänge aus der Kaverne. Das war ein Risiko, weil dahinter unbekanntes Terrain lag, aber es ging nicht anders.

Ein Bulphar sprang ihnen in den Weg. Im Brüllen sah der Schädel nicht mehr wie der eines Bisons aus, sondern viel monströser, die Lippen rollten das Gesicht bis zu den Augen hin auf. Bjanje warf zwei Sterne in rascher Folge. Jephron zog dem Bulphar aus dem Sprung heraus die Keule über den Schädel, doch dieser war härter als die Keule. Er hatte das Gefühl, sich sein Handgelenk zu verstauchen. Er landete und schmetterte den Schild gegen das nach ihm krallende Ungetüm. Es dröhnte durch beide Leiber. Bjanje schnitt dem Bulphar von hinten mit einem ihrer Dolche durch die Kniekehlen. Auch dieser Gegner brach brüllend in die Knie.

Die beiden hetzten weiter. Raus aus der Kaverne. Orangefarbenes Licht flackerte vorüber. Vereinzelt möglicherweise hellrot markierte Kammern. Nirgends etwas Sicheres. Hinter ihnen Gebrüll. Glücklicherweise kam keins von vorne.

Eine Sackgasse. Sie mussten zehn Meter zurück, sich dem Gebrüll wieder annähern. Fanden von dort aus einen anderen Abzweig.

»Wir verirren uns!«, keuchte Bjanje, Verzweiflung im Blick. Jeder Schritt konnte sie in eine Falle führen, denn hier waren sie noch nie gewesen, vielleicht noch überhaupt niemand in dieser Staffel.

»Warte!«, sagte Jephron und: »Runter!« Sie kauerten sich beide hin, Jephron schirmte Bjanje mit dem Schild ab.

Hinter ihnen hetzten zwei Bulphars an ihrem Abzweig vorüber.

Jephron sah die Chance, im Rücken der Bulphars wieder in die Kaverne zurückzugelangen. Es war zu langwierig zu erklären. Er zerrte Bjanje hoch und riss sie einfach hinter sich her. Sie waren noch nicht tief genug in diesen Ausgang vorgedrungen, um sich völlig zu verlaufen. Da war die Sackgasse! Und dort vorne der Durchgang zur Kaverne!

Sie rannten durch die Kaverne, so schnell ihre Füße sie trugen. Beide warfen einen sehnsüchtigen Blick in Richtung Badequelle. Aber wenn sie es zum Aufenthaltsbereich schafften, konnten sie dort baden, so lange sie wollten.

Kurz bevor sie den Eingang erreichten, durch den sie gestern das erste Mal in die Kaverne gekommen waren, wurden sie von einem Bulphar entdeckt. Sie fluchten beide über dieses Pech. Der Bulphar brüllte ihnen hinterher, die zwei, die vorhin an ihnen vorbeigerannt waren, tauchten wieder auf und folgten ihnen zusammen mit dem Brüllenden.

Sie rannten. Jetzt war ihnen immerhin das Terrain vertraut, sie mussten keine Falle mehr fürchten. Irgendwo hatte es hier doch eine Fallgrube gegeben, mit der man Monster abschütteln konnte, aber Jephron konnte sich beim besten Willen nicht mehr erinnern, wo.

Das schnelle Tempo konnten sie nicht lange durchhalten, verfielen in Trab. Die Bulphars waren sicherlich ausdauernder, waren für Hetzjagden wie geschaffen. Aber man konnte sie in die Irre führen, sie schienen sich nicht nur am Geruch, sondern auch am Gehör zu orientieren, und Akustik war trügerisch in einem Labyrinth. Vielleicht störte Laurels Eigengeruch ihre Wahrnehmung, vielleicht gab es auf ihrem eigentlichen Planeten keine Labyrinthe. Jephron versuchte, nicht allzu viel zu denken und zu hoffen. Er hatte schon genug damit zu tun, sich aufs Laufen zu konzentrieren.

Dennoch war er der Erste, der schlappmachte. Bjanje zog an ihm vorbei, er fiel weiter zurück. Schließlich musste er japsend stehen bleiben. Bjanje kam besorgt zu ihm zurück. »Was ist los?«, fragte sie. »Wir müssen weiter!«

»Ich kann nicht mehr«, ächzte er. »Die verdammte Schwerkraft. Gib mir eine Minute. Nur eine Minute.«

»Dann werden wir kämpfen müssen.«

Er stellte beide Schilde auf und kauerte sich dahinter, bemühte sich, mit jedem Atemzug so viel der schlechten Luft wie nur möglich aufzunehmen. Dabei war das Atmen nicht sein größtes Problem. Das bestand wirklich darin, sein Körpergewicht beim Rennen durch die Gegend hieven zu müssen, das war er einfach nicht mehr gewöhnt.

»Wie viele Sterne hast du noch?«, erkundigte er sich.

»Fünf.«

»Gut. Damit können wir fünf von denen ordentlich handicapen.«

»Nur ein Stern pro Bulphar? Meinst du wirklich, dass mehr als drei hinter uns her sind?«

»Besser, wir behalten noch etwas in der Hinterhand. Ein Stern pro Gegner. Den Rest müssen unsere Klingen besorgen.«

Sie warteten. Jephron regenerierte, setzte sich sogar hin. Es tat gut, der Schwerkraft so wenig wie möglich entgegenzustemmen. Sie hörten das scharrende Tappen von Krallenfüßen, aber es schien von überall her zu kommen. Das Labyrinth war in Bewegung. Als hätten sie ein Wespennest angestochen. Wespen, größer als Menschen.

Das Scharren wurde von übellaunigem Grollen begleitet, das rasch näher kam.

Jephron spürte, dass Bjanje gegen ihren Willen wartete. Viel lieber wäre sie gerannt. Aber sie wollte nicht alleine rennen.

Auch er schaute sich um, zusehends nervöser werdend. Die Stelle, an der er nicht mehr weitergekonnt hatte, war nicht ideal zum Halten. Es ließen sich sicherlich günstigere Stellen finden.

»Los«, sagte er, »wir suchen uns einen besseren Hinterhalt.«

Bjanje war erleichtert. Es ging weiter. Doch lange hielt Jephron abermals nicht durch: Zehn Minuten, dann war er wieder zu Tode erschöpft. Er sehnte sich danach, mehrere Tage lang im Aufenthaltsbereich zu schlafen.

Sie gingen noch ein Stück und suchten sich eine bessere Stelle für ihre Barriere. Jephron kniete sich diesmal hin, atmete, massierte seine Beine, achtete aber auch auf die Schilde.

Überall Scharren, Kratzen, Hetzen, Hecheln. Was, wenn die Bulphars sie längst in Parallelgängen überholt hatten und nun von hinten kamen?

Schiff Gottes, dachte Jephron, *warum haben wir uns nicht einfach wieder in die Kammer zurückgezogen, in der wir das erste Mal übernachtet haben?*

Weil wir nicht im Feindesland versauern wollten, konnte er sich selbst die Antwort geben. *Wir wollen zurück zum Start.*

Jetzt tauchten zwei Bulphars auf! Sie behinderten sich beinahe gegenseitig, so erpicht waren sie darauf, ihre Beute zu zerfetzen.

Bjanje warf, zweimal. In die Laufmuster der Ungeheuer kam etwas Unregelmäßiges. Mit einem Aufschrei stürzte Jephron sich Schild voran gegen das eine. Bjanje stach nach dem zweiten. Eine Kralle erwischte Jephron um den Schild herum am Unterarm, riss Leder in Streifen und furchte Blut. Er schlug mit der Keule zu, bis sie irgendwo stecken blieb und ihm aus der Hand gerissen wurde, dann zog er sein afrikanisches Sichelmesser und schnitt damit um sich. Er achtete höchstens darauf, Bjanje nicht zu treffen, die noch einen dritten Wurfstern verbrauchte und dann mit beiden Dolchen gleichzeitig zustieß. Es waren nur zwei Bulphars, aber diese waren erstaunlich zäh. Einer rüttelte Jephron am Schild hin und her. Einer von Jephrons Messerschnitten traf den eigenen Schild von innen.

Dann war es endlich vorbei. Bjanje hatte mindestens sechsmal zugestochen, ihre beiden Hände waren schmierig vom Blutsaft der Ungeheuer.

»Ich höre immer noch welche rennen«, stöhnte sie. »Weg hier! Weiter!«

Sie hatte recht. Sie mussten hier fort. Vielleicht würden die Bulphars sich mit den Leichen ihrer Artgenossen befassen, vielleicht waren sie kannibalisch, Jephron wusste nichts über sie.

Sie eilten weiter und orientierten sich, so gut es ihnen möglich war. Einmal erkannten sie eine Passage wieder, ein andermal waren sie sich sicher, dass sie hier noch nie gewesen waren. Aber bei jeder Abzweigung entschieden sie sich für die, die aufwärts führte. Das musste der richtige Weg sein.

Stundenlang eilten sie so voran, immer wieder unterbrochen durch Pausen, in denen Jephron Atem schöpfen musste. Er fühlte sich, als würde er das Zehnfache von Bjanjes Gewicht wiegen. Und weiter!

Die Lichter wurden heller. Sie waren von Orange zu Gelb gewechselt und schauten sich wild triumphierend an. Es war fast geschafft.

Zwei Teilnehmer verstellten ihnen plötzlich den Weg. Es waren Bushwhacker, sie hatten grobe Knochenkeulen erhoben.

»Wir haben keine Beute, ihr könnt uns gerne durchsuchen. Wir wollen zum Aufenthaltsbereich. Ein ganzes Rudel Bulphars ist hinter uns her.«

»Bulphars? Ein ganzes Rudel?«

»Ihr könnt sie gerne für uns aufhalten, doch lasst uns wenigstens vorher durch.«

Bushwhacker waren entweder sehr clever oder sehr schlicht gestrickt, diese beiden schienen eher zur zweiteren Kategorie zu gehören. Während sie miteinander diskutierten und stritten, nutzte Jephron die Zeit, um mit auf die Knie gestützten Händen durchzuschnaufen.

»Ich will sie immerhin untersuchen, sie könnten was versteckt haben.« Mit lüstern gespreizten Fingern näherte er sich Bjanjes lederverpacktem Leib.

Sie fuchtelte mit ihren Dolchen. »Vorsicht, Freundchen. Du kannst doch sehen, dass ich außer Proviant nichts dabeihabe.«

»Deine Dolche zum Beispiel!«

»Ich würde sie dir ja geben, wenn ich nicht das Gefühl hätte, sie gegen dich zu brauchen.«

Es war eine unerfreuliche Pattsituation.

Von hinter ihnen hallte scharrendes Tappen und Grollen, vielfach gebrochen.

»Was war das?«, schrak der andere Bushwhacker zusammen.

»Sagten wir doch: Bulphars«, erläuterte Jephron. »Wahrscheinlich ist es auch für euch am sichersten, wenn ihr mit uns zum Aufenthaltsbereich kommt. Dort kriegt ihr von mir diese Keule, die darf ich ohnehin nicht mit reinnehmen, also bekommt ihr sie ganz ohne Kampf.«

Das waren mehrere Argumente auf einmal, davon ließen sich die beiden Strauchdiebe überzeugen. Zu viert bewegten sie sich zügig weiter Richtung Ausgang. Das hatte auch für Jephron und Bjanje zwei Vorteile: Sie waren nun zu viert, und die beiden Bushwhacker kannten von ihrem Hinterhalt aus den Weg zum Aufenthaltsbereich ganz genau. Keine Irrgänge mehr, sondern endlich die kürzeste Strecke.

Nur eine halbe Stunde später erreichten sie den Eingang zum Aufenthaltsbereich. Jephron übergab seine Kugelkopfkeule. Die beiden Bushwhacker wollten nicht mit hineinkommen, denn sonst hätten auch sie die Keule nicht behalten dürfen. Sie wollten erst dorthin, wo sie ihre Beute versteckten.

Jephron und Bjanje war das egal.

Sie betraten den Aufenthaltsbereich nass geschwitzt wie einen sicheren Hafen, den sie zeitweilig schon gar nicht mehr für möglich gehalten hatten.

Nun ließen sie sich alle Zeit der Welten.

Sie schälten sich aus ihrem Leder, aus dem Wasser lief, nicht nur Schweiß, sondern auch einfach Kondenswasser. Jephron haderte mit dieser atmungsinaktiven Kluft, aber als medizinisches Fachpersonal sich um seinen Arm kümmerte, sagten sie ihm: »Das Leder hat Ihnen den Arm gerettet, Mister Girant. So eine Bulpharkralle kann Ihnen das gesamte Fleisch aus dem Arm puhlen.« Er bekam eine neue Kluft zugeteilt, die seine war zu schwer beschädigt, aber fürs Erste lief er lieber nur mit einem Handtuch bekleidet herum.

Sie duschten. Heiß. Eine Wohltat, der sie sich beide hingaben, bis ihre Finger schrumpelig wurden wie in einer Badewanne.

Dann berichteten sie ihre Abenteuer.

Im Aufenthaltsbereich hielten sich außer ihnen acht weitere Teilnehmer auf, drei von denen waren so stark verwundet, dass sie nicht weiter teilnehmen konnten, einer gab sich mit seiner bisherigen Beute (einer rubinbesetzten Schatulle, die sicherlich mindestens zehntausend Credits wert war) zufrieden und hatte seinen Crawl somit abgeschlossen, die anderen vier ruhten sich hier nur zwischendurch aus wie Jephron und Bjanje. Zwei von denen erzählten, dass sie ebenfalls von Bulphars überrannt worden waren: »Es erschien uns ratsam, uns hierher zurückzuziehen. Wir sind nur Collectors – sollen doch die zurückkehrenden Adventurers mit den Bulphars aufräumen.«

Jephron und Bjanje erfuhren den Gesamtstand. Es war nun der dritte Tag von zehn, und es hatte bereits einen Toten gegeben, nämlich ausgerechnet den allseits beliebten Scherzbold Kamil Cluvaerts. Niemand hier wusste genau, was ihm zugestoßen war, ob er dem Minosaurus oder Krötenaffen zum Opfer gefallen war, aber sein Leib war letzte Nacht in mehreren Teilen hier durch transportiert worden. »Grausig«, lautete das allgemeine Urteil.

Außer den drei Verwundeten, die noch im Aufenthaltsbereich geblieben waren, gab es einen weiteren, der so schwer verletzt war, dass man ihn in einem Krankenhaus auf die Intensivstation hatte bringen müssen. Das war der Leibwächter der Anbasch, von dessen Ausscheiden Jephron und Bjanje bereits in der Kaverne erfahren hatten.

Insgesamt waren also bereits sechs Teilnehmer raus, vierundvierzig noch im Rennen. Angesichts des Bulphardurchbruchs rechnete man allerdings stündlich mit weiteren Opfern. Als Grund für den Durchbruch vermutete man übrigens, dass die Bulphars in dem von ihnen bewohnten Level von übereifrigen Adventurers aufgescheucht worden waren.

Im Aufenthaltsbereich konnte man keine Aufnahmen aus dem Dungeoninneren betrachten, damit niemand sich einen Wettbewerbsvorteil verschaffen konnte, indem er sich Ortskenntnisse aneignete. Das war auch der Grund, warum niemand wusste, wie Kamil Cluvaerts gestorben war. Den Veranstaltern war es sicherlich bekannt, den Moderatoren, den Kameraleuten sowie sämtlichen zwanzig Milliarden Zuschauern. Aber die Teilnehmer im Aufenthaltsbereich wie auch die Bediensteten dort tappten im Dunkeln. Aus diesem Grund hatte vor etlichen Staffeln ein findiger Teilnehmer für den Aufenthaltsbereich den Spitznamen »Purgatorium« geprägt. Fegefeuer. Der Ort, an dem man noch nicht weiß, ob man in den Himmel oder in die Hölle kommt.

Dieses Fegefeuer war allerdings ein sehr annehmlicher Ort, besonders verglichen mit den Strapazen in den Dungeons. Es gab ein reichhaltiges Buffet, vor allem Früchte und köstliche Säfte von den paradiesischsten Planeten.

Es gab Lesestoff, wenngleich nichts Aktuelles, in dem bereits über die ersten Tage der Show berichtet worden sein konnte.

Es gab eine Mediathek, in der es viele Filme aus der Glanzzeit der Filmgeschichte, dem 27. und 28. Jahrhundert, zu sehen gab, überwiegend Komödien, aber auch das eine oder andere herzzerreißende Weltraumentfremdungsdrama.

Jephron sehnte sich nach Musik und durchstöberte Audiodateien. Die zeitgenössischen Populärcharts klangen überwiegend, als hätten Roboter ein Sammelsurium bekannter Melodien für einen hyperaktiven Kindergeburtstag arrangiert. Aber glücklicherweise gab es auch historische Archive, die am unerträglich kitschigen Neobarock des 23. Jahrhunderts vorbeiführten in die Schätze des popmusikalischen Altertums. Nach Curtis Mayfield stand ihm gerade nicht der Sinn, der hätte ihn sein Schiff zu sehr vermissen lassen, aber er fand andere tolle Songs aus dieser Ära: »We love all« von Sly & The Family Stone sowie einen achtminütigen Extended Mix von »Boogie Oogie Oogie« einer Formation mit dem Namen A Taste of Honey. Als Jephron das Lied einfach mal auf laut schaltete, fingen alle im Purgatorium an zu tanzen, besonders das Personal, aber auch Bjanje mit kessem Kopfwackeln. Sie fanden sogar Videos von A Taste of Honey und staunten nicht schlecht, als sie sahen, dass es sich um zwei wunderschöne Frauen handelte, die eine indianisch, die andere afroamerikanisch, die Gitarre und Bass selbst spielten und sich alleine schon dadurch von allen anderen Disco-Formationen unterschieden. Das wurde natürlich alles mitgefilmt, denn die Vorgänge im Aufenthaltsbereich interessierten das Publikum genauso sehr wie der Überlebenskampf in den Höhlen. Wahrscheinlich besorgten sich die Veranstalter gerade die Rechte am A-Taste-of-Honey-Video und schnippelten es mit in den Tagesaufbereitungs-Mix wie in einen Salat.

Während im Purgatorium ausgelassene Stimmung herrschte, wurde eine weitere schwer verletzte Teilnehmerin durchgekarrt. Ihre Brüste unter dem zerschlissenen Leder sahen aus, als würden sie auch mit vollendetster plastischer Chirurgie kaum wiederherzustellen sein. Bulpharkrallen, eindeutig.

Die Stimmung sank auf einen Tiefpunkt. Es war, als ob man feierte, während da draußen ein Krieg lief.

Aber es war kein Krieg. Einer der drei Verwundeten, bei dem noch gar nicht klar war, ob er jemals ohne technische Unterstützung wieder würde laufen können, fasste es in Worte: »Diese Frau wurde nicht zwangsverpflichtet, um in irgendeinem sinnlosen Kolonienkonflikt verheizt zu werden. Sie hat sich darum gerissen, hier verwundet werden zu dürfen. Wahrscheinlich wird sie ihre schrecklichen Narben ihren Enkeln zeigen und sagen: *Schaut, Kinder, das ist eurer Großmutter bei der größten Show des Universums widerfahren.*«

»Trotzdem wäre es doch schöner gewesen, wenn sie mit einem Schatz und gesund hier rausgekommen wäre«, wandte ein anderer Verwundeter ein.

»Aber so funktioniert es nicht«, entgegnete der Beinversehrte. »Die Opfer, die gebracht werden, machen es ja erst zu etwas Besonderem. Jeder kann ein Sieger werden oder zerfleischt oder sogar getötet. Es ist sogar beides gleichzeitig möglich. Vor ein paar Staffeln gab es doch mal diesen Typen, der einen Arm verloren hat, seine Beute aber mit der anderen Hand nicht losließ. Er war hinterher wohlhabender als jemals zuvor. Leute, wir sollten froh sein, dass es so etwas wie *Dungeoncrawler* überhaupt gibt! In den Anfangsjahren der Fernsehshows gab es auch schon Ekelsendungen, in denen die Kandidaten Tiersperma und Tierpisse trinken mussten und sich permanent blamierten, aber niemand konnte ein echter Held werden, weil ständig zigtausend Sicherungssysteme darauf achteten, dass keiner wirklich zu Schaden kam. Dann gab es ein Jahrhundert der peinlichen Sex-Shows, bis auch das völlig ausgereizt war. Dann gab es einen Rückschritt hin zu Spießigkeit, Familienunterhaltung und Infantilität. Aber dann kam endlich die Große Expansion. Die Menschheit wurde *raumgreifend*. Auch die Chinesen konnten endlich so viele Kinder bekommen, wie sie wollten. Die Folge ist, dass es nun fünfzig Milliarden Menschen gibt, überall in der Milchstraße verstreut. Und niemand regt sich mehr darüber auf, wenn in einer Raumschiff-Rallye oder bei einem Guzen- oder Rakuen-Turnier oder bei *Dungeoncrawler* ein paar Freiwillige zu Tode kommen. Weil es in Ordnung ist. Es passiert innerhalb der vorher abgesteckten Regeln. Jeder weiß, worauf er sich da einlässt. Diese Frau hatte Pech. Ich hatte Pech. Kamil hatte Pech. Aber einige werden Glück haben. Einige haben immer Glück.«

Er lächelte. Seine Verwundung machte ihm wenig aus. Er schien sich alles vorher sehr genau überlegt zu haben und sich auch über das Glück der anderen freuen zu können. Aber unter den Verwundeten war er eine Ausnahme. Die anderen sahen eher aus, als hätten sie sich die größte Show des Universums viel schöner vorgestellt.

Es gab keinerlei Möglichkeiten, die Verwandten oder Lieben zu kontaktieren. Solange man sich noch auf dem Crawl befand, war man von Gegenwart und Zukunft abgeschnitten.

Bjanje und Jephron schliefen viel, aßen viel, duschten viel.

Ohne sich darüber abzusprechen, war ihnen klar, dass sie mindestens einen, vielleicht sogar zwei volle Tage im Purgatorium verbringen wollten. Irgendwann musste die Bulphargefahr eingedämmt sein. Durch die über vierzig anderen Teilnehmer da draußen.

Am zweiten Tag im Purgatorium begann Bjanje heftigst mit einem anderen Teilnehmer zu flirten, der das Ende der Bulpharbedrohung abwartete. Sein Name war Canyon, eine Unterscheidung von Vor- und Nachnamen schien es auf seinem Planeten nicht zu geben. Er war sehr jung und ziemlich gut aussehend, mit störrischen halblangen Haaren.

Von einer unangenehmen Mischung aus Eifersucht und väterlicher Sorge erfüllt, nahm Jephron sich den Knaben mal zur Brust. Canyon wich seinem Blick permanent aus, für Jephron ein sicheres Indiz dafür, dass es sich um einen unaufrichtigen Aufschneider und Drückeberger handelte. Dennoch zog Bjanje sich am späten Abend Hand in Hand mit Canyon hinter die kamerasicheren Plastikvorhänge des Duschbereichs zurück, zum Knutschen oder mehr. Jephron verlor währenddessen drei Partien Schach gegen den Beinversehrten und fegte hinterher beinahe die Figuren vom Brett.

Er legte sich hin und registrierte genau, wie spät Bjanje erst auf ihre Pritsche schlüpfte.

Ihn ärgerte vor allem, dass er sich nicht ausreden konnte, ihr Techtelmechtel mit diesem Hohlkopf würde ihre Performance im Crawl beeinträchtigen.

Der fünfte Tag dieser Staffel begann damit, dass der überlange Schwertkämpfer Mxu ins Purgatorium kam und Bericht erstattete: »Insgesamt müssen es an die dreißig Bulphars gewesen sein, die über die Stränge schlugen. Aber mindestens zwanzig von denen sind erledigt worden. Eine Gruppe um Sui Kubo und Thibanth Alnilam hat eine Art Waffenkammer mit englischen Eiben-Langbögen gefunden, die Bulphars in eine Sackgasse gelockt und sie dann von einer erhöhten Felsenplattform aus in Grund und Boden geschossen. Ich habe den Schauplatz gesehen. Das reinste Mittelalterschlachtfeld.«

Der gute Thibanth!, dachte Jephron. *Die doch nicht zu unterschätzende Sui!*

Alle Anwesenden brachten einen Toast aus auf die heldenhaften Bulpharbezwinger. Wobei Bjanje zum wiederholten Male nicht unerwähnt ließ, dass sie und Jephron ebenfalls mindestens vier dieser Viecher erledigt hatten. Und das ganz ohne Spezialbögen.

Mxu war nur in den Aufenthaltsbereich gekommen, um sich einen Tag lang auszuruhen. Seine sicherlich schon umfangreiche Beute hatte er irgendwo im Labyrinth versteckt.

Für Jephron und Bjanje jedoch gab es nun keine Ausreden mehr.

»Willst du wieder rein?«, fragte Jephron sie.

»Klar doch!«

Die Antwort schon ahnend, fragte er Canyon: »Und du? Willst du mitkommen?«

Doch der Drückeberger winkte ab. Er war ein Scavenger und wollte erst in den letzten drei Tagen so richtig loslegen. Behauptete er wenigstens. »Ich werde hier auf dich warten«, lächelte er Bjanje an, doch die ging nicht so schmachtend darauf ein, wie er sich das vielleicht vorgestellt hatte.

Zufrieden merkte Jephron, dass sie sogar kaum noch auf Canyon achtete. Sie füllte sich aus dem Waffenfundus ihre Wurfsterne wieder auf zwölf auf, zwängte sich in ihr altes, aber neu aufgearbeitetes und sogar noch enger geschnalltes Lederkostüm und sah darin ganz hervorragend aus. Alles saß perfekt, von allen Seiten. In den Zuschauerskalen rangierte sie gewiss ziemlich weit oben, aber auch diese bekamen die Teilnehmer während des Crawls nicht zu sehen, damit sie sich davon nicht beeinflussen lassen konnten.

Jephron erhielt ein neues Kostüm und fühlte sich in diesem wieder genauso steif, unbehaglich und vor allem schamhaft wie in dem alten.

Sie eilten vom Gelb ins Orange.

Viele Pfade kamen ihnen nun schon vertraut vor, sie waren sie bereits zweimal gegangen. Ihr Ziel war es, so schnell wie möglich die Quellenkaverne zu erreichen, damit Bjanje endlich ihren dort versteckten Münzbeutel wieder an sich bringen konnte.

Diese ganzen Bereiche waren bis vor Kurzem von Bulphars überrannt gewesen, aber nun wirkte es hier ruhig. Beinahe schon zu ruhig. Vielleicht bildeten sie sich das nur ein, aber es schien nach vergossenem Blut und auch nach Schmerz zu riechen. Der Stille zum Trotz rechneten die beiden jederzeit mit einem Versprengten. Ein einziger Bulphar konnte ihnen genauso schwer zusetzen wie der armen Frau mit dem verletzten Busen.

Sie kamen viel schneller vorwärts als beim ersten Mal, weil sie keine Fallen mehr befürchten mussten. Deshalb erreichten sie die große Kaverne mit der heißen Quelle und der Pechgrube, ohne vorher eine Nachtruhe eingelegt zu haben.

Es war niemand hier, die Bulphars womöglich alle tot, die Gitarrengruppe weitergezogen und inzwischen mit neuen Saiteninstrumenten, nämlich Langbögen, bestückt.

Der Pulley war noch auf dieser Seite, das Gefälle mussten sie per Hebel umstellen. Bjanje ging alleine. Sie rutschte über die Grube, suchte und fand erleichtert ihren Schatz, Jephron stellte das Gefälle um, und Bjanje rutschte zurück.

Wohin jetzt?

Als sie vor den Bulphars geflohen waren, hatten sie einen

der anderen Ausgänge aus dieser Kaverne genommen. Dort hatte es eine Sackgasse gegeben, aber auch etwas, das wie hellrot markierte Kammern aussah. Es mochte sich lohnen, diesen Bereich einmal in Ruhe zu erkunden.

Ein Brüllen aus weiter Ferne ließ sie zusammenfahren. Ein Bulphar? Oder noch etwas anderes?

Sie durchschritten den Kavernenausgang, den sie im wahrsten Sinne des Wortes nur flüchtig überblickt hatten.

Die Sackgasse erkannten sie wieder.

Dann stießen sie tatsächlich in einem orangefarbenen Gang auf eine hellrot markierte Kammertür.

»Was hat das zu bedeuten?«, fragte Bjanje.

»Das scheint ein Übergangsbereich zu sein. Vielleicht hat diese Kammer einen zweiten Ausgang, und dieser führt in einen hellroten Gang.«

»Der Inhalt dieser Kammer ist also eher hellrot als orange?«

»Ich würde immer eher vom Schlimmsten ausgehen, ja.«

»Aber Hellrot trauen wir uns noch zu, oder? In Hellrot haben wir meine Münzen erbeutet!«

»Ja. Und das Ding da drinnen ist einfach über uns rübergetrampelt.«

»Es hat uns aber eigentlich gar nicht angegriffen, es wollte nur raus. Jephron, wir haben uns jetzt zwei Tage lang im Aufenthaltsbereich verkrochen. Wenn wir nicht bald mal wieder etwas reißen, halten uns die Zuschauer für die allergrößten Langweiler!«

»Ich überlege nur … ob wir nicht deine tausend Credits nehmen sollten und Schluss machen. Noch gehören wir zu den Gewinnern. Du hast die Verwundeten gesehen. Denk an die Frau mit der zerfleischten Brust.«

»Ja, an die denke ich die ganze Zeit. Daran, dass sie wahrscheinlich alleine war und keinen Partner hatte mit zwei

Schilden. Du gehst vor und gibst mir Deckung. Ich werfe alle meine Sterne. Diesmal sind wir nicht auf der Flucht, das heißt, ich kann sie hinterher rausziehen und weiterverwenden.«

»Also schön. Vorausgesetzt, wir kriegen diese Tür überhaupt auf.«

Das stellte sich aber diesmal als nicht weiter schwierig heraus. Es gab einen Stein in der Einfassung, der sich drücken ließ. Die Tür rumpelte nach innen auf. Etwas knisterte im Inneren. Wie eine Riesenspinne, die sich in eine Ecke zurückzog.

Die Kammer war dunkel, das Orange aus dem Gang schien in ihr zu versacken.

»Ohne Licht ist das extrem blöd«, knurrte Jephron.

»Da drinnen gibt es bestimmt wieder einen Schalter. Geh voran mit den Schilden, ich taste die Wände nach dem Schalter ab.«

Jephron wollte vor Bjanje nicht wie ein Angsthase dastehen, also gab er sich einen Ruck und betrat die Kammer.

Sie roch nach überhaupt nichts. Nicht einmal nach dem Planeten Laurel.

Aber er machte sich vor Schreck beinahe in die Hose, als plötzlich etwas gegen die Schilde schepperte und sich dann jaulend wieder zurückzog. Es war nicht sehr groß gewesen. Etwa einer von diesen merkwürdigen Hunden?

Zu sehen war nichts, nicht einmal die Umrisse der Kammer. Das machte Jephron schier wahnsinnig. Er bildete sich Undinge ein, Fremdplanetenungeheuer mit vollkommen unmöglichen Gliedmaßen und Verrenkungen. Jeder Schatten mochte lebendig sein. Ihm stand Schweiß auf der Stirn, aber er konnte ihn sich nicht wegwischen, ohne eines der Schilde loszulassen. Die Schilde waren gerade alles, was er besaß. Sogar die MAYFIELD war nur noch graue Theorie.

Irgendetwas bewegte sich erneut. Raschelte. Knackte. Schabte an der Wand. Etwas Hartes? Eine mutierte Kellerassel?

Dieser Käfer aus Kafkas »Verwandlung«? Irgendwo gab es bestimmt einen dunklen, feucht-kühlen Planeten namens Kafka, bevölkert von menschengroßen Samsa-Schaben.

Bjanje ertastete eine Art Sensor, mit dem man das Licht hochdimmen konnte.

Was sie erblickten, war eine etwa hundegroße Krabbe, die sich in eine Ecke des zehn mal acht Meter messenden Raumes zurückgezogen hatte und es fertigbrachte, mit ihren zittrigen Stielaugen äußerst besorgt auszusehen.

Jephron spürte, wie Bjanje sich entspannte, den Wurfarm wieder sinken ließ. »Die müssen wir nicht töten.«

»Lass dich nicht täuschen. Das ist keine normale Krabbe. Die hat *gejault*!«

»Natürlich ist es keine normale Krabbe. Nichts in den Dungeons ist *normal*. Aber sie hat mehr Angst vor uns als wir vor ihr, und das will was heißen. Als es noch dunkel war, bin ich fast gestorben.«

»Ich auch«, gab Jephron zu, und jetzt löste sich auch seine Anspannung ein wenig. »Also, was machen wir?«

»Treib sie nach draußen mit deinen Schilden.«

So richtig erpicht schien die Krabbe nicht darauf zu sein, aus ihrer Kammer gedrängelt zu werden. Immerhin war das – keiner konnte wissen, wie lange – ihr Zuhause gewesen. Aber Jephron schob sie nach draußen, ihre Beine schabten dabei anhänglich über den Boden. Dann schloss Bjanje die Tür hinter ihnen, während die Krabbe sie von draußen immer noch besorgt ansah.

»Das soll Hellrot sein? Das war ja überhaupt nicht gefährlich!«

»Ein Übergangsraum, deshalb. Hier hinten ist der zweite Ausgang. Wahrscheinlich gibt es hier auch keinen Schatz.«

Jephrons Pessimismus bestätigte sich. Es gab in dem Raum keine Verstecke, nicht einmal Proviant, den sie langsam durchaus hätten brauchen können.

»Was für ein Beschiss!«, haderte Bjanje. »Wollen wir hier wenigstens übernachten?«

»Mit zwei Türen? Das ist mir zu unsicher. Lass uns eine bessere Kammer finden.«

Sie öffneten die zweite Tür. Der Gang dahinter gloste so düster, dass man ihn für Dunkelrot halten konnte, aber es war Hellrot, nur mit weit verteilten Lampen.

Jephron überlegte, ob er sich überhaupt weiterhin auf Hellrot einlassen wollte. Aber es war der fünfte Tag, die Staffel war bereits halb vorüber. In Gelb und Orange würde sich wahrscheinlich nichts mehr finden lassen, das nicht bereits von den mehr als zwanzig Collectors abgegrast worden war.

Sie drangen vor ins Glosen, Jephron hielt einen der Schilde vor sich, den zweiten trug er wie einen Rucksack auf dem Rücken, seinen Bambusstab in der Hand. Bjanje hatte in der einen Hand einen Wurfstern, in der zweiten einen ihrer Dolche und bewegte sich eher seitlich lauernd anstatt vorwärts.

Sie hörten Geräusche.

Etwas raschelte am Boden wie wehendes Herbstlaub. Die Krabbe konnte es nicht sein, die hatte Jephron durch die andere Tür in Richtung Orange gedrängt. Zu sehen war nichts. Das Rascheln bewegte sich vor ihnen her, im selben Tempo wie sie selbst.

Sie erreichten die Tür einer weiteren Kammer. Hellrot markiert.

Die Müdigkeit knabberte ihnen schon an den Knochen. Sie brauchten einen geeigneten Schlafplatz, nickten sich zu.

Die Tür war durch eine Art Rätselschloss gesichert, man musste Symbole in eine sinnvolle Reihenfolge verschieben. Bjanje erledigte das, sie war versiert in solchen Denkspielen.

Die Kammer schwang nach außen auf und ließ einen bitteren Geruch entströmen. Abermals war es fast vollkommen dunkel darin. Man konnte den Boden in Bewegung sehen, dann wieder nicht. Was sich gerührt hatte, war nun in den Schatten.

»Ich hasse das mit der Dunkelheit«, knirschte Jephron. »Ich wünschte, wir würden eine Lampe als Schatz finden, das wäre mal was Sinnvolles.«

»Um Schätze zu finden, müssen wir Kammern betreten. Los, rein jetzt!«

Sie scheuchte ihn, wie er vorher die Krabbe gescheucht hatte.

Diesmal schafften sie es nicht, das Licht anzumachen, bevor sie die Bewohner der Kammer spürten. Diese fielen zu zehnt über sie her, kaum dass sie auch nur einen Fuß über die mattrot leuchtende Schwelle gesetzt hatten.

Es handelte sich um Würmer, die an menschliches Gedärm erinnerten und auch ebenso lang und dick waren. Schnell musste Jephron auf sein Sichelmesser umgreifen, und auch Bjanje nahm ihren zweiten Dolch zur Hand. Die Schilde nutzten hier nichts mehr, die Würmer umschlangen die Beine, rankten sich an diesen hoch und versuchten wahrscheinlich zuzubeißen, jedenfalls spürten Jephron und Bjanje ein beständiges Zwicken durch ihr Leder. Gefährlicher war jedoch, dass die Würmer die Beine wie Würgeschlangen umschnürten, fester und fester, bis die Quetschungen richtig wehtaten – und die beiden Menschen sogar umzuzerren versuchten.

Die Dunkelheit erschwerte alles. Allenfalls war ein rotes Glimmen zu sehen, ein Glänzen sich windender Leiber. Die Zuschauer würden dennoch auf ihre Kosten kommen: Jephron und Bjanje kannten die fahlgrünen Restlichtaufnahmen solcher Szenen aus früheren Staffeln. Die einzigen Geräusche waren ihrer beider Ächzen sowie das Winden und Rollen von armdickem Gewürm.

Die Würmer zu stechen, brachte überhaupt nichts. Sie zu schneiden, kaum etwas. Sie zu *zer*schneiden brachte zwei

Wurmteile, die sich unabhängig voneinander auf die Eindringlinge stürzten.

Der erste Biss fräste sich durch Bjanjes Schenkelleder, begann zu schmerzen wie Säure. »Sie beißen! Sie fressen!«, schrie sie.

»Das ist Wahnsinn! Raus! Raus!«, schrie nun auch Jephron, der im Gang wenigstens mehr sehen wollte, aber gar nicht dazu kam, sich nach draußen zurückzuziehen. Zwei Würmer gemeinsam rissen ihm sein Standbein unterm Körper weg, und er fiel der Länge nach hin. Sein Sichelmesser schlitterte davon ins Dunkel.

Bjanje wehrte sich geschickter, indem sie ihre Beine nie lange am Boden ließ, sondern umhersprang wie ein Irrwisch, obwohl auch schon mindestens drei Würmer an ihr klebten und zerrten. Bjanjes Dolche leisteten ganze Arbeit und erzeugten eine Art Wurmfrikassee, das immer noch aggressiv, aber nicht mehr allzu gefährlich war. Endlich gelang es ihr auch, den Wurm, der sich in ihren Oberschenkel reinwühlte, abzuschneiden sowie den weiterwühlenden Kopf aus ihrem Fleisch zu stochern.

Jephron wälzte sich und versuchte die Würmer wenigstens durch sein Körpergewicht totzupressen. Das hielt sie immerhin vom Beißen ab, nicht jedoch vom Einschnüren. Er grollte vor Schmerz wie ein geprügelter Hund. Er kam kaum Richtung Tür, immer zerrte ihn irgendetwas zurück und wand sich dabei wie besessen.

Bjanje ergriff Jephrons Arm und schleifte ihn zwei Meter weit nach draußen. Er half mit, wehrte sich nach Kräften, schob mit den Fersen, sah, dass Tränen des Schmerzes in Bjanjes Wimpern hingen und sie sich tapfer das Schreien verbiss. Er benutzte die unhandlichen Schilde, um die Würmer platt zu hauen, aber das schien diese auch nicht zu beeindrucken. Wie aus Gummi wurden sie kurz flach und quollen dann wieder auf.

Endlich waren sie beide draußen im Gang, und Bjanje gelang es, die Tür zu schließen. Noch immer hingen Wurmfetzen an ihr dran und kauten sich durchs Leder. Sie schnippelte an sich herum, bis sie endlich Ruhe hatte. Jephron wälzte sich unterdessen weiter, riss sich zornig die Würmer ab und trampelte auf ihnen herum. Als auch das nichts brachte, kickte er sie so weit wie möglich davon in den Gang. Dort krochen sie dann ziellos umher.

Es war überstanden. Die beiden Menschen atmeten, als seien sie gesprintet.

»Die verfluchte Beutekammer hat mein Messer!«, beklagte sich Jephron. »Statt mehr haben wir jetzt weniger!«

»Ein schöner Leibwächter bist du!«, versetzte ihm Bjanje. »*Ich* musste *dich* retten statt umgekehrt!«

Jephron mühte sich auf die Beine. Er kam sich vor, als sei er siebzig Jahre alt, die Schwerkraft schien wieder nur an *ihm* zu hängen.

»Tut mir leid«, sagte er zerknirscht. »Ich hab echt Mist gebaut. Du hast da eine Wunde, die nicht gut aussieht.«

Bjanje stocherte mit der Dolchspitze immer noch in ihrem Schenkel herum. Ihr Blut floss dunkel über das Leder abwärts. »Ich bin nicht … sicher …, ob ich den Kopf erwischt habe, oder … ob das Mistvieh immer noch weiterfrisst. Aber da ist nichts mehr, oder? Es tut nur so verflucht weh.«

»Wir müssen das auswaschen.«

»Auf keinen Fall schleiche ich schon wieder ins Purgatorium zurück wie ein Baby, das keine zwei Schritte ohne Hilfe machen kann!«, sagte sie wild.

»Nein, nicht ins Purgatorium. Aber die heiße Quelle ist nicht weit von hier. Wir gehen zurück durch die Verbindungskammer, und von dort aus kommen wir bald in die große Kaverne. Vielleicht können wir dort auch schlafen, ich bin ganz schön erledigt.«

»Ich auch. Aber hältst du es wirklich für eine gute Idee, in einer offenen Höhle mit so vielen Eingängen zu schlafen? Da kann sich ja alles von überall her nähern!«

»Nein, ich weiß, was wir machen: Wir versorgen an der Quelle deine Wunde, und dann gehen wir wieder in den Verbindungsraum und schlafen dort. Zwei Türen sind ungünstig, aber wenn jeder von uns an einer der Türen liegt, kriegen wir wenigstens mit, wenn jemand oder etwas sie öffnet.«

»Am liebsten würde ich in einer Hängematte oder zumindest erhöht schlafen. Diese Würmer werden mich bis in meine Träume verfolgen.«

»Mich auch. Komm jetzt.«

Bjanje musste sich ein bisschen auf Jephron stützen. Jeder Schritt tat ihr weh.

Sein Schwerkraftproblem wurde dadurch nicht besser.

Sie fanden den Weg zurück zum ehemaligen Krabbenraum und von dort aus dann auch in die Kaverne. Dort war es immer recht hell, ein beständiges, geradezu beruhigendes honigfarbenes Leuchten erfüllte den ganzen weiten Raum.

An der Quelle musste Bjanje sich – um ihre Wunde auswaschen zu können – aus ihrer Hose schälen. Sie bat Jephron darum, nicht hinzuschauen. »Ich trag nichts drunter«, sagte sie kleinlaut. »Trägst *du* denn was drunter?«

»Ja klar, einen Slip. Damit ich nicht so an dem Leder scheuere.«

»Mir war das zu heiß. Ich finde es hier unten viel zu warm.«

»Ist doch egal. Ich bin zwar alleine in einem Raumschiff unterwegs, aber glaub mir, ich habe schon nackte Frauen gesehen. Pass nur auf, dass die Kameras nicht alles mitbekommen.«

»Hier direkt an der Badestelle sind doch keine.«

»Vielleicht nicht fürs breite Publikum. Vielleicht nur fürs Privatvergnügen der Veranstalter. Weißt du noch die Teilnehmerin, die sich geweigert hat, die Klokammern zu benutzen, weil sie überzeugt war, dass dort Kameras installiert waren? Die ist mit jedem Tag mehr durchgedreht.«

»Kein Wunder.« Sie grinsten beide über diesen beliebten Zusammenschnitt.

Bjanje benutzte eines der bereitliegenden – und von schwer bewaffneten und gepanzerten Bediensteten immer wieder neu ausgetauschten – Handtücher, um ihre Blöße zu bedecken. Prustend vor Schmerz ließ sie sich dann ins heiße Wasser gleiten. Sie selbst wusch sich die Wunde, die wenigstens nicht bis auf den Knochen ging. Jephron schnitt unterdessen mit einem ihrer Dolche ein zweites Handtuch in lange Streifen, mit denen sie sich einen Druckverband legen konnte.

»Ich habe jetzt überhaupt keine Waffe mehr«, grollte er. »Nur noch meinen Bambusstab. Wie ein asiatischer blinder Bettelmönch.«

»Macht doch nichts. Du kannst einen meiner Dolche haben. In erster Linie sollst du die Schilde halten, das Angreifen ist meine Aufgabe.«

»Du willst wirklich weitermachen?«

»Auf jeden Fall! Das mit den Würmern war einfach nur peinlich. Das Übertrampeltwerden beim ersten Hellrot war ebenfalls peinlich. Und die schissige Krabbe war viel zu harmlos. Wir blamieren uns hier, und das stinkt mir mächtig!«

»Wir können nichts erzwingen.«

»Du hast damals was erzwungen! Du bist ganz alleine runtergegangen nach Himmelblau!«

»Ich war verrückt. Vielleicht benebelt von irgendwelchen Gasen.«

»Du warst nur jünger. Fast so jung wie ich jetzt. Hör zu, ich habe nachgedacht und habe einen Plan. Du warst damals zwar in Himmelblau, aber bis in eine Kammer bist du gar nicht gekommen. Der Krötenaffe streifte einfach durch die Gänge, stimmt's?«

»Ja. *Er* hat *mich* überfallen, nicht umgekehrt.«

»Deshalb machen wir es diesmal gezielter. Wir gehen nicht bis Himmelblau, aber bis Grün. Dort suchen wir uns eine Schatzkammer, eine einzige nur. Wir bekämpfen das, was darinnen ist, holen uns den Schatz und machen Schluss. Ich bin bereit, schon morgen, am sechsten Tag, Schluss zu machen. Aber eine Kammer muss noch sein. Eine spektakuläre Kammer!«

»Warum Grün? Warum nicht Dunkelrot?«

»Dunkelrot ist mir zu wenig. Ich bin bereit, auf Blau zu verzichten, aber wenn nicht Blau, muss es immerhin Grün sein.«

»Ich habe keinerlei Erfahrungen mit Grün.«

»Auf dem Weg nach Himmelblau musst du durch Grün durchgekommen sein.«

»Vielleicht nicht. Ich weiß es nicht mehr. Vielleicht habe ich einen Durchgang gefunden, der direkt von Rot nach Blau führte.«

»Ist doch auch egal! Wir machen es, Jephron! Danach hast du dir deine 250 000 Credits verdient.«

Dieses Geld. Dieses unglaublich viele Geld.

Hier unten in den Dungeons schien es weniger wert zu sein. Jeder Wurm war hier bedeutsamer, präsenter, wirklicher als diese Zahl. Dennoch malte Jephron sich die vielen Monate als selbstbestimmter Raumfahrer aus, die dieses Geld ihm ermöglichen würde.

Fünfzig Monate. So viel, wie es bei Dungeoncrawler *Teilnehmer gab.*

Für noch einen weiteren schäbigen Tag Leiden hier unten.

Er nickte.

Jephron badete ebenfalls. Inzwischen war er so müde, dass er beinahe schon im angenehmen Wasser einnickte. Die Müdigkeit in den Dungeons wog schwerer als außerhalb. Sicherlich lag das an der ungesunden Luft.

Mühsam quälte Bjanje sich wieder in ihr Leder. Den Verband legte sie nun über dem Leder an, darunter war gar kein Platz. Jephron stützte sie. Eigentlich musste die Wunde mit mehr als nur Wasser versorgt werden. Da gehörten mindestens Salben drauf. Vielleicht eine Injektion gegen irgendwelche Bakterien. Vielleicht sogar ein Kauterisieren.

Aber nur noch eine Nacht, dann ein Tag bis nach Grün, dann noch ein Tag Rückweg, sagte sich Jephron. Das dürfte nicht ausreichen, um ihr Bein abfaulen zu lassen. Zwei Tage, zwei Nächte und dann sämtliche Versorgungseinrichtungen des Purgatoriums. Seine eigenen Schrammen waren so gut wie verheilt. Die Medizin des 31. Jahrhunderts war sehr diversifiziert, auf vielen unterschiedlichen Planeten hatten sich inzwischen ganz widersprüchliche Schulen entwickelt – elektromagnetische, chemische, psychologische, ganzheitliche, natursubstanzenbasierte –, aber bei der größten Show des Universums versuchte man die erfolgversprechendsten Ansätze zusammenzuführen und miteinander in Einklang zu bringen.

Vielleicht gab es sogar für die Frau mit der zerfetzten Brust noch Hoffnung.

Ihr erster Weg war nicht weit. Nur bis zu der Übergangskammer, aus der sie die Krabbe vertrieben hatten. Bjanje hinkte stark, schien aber fest entschlossen zu sein, mit jedem Schritt stärker zu werden.

In der Kammer legten sie sich beide mit den Rücken an die Türen, wünschten sich eine gute Nachtruhe und schliefen ein wie ausgeknipst. So erschöpft waren sie.

Traumlos der Schlaf.

Der »Morgen« unterschied sich in nichts vom »Abend«. Keiner von ihnen wusste, welche Tageszeit tatsächlich auf Laurel herrschte. Es gab keine Uhren und somit auch keine Taktung in den Labyrinthen.

Sie brauchten ihre Vorräte fast restlos auf, in der Hoffnung, in der ersehnten grünen Kammer reiche Beute zu machen. Oder zumindest auf dem Weg dorthin Proviantnischen zu finden.

»Weißt du eigentlich«, begann Jephron, am Morgen schon wieder pessimistischer als noch an der dampfenden Quelle, »dass wir, wenn wir nach Grün wollen, durch Dunkelrot müssen, wo die Bulphars ihre Hornhautnester bauen?«

»Wir müssen Übergänge finden. Vielleicht Geheimtüren. Vielleicht können wir Dunkelrot ganz umgehen.«

»Aber wir haben keine Anhaltspunkte. Genauso gut können wir auch in die Irre gehen und tagelang durch Dunkelrot tappen. Nur eine einzige Information haben wir.«

»Ja, ich habe es nicht vergessen: Der unendlich lange Tunnel führte direkt nach Grün. Aber den will ich nicht noch einmal nehmen müssen. Jeder Schritt tut mir weh.«

»Aber dort wissen wir wenigstens mit Sicherheit, dass es nach Grün geht! Ohne dass wir vorher durch die beiden Rots müssen. Vielleicht musst du in den Rots viel weitere Wege gehen!«

»Jephron, kannst du dir vorstellen, wie langweilig es für die Zuschauer ist, wenn wir schon wieder in diese Röhre gehen? Wir sind sie schon zweimal entlanggelatscht, einmal hin und einmal zurück. Beim dritten Mal schaltet jeder ab, und wir sind raus aus sämtlichen Beliebtheitslisten.«

»Aber diesmal gehen wir sie bis zum Ende.«

»Ja, das behaupten wir. Aber wenn uns dann irgendwo hinter der Eidechsenversammlung etwas Großes und Unförmiges entgegengeschlurft kommt, legen wir erneut den Rückwärtsgang ein. Man kann dort nicht ausweichen, es gibt keine Abzweigungen. Die Geheimtür kriegen wir nie auf. Nein, dieser Tunnel ist Dreck. Überleg mal: Selbst wenn wir dort eine grüne

Kammer finden und das Monster darin nur vertreiben, ist es dann mit uns in diesem Gang gefangen. Man kann dort einfach nirgends hin!«

»Ja, du hast schon recht. Der Tunnel ist ein Albtraum. Wir müssen den Leuten etwas bieten. Verdammt noch mal, wir wollen ja auch selbst etwas Neues sehen. Du hast vollkommen recht!«

Sie brachen auf. Betraten erneut die hellroten Gänge. Nahmen diesmal jedoch eine andere Richtung, nicht die, in der womöglich immer noch klein gehackte Würmer blind umherkrochen.

Sie suchten. Suchten ein Dunklerwerden der Beleuchtung.

Einmal wurden sie getäuscht, als in einer Abzweigung einfach nur zwei Lampen von Moostierchen überwuchert worden waren, sodass der Gang wie dunkelrot wirkte.

Einmal traten sie beinahe in eine Falle, als aus einer Wand ein Senkbeil herausklappte, glücklicherweise aber nur gegen Jephrons Schild schepperte. Von da an gingen sie allerdings wieder langsamer, und Jephron tastete verdächtige Stellen vorher mit seinem Bambusstab ab.

Einmal passierten sie eine Zuschauertribüne, auf der hinter meterdickem Plexiglas ein paar Zuschauer saßen und ihnen begeistert zuwinkten. Sie hatten schon fast vergessen, dass es hier unten gut abgeschirmte leibhaftige Zuschauer gab.

Stunden vergingen, zogen sich wie Reisbrei.

Bjanje hinkte die ganze Zeit, wollte sich aber keine Überlastung anmerken lassen. *»Grün«*, sagte ihr Gesichtsausdruck. *»Keine Kompromisse.«*

Sie fanden eine Wendeltreppe abwärts. Die war seifig, aber nicht vor Reinlichkeit, sondern von seltsamen Absonderungen. Möglicherweise Ausscheidungen. Sie nahmen die Treppe dennoch, hielten sich aneinander fest. Abwärts war tendenziell gut, sie mussten nur aufpassen, nicht aus Versehen nach Blau zu geraten.

Unten war alles dunkelrot. Immerhin das hatten sie also geschafft. Von Dunkelrot aus musste es mehrere Wege nach Grün geben.

Von anderen Teilnehmern war nichts zu sehen oder zu hören. So tief drinnen in den Dungeons hielten sich normalerweise nur noch Adventurer auf, von denen gab es diesmal nur zwölf, und mindestens einer von ihnen war bereits tot. Vielleicht wagten sich noch ein paar ehrgeizige Collectors hierher, so wie sie beide. Aber von den vierundzwanzig Collectors vielleicht höchstens fünf.

Hier unten waren die Menschen also hoffnungslos in der Unterzahl.

Wie im Weltall auch: die Menschen die Exoten. Aber expandierend.

Einmal sahen sie etwas, das vor ihnen an die Decke sprang und dort verschwand. Eine Art Riesenkäfer womöglich, vielleicht ein Zosma-Wimmler, die gab es normalerweise überwiegend in Hellrot, aber dort waren sie keinem begegnet. Vielleicht hatten die Bulphars, aus Dunkelrot kommend, in dieser Staffel durch ihren Ausbruch alles durcheinandergebracht und andere Bewohner in übrige Regionen vertrieben. Jedenfalls war das Licht zu funzelig, um das Wesen genau bestimmen zu können. Als sie dort ankamen, war es verschwunden.

Mit Bulphars rechneten sie andauernd. Dunkelrot war deren Terrain.

Sie sahen einen Gang, der von einem Bulphar-Hornhautnest überwuchert war, ein abstraktes, aus Fetzen und Kanten bestehendes Gebilde, und irgendetwas bewegte sich auch darin, etwas, das größer wirkte als ein Bulphar, vielleicht war es eine Zusammenballung von Bulphars. Sie wollten es gar nicht zu genau wissen, lieber machten sie um diesen Gang den denkbar größten Bogen.

Sie wurden bereits wieder müde, der Tag mochte sich dem Ende zuneigen, oder die stinkende, körperwarme Luft hier unten ließ einfach keine längeren Wachphasen zu – als Bjanje die Tür nach Grün entdeckte. Jephron hatte sowohl die Tür als auch das grüne Zeichen völlig übersehen.

»Das ist keine Kammertür, oder?«, fragte ihn Bjanje.

»Nein. Eher ein Durchgang. Es kann aber auch eine Durchgangs*kammer* sein, dann müssen wir mit Gegenwehr rechnen.«

»Wir rechnen mit allem.«

Die Tür war nicht leicht zu öffnen. Erneut eine Rätselaufgabe: Nachdem der auslösende Stein gefunden war, mussten mehrere Wandsegmente in der Reihenfolge gedrückt werden, in der sie kurz aufleuchteten. Die Sequenz war schnell und lang, aber Bjanje war gut im Erfassen und Behalten. Nach vier Fehlversuchen hatte sie es, die Tür entriegelte, und Jephron drückte sie vorsichtig auf.

Grünes Licht dahinter.

Keine Kammer. Nur Gang.

Level Grün. Abgesehen von seinem einen Amoklauf nach Himmelblau war Jephron noch niemals so tief in den Dungeons gewesen.

»Weißt du noch, in dem langen, geraden Gang mit den Eidechsen? Als das Licht grün wurde, sind wir umgekehrt.«

»Ja. Aber da hatten wir noch tausend Dinge vor. Jetzt sind wir fast am Ende. Eine einzige grüne Kammer, Jephron. Und dann kennen wir den Rückweg ja schon. Wir sind im Nu wieder auf der Wendeltreppe.«

Ja, aber von dort aus sind wir noch lange nicht draußen, knurrte Jephron in Gedanken. Aber er wollte nicht mehr argumentieren. Bjanje war ihm einfach nur ähnlich, seinem jüngeren Selbst vor sechzehn Jahren. Sie wollte genau wie er damals nicht mit einem Seufzen hier rausschleichen, sondern mit einem Donnerhall.

Sie bewegten sich durch Grün. Ihre Müdigkeit war wie verflogen, denn nun pumpte unablässig Adrenalin durch ihre Adern.

Eine einzige Kammer nur, eine einzige.

Es roch in Grün noch mal anders als in den roten Leveln. Entfernt nach dunkler Schokolade, was aber hier unten eher ungute Assoziationen weckte als appetitliche, denn hier unten gab es nichts Süßes, Appetitliches. Nur die Ausdünstungen von Ungeheuern, die gefangen worden waren auf Planeten, auf denen Menschen gar nicht überleben konnten.

Sie bewegten sich durch Grün wie durch ein Aquarium. Ab und zu schienen Schatten das Licht zu verändern, aber es mochten Schwaden irgendeines Gases sein, Sinnestäuschungen oder nur Unregelmäßigkeiten in der Stromversorgung.

Bjanje sah fahl und leichig aus, ihr Gesicht erschreckte Jephron regelrecht. Er selbst war natürlich dunkler, aber wahrscheinlich bestand seine Miene nur aus ungesund grünen Schatten.

Schließlich fanden sie die Tür, die ihr Ziel war. Diesmal war sie nicht zu übersehen. Niemand war bislang hier gewesen, kein Adventurer, kein vorwitziger Collector wie sie selbst. Die Tür schien nicht einmal durch einen Rätselmechanismus gesichert zu sein.

»Vielleicht ist es keine Kammer, sondern wieder nur ein Durchgang?«, fragte Bjanje wie in einem Selbstgespräch.

Jephron wusste es nicht. Seine Erfahrungen mit Grün bestanden aus dem wenigen, was er in früheren Staffeln als Zuschauer gesehen hatte. Das war nicht vergleichbar mit dem tatsächlichen Hiersein.

Bjanje öffnete die Tür. Sie wollte es also wirklich wissen. Sie vergaß sogar, dass ihr Bein schmerzte.

Dahinter dunkelgrünes Wabern. Fast wie lebendig sah das aus. Vielleicht gab es schleimige Klumpenwesen, die eine ganze Kammer bebend ausfüllten.

»Hier, nimm deinen zweiten Dolch wieder an dich«, sagte Jephron und gab ihr den. »Ich gehe voran, mit beiden Schilden, und habe dann ohnehin keine Hand mehr frei. Ich halte auf und schütze uns, du kämpfst. Genau wie immer. Die reinste Routine.« Sie nickte entschlossen.

Es schien ein wenig heller zu werden, als Jephron die Kammer betrat. Vielleicht eine Art Lichtschranke. Dadurch sah er die beiden Wesen. Es waren nun definitiv Zosma-Wimmler, eine Mischung aus Spinne und gepanzerter Ameise, groß wie ein Kalb.

Er dachte nicht nach. Bjanje war angeschlagen, es durfte nicht lange dauern. »Nimm du den anderen!«, rief er ihr zu – und stürzte sich auf einen der beiden Käfer. Der wollte noch ausweichen, rutschte jedoch mit scharrenden Beinen weg und wurde von Jephrons Schilden wuchtig auf den Boden geschmettert. Bjanje warf ihre Sterne. Da dies eine Kammer war und sie davon ausgehen konnte, die Sterne hinterher wieder einsammeln zu können, warf sie alle zwölf. Sechs gingen fehl, weil der Wimmler sich kreischend sehr ruckartig bewegte, aber sechs trafen und behinderten das Wesen zusätzlich. Dann zückte sie beide Dolche und machte dem Arachniden den Garaus.

Jephron presste inzwischen den anderen fest, überstand die an ihm zerrenden Beine, wich den schnappenden Beißzangen aus. Er hatte gar keine andere Waffe als sein eigenes Gewicht. Mit dem Bambusstab konnte man solchen Kreaturen nicht beikommen. Er musste warten, bis Bjanje mit ihrem Gegner fertig war, dann huschte sie zu ihm und schnitt auch seinem wie mit einer aus Dolchen gebildeten Schere den Kopf ab. Kurz wurde es still in der Kammer.

Dann sagte Jephron: »Ich wundere mich fast, dass es nur zwei waren, denn immerhin heißen die Dinger Zosma-*Wimm*…«

In dieser Sekunde fiel ein dritter von der Decke herab auf ihn drauf, ein vierter verfehlte Bjanje nur knapp, ein fünfter rutschte weiter hinten die Wand herab. Sie hatten unter der Decke der Kammer gelauert.

»Schiff Gottes!«, entfuhr es Bjanje, die all ihre Sterne bereits verschleudert hatte.

Jephron wurde von der Käferspinnenameise, die ihm auf dem Rücken saß, regelrecht hochgerissen. Nur mit Not gelang es ihm, den Beißzangen zu entkommen, indem er den Kopf tief einzog. Der Wimmler wollte ihn köpfen, wie Bjanje gerade seinen Artgenossen geköpft hatte. »Schiff Gottes!«, bestätigte nun auch Jephron.

Bjanje half ihm, indem sie seinem Wimmler von hinten den gesamten Rumpf auftrennte. Das Geräusch erinnerte an einen Reißverschluss. Kühl und klebrig klatschte Arachnideninneres über Jephron.

Bjanje sah sich aber nun zwei kreischenden, vorstoßenden und wieder zurückweichenden Gegnern gegenüber. Jephron fiel nichts anderes ein, als dieselbe Taktik wie zu Beginn noch einmal anzuwenden. Brüllend schmiss er sich mit seinen zwei Schilden gegen einen der beiden, drängte ihn zurück, wälzte sich dann sogar auf ihn und hielt ihn zu Boden, während Bjanje mit dem zweiten Gegner auf sich allein gestellt war.

Sie löste das mit Bravour. Sie warf einen ihrer Dolche und traf. Der Wimmler krümmte sich einwärts um den Dolch zusammen, Bjanje sprang ihn an und tötete ihn mit fünf wuchtigen Stichen. Dabei nahm sie auch ihren geworfenen Dolch wieder an sich. Dann beeilte sie sich, zum schnaufenden Jephron zu kommen, der seinen sich immer wieder peitschenartig aufbäumenden Gegner zu halten versuchte. Sie rutschte dabei in den Innereien aus und schlug hin, rappelte sich wieder auf und half Jephron, indem sie unter die Schilde auf den liegenden Wimmler einstach. Endlich erstarb dessen Gegenwehr.

Jephron und Bjanje blickten beide besorgt nach oben, aber da war nichts mehr. In dem Raum war es kontinuierlich heller geworden, sodass man die Decke nun erkennen konnte.

Jephron und Bjanje blickten sich an. »Tür zu!«, sagte Jephron. »Vielleicht kommen sonst von draußen noch weitere.«

Bjanje schloss die Tür, dann begann sie damit, ihre zwölf Sterne zu suchen. Sie fand erst einmal nur neun, die anderen waren irgendwo unter Käfergedärm verschüttet.

Der Raum war nun so hell, dass man oben sogar eine verspiegelte Zuschauerwand erkennen konnte. Vielleicht bildeten sie sich das nur ein, aber ihnen war, als würde man von dahinter Jubeln und Applaus hören.

Sie grinsten, dann lachten sie sogar. Erleichterung schwemmte in ihnen hoch, die fast zu Tränen reizte.

»Stell dir vor«, japste Bjanje, »ein einzelner Adventurer gegen fünf Zosmas! Das wäre ganz schön haarig.«

»Auf jeden Fall. Das hier ist Grün. Nichts für Anfänger. Ich finde, das haben wir gut hinbekommen.«

»Und es ist eine Kammer, also muss es hier einen Schatz geben, oder?«

»Such ihn. Aber sei vorsichtig, es könnten noch Fallen montiert sein.«

Er selbst blieb lieber sitzen. Er fühlte sich immer noch, als hinge ein zuschnappender Monsterkäfer an ihm dran. Diese Attacke von oben hatte ihn ganz schön durchgerüttelt, ihm wieder einmal vor Augen geführt, wie schnell in *Dungeoncrawler* alles vorbei sein konnte.

Bjanje suchte sämtliche Wände ab. »Hey, hier ist eine Geheimtür! Eigentlich nur an ihrem Schlüsselloch erkennbar.«

»Wir haben keinen Schlüssel.«

»Aber der könnte hier doch sein! Meinst du etwa, wir müssen in einem anderen Raum den Schlüssel finden?«

»Alles ist denkbar.«

»Ich glaube nicht, dass hier gar nichts drin ist. Immerhin gibt es hier sogar Zuschauer. Die wollen nicht nur einen Kampf sehen, sondern auch eine Schlüsselsuche. Da oben könnte etwas sein, aber ich kann nicht richtig reinschauen. Könntest du Räuberleiter machen?«

Jephron erhob sich ächzend.

»Du übertreibst das mit deinem Alter ein bisschen«, sagte Bjanje gut gelaunt. »Du bist keine hundert, weißt du?«

»Ich fühle mich aber gerade wie hundert. Bist du denn überhaupt nicht müde? Was ist mit deinem Bein?«

»Erst wenn ich den Schatz gefunden habe.«

Sie kletterte über seine ineinander verschränkten Hände auf seine Schultern. Dann tastete sie in einer Nische unter der Decke herum, dort, wo die Zosma-Wimmler gelauert hatten.

Etwas Metallisches klirrte. »Hier ist etwas, aber ich komme nicht ganz ran. Kannst du mich weiter hochstemmen?«

Jephron gab sein Bestes. »Pass auf irgendwelche Schnappfallen auf!«, stöhnte er. »Die können dich deine Finger kosten!«

»Ich pass auf. Hier ist der Schlüssel! Hier ist aber noch was.« Sie streckte sich und erfingerte noch einen zweiten Gegenstand. »Wieder so ein Beutel. Mit Münzen drin. Aber der Beutel hängt irgendwie fest.« Sie nestelte mit ihrem Dolch, der Beutel war jedoch nicht lösbar. Stattdessen zerriss er, als hätte er eine defekte Naht gehabt, und gab mehrere Gegenstände frei. »Es sieht aus wie Schmuckreifen. Aus Gold vielleicht. Ich krieg sie nicht richtig zu fassen, ich kann sie nur mit dem Dolch nach unten fegen. Achtung, es regnet Goldschmuck!«

Jephron zog den Kopf ein. Gleich darauf prasselten nacheinander zehn Reifen über ihn hinweg. Bjanje kletterte an ihm abwärts, die Lederhüllen ihrer beider Körper glitten warm übereinander.

Bjanje – aufgekratzt wie ein Geburtstagskind – sammelte die Reifen ein. »Fünf für dich, fünf für mich.«

»Nimm du sie. Ich weiß nicht, was ich damit anfangen soll.«

»Das trägt man jetzt so«, lachte sie und streifte sich die Ringe an die Handgelenke, fünf an jede Hand. Sie präsentierte sich wie bei einer Modenschau.

»Ganz toll«, sagte Jephron wenig begeistert. »Bei jedem deiner Schritte klimperst du jetzt wie ein Narr mit Schellenhaube. Und ich bin mir gar nicht sicher, dass die Dinger wirklich aus Gold sind. Das könnte genauso gut Nickel sein, aber ich bin kein Experte. Wir sollten sie eher in den Münzbeutel stecken.«

»Da zerknicken sie nur. Wir machen uns doch jetzt ohnehin auf den Rückweg.«

»Erst mal schlafen wir hier, oder?«

»Willst du denn nicht erst noch wissen, ob der Schlüssel passt? Wer weiß, was dahinter ist?«

»Ein Monster, das auf Nickelreifen reagiert?«

»Sei nicht so knurrig, wir räumen hier gerade richtig ab. Komm mit zur Geheimtür!«

Er folgte ihr widerwillig, aber es waren nur drei Schritte. Sie nestelte bereits mit dem Schlüssel im Schlüsselloch herum.

Schließlich schnappte etwas. Ein größerer Mechanismus setzte sich in Bewegung. Die kaum zu sehende Geheimtür schwang langsam mit unregelmäßigen Umrissen nach hinten auf.

»Wow!«, entfuhr es Bjanje. »Aber das ist ja … das ist ja genau das, was wir brauchen!«

Hinter der Tür befand sich eine Treppe, die aufwärts führte. Endlos sah diese Treppe aus. Sie war unten bleich grün, weiter oben allerdings rot beleuchtet.

»Über die kommen wir hoch! Bis mindestens nach Rot, vielleicht sogar ganz raus!«, stellte Bjanje begeistert fest.

Jephron freute sich einerseits darüber, dass Bjanje Wort halten und nun wirklich Schluss machen wollte, andererseits kam diese Treppe ihm eigenartig vor. Sie war zu verlockend.

»Es kann sich um eine Falle handeln«, brummte er.

»Natürlich! Bei jedem einzelnen Raum hier unten kann es sich um eine Falle handeln. Aber überleg doch mal: Ein Adventurer würde von hier aus doch gar nicht nach oben *wollen*, sondern weiter runter. Die Treppe ist also nur für Leute wie uns praktisch.«

»Ich weiß nicht, ich weiß nicht. Ein Adventurer geht von hier aus vielleicht noch weiter runter, merkt sich aber, wo diese Treppe ist, und benutzt sie dann, um rauszukommen. Die Treppe ist für jeden reizvoll.«

»Aber wenn es eine Falle ist – warum eine Falle mit einem Schlüssel absichern?«

»Damit die Monster nicht hochkommen, das ist schon klar. Oder damit man seinen Argwohn verliert.«

»Du würdest allen Ernstes lieber auf die Treppe verzichten und den ganzen langwierigen Weg durch die Labyrinthe nehmen wollen?«

»Nein. Ehrlich gesagt ködert mich die Treppe genau wie dich und jeden anderen.«

»Also lass sie uns nehmen! Jetzt gleich! Wenn wir Glück haben, müssen wir gar keine weitere stinkende Nacht in diesen Kerkern verbringen und uns morgen kilometerweit durch die von Zosmas wimmelnde Gegend kämpfen, sondern wir sind in einer Stunde oben im Purgatorium, können duschen und dort schlafen, mitsamt unserer Beute!«

Es rührte ihn, wie sehr dieses dungeonbesessene Mädchen sich jetzt nach draußen sehnte. Sie schien kuriert zu sein, das allein rechtfertigte ihren gemeinsamen Crawl.

Er konnte ihr das nicht abschlagen. Ihm war ebenso mulmig bei dem Gedanken, in Grün zu schlafen. Er hatte noch nie so tief unten wie Grün eine Nachtruhe verbracht. Vielleicht ging das gar nicht, ohne dass man ständig durch herumstreifende Ungeheuer gestört wurde, die gierig schlabbernd an Kammertüren rüttelten. Ihn schauderte alleine bei dem Gedanken.

»Probieren wir's«, sagte er. »Wenn die Treppe nur bis Rot

führt, können wir vielleicht auf ihr schlafen, wenn oben ebenfalls eine Schlüsseltür ist.«

»Ja, wir sind auf der Treppe sicherer als sonst wo. Komm!«

Die untere Schlüsseltür ließ sich jedenfalls nicht wieder verschließen. Sie war aufgegangen und blieb so. Der Schlüssel jedoch ließ sich abziehen, Indiz dafür, dass man ihn noch woanders brauchen konnte. Bjanje nahm auch ihn an sich. Er lag massiv in ihrer Hand, schwer wie aus Eisen. In Erwartung einer weiteren Schlüsseltür am oberen Ende der Treppe steckte sie ihn gar nicht weg, sondern behielt ihn in der Hand.

Die Treppe zog sich. Fast buchstäblich: Die Stufen waren unterschiedlich hoch, einige wirkten wie in noch ungefestigtem Zustand gedehnt. Es war sehr erschöpfend. Das Licht veränderte sich von Grün zu Dunkelrot, der Übergang zwischen beidem wirkte bräunlich. Dann wurde das Rot langsam heller, ganz oben konnte man so etwas wie Orange erahnen.

Jephron fühlte sich mit seinen Kräften am Ende, aber gleichzeitig wollte er jetzt nicht schlappmachen. Bjanje konnte recht haben: Die Treppe führte schnurstracks immer weiter aufwärts, ein Ausstieg nach Gelb war womöglich mehr als nur ein Hoffnungstraum. Dort konnten dann Bushwhacker lauern, aber vielleicht auch nicht, vielleicht rechnete jeder nur mit den Gängen und niemand mit einer Geheimtür mitten in der Wand.

Jephron ging voran. Die Schilde hielt er beide in der Linken, und mit der Rechten benutzte er seinen Bambusstab sowohl zum Aufstützen als auch, um damit die Stufen abzutasten, die als Nächstes kamen. Den Veranstaltern traute er jede Teufelei zu und wollte vermeiden, dass die Treppe zu einer wieder nach hinten abwärts führenden Rutsche umklappte oder irgend so ein Späßchen auf Kosten der todmüden Crawler.

Das Licht war noch hellrot, als er einen Bereich passierte, in dem die Wände links und rechts sehr eng waren und sehr glatt. Er beargwöhnte diese Passage, die vielleicht drei Meter lang war und auf diesen drei Metern sieben Stufen hatte, konnte aber nichts Verdächtiges feststellen und durchquerte die drei Meter rasch. Bjanje folgte ihm.

Was nun passierte, bekam Jephron zuerst nur als Geräusch mit.

Bjanje gab einen erstickten Laut von sich, dann rumste es metallisch klirrend. Gleich darauf noch mal. Ein geächztes Rumsen.

Jephron wirbelte herum und sah etwas, das er zuerst überhaupt nicht verarbeiten konnte. Mit allem Möglichen hatte er gerechnet, vielleicht war schon wieder etwas von der Decke gefallen oder doch noch etwas aus den glatten Wänden gekommen – aber es sah aus, als würde Bjanje von etwas Unsichtbarem zwischen den beiden Wänden hin- und hergeschleudert wie eine zartgliederige Flipperkugel.

Sie schleuderte rechts gegen die Wand, dann wieder links, rechts, links, rechts, links. Dabei schien sie von ihren Armreifen gezogen zu werden, der schwere Schlüssel wurde ihr aus den Fingern gerissen und sprang ebenfalls von Wand zu Wand, ihre Dolche und Wurfsterne machten sich selbstständig, und schließlich zerplatzte sogar ihr Schatzbeutel, und einhundert Münzen verwandelten sich in Projektile, die wie rasend zwischen den Wänden hin- und hersprangen.

Bjanje wurde nicht nur zerschmettert, sondern sie wurde regelrecht in Stücke geschossen von ihrer eigenen Ausrüstung und Beute.

Wahrscheinlich stand Jephron nur drei Sekunden lang fassungslos da. Drei Sekunden, in denen er nicht begriff, was vor sich ging, denn schließlich hatte er selbst gerade eben dieselbe Stelle passiert, ohne dass ihm irgendetwas zugestoßen war.

Dann verstand er, dass es sich um extrem starken Elektromagnetismus handeln musste, der mit maschinell hoher Frequenz zwischen beiden Wänden hin- und hergeschaltet wurde. Er selbst trug nichts Metallisches bei sich, Bjanje alles, was sie beide besaßen.

Er wollte helfen und tauchte zurück zwischen die Wände, aber dort sausten die hundert Münzen hin und her wie Geschosse, es war brandgefährlich auch für ihn, dennoch bekam er ein Bein von Bjanje zu fassen und zog sie ruckartig zu sich nach draußen. Gleichzeitig beendete die Falle ihre Tätigkeit, sie hatte genug geleistet, und Bjanjes zerschundener Leib prallte hart auf die Steinstufen, wurde von Jephron noch aus dem Bereich der Magnetwände gezerrt und in die Arme genommen.

Überall klimperten Münzen und Wurfsterne von den Wänden und rollten die Treppen abwärts.

Tand.

Das Licht war ungerührt hellrot.

Bjanje atmete noch, ihr Blick irrte suchend umher, sie tastete mit zerbrochenen Fingern, konnte gar nicht begreifen, was ihr überhaupt widerfahren war. Der schwere Schlüssel war ihr durch die Rippen geschlagen, hatte sogar das Leder zerfetzt, sie blutete aus zahllosen Wunden. Ihr Atem rasselte und blubberte, war reinste, fast schäumende Panik.

Jephron fasste sie, umarmte sie, redete, was ihm gerade einfiel. »Wir haben es geschafft, beruhige dich«, sagte er. »Schau, die vielen Münzen überall, wir sind draußen, wir haben die Beute gemacht, du kannst dich beruhigen, ich bin bei dir, sei ganz ruhig, ganz ruhig.«

Sie schaute ihn an und schien ihn zu fragen, warum er dann weine.

Er bildete sich sogar ein im roten Licht, dass ihr zerrissener Mund noch diese Worte formte.

Er wollte antworten, dass er weinte, weil er so gut wie nichts über Bjanje wusste.

Ein hastig zusammenmontiertes Video mit ein paar gestellten Szenen, die ihre Hobbys und ihr Leben darstellen sollten, aber selbstverständlich nur repräsentativ waren, Oberfläche, Schein.

Oben in der Stadt hatten sie sich mehrmals getroffen, aber immer nur übers Geschäftliche geredet. Ein bisschen trainiert. Konzentration auf Kampfabläufe.

Unten dann in den Dungeons: Schweigen angesichts der unbekannten Umgebung. Anspannung. Unterwegs mit Thibanth. Ihr Schweigen vor dem Dritten noch deutlicher.

Die Nachtruhen: Zu müde, um noch zu reden. Höchstens ein kleines bisschen die Erlebnisse des Tages Revue passieren lassen. Aber immer nur die Gegenwart, niemals eine Tiefe.

Die Morgen: Zu eingeschüchtert von dem, was der Tag bringen mochte, um sich auszutauschen.

An der heißen Quelle: Zu sorgfältig darauf bedacht, voreinander Blößen zu verbergen, um sich näherzukommen.

In den gemeinsam überstandenen Gefahren: zusammengebissene Zähne.

Und am seltsamsten im Purgatorium. Hier hatten sie eigentlich zwei Tage Zeit gehabt, sich unter entspannten Umständen besser kennenzulernen. Aber nichts. Aufgrund des ständigen Buffets hatten sie nicht einmal gleichzeitig gegessen, jeder konnte sich nehmen, wenn ihm danach war. Jephron hatte überwiegend Musik gehört wie ein Autist. Bjanje sich mit diesem wuschelköpfigen Trottel zusammengefunden, dessen Name Jephron schon wieder entfallen war.

Einmal hatten sie ein bisschen voreinander getanzt, beide lächelnd, ein paar Takte nur, zu »Boogie Oogie Oogie«. Den Namen des Liedes wusste Jephron noch. Aber kein Gespräch. Kein Wissen. Kein Austausch.

Bjanje starb ihm unter den Händen weg als *Fremde*.

Schmähliches, geradezu groteskes Versagen voll und ganz.

Sie atmete noch einmal zitternd ein, und er drückte sie an sich wie von einem Krampf geschüttelt, es war ihm egal, dass sie vielleicht in eine stabile Seitenlage sollte, es war ohnehin für alles zu spät.

Ihr Blick, dem roten Licht entgegen, hörte auf zu glänzen.

Kein Ausatmen mehr.

Eine Stunde lang blieb Jephron so kauern, Bjanje im Arm.

Ihm war ein wenig, als hörte er fernen Applaus ihn verhöhnen, aber das war nur Blut, das in seinen Ohren rauschte.

Er war vollkommen unverletzt, während Bjanje von sämtlichen Gegenständen, die sie sich in diesem Dungeon hart erarbeitet hatte, zerschossen worden war.

Der erlesenste Scherz: Die sicher geglaubte Beute kehrt sich wider den Erbeuter.

Die ganze Treppe nach oben nichts weiter als Heimtücke und Schadenfreude.

Jephron saß im allgegenwärtigen Rot und tat gar nichts mehr.

Er war sogar zu fassungslos zum Hassen.

Selbstverständlich waren gerade an dieser ausgetüftelten Stelle Kameras. Nach der Stunde tauchte ein hoch technisiert gepanzertes Bergungsteam bei Jephron auf und wollte ihm Bjanjes Leiche abnehmen.

Er wollte sie nicht hergeben.

Man fragte ihn eindringlich, ob er noch weiterspielen wolle.

Er reagierte nicht.

Man nahm die Schutzmaske ab, offenbarte ein feinnerviges, aber gestresst schmallippiges Frauengesicht und fragte ihn noch mal, ob er weiterspielen wolle. Die Beute gehöre nun ihm allein.

Er schüttelte den Kopf.

Also führte man ihn nach draußen. Durch einen Wartungsschacht und einen Aufzug gelangte er in einen medizinischen Seitenbereich des Purgatoriums.

Man entkleidete und untersuchte ihn.

Als er gerade völlig nackt war und schlotternd in seinem Schock, tauchte Yessiga bei ihm auf, flankiert von gleich zwei Kameramännern, und bat ihn, seine Eindrücke zu schildern, vielleicht noch etwas zum Gedenken an Bjanje Cilings zu sagen.

Er sagte kein einziges Wort.

Yessiga entblößte ihr Aldebarandiamantenlächeln und formulierte in eine der Kameras hinein, man müsse Verständnis haben für die angespannte Situation dieses außerordentlich bewährten Teilnehmers, der auch dieses Jahr wieder die Sympathien erobert habe, vor allem durch den tragischen Tod seiner Partnerin.

Man reichte ihm seine Kleidung.

Er stieg in seine Hose, musste dabei zweimal gestützt werden.

Man bot ihm Getränke an, Medikamente, einen Aufenthalt, bis diese Staffel vorbei wäre, einen Auftritt in der großen bunten Nachbereitungsshow mit Gaststars aus Entertainment und Politik.

Er schüttelte den Kopf, wollte nur noch weg.

Er war so unfassbar müde und hatte die ganze Zeit Angst, dem Blick von Bjanjes kleiner Schwester Syonje zu begegnen. Er hätte nicht gewusst, was er sagen, was er tun sollte.

Man schien ihn zu verstehen, führte ihn nach draußen. Die gärige Luft von Laurel fuhr ihm in die Lungen. Er schlug zu Fuß den Weg zum Raumhafen ein, ließ den ganzen Trubel und die Lichter zurück, aber immer wieder entstand Bewegung neben ihm. Man applaudierte ihm, gratulierte ihm, legte ihm Hände auf die Schultern, sprach ihm Trost und Kraft zu, lichtete sich mit ihm ab, wildfremde Menschen, einige der zwanzig Milliarden, die ihn gesehen hatten bei Bjanjes Tod.

Diese zwanzig Milliarden waren überall. Sie sahen ihn auch weiterhin an.

Er fand sich kaum zurecht, aber Menschen halfen ihm, begriffen, wo er hinwollte.

Am Raumhafen wurde alles für ihn geklärt. Einer der Teilnehmer. Man kannte ihn doch. Ja, man wusste Bescheid.

Man fuhr ihn zu seiner MAYFIELD.

Gegen die er sich lehnte, schon wieder Tränen in den Augen.

Er kletterte hinein, machte alles fertig, ließ sich fallen in die Routine, in die automatisierten Handgriffe eines Piloten und hob ab, davon in den von blassblauen Zwillingsmonden und orangefarbenen Meteoritenschauern konturierten Nachthimmel über Laurel, um auf immer eins zu werden mit der unermesslichen Finsternis zwischen den Spiralnebeln.

RÜCKKEHR
ZUM
DUNGEON PLANET

Das weiß blendende Schneetreiben verwischte die Landestelle beinahe bis zur Unsichtbarkeit. Zwar waren zwei sechsrädrige Räumroboter unablässig damit beschäftigt, die Fläche abzufahren und den Schnee herunterzuschieben, aber er wehte zwischen ihren vorprogrammierten Fahrrouten immer wieder auf den Beton, was abstrakte Muster hervorrief, als kämpfe ein dicker weißer Pinsel gegen eine serpentinenförmige Ordnung. Ohnehin war draußen alles so gleißend, dass die vermummte Gestalt ihr Helmvisier schon auf die höchste Abblendleistung hochgeregelt hatte, um überhaupt durchs Bullauge hinunterschauen zu können.

Der Pilot des kleinen Frachters YSTAVYYS knurrte etwas in einer Sprache, die nur aus Umlauten und Konsonanten zu bestehen schien, und versuchte die klägliche Fahnenstange im Blick zu behalten, die sich da unten im Sturm bog. Die Halbtonne des gedrungenen Gebäudes daneben war kaum auszumachen, so zugeschneit war sie, und irgendwie schien der Sturm auch das Peilsignal zu zerreißen. Er musste sein Schiff manuell absetzen. Es ruckelte hin und her, aber die Stabilisierungsdüsen waren stark genug, sodass er mit dicken, aber flinken Fingern die Schwankungen ausgleichen konnte. Sein einziger Passagier – die vermummte Gestalt – hielt sich mit beiden Händen an Schlaufen und Packstücken fest, zusätzlich zum bereits recht fadenscheinigen Anschnallgurt.

Endlich setzte der Frachter auf. Der Pilot wischte sich mit dem behaarten Handrücken den Schweiß von der Stirn, die vermummte Gestalt hinter ihm schnallte sich los, um ihm lobend auf die Schulter zu klopfen. Die beiden verständigten sich kurz, indem sie ihre Handys hochhielten und die Übersetzerprogramme ihre Arbeit machen ließen. Die vermummte Gestalt sollte ruhig schon einmal vorgehen in das tief verschneite Gebäude und dem Piloten jemanden rausschicken, der ihm beim Ausladen behilflich sein konnte.

Die vermummte Gestalt klopfte ihm wieder auf die Schulter und stemmte die Luke nach außen. Der Wind schmetterte die Luke fast wieder zu, aber die Gestalt warf sich dagegen und schaffte es, nach draußen auf die Landefläche zu springen. Die beiden Räumroboter registrierten gerade mit surrenden Insektenfühlerantennen den Umriss des gelandeten Schiffes und berechneten umständlich ihre Räumrouten neu, sodass es keine Kollisionen gab.

Der Sturm heulte wie ein verwundetes Tier und warf zerfranste, klebrige Schneeflocken gegen die mit Raumhelm, Schal und mehreren Pelzüberwürfen vermummte Gestalt. Der Schnee auf Mesarthim III enthielt Methan-Anteile und unterschied sich deutlich von reinem Wasserschnee. Die vermummte Gestalt wunderte sich darüber, dass trotz eines solchen Sturmes diese gleißende Helligkeit möglich war, aber wahrscheinlich lag das daran, dass Mesarthim ein Doppelsonnen-System war und die Wolken kaum Schatten warfen, sondern transparent waren wie Milchglas.

Die hundert Meter bis zum Gebäude waren eine große Strapaze. Jemand hatte zwar daran gedacht, die Landefläche schneezuräumen, dabei aber den Weg zum Gebäude offenbar vergessen. Oder vielleicht agierten die Räumroboter selbstständig und kümmerten sich ausschließlich um das Betonquadrat. Immerhin kam aus den beiden Schornsteinen des Halbtonnengebäudes Qualm, andernfalls hätte man es für verlassen halten können. Die vermummte Gestalt kämpfte sich durch hüfthohen Neuschnee voran wie durch Schlick und erreichte schließlich die Eingangsluke völlig außer Atem, Kondenswolken durch den Schal dampfend wie Rauch.

Der Wind zerrte an ihr, sie verschnaufte noch kurz, dann betätigte sie das Türtastenfeld, das einheimische Raubtiere wie die in Rudeln jagenden Eispanther fernhalten sollte, und schlüpfte in die bullerig warme Schleuse. Sofort beschlugen sämtliche glatten Flächen ihrer Kleidung, auch das Visier ihres Raumhelms. Die Gestalt behielt ihn trotzdem noch auf, bis sie wusste, wer sich im Inneren der Halle aufhielt.

Ein aus zwei schlierigen Segmenten bestehender Plastikvorhang trennte die Wärmeschleuse vom Innenraum, die vermummte Gestalt musste sich zwischen den beiden steifen Folien regelrecht hindurchzwängen. Dahinter war es brüllend warm und verräuchert. Drei Öfen glühten geradezu. Rechter Hand eine lange Theke für den Alkoholausschank und sämtliche Verkaufstransaktionen. Linker Hand bis unter die bogenförmige Decke gestapelte Waren. Der Innenraum war viel größer, als die Halbtonnenkonstruktion von außen vermuten ließ, weil er über ein paar Stufen hinabführte in einen Bereich, in dem sich Schankraum, Baderäume und sogar Gästezimmer befanden. Wie in den meisten Handelsstationen herrschte bei solchem Wetter ordentlich Betrieb. Herumtreiber waren ins Warme geflüchtet, Reisende ebenfalls, sogar Familien, die bei einem solchen Sturm um die Beständigkeit ihrer eigenen vier Wände fürchteten, waren auf Schneemobilen oder langfelligen Jättirindern vorsorglich hierhergeritten.

Ein Einheimischer – leicht zu erkennen an seiner dichten, fast pelzigen Gesichtsbehaarung mit Augenbrauen, die beinahe die Augen überwucherten – kam sofort auf die vermummte Gestalt zu und fragte in gebrochenem Englisch – der Universalsprache des von Menschen besiedelten Weltraums –, wie er behilflich sein könne. Die vermummte Gestalt zückte wieder ihr Handy, und es entstand ein gedolmetschter Dialog, in dessen Verlauf sich die Holoprojektion eines dunklen Gesichts über der Handfläche des Neuankömmlings drehte. Der Einheimische nickte und deutete auf den Schankraum. Die Gestalt erklärte nun, dass der Pilot draußen Hilfe beim Ausladen bräuchte, der Einheimische nickte, beide klopften sich freundlich auf die Schultern, dann rief der Einheimische zwei weitere herbei, die sich vor dem Rausgehen erst in dicke Mäntel hüllten, während die Gestalt das Tonnengewölbe in Richtung Schankraum durchquerte und dabei in der Hitze Lage um Lage ihrer Kleidungsüberwürfe auszog und sie sich über den angewinkelten linken Unterarm legte.

Je weiter die Gestalt in den Hinterbereich und dann über die Stufen auch in den Untergrund des Gewölbes vordrang, desto felliger wurde alles. Felle an den Wänden, als Teppiche, sogar Tische sahen aus wie mit Haaren überwuchert. Hier unten waren etwa zwanzig Personen versammelt, Männer, Frauen, mehrere Kinder mit buschigen Augenbrauen. Man schüttete alkoholische oder nicht-alkoholische Heißgetränke in sich hinein, tratschte und lachte, spielte Karten und Knochenwürfel, beschäftigte sich mit seinen Handys, blätterte durch Spacemails, wärmte die Füße am Ofen, bis die durchfeuchteten Socken anfingen zu dampfen.

Alle betrachteten die neu angekommene Gestalt mit dem Raumhelm und wandten sich dann wieder ihren eigenen Angelegenheiten zu. Eine sehr dicke Kellnerin nahm schnaufend Bestellungen auf. Ein Kind rannte einem davonflitzenden Robotkreisel hinterher und umschiffte den Neuankömmling. Man konnte nicht genau erkennen, wohin die Gestalt mit dem Raumhelm blickte, aber sie blieb nur kurz stehen, ging dann auf einen Tisch im Hintergrund des Raumes zu, an dem nur ein einziger Mann saß und zu dösen schien. Die Haut dieses Mannes war genauso dunkel wie das Holz der Tische, er hatte sich gegenüber seinem letzten Foto verändert, trug nun lange, grau melierte Dreadlocks und einen Vollbart, in dem ebenfalls einige silberne Haare wie kunstvoll eingeflochten wirkten.

Die Gestalt nahm den Raumhelm ab und stellte diesen auf den Tisch. Dann setzte sie sich dem Dösenden gegenüber.

»Wie nennt man einen Schwarzen, der sich auf einem schneefarbenen Planeten versteckt?«

Der Dösende öffnete die Augen nicht, brummte nur: »Jetzt bitte keine Witze über blinde schwarze Musiker.«

»Ich kenne keine blinden schwarzen Musiker. Ich wollte sagen: *Unentschlossen*. Hallo, Jephron. Lange nicht gesehen.«

Langsam öffnete Jephron die Augen.

Ihm gegenüber saß eine junge Frau, deren Kinn von einem Winterschal verdeckt war. Jetzt nestelte sie auch das Kinn frei, und mit einem Mal war er hellwach, denn er erschrak bis ins Mark, er fuhr regelrecht zusammen.

Das war Bjanje!

Nein, nicht Bjanje. Eine verbesserte, verfremdete Version von Bjanje. Wie bei diesen Schönheitsoperationen, die immer noch so irrsinnig in Mode waren.

Aber das konnte doch gar nicht sein! Bjanje war tot. Nur in seinen Gedanken lebte sie noch, an fast allen Tagen.

Das war nicht Bjanje.

»Syonje«, stellte er fest. Groß war sie geworden, groß und schön. Syonje, vor der er hauptsächlich Reißaus genommen hatte. Er räusperte sich, suchte nach seinem Getränk, entdeckte es, hielt sich daran fest. »Wie hast du mich gefunden?«

»Leicht war es nicht. Es hat mich fast ein Jahr gekostet.«

»Hör mal, falls es um das Geld geht … das habe ich nicht angerührt. Du kannst es wiederhaben, wenn du es brauchst.«

»Was? Warum das denn? Ich habe es dir überwiesen, weil du es dir verdient hast. Wir hatten das vorher so abgemacht: 100 000 Credits, falls Bjanje stirbt und du ohne sie zurückkehrst.«

»Daran kann ich mich gar nicht mehr erinnern. Ich weiß nicht, wie ernst ich das gemeint habe, und du warst noch ein Kind …«

»Ich kann mich gut daran erinnern. Es war uns allen ernst. Und es war ein fairer Deal, immerhin haben wir dich überredet, überhaupt noch einmal mitzumachen.«

»Es tut mir leid, Syonje.«

»Dass du abgehauen bist, ohne mit mir gemeinsam um Bjanje zu weinen? Das sollte dir auch leidtun, denn das war der einzige Fehler, den du gemacht hast. Ich war ganz schön wütend auf dich deswegen. Alles andere trägt dir niemand nach, alle konnten sehen, was passiert ist und dass du keine Schuld trugst daran.«

»Ich … konnte das alles nicht mehr. Sie haben mich interviewt, während ich … während ich …«

»Ich weiß. Das war alles zu sehen.«

»Und ich wusste nicht … wie ich dir … was ich sagen, wie ich dir in die Augen sehen sollte.«

»Sieh mir jetzt in die Augen. Na bitte, es geht doch.«

»Ja, weil es … her ist. Eine Weile.«

»Fünf Jahre, Jephron. Ist dir eigentlich klar, dass fünf Jahre vergangen sind?«

»Ich war ja nicht … im Delirium oder so was.«

»Aber wo *warst* du? Ich habe schließlich deinen besten Freund aufgetrieben, Choi Baumgart, und deine Auftraggeberin, Violaine, auf deinem Heimatplaneten. Keiner von beiden hatte die geringste Ahnung, wo du dich verkrochen hast. Weißt du eigentlich, dass es Violaine überhaupt nicht gut geht? Sie ist sehr alt, vielleicht wird sie nicht mehr gesund. Sie würde dich bestimmt gerne noch einmal sehen.«

Jephron spürte Betroffenheit. Die gesamte Situation missfiel ihm. Er fühlte sich ertappt und aufgestöbert wie ein Schuljunge, der etwas ausgefressen hatte. Dabei wollte er doch einfach nur seine Ruhe haben. Dennoch sagte er trotzig: »Sie ist bestimmt nicht meinetwegen krank. Außerdem habe ich sie überhaupt noch nie persönlich getroffen. Wir sind reine Geschäftsfreunde.«

»Am Bildschirm würde ja schon genügen. Diese Menschen machen sich Sorgen um dich. Ich habe mir auch Sorgen um dich gemacht.«

Jephron schwieg. Er bekam das Bild einer schwächlich verröchelnden Violaine nicht mehr aus dem Kopf. Es vermischte sich mit den Bildern der in seinen Armen sterbenden Bjanje zu einem weiteren Grund dafür, warum das Universum ein grausamer, trostloser Ort war, dem man sich so weit wie möglich entziehen musste. Etwas stupste gegen seinen Fuß. Er blickte nach unten. Es war der Robotkreisel des tobenden Jungen.

Syonje seufzte. Die dicke Kellnerin kam gerade vorüber, und Syonje bestellte sich einen Mesarthim-Grog. Jephron hielt sich immer noch an seinem Tannenhonigbierkrug fest. »Jedenfalls habe ich es den beiden zu verdanken, dass ich dich überhaupt gefunden habe. Violaine wusste nicht, wo du stecken könntest, aber sie verwies mich an Choi Baumgart. Und Baumgart hatte zwei Ideen: einen idyllischen Planeten namens Lukida Anseris Prime und diese Eishölle namens Mesarthim III. Selbstverständlich bin ich erst nach Lukida Anseris Prime aufgebrochen. Und stell dir mein Entsetzen vor, als ich dort die MAYFIELD fand. Verkauft.«

Jephron lachte auf. »Heißt sie denn immer noch MAYFIELD?«

»Klar. Der Besitzer hütet sie wie einen Schatz. *Hat Jephron Girant gehört*, erzählt er jedem. *DEM Jephron Girant.*«

Jephron verzog das Gesicht. Er versuchte, den Robotkreisel wegzukicken, bekam ihn aber nicht an Syonjes Stuhlbein vorbeibugsiert. Mittlerweile hatte der kleine Junge sein ihm entwischtes Spielzeug entdeckt und kam nun ebenfalls unter ihren Tisch gekrabbelt. Seine Mutter rief etwas in ihrer Sprache, wahrscheinlich, dass er die anderen Gäste nicht stören solle. Sie lächelte entschuldigend. Jephron gab ihr ein Handzeichen, dass alles in Ordnung sei. »Warum hast du sie verkauft?«, hakte Syonje nach.

Jephron atmete tief durch. »Ich hatte keine Lust mehr herumzufliegen. Einmal bin ich in einen Sektor gekommen, in dem das Licht ganz rot war. Das hat mich an den Dungeon erinnert. Ich wollte nicht mehr. Ich wollte auch nicht mehr Aufträge an Land ziehen müssen.«

»Brauchtest du doch nicht. Du hattest 100 000 Credits von mir bekommen.«

»Die habe ich nicht angetastet. Ich wollte eigenes Geld. Ich habe 200 000 für die MAYFIELD gekriegt, das ist mehr, als ich neu für sie bezahlt habe.«

»Das hast du deiner Berühmtheit zu verdanken.«

Jephron lachte bitter auf. »Jaha. Meiner Berühmtheit als Versager.«

»Zweimalige Survivor sind keine Versager, das weißt du ganz genau, Jephron. Jedenfalls fand ich auf diesem paradiesischen Planeten zwar dein Schiff, aber nicht dich. Dich finde ich hier. Warum hier, von allen Planeten, die es gibt? Warum hat Baumgart mir diesen Planeten nennen können?«

»Ich bin hier mal beinahe verreckt, im Orbit. Die IPF hat mich damals geborgen, Choi hatte sie verständigt. Alle Systeme der MAYFIELD waren ausgefallen. Eine Art elektromagnetischer Feldimpuls hatte alles lahmgelegt. Ich war am Ersticken und Erfrieren. Konnte die ganze Zeit auf den Planeten herabsehen. Wolken und Helligkeit. Stürme von oben können sehr hübsch aussehen. Aber ich bin nie *auf* diesem Planeten gewesen. Das wollte ich mal nachholen.«

»Und jetzt bist du schon seit zwei Jahren hier.«

»Ja. Mehr als zwei Jahre. Geld hält hier lange vor, der Planet ist rau und unwirtlich, also billig. Die meisten Menschen wollen doch irgendwo leben, wo es schön ist, oder?«

»Wahrscheinlich.« Die Kellnerin brachte Syonje den Grog, und sie trank beidhändig. Der Junge krabbelte jetzt mit seinem Spielzeug unter den benachbarten Tisch. »Hey, ich bin inzwischen ganz schön herumgekommen. Ich habe zum ersten Mal die alte Erde besucht. Wusstest du, dass mitten in Neuropa, in einem Stadtgebilde namens Neuberlin, ein Raumhafen steht, den die Bewohner BER nennen, das steht für **B**AUSTELLE **E**WIGKEIT **R**AUMHAFEN? Weil dort angeblich seit geschlagenen eintausend Jahren gewerkelt wird und nichts richtig fertig ist?«

»Vor eintausend Jahren gab es doch noch gar keine Raumfahrt.«

»Aber da haben die mit dem Bau schon angefangen! Die sind total visionär gewesen und gleichzeitig in technischer und planerischer Hinsicht vollkommen verpeilt. Oder ich habe das missverstanden, und ursprünglich sollte das Ding nur ein altmodischer Flugzeughafen werden, und die haben dann einfach bis heute daran weitergebaut. Aber egal. Die bauen da immer noch, und dauernd sind irgendwelche Brandschutzanlagen völlig unzureichend.«

Sie mussten beide lachen. Für Raumreisende gab es kaum etwas Verbindenderes als Anekdoten über technische Mängel. »Aber verstehst du, was ich damit sagen will? So sind die Menschen! So mangelhaft sind die auf dem Planeten, von dem wir alle kommen! Wenn es an allen Ecken und Enden auseinanderbricht, zimmern und schrauben sie einfach daran herum, bis die Lecks irgendwie abgedichtet sind. Ich habe viel nachgedacht, Jephron. Auch über *Dungeoncrawler*.«

Der verhasste Name schnitt wie eine Klinge in ihn ein. Er verzog wieder das Gesicht. Syonje legte ihre Hand auf seinen Unterarm. »Hör mir zu: Man macht es sich zu einfach, wenn man sagt, das sind die Bösen. Wir sind doch die, die zuschauen! Wir sind die, die sich darum reißen, sogar teilzunehmen! Ohne uns gäbe es das Ganze gar nicht. Wir sind zwanzig Milliarden, heute wie vor fünf Jahren. Die Zuschauerzahlen bleiben konstant, egal, wer stirbt oder lebt. Aber dies ist keine Konstruktion der Bosheit und der Menschenverachtung. Sondern das ist das, was wir uns ausgesucht haben. Wovon wir träumen.

Weil es genau das ist, was unser eigentlichstes Wesen widerspiegelt. Wir können überall hin, aber wir ziehen es vor, in stinkenden Tunneln zu verrecken, getötet von Ungeheuern, die wir selbst erst in diese Tunnel verschleppt haben. Oder die wir eigens für diesen Zweck züchten, was jetzt immer mehr ans Tageslicht kommt, du hast das ja sicherlich mitbekommen.«

Es hatte da »Enthüllungen« gegeben. Aber diese »Enthüllungen« hatten schon nach wenigen Wochen die Menschen weniger interessiert als ein Pickel am Hintern eines ihrer liebsten Immersionsfilm-Stars.

»Ich gehöre nicht mehr zu diesen zwanzig Milliarden«, sagte er matt. »Ich habe es nicht mehr geschaut seitdem.«

»Wirklich nicht?«

»Wirklich nicht.«

Jephron versuchte, ihrem dringlichen Blick auszuweichen, doch Syonje nagelte ihn regelrecht fest mit ihren Augen. »Weil du es für alles verantwortlich machst. Für Bjanjes Tod. Und dann letzten Endes auch für dein Stranden hier in dieser Schneekugel. Aber *Dungeoncrawler* ist kein abscheulicher Feind, und die Leute, die es produzieren, sind kein bisschen gerissener oder gewissenloser als irgendwelche Händler, die ebenfalls das Risiko eingehen, dass in ihren Raumschiffen jemand zu Tode kommt. *Dungeoncrawler* ist wie das Leben selbst: hässlich, unberechenbar, aber reizvoll dadurch, dass es in bestimmten Bahnen verläuft, Wiedererkennungswerte und Vergleichsmöglichkeiten schafft. Wie jede andere Sportart ebenfalls. Es hat keinen Sinn, sich dagegenzustellen, dagegen zu kämpfen, es zu sabotieren, es zu ignorieren. Wie das Leben selbst muss man es annehmen und das Beste draus machen. Jeder findet seinen eigenen Sinn im Leben. Und jeder findet seinen eigenen Sinn in *Dungeoncrawler*.«

Jephron schwieg so lange, dass Syonje sich gar nicht sicher war, ob er ihr überhaupt zugehört hatte. Dann sagte er: »Syonje, ehrlich: Ich habe nicht die geringste Lust, über *Dungeoncraw-*

ler zu reden oder nachzudenken. Ich finde, diese jämmerliche Show hat sich schon breit genug gemacht in meinem Leben.«

Syonje schaute ihn kurz ernst an, dann nickte sie und sagte: »Du hast recht. Lass uns austrinken und aufbrechen. Ich übernehme die Rechnung.«

»Aufbrechen? Wohin denn aufbrechen?«

»Zu Violaine natürlich! Willst du sie denn wirklich nie getroffen haben?«

»Aber … aber … wo ist Violaine denn? Doch auf Tonatiuh IV, oder etwa nicht?«

»Das nehme ich doch an.«

»Aber das ist Hunderte von Lichtjahren von hier entfernt!«

Syonje lachte und erhob sich dabei. »Hey, die Menschheit hat so etwas wie Überlichtraumfahrt erfunden, schon vergessen? Draußen wartet ein Händler auf mich, der bringt uns zur Hauptstadt. Von dort aus nehmen wir uns ein Raumtaxi. Ich habe Geld, das Cilings-Vermögen war bei mir stets in guten Händen.«

Jephron blieb wie angekettet sitzen.

Seit zwei Jahren war er nun schon auf diesem Planeten des ewigen Winters. Wohnte überwiegend in Handelsstationen wie dieser. Hatte schließlich noch das Geld aus dem Verkauf der MAYFIELD und musste sich deshalb nicht um Jobs bemühen. Hatte dennoch versucht, das Eisfischen beigebracht zu bekommen. Bis ihm die niedlichen Robben leidtaten, die die Fischer an Drahthaken aus den Eislöchern zerrten.

Er hatte sich an einer Jagd nach einem Tier beteiligt, das die Einheimischen »Wollmammut« nannten, das aber eher eine fellige, fünfbeinige Riesenspinne mit Stoßzähnen war. Bis er auch daran das Interesse verloren hatte. Das Geschrei und Geschnaufe der angegriffenen Jäger hatte ihn zu sehr an die Dungeons von Laurel erinnert.

Er hatte sich daran versucht, Mäntel aus Pelzen zu nähen. Aber das war ihm schnell langweilig geworden.

Ein schlaksiger Enthusiast hatte ihm vorgeschlagen, einen SpaceNet-Report über seine *Dungeoncrawler*-Erlebnisse zu verfassen. Aber schon nach zwei Absätzen hatten sich ihm die Finger über der Tastatur gesträubt. Nächtelang hatte er danach Albträume gehabt, sah Bjanje Cilings von unsichtbaren Kräften in der Luft zerschmettert werden, während er selbst danebensaß und mit einem Bericht darüber Geld verdiente.

Seit zwei Monaten tat er gar nichts mehr und setzte langsam Fett an. Jeden Tag, wenn er an einem Schildspiegel vorüberkam, fand er sich grauer.

Er würde hier sitzen bleiben, bis er gestorben war, wenn er die Hand, die Syonje Cilings ihm jetzt durch die halbe Galaxis reichte, nicht ergriff, um sich von ihr hochziehen zu lassen.

Was schadete es denn?

Solange es nicht um *Dungeoncrawler* ging, sondern wirklich nur um Violaine.

Er stand auf und ging seine Siebensachen packen. Viel war es ohnehin nicht. Das meiste davon brauchte man nur gegen Kälte.

Sie flogen – im immer noch tosenden Sturm – mit dem Händler nach Eanodat, der Hauptstadt des besiedelten Kontinents. Überall dort sah man Flaggen mit Moorschneehühnerwappen, obwohl es auf diesem Planeten überhaupt keine Moorschneehühner gab. Ein Aussetzen irdischer Exemplare hatte nur dazu geführt, dass diese von einheimischen Wolfswesen vertilgt worden waren. Jephron konnte Syonje mit vielen solcher Anekdoten dienen. Sie fragte sich nur, wie man es überhaupt so lange auf einem dermaßen unwirtlichen Planeten aushalten konnte.

Auf dem überschaubaren, geflissentlich schneegeräumten Raumhafen gelang es ihr, ein Raumtaxi zu chartern. Es gab zwar keine Möglichkeit, von hier aus direkt bis nach Tonatiuh zu fliegen, aber mit einmal Umsteigen an den Rändern des Sternbilds Camelopardalis sollte es gehen.

Sie hatten eine Mitreisende auf diesem sechstägigen Flug, eine streng dreinblickende Regierungsangestellte, die ihren Aktenkoffer stets umklammert hielt, als interessierte sich außer ihr jemand für dessen Inhalt.

Eingangs Camelopardalis stieg die Regierungsfrau in einen bauchigen Regierungskreuzer um, während Jephron und Syonje zwei Tage in der schwerelosen Taxistation verbrachten, weil das erste Taxi, das man ihnen anbot, unerträglich nach Erbrochenem roch und das zweite zwei Tage Verspätung hatte. Jephron wurde deutlich vor Augen geführt, welche Vorteile es hatte, ein eigenes Raumschiff zu besitzen.

»Warum eigentlich Lukida Anseris Prime?«, fragte ihn Syonje.

»Äh, was?«

»Warum eigentlich Lukida Anseris Prime? Warum hast du ausgerechnet dort die MAYFIELD verkauft?«

»Ach so. Na ja, ich habe dort … Urlaub gemacht.«

»Ja, es sah sehr schön aus.«

»Ja.« Jephron verfiel erst in Schweigen, dann rückte er aber doch damit heraus. »Ich habe dort etwas gesucht. Erinnerungen, eigentlich. Wahrscheinlich habe ich dort die schönste Zeit meines Lebens verbracht. Aber letzten Endes … war davon nichts mehr zu sehen. Die immer gleichen Wellen, ja. Die Wasserfälle und Inseln. Aber das, was ich gesucht habe, ist lange fort. Und plötzlich sah ich keinen Sinn mehr darin, herumzufliegen und etwas zu suchen, von dem ich doch weiß, dass es längst nicht mehr da ist.«

»Hey, das klingt wie eine Suche nach der verlorenen Zeit.«

Jephron konnte diese Anspielung nicht verstehen, er kannte sich in altertümlicher Literatur weit weniger aus als in tausend Jahre alter Musik und Filmen. Er missverstand Syonje also.

»Du meinst, dass ich meiner Jugend nachtrauerte? Nein, mit Jugend hatte das alles nichts zu tun.«

Das Taxi brachte sie schließlich nach Tonatiuh IV. Jephrons Heimatplaneten. Er konnte nicht anders: Wenn er nun schon einmal hier war, musste er seine Schwester Kiira besuchen. Er nahm Syonje mit, stellte sie wiederum als die Schwester von Bjanje vor. Dank *Dungeoncrawler* wusste jedermann Bescheid.

Syonje suchte bei Jephron und seiner Schwester nach Ähnlichkeiten, nach Gemeinsamkeiten und fand keine. Selbst ihre Hautfarben waren unterschiedlich, Jephron war deutlich dunkler als Kiira. Kiira hatte ihren Planeten noch niemals verlassen. Vom Weltraum hielt sie überhaupt nichts. Sie hatte einen dunkelhäutigen Ehemann namens Ronialth und leitete mit diesem zusammen eine Rückzüchtungsblumenfarm. Überall in ihrem Haus dufteten Blüten in Ziervasen.

»Du solltest Mama und Papa besuchen«, sagte Kiira zu Jephron. »Die würden sich sehr freuen.«

»Quatsch«, schnaubte Jephron nur.

Zum Abschied drückten sie sich jedoch und hielten sich länger fest, als Syonje erwartet hätte.

Violaine lebte auf der anderen Halbkugel von Tonatiuh IV, einer Welt, die überwiegend aus Maisfeldern und Hühnerfarmen zu bestehen schien. An den zerklüfteten Küsten verwalteten langgliedrige Drohnen Hummerkörbe voller weißlicher Exemplare. Ein trauriges Geschäft.

Violaine – die gar keinen Nachnamen hatte, aber jeder im Ort kannte sie – wohnte in einem luxuriösen Steilklippen-Anwesen, das ein wenig ungepflegt wirkte. Im Pool trieb nicht nur Laub, sondern wucherten sogar Algen. Die Fenster waren kaum noch als blickdurchlässig zu bezeichnen.

Ein junger Lover namens Edgar, der nichts trug außer einer rot gepunkteten Unterhose und grün gestreiften Socken, öffnete, als Jephron und Syonje klingelten. Er führte die beiden in Violaines Schlafzimmer und war dabei redselig erfreut über den Besuch. »Wir sind eigentlich zu zweit, die uns um sie kümmern, Junji und ich, aber Junji verdrückt sich in letzter Zeit meistens in die Stadt, um sich zu amüsieren, er sagt, er hält es hier nicht mehr aus, es bedrückt ihn alles so.«

Violaine lag auf einem riesigen Bett mit schwarzer, abwaschbarer Matratze. Ohne ihre schockrote Perücke sah sie schrecklich kahl und alt und eingefallen aus. Allerdings trug sie Reizwäsche aus gelbem Gummi, ohne dergleichen fühlte sie sich wohl einfach nicht wohl in ihrer Haut.

Violaines Geist war noch hellwach, lediglich ihr Körper machte nicht mehr mit. Dennoch erkannte sie Jephron kaum wieder. »Was hast du mit deinen Haaren gemacht, Junge? Und dieser Bart? Scheußlich!«

»Nun ja.«

»Du siehst zehn Jahre älter aus, als du bist, Jeph! Wenn man grau wird, dann färbt man entweder oder man rasiert sich eine schmucke Glatze. Aber man gibt doch nicht den Rastaman! Außerdem stammen deine Vorfahren gar nicht aus Jamaika. Das passt alles wirklich nicht zusammen.«

»Ich freue mich, dass du noch zetern kannst. Dir scheint es also gar nicht allzu schlecht zu gehen.«

»Ach, es ist furchtbar. Kannst du dir das vorstellen? Sex macht mir kaum noch Spaß. Je heftiger, desto mehr schmerzen mich die Knochen und Gelenke. Es ist, als hätte jemand die Farben aus meinem Leben rausgewaschen.«

»Was sagen die Ärzte?«

»Diese Pfuscher! Das Alter, sagen sie. Alles ganz normal. Die begreifen gar nicht, dass man genau so alt ist, wie man sich fühlt. Nur dass ich mich jetzt schon seit über einem Jahr nicht mehr so richtig jung fühle. Reichst du mir die Tabletten, Honigmund? Danke. Wer ist denn deine hübsche Gesellschaft?« Violaine knabberte Tabletten wie Bonbons und spähte neugierig nach Syonje.

»Das ist Syonje. Ich war mit ihrer Schwester in den Dungeons. Vor fünf Jahren.«

»Ach jaaaa.« Violaine schien sich nur sehr vage zu erinnern. Sie hatte Jephrons Faszination für *Dungeoncrawler* noch nie geteilt und auch nie so richtig nachempfinden können.

Vielleicht machte es ihm deshalb so viel Spaß, nun mit ihr zu plaudern. Sie erzählte von ihrer Malaise, von Edgar und Junji und deren amüsanten Marotten, von früheren Liebhabern, die er alle nicht kannte. Er erzählte von Mesarthim III und den verschiedenfarbigen Eisschichten dort.

»Das ist verrückt«, bilanzierte sie. »Du bist dort fast einmal gestorben, und dann bleibst du dort für Jahre.«

»Na ja. Ich bin fast gestorben, ohne den Planeten selbst je betreten zu haben. Das hat mich nicht losgelassen. Es fühlte sich an, als hätte ich etwas Entscheidendes versäumt. Oder als hätte ich eine Bindung zu etwas völlig Fremden.«

»Ja. Fast so, wie hier zu liegen und nicht weg zu können, aber keine Lust darauf zu haben, hier zu liegen.«

»Ja, vielleicht fast so.«

Dann erzählten sie, dass er die MAYFIELD verkauft hatte. Violaine hingen Tränen an den mehrfach fachmännisch gelifteten Augenlidern. »Wie konntest du das tun? So was darf man einfach nicht machen! Jetzt kann ich dich ja gar nicht mehr umherscheuchen und dich Vogelscheiße transportieren lassen.«

Sie lachten beide, gerührt und das überspielend. Syonje bereitete inzwischen mit dem ebenfalls schwatzhaften Edgar etwas Kräftigendes zu essen zu.

Dann aßen sie zu viert, um Violaines Bett herumdrapiert, denn sie war zu schwach, um sich zu erheben. Bei jeder ihrer Bewegungen quietschte ihr Gummislip auf dem Latexüberzug.

Sie kostete von allem ein wenig, war aber jedes Mal enttäuscht, weil sie nichts mehr schmeckte. Jephron langte tüchtig zu. Zum ersten Mal seit Tagen kein Raumschifffraß oder Taxi-Stations-Plastikfolien-Food.

Syonje musste von Castelbouc erzählen, ihrem Heimatplaneten.

»Fliegt ihr da hin?«, erkundigte sich Violaine. »Das müsst ihr unbedingt machen! Jeph, sie hat jetzt mit dir deinen Planeten besucht, nun musst du dir auch ihren anschauen. Das ist romantisch!«

Syonje und Jephron lächelten sich kurz verlegen an und sahen dann wieder Violaine an. Jephron ging es mit Syonje wie damals mit Bjanje, nur sogar noch schlimmer. Sie war jünger als Bjanje damals, nämlich erst achtzehn statt Bjanjes zwanzig, und er selbst war fünf Jahre älter geworden. Er fühlte sich, als könnte er nicht nur Syonjes Vater, sondern sogar ihr Großvater sein. Obwohl das rechnerisch wohl nicht so ganz hinhaute, sie waren »nur« 25 Jahre auseinander. Aber jedenfalls fühlte er wieder diese merkwürdige Verantwortung. Diese Vertrautheit. Wahrscheinlich, weil er ein wichtiger Teil der letzten Tage ihrer Schwester gewesen war. Und weil seine Angeberpose vor 21 Jahren nach seinem mehr als glücklichen Sieg über einen Krötenaffen schuld daran war, dass die Cilings-Schwestern sich überhaupt für *Dungeoncrawler* begeistert hatten und dass es jetzt keine Cilings-Schwester*n* mehr gab.

Violaine klatschte in die Hände, eine Bewegung, die dynamisch gemeint war, aber langsam und mitleiderregend wirkte. »Wisst ihr, was wir machen? Das ist großartig, das löst alles auf einmal! Ich leihe euch meine MISBEHAVE! Dann weiß ich, was aus meinem kleinen flotten Lustkreuzer wird, und ihr habt ein Schiff, mit dem ihr euch das All anschauen könnt.«

»Aber du wirst sie doch bald wieder brauchen.«

»Dann fordere ich sie eben energischst zurück. Aber ich liege hier schon ein Jahr in meinem Saft, wer weiß, ob es nicht noch einmal so lange dauert. Oder zumindest noch ein paar Monate. Solange bewegt ihr mein Schiffchen, dann setzt es keinen Rost an. Du kannst die doch fliegen, oder, Jeph?«

»Nach einer kleinen Eingewöhnungszeit würde ich mich sicherlich zurechtfinden.«

»Perfekt! Perfekt, ihr lieben Kinder! So machen wir es! Rioght!«

»Rioght!«, bestätigte Jephron und dachte noch gar nicht, dass es Violaine damit ernst war.

Aber es war ihr ernst.

Jephron und Syonje übernachteten in zwei getrennten, mit teilweise hoch technisiertem Sexspielzeug vollgestopften Gästezimmern, und am nächsten Morgen war Violaine nicht nur weiterhin fest entschlossen, die MISBEHAVE zu verleihen, sondern sie hatte sogar schon dementsprechende Papiere aufgesetzt, die Edgar ihr mitsamt ihrer signalroten Perücke angereicht hatte. Damit alles seine Richtigkeit hatte.

Jephron nahm die uralte Dame zum Abschied behutsam in den Arm. Wie ein Bündel morscher Äste, umwickelt mit Gummibändern, fühlte sich das an. Violaine zwickte ihn frech zwischen die Beine.

Sie mochte keine melodramatischen Abschiedsszenen und scheuchte die beiden dann hinaus. Edgar winkte ihnen noch lange traurig hinterher, durch Fensterscheiben, denen die Möwen respektlos mitgespielt hatten.

Die MISBEHAVE stand neben nur drei weiteren Schiffen auf dem salzwindigen Raumfeld und wäre auch auf einem Hochbetriebshafen kaum zu übersehen gewesen: Grellrot wie Violaines Perücke, schamlos phallusförmig mit einer leichten Aufwärtskrümmung und mit Bullaugen, die wie Noppen aussahen.

»Das ist *zu* peinlich«, stellte Jephron fest.

Syonje bekam sich vor Lachen kaum noch ein. »Man kann immerhin nicht behaupten, dass der Name irreführend ist. Ich kann kaum erwarten, wie es *drinnen* aussieht.«

Drinnen gab es einen Schwerelosigkeitswhirlpool, einen Raum, dessen Wände und Decke allesamt Satinbett waren, eine Kollektion exotischplanetarer Dildos von teilweise exorbitanter Größe sowie schwarz umrahmte Spiegel und vergoldete Monitore. Wäre sie geräumiger gewesen, hätte man die MISBEHAVE für ein flugfähiges Bordell halten können, aber sie bot eigentlich nur Platz für zwei bis drei Personen: Pilotin Violaine plus bis zu zwei kaum dem Knabenalter entwachsenen Gespielen.

»Das wird immer peinlicher. Das können wir nicht machen.«

»Was denn? Ist doch großartig! Du steuerst, und ich whirlpoole und vergnüge mich.«

Jephron fragte sich, ob es überhaupt eine Möglichkeit gab, getrennt zu schlafen. Wenn er die meiste Zeit im Cockpit verbrachte, dann vielleicht. Aber sogar das Wort »Cockpit« kam ihm in diesem Schiff extrem anzüglich vor.

Er programmierte die Daten nach Castelbouc. Alrischa-System.

Zehn Tage Reise, davon nur zwei in einem Korridor.

»Zehn Tage«, sagte er zu Syonje.

»Ich will. Du nicht?«

Aufwärts gekrümmt hoben sie ab.

Syonje erlöste ihn am zweiten Tag von seiner Müdigkeit und übernahm selbst die Steuerung. Er hatte gar nicht gewusst, dass sie fliegen konnte, aber sie erzählte ihm, dass sie das schon mit vierzehn gelernt hatte. »Ein Jahr lang war ich geschockt von Bjanjes Tod. Dann habe ich, ehrlich gesagt, begonnen, nach dir zu suchen. Lange Zeit ergebnislos, wie du weißt. Aber es war praktisch, dabei fliegen zu lernen.«

»Hattest du denn ein eigenes Schiff?«

»Nein. Aber ich hatte eine Zeit lang einen Freund, der mich in seinem Einmannsegler mitnahm. Den habe ich dann ablösen gelernt, so wie dich jetzt.«

»Wo ist dein Freund abgeblieben?«

»Irgendwann fing er an, mich wie sein Eigentum zu behandeln. Als wären wir verheiratet. Das ging mir so auf die Nerven, dass wir uns nur noch gestritten haben. Auf einem Planeten mit Dünen aus Glassand bin ich dann ohne ihn weiter mit einem Linienkreuzer.«

»Hat er nie versucht, dich zurückzugewinnen?«

»Er war wahrscheinlich genauso froh wie ich, dass die Streiterei vorüber war. Apropos Bekanntschaften: Ich frage mich wirklich, wie du Violaine kennengelernt hast.«

»Übers Netz. Wir kannten uns bislang ja nur übers Netz. Sie war … ist eine wirklich gute Auftragskoordinatorin. Wie die MISBEHAVE eigentlich aussieht, wusste ich überhaupt nicht. Damit können wir unmöglich auf Castelbouc landen, oder?«

»Warum denn nicht? In den dreihundert Jahren seit seiner Besiedelung hat man auch dort schon ganz anderes gesehen.«

Die zehn Tage vergingen angenehm. Syonje machte sich einen Spaß daraus, Jephron mit erotischem Spielzeug zu necken, aber sie hörte stets damit auf, wenn es ihm zu viel wurde oder er sich gerade wirklich aufs Manövrieren konzentrieren musste.

Dann kam Castelbouc in Sicht, ein Planet, der blau leuchtete wie die alte, allen Menschen aus nostalgischen Filmen und Fotos vertraute Erde, nur mit schmaleren und gleichmäßiger verteilten Landmassen.

Syonje war es selbst, die landete, auf dem Hafen, der ihrem Heimatort Aubrac am nächsten lag. Vom Raumhafen aus nahmen sie einen altmodischen Pferdebus dorthin. In dieser Gegend zumindest schien man nicht viel von Antigravgleitern zu halten, obwohl die Strecke so uneben war, dass sogar die Stoßdämpfer des Busses bis zur Belastungsgrenze krachten.

Aubrac entpuppte sich als malerischer Ort inmitten von hellgrauem Basaltgestein, umzingelt von tiefblauen Seen und steilen Felsformationen, auf deren Spitzen mehrere Burgen thronten. Eine dieser Burgen gehörte den Cilings. Jephron bekam vor lauter Staunen den Mund nicht mehr zu. Er hatte noch nie so viele Bedienstete, Wandteppiche, Gemälde, Kristallleuchter, Rüstungen aus der Mitte des dritten Jahrtausends, Treppenfluchten, Wehrgänge, Türmchen und Räumlichkeiten in einem einzigen Gebäude gesehen.

»Und … aber … du bist niemals hier … und all diese Leute … leben und arbeiten trotzdem für dich?«

»Es sind vierzehn Personen, die schon seit Generationen im Dienst meiner Familie stehen. Was soll ich machen? Sie alle entlassen? Nein, sie kümmern sich um das Schloss und haben so Unterkunft und Einkommen.«

»Unfassbar! Wie reich seid ihr Cilings eigentlich?«

»*Wir Cilings* bin nun wirklich nur noch ich. Und besonders viel Vermögen ist nicht mehr übrig. Was mein Land an Erträgen erwirtschaftet, reicht aus, um das Schloss zu unterhalten und mir eine kleine Leibrente zu sichern.«

»Dein *Land*?«

»Na ja, Ländereien. Felder und ein Wald.«

»Unglaublich! Wie kann man von hier wegwollen?«

»Du kannst dir ja gar nicht vorstellen, wie eintönig hier alles ist.«

Sie verbrachten eine Woche auf Schloss Cilingin, wie das Anwesen eigentlich hieß. Ausgesprochen wurde dieses Wort in einem altmodischen Französisch – ein Zungenbrecher für Jephron.

Sie besuchten Bjanjes Sarg in der Familiengruft. Syonje hatte den Leichnam ihrer Schwester auf Wunsch hierhin überführt bekommen, auf Kosten der Veranstalter. Bjanje ruhte in einem hermetischen Kunststoffkasten, der aufwendig mit Labyrinthdarstellungen und dem mehrmals angebrachten signaturhaften »D« von *Dungeoncrawler* verziert war. Ein solcher Sarg gehörte zum Service der Show. Syonje hatte das nie gestört, denn es war passend, dass Bjanjes Sarg all das aufwies, wofür sie gestorben war.

Jephron fand keine Worte, aber im Laufe der nächsten Tage suchte er die Gruft noch zweimal alleine auf und berührte den Sarg und seine verschlungenen Reliefs sogar.

Als Begleiter der Schlossherrin wurde Jephron von den Bediensteten ehrwürdiger behandelt denn als Survivor und Wildcardinhaber bei *Dungeoncrawler*. Schnell wurde deutlich, dass der Reichtum auf Schloss Cilingin nicht unendlich war: Obwohl es in den Nächten empfindlich kühl wurde, wurden lediglich das Gesindehaus, zwei Badezimmer, zwei Schlafzimmer und ein Salon beheizt. Die Flure dazwischen waren eisig.

Jephron nahm jeden Tag ein heißes Bad in eingefärbtem Wasser in einer auf Roboterfüßen schaukelnden Badewanne in einem Zimmer, dessen Kacheln vergoldete Fugen hatten. Er trug einen Bademantel mit einem Familienwappen der Cilings, das eine Kornähre und einen Fuchs enthielt. Am verrücktesten fand er, dass es unter dem Schloss einen echten Dungeon gab. Aber vielleicht erklärte das auch vieles: Die beiden Schwestern hatten hier als Kinder herumgetobt und sich vielleicht vorgestellt, es würde dort auch Monster geben. Interessant war auch, dass sowohl Dungeon wie auch Schloss natürlich nicht wirklich mittelalterlich waren. Beides war erst vor rund dreihundert Jahren im neomittelalterlichen Stil errichtet worden, und das erinnerte wiederum sehr an die Verliese von

Laurel, denen man die moderneren Verbindungsgänge zwischen den authentischen Kavernen allenthalben ansah.

Jephron speiste mit Syonje an einem Tisch, der einen mehrere Meter weiten Abstand zwischen ihnen erzeugte, bis sie die Etikette brachen und zum Plaudern einfach zusammenrückten. Er ließ sich seine Dreads und seinen Bart fachmännisch stutzen, bis der Bart beinahe etwas Hochherrschaftliches hatte. Das, fand er, sah so albern aus, dass er ihn sich am nächsten Tag komplett abnehmen ließ. Und dann auch die Dreadlocks. Violaine hatten sie schließlich auch nicht gefallen, und die verstand etwas von Männern.

Er sprach mit Violaine über Monitor. Ihr ging es immer noch nicht besser, aber seine Reaktionen auf die MISBEHAVE munterten sie ein wenig auf. Immerhin weigerte sie sich weiterhin zu sterben. Edgar winkte ebenfalls ins Bild, er war beim Fensterputzen.

Zur Mittagsstunde war es draußen warm, Tag und Nacht waren extrem unterschiedlich auf Castelbouc. Also ging Jephron mit Syonje schwimmen in einem der von Felsen eingefassten Seen. Sie traute sich den Sprung von der Klippe, er nicht. Die Schwerkraft auf Castelbouc erschien ihm angenehmer als zum Beispiel auf Laurel, sie schien nur 0,9 G zu betragen, dennoch traute er tiefen Wassern nicht, er war nie ein besonders guter Schwimmer gewesen.

Sie zeigte ihm auch ihr Lieblingspferd, es hatte lange Wimpern wie ein Mädchen, aber Jephron wagte sich nicht in seine Nähe, er konnte sich nicht vorstellen, dass große Wesen wie dieses nicht feindselig waren.

Sie führte ihn auch dorthin, wo die Schwestern immer geklettert waren. Sie war gut darin, sich ganz ohne Sicherung nur mit Händen und Füßen im Gestein zu bewegen. Er erinnerte sich an die entsprechende Stelle in Bjanjes Teilnehmervideo.

»Warum war eigentlich euer Schloss nicht im Video zu sehen?«, fragte er.

»Davon hatten uns die Veranstalter abgeraten. Wahrscheinlich ist es keine gute Idee, seine Adresse zwanzig Milliarden Menschen mitzuteilen, erst recht nicht, wenn man wohlhabend ist.«

»Stimmt.« *Und jung und hübsch und ledig dazu*, vollendete Jephron in Gedanken.

Damit waren sie wieder ungefähr bei *Dungeoncrawler*. Sie mochten klettern und tauchen, so viel und wohin sie wollten: Es führten kaum Wege an diesen Labyrinthen vorbei, die sie beide tief in sich trugen.

Nach Ablauf der angenehmen Woche kam das, was Jephron die ganze Zeit über schon geahnt hatte und dem er ausgewichen war wie ein Marsstierkämpfer.

»Wir müssen über *Dungeoncrawler* reden.« Sie sagte das auf einem Spaziergang, hoch oben zwischen Steilwänden. Ein steter Wind bewegte die Bäume. Bläuliche Grillen zirpten in gelblichen Gräsern.

»Was gibt es da noch groß zu reden?«

»Es ist noch nicht vorbei.«

»Für mich schon. Für dich sollte es auch vorbei sein.«

»Nein, Jephron. Dafür ist es zu wichtig. Sieh uns doch an: Ohne *Dungeoncrawler* wären wir uns nie begegnet. Du hättest auch Violaine nie kennengelernt, weil du nie ein Schiff besessen hättest. Deinen Freund Choi Baumgart verdankst du doch wahrscheinlich ebenfalls der MAYFIELD, oder?«

Das ist wahr, dachte Jephron. *Und Vimalaa. Überhaupt Lukida Anseris Prime. Auch Mesarthim III. Eigentlich alles.* Aber er weigerte sich, das zuzugeben. »Dann hätte ich halt ein anderes Leben gelebt. Aber das heißt ja nicht, dass ich unglücklich gewesen wäre.«

»Darum geht es doch gar nicht. Es geht nicht darum, ob *Dungeoncrawler* gute oder schlechte Auswirkungen hat. Es geht darum, dass es *wichtig* ist. Bjanje ist dort zwar gestorben, aber sie hat ihr ganzes Leben darauf hingearbeitet. Sie ist nicht sinnlos im Nichts verreckt wie bei irgendeiner Raumschiffhavarie. Sie war am Ziel.«

»Sie war noch viel zu jung, um schon am Ziel zu sein.«

»Aber es gibt sonst nichts! Schau dich doch um im Universum! Es ist unendlich viel da, aber deswegen ist letzten Endes alles gleich wichtig und alles gleich bedeutungslos. Die alte Erde? Wen interessiert die denn noch? Kaum noch fünf Milliarden Menschen leben dort. Die Religion des Papstes? Hat vielleicht zwei Milliarden Anhänger. Der Philosophismus und der Buddhismus und der Aschkenasismus und der Hinduismus und der Schintoismus und der Kosmologismus und der Konfuzianismus und Voodoo und Kabbala und der Islam und die Cinéphilie und die Lehre von der Leere jeweils etwa eine Milliarde. *Dungeoncrawler* ist wirklich das Einzige, was Jahr für Jahr zwanzig Milliarden Menschen vereint.«

»Aber warum ist das von Bedeutung? Nur weil zwanzig Milliarden Idioten irgendeinen Mist gut finden, heißt das doch noch lange nicht, dass es besser ist als etwas, das vielleicht nur zehn Menschen kennen!«

»Aber die Auswirkung ist größer! Du selbst hast ja auch teilgenommen, freiwillig und unbedrängt, mit 22 Jahren.«

Das war immer derselbe Tiefschlag, er traf jedes Mal. Er selbst war schließlich auch ein Teil davon. Das stimmte natürlich. Das machte all sein Dagegenhalten unglaubwürdig, weil er eben nicht konsequent genug dagegen gewesen war. Er hasste es, letzten Endes ein so wankelmütiger Bursche zu sein. Sogar jetzt, wo er mit Syonje diskutierte, konnte er ihn wieder spüren: diesen Suchtkrankensog der übel riechenden Höhlen. Es war wie etwas, das ihn infiziert hatte. Sie auch. So viele.

Wie ihre große, tote Schwester vor fünf Jahren ließ auch Syonje jetzt nicht locker. »Weil es so vielen Menschen wichtig ist, ergibt *Dungeoncrawler* Sinn. Weil es so viele Leben berührt und verändert und meinetwegen auch beendet, ist es greifbarer und wahrhaftiger als jede Religion.«

»Es ist nicht greifbarer und wahrhaftiger als zum Beispiel die Konflikte um Kaus Borealis. Oder die Kolonistenkriege von Gallonigher.«

»Aber das ist alles nur Grauen und Gemetzel. Zeugnisse der Dummheit! *Dungeoncrawler* dagegen kann man auch *gewinnen*! In der Staffel, in der Bjanje gestorben ist, gab es am Ende mindestens zehn Teilnehmer, die als Sieger gefeiert wurden. Zehn von fünfzig, das ist eine sehr gute Quote, besser als bei jeder Lotterie. Auch wenn mal wieder keiner den Minosaurus erledigt hat. Manche gewinnen sogar etwas, das man nicht so einfach beschreiben kann. Etwas Ähnliches wie Würde.«

»Würde? Wenn man sich verschwitzt in einem viel zu engen Lederanzug durch Schleim, Exkremente und zerhackte Würmer schleppt?«

»Ja. Weil man dabei *gesehen* wird. Weil andere bezeugen können, dass man existiert.«

»Ein Jahr später, wenn die nächsten Verführten zum Ausgeweidetwerden antreten, erinnert sich keiner mehr an die Opfer des Vorjahres. Ist dir das noch nicht aufgefallen? In den Zusammenschnitten sieht man immer nur die Gewinner. Ich werde für alle Ewigkeiten meine Triumphmiene aufsetzen. Bjanje dagegen sieht niemand mehr.«

Syonje lächelte, als hätte sie ihn auf einem Schachbrett ins Matt manövriert. »Genau darum geht es, Jephron. Bjanjes Namen in den Bestandteil eines Sieges zu verwandeln. Das ist alles, was ich will. Es direkt anzugehen. Es zu wagen, es zu überwinden und in die Kameras zu sagen: *Das war für Bjanje*, wenn man uns interviewt.«

»*Uns?*«

»Ja natürlich *uns*. Ich gehe da nicht ohne dich rein. Wir machen es gemeinsam und waschen uns rein von unserer Furcht, unserer Trauer, unseren Zweifeln, unserem Versagen.«

Jephron konnte ein verzweifeltes Grinsen gar nicht unterdrücken. »Wir werden da nicht gewinnen, Syonje! Ich werde womöglich zum dritten Mal nicht draufgehen, weil ich irgendwie verflucht bin, aber wahrscheinlich halte ich am Ende wieder eine blutende, sterbende Cilings-Schwester in meinen Armen, die Letzte ihrer Art, und glaub mir, darauf kann ich verzichten.«

»Aber immerhin hältst du uns im Arm, Jephron. Deinetwegen sterben wir nicht einsam.«

Diese Aussage erschütterte ihn. Er brauchte ein paar Sekunden, um antworten zu können: »Das ist nicht genug.«

»Ich werde nicht sterben. Ich schwöre es dir.«

»Das kannst du nicht schwören. Die Fallen sind unberechenbar. Die Monster, die anderen Teilnehmer, sogar die Treppen und Gänge: Das ist alles das pure Chaos!«

»Aber ich bin anders als Bjanje. Ich bin nicht so hitzköpfig und unduldsam wie sie. Und ich habe sie sterben sehen. Ich habe daraus gelernt. Jephron, hör mir zu. Schau mich an! Ihr Tod ist jetzt völlig umsonst gewesen. Wenn wir das Wissen um ihren Tod jedoch nutzen, um alles besser zu machen, war er nicht umsonst.«

»Ihr Tod wollte uns einfach nur sagen: *Lasst es bleiben. Versucht nicht, diese verrückte Show zu spielen.*«

»Also gut. Das haben wir ja auch genau so gemacht. Fünf Jahre lang. Und? Fühlt sich das gut an für dich? Ist es wirklich das, was ihr Tod uns sagen wollte? Bist du dir sicher?«

»Ich weiß gar nichts mehr mit Sicherheit.«

»Ich ebenfalls fast nichts. Nur eines weiß ich: Es hat keinen Sinn, sich davor zu verstecken, ob auf einem Eisplaneten oder in einem langsam zerbröselnden Märchenschloss. Man kann nicht als verkrümmter Verleugner durchs Leben kriechen. Es ist besser, aufrecht durch die Hölle zu gehen, als haltlos durch den Himmel zu trudeln.«

»Das klingt wie ein Kalenderspruch von einem Hinterwäldlerplaneten.«

»Nein, das ist von John Milton. Oder zumindest so ähnlich. Abgewandelt fürs Raumfahrtzeitalter.«

Sie mussten plötzlich beide lachen.

Manches war einfach zu absurd. Oder gerade so eben nicht absurd genug.

Sie wurde als Erste wieder ernst. Und sprach es endlich aus: »Ich habe nämlich einen Plan.«

Sie erörterten diesen Plan beim Essen. Die Bediensteten servierten Rebhuhn mit frittierten Erdäpfeln und einer Soße, die wohl Wein enthielt. Beides, die Rebhühner und der Wein, waren von der alten Erde aus auf Castelbouc angesiedelt worden, um den Schlossbewohnern ein Gefühl von altehrwürdigem Zuhause zu vermitteln.

»Hast du denn mitbekommen, was sich die letzten Jahre bei *Dungeoncrawler* getan hat?«, fragte Syonje mit vollem Mund. Sie waren am Tisch wieder zusammengerückt.

»Es gab einen Skandal mit genmanipulierten Ungeheuern.«

»Ach so, das. Das war eher uninteressant, weil es letzten Endes egal ist, ob die Monster aus irgendeinem Labor oder von einem Planeten stammen. Es gab drei andere Skandale mit weitreichenderen Folgen. Der eine war, als sogenannte Piranha-Asseln ausgesetzt wurden. Es gab zwölf tote Teilnehmer innerhalb von nur zwei Tagen, danach musste die Staffel abgebrochen werden, um das Leben der restlichen achtunddreißig nicht auch noch zu gefährden. Sonderkommandos durchkämmten die Dungeons und eliminierten die Asseln. Das gab eine eigene Sendereihe in acht Episoden.«

»Warum hat man das gemacht? Die Asseln ausgesetzt?«

»Neue Sensationen müssen her. Aber damit ist man zu weit gegangen, diese Asseln gab es natürlich nie wieder. Skandal Nummer zwei: Zwischen den Jahren gab es eine Petition, die den Bulphars eine menschenähnliche Intelligenz zuerkannte und verfügte, dass sie nicht weiter zum Vergnügen von Menschen gejagt und getötet werden dürfen.«

»Klingt vernünftig.« Jephron konnte sich noch gut daran erinnern, wie es war, mit Bjanje gegen die Bulphars zu kämpfen. Es hatte sich tatsächlich beinahe angefühlt, wie sich auf Leben und Tod mit anderen Teilnehmern zu messen. Mit Bushwhackern zum Beispiel.

»Der dritte Skandal kam in der vorletzten Staffel. Fünf Adventurer haben sich zusammengetan, um den Minosaurus gemeinsam zu erlegen. Sie sind alle fünf umgekommen. Das Bildmaterial zeigt so viele Reißschwenks und Blutspritzer und Eingeweide, dass man den Veranstaltern nachträgliche Manipulation vorgeworfen hat. Man bezweifelte, ob es überhaupt der Minosaurus alleine gewesen war oder ob ein Sonderkommando mit Maschinengewehren oder eine Art unterstützende Falle da mitgewirkt hat. Man bezweifelte, dass der Minosaurus überhaupt besiegt werden *dürfe*. Als Reaktion gab es eine Minosaurus-Dokumentation. Sie zeigte das Vieh, sogar in 3-D. Es ist alt, aber agil. Es frisst gerne Menschen, wenn man ihm keine Rinder liefert. Letztes Jahr hat es wieder zwei Adventurer gekillt, diesmal war das Bildmaterial ausreichend. Der Minosaurus ist groß wie ein Scheunentor und besteht fast nur aus Maul und Magen.«

»Ich weiß. Er war in früheren Staffeln schon zu sehen. Man munkelt, dass es seit Beginn der Show derselbe ist, also seit nun … 72 Jahren.«

»Und ich habe einen Plan.«

»Für den Minosaurus? Du willst den Minosaurus angreifen?«

Syonje nickte mit Nachdruck. Jephron forschte nach Spuren von Übergeschnapptheit in ihrem Gesicht, aber sie wirkte ernst und konzentriert. »Ein Jahr lang war ich niedergeschlagen nach Bjanjes Tod und deinem Verschwinden. Aber vor vier Jahren hatte ich eine Idee. Diese vier Jahre habe ich genutzt, um mir die Fertigkeiten anzueignen, diese Idee in die Tat umzusetzen. Meine größte Sorge war, dass jemand anderes unterdessen ebenfalls auf diese Idee kommt, aber die meisten Teilnehmer scheinen gar nicht sehr viel nachzudenken. Sie marschieren drauflos und gehen hops. Wir jedoch haben einen Plan.«

Jephron unterdrückte ein himmelhohes Seufzen. »Lass hören«, sagte er höflich. Schließlich war er ihr Gast.

Sie rückte eifrig noch näher an ihn heran. »Ich bin der Meinung, dass man den Minosaurus mit mittelalterlichen Gerätschaften nicht bezwingen kann. Deshalb sind mittelalterliche Gerätschaften genau das, was man dort unten ausgehändigt bekommt. Und deshalb gehen alle drauf, egal, was für Fähigkeiten sie besitzen.«

»Du willst ein Strahlengewehr runterschmuggeln?«

»Quatsch. Erstens würde das nicht gehen, und zweitens würde ja gefilmt werden, wie ich mogele, und ich würde disqualifiziert werden oder sogar vor Gericht gestellt. Nein, ich will das benutzen, was uns die Veranstalter an die Hand geben. Eine einzige Sache nämlich gibt es dort unten, die überhaupt nicht zum Mittelaltersetting passt.«

Jephron überlegte kurz. Dann kam er drauf. »Licht. Also Strom. Aber es ist kein Starkstrom, das wurde in einer früheren Doku mal erklärt. Damit wird man den Minosaurus nicht töten können.«

»Das ist auch gar nicht nötig. Es reicht, ihn aufzuhalten. Wir nehmen einen Gang und machen unter einer Lampe eine Pfütze auf den Boden mit Trinkwasser. Wir legen eine Leitung von der Pfütze zur Lampe mit metallischen Waffen, man kann immer so viel mitschleppen, wie man möchte. Dann haben wir einen Bereich, über den der Minosaurus nicht rüberkommt. Der Strom wird ihn nicht töten, aber ihm auf jeden Fall unangenehm sein. Er wird diese Pfütze meiden wollen. Und schon haben wir etwas, was bislang noch kein Teilnehmer hatte: eine

Barriere zwischen uns und dem Monster, die das Monster nicht überwinden kann, wir jedoch schon. Mit Fernwaffen.«

»Wir spicken ihn über die Pfütze hinweg mit Armbrustbolzen.«

»Genau. Und mit Pfeilen und Wurfsternen, zum Andenken an Bjanje.«

»Und was, wenn er sich dann einfach verkrümelt?«

»Dann folgen wir ihm. Wir können die Stromleitung unterbrechen, indem wir das Metall aus der Pfütze stoßen, mit deinem Bambusstab zum Beispiel. Wir können eine zweite solche Barriere bauen, überall unter jeder beliebigen Lampe. Wir müssen nur genügend Wasser mitnehmen.«

»Das heißt, wir schleppen unglaublich viel Zeug mit uns rum, Wasser und Metall, um damit den Minosaurus zu besiegen.«

»Genau.«

»Und auf dem Weg nach dorthin reißen uns fünfzig kleinere und wendigere Monster in Stücke. Denn der Weg nach Nachtblau führt durch Dunkelrot, Grün und Himmelblau. Ich sage nur: Krötenaffen in Himmelblau.«

»Ich weiß. Dafür brauche ich dich. Du und ich gemeinsam gegen das kleinere Kroppzeug. Die Stromfalle könnte ich auch alleine aufbauen. Aber bis dahin bist du mein Leibwächter. Beziehungsweise kämpfen wir Seite an Seite, so wie du und Bjanje. Es war kein Monster, das sie umgebracht hat, sondern eine Falle.«

»Die wird es auch jetzt wieder geben. Genau derselbe Scheiß übrigens: Du mit Metall beladen, um deine Stromleitung zu bauen, und ein Elektromagnet schießt dich plötzlich durch die Gegend.«

»Wir werden besser aufpassen. Das wird dein dritter Crawl sein, Jephron. Niemand hat dort unten so viel Erfahrung wie du. Deine Erfahrung plus mein Plan. Diese Kombination gab es noch nie.«

Selbstverständlich lehnte er das alles in Bausch und Bogen ab.

Sie stritten aber nicht. Syonje wusste, dass es in ihm weiterarbeiten würde. Sie hatte die Saat gesät, nun konnte sie abwarten, bis die ersten Keime durch die Kruste brachen.

Noch waren vier Monate Zeit bis zur nächsten Staffel.

Eine weitere Woche verging. Castelbouc wurde nachts zusehends kühler, tagsüber dennoch heißer, der immer schärfer werdende Kontrast zwischen Tagen und Nächten auf diesem Planeten setzte Jephron zu. Er sehnte sich ein wenig nach Mesarthim III, auf dem es wenigstens immer verlässlich kalt gewesen war und in den Handelsstationen übertrieben mollig.

Er sehnte sich irgendwo anders hin. Castelbouc begann, ihm auf die Nerven zu gehen.

Syonje lächelte. »Du hast dich gefragt, warum wir von hier wegwollten. Jetzt fängst du an, es zu verstehen.«

Möglicherweise war es überall im Universum das Gleiche. War man erst einmal vor Ort, bemerkte man die Unannehmlichkeiten und mäkelte herum, wusste man doch, dass es noch so viele Alternativen gab. Ein endloses Kreisen der Unzufriedenheit, Antrieb für sämtliche Völkerwanderungen und Konflikte der Menschheit von der Steinzeit an. Die Bronzezeit hatte sich entwickelt, weil man die Steinzeit satthatte. Irgendwann hatte man begonnen, Romane zu schreiben und Filme zu drehen, weil man der Realitäten überdrüssig war.

Jephron trieb sich in dem Dungeon unter Cilingin herum, aber auch ihm war er zu übersichtlich, nach einem Tag hatte man schon alles entdeckt. Auch ihm fehlten die Ungeheuer, die es auf Mesarthim III wenigstens noch gegeben hatte.

Syonje spielte ihre nächste Trumpfkarte aus.

»Ich habe nie gesagt, dass ich dich nicht bezahlen würde. Bjanje hat dich auch bezahlt. Ich werde das genauso tun.«

»Ich habe meine Ersparnisse noch gut beieinander.«

»Ja. Vielleicht ist es kein Geld, das du brauchst. Aber wie wäre es mit der MAYFIELD? Du willst doch sicher nicht bis ans Ende deiner Tage in der absurden MISBEHAVE herumfliegen.«

Die MISBEHAVE. Selbstverständlich nicht.

Die MAYFIELD.

Jephron merkte plötzlich, dass er sich sogar nach der Musik sehnte, die er früher darin immer gehört hatte. Seit über einem Jahr hatte er das nicht mehr getan, hatte es im ewigen Schneetreiben von Mesarthim III nach und nach vergessen.

Zwei weitere Tage vergingen.

Tage, an denen Jephron sich beim Klettern in den Felsen von Castelbouc Handflächen und Ellenbogen aufschürfte.

»Komm, lass uns aufbrechen«, sagte Syonje. »Die MAYFIELD holen.«

»Ich will nicht ein drittes Mal in die Dungeons. Ich kann von Glück reden, dass ich beim zweiten Mal lebend da rausgekommen bin.«

»Dann lass uns trotzdem nachschauen gehen, wie es der MAYFIELD geht, wie viel sie kosten würde. Uns hält hier nichts.«

Am nächsten Tag stimmte er zumindest diesem Teilplan zu.

So flogen sie in der MISBEHAVE nach Lukida Anseris Prime. Syonje neckte ihn unterwegs wieder mit den tausend Anzüglichkeiten, die Violaine in ihrem unmöglichen Schiff verborgen hatte.

Ein einziges Mal stritten sie sich. Als Jephron Syonje fragte, ob sie es tatsächlich fertigbringen würde, mit ihm zu schlafen, nur damit er sie nach Laurel begleitete.

Wütend entgegnete sie, dass er es so klingen lasse, als würde sie sich an jeden Beliebigen heranmachen, dabei hätten sowohl seine Schwester als auch sie doch ganz genau ausgewählt.

Das traf ihn, weil es ein Kompliment war, ein Kompliment mitten in einem Streit.

Sie versöhnten sich, indem er sich entschuldigte. Sie hatte Tränen in den Augen bei seiner Entschuldigung, nicht während ihres Streits.

Auf Lukida Anseris Prime war es immer gleich paradiesisch. Das einzige Problem dort waren die vielen hässlichen Touristen, die wie gestrandete Quallen die Küsten verunzierten.

Es fiel leicht, die MAYFIELD ausfindig zu machen. Man musste nur die Stellplatzlisten der großen Raumhäfen durchscrollen.

Jephron war erstaunt darüber, dass die MAYFIELD inzwischen nicht mehr demjenigen gehörte, dem er sie verkauft hatte. Er konnte sich gar nicht vorstellen, warum man ein so schönes Schiff so schnell wieder loswerden wollte.

Als er sie wiedersah, sauber funkelnd in einem mit Fischernetzen verhängten Hangar, war diesmal er es, der Tränen in den Augen hatte.

Der neue Besitzer hieß Ittric, ein zweihundert Kilo wiegender sechzigjähriger Kauz in roter Bermuda-Badehose und mit einem auf die linke Brust tätowierten fliegenden Astroboy. Ittric lachte über das ganze Gesicht, als er Jephron und Syonje sich nähern sah.

»Da bist du ja endlich, Youngster. Sieht sie nicht fabelhaft aus?«

Die Anrede »Youngster« irritierte Jephron, ging von einem Sechzigjährigen aber in Ordnung. Noch mehr irritierte ihn, dass Ittric ihn erwartet zu haben schien. Dass man ihn über *Dungeoncrawler* kannte, war er gewöhnt, aber an eine Verabredung konnte er sich beim besten Willen nicht erinnern. »Das muss ich zugeben: Du hältst sie tadellos in Schuss.«

»Ich fliege sie ja auch nicht. Ich halte sie nur warm. Sie gehört dir, ihr könnt sofort ablegen.«

»Was meinst du damit: Sie gehört mir?«

»Ist ein Geschenk. Ich hole die Papiere.« Ittric grinste so breit, dass man befürchten konnte, die obere Hälfte seines Kopfes würde dadurch abgeschnitten.

Jephron sah Syonje fragend an, doch die wusste ebenso wenig wie er. »Ich habe damit nichts zu tun, ehrlich nicht. Ich dachte, ich muss sie dem Typen abkaufen.«

Ittric verschwand in einem Kabuff voller Manga-Pin-ups und kam dann mit einem Aktenordner zurück. »Ist alles rechtens. Musst nur noch quittieren.«

»Ich verstehe, ehrlich gesagt, kein Wort. Hast du die MAYFIELD nicht demjenigen abgekauft, dem ich sie verkauft habe?«

»Davon weiß ich alles nichts. Ich weiß nur, dass ich auf sie aufpassen soll. Was ich gerne getan habe. Ich habe ein eigenes Schiff, die KOZURE OKAMI. Vielleicht schon mal gehört?«

Jephron und auch Syonje mussten passen.

»Na, macht ja nix. Ist leider gerade unterwegs, ich vermiete ihn an vertrauenswürdige Leute, sonst könntet ihr ihn euch anschauen. Sein Beiboot heißt natürlich DAIGORO, hähähä. Nebenbei halte ich die MAYFIELD in Schuss.«

»Aber wem gehört die MAYFIELD?«

»Dir, sobald du quittiert hast.«

»Nein: Jetzt, bevor ich quittiere – wem gehört sie?«

»Violaine hat sie gekauft. Hat sie nie von mir erzählt? Itty-chan?«

Ganz vage erinnerte sich Jephron, dass Violaine möglicherweise mal jemanden dieses Namens erwähnt haben mochte, als einen aus ihrem Netzwerk aus Hunderten von Kontakten. Aber nie im Zusammenhang mit Lukida Anseris Prime. Nie im Zusammenhang mit der MAYFIELD.

»Seit wann passt du auf sie auf?«, fragte Jephron, während er wie im Traum quittierte.

»Seit einem Jahr. Hab sie nie geflogen. Wollte ja keine Schramme rein machen. Violaine sagte, du wirst sie abholen kommen, sie sagte nur nicht, wann.«

Jephron hatte schon wieder Tränen in den Augen. Verdammt, er wurde sentimental auf seine alten Tage. Er lächelte Syonje zu, aber auch die sah gerührt aus.

Jephron drückte Ittric an sich wie einen alten Kumpel, der erwiderte die Umarmung und lachte dabei.

»Und was machen wir mit der MISBEHAVE?«

»Darum kümmere ich mich«, antwortete Ittric. »Ich finde jemanden, der sie nach Tonatiuh fliegt. Oder ich mache es selbst, aber es ist mir ein bisschen peinlich, in ihr gesehen zu werden. Sie fliegt sich aber fein.«

»Das stimmt.«

Jephron trat an seine MAYFIELD heran, Syonje neben sich. Ittric übergab ihm den aktuellen Codeschlüssel, mit dem er die Cockpitkanzel entriegeln konnte.

»Jetzt haben wir aber ein Problem«, sagte Jephron zu Syonje. »Die MAYFIELD ist ganz klar ein Einmannsegler, während die MISBEHAVE zwar auch nur einen Piloten brauchte, innen aber Platz bot für zwei oder sogar drei Personen.«

»Das kriegen wir schon hin. Du hast einen Schlafplatz, oder etwa nicht? Du kannst ja nicht gleichzeitig im Cockpit sitzen und am Schlafplatz liegen.«

»Das ist aber extrem unkomfortabel.«

»Wie lange würden wir denn brauchen von hier nach Laurel?«

»Noch mal zehn Tage.« Jephron wusste das, weil er schon mehrmals von Lukida Anseris Prime aus nach Laurel aufgebrochen war.

»Das schaffen wir. Oder ich fliege mit einem Charterschiff, und wir treffen uns dort. Das sehen wir dann, noch haben wir ja Zeit. Ich muss mir jetzt erst einmal eine andere Möglichkeit überlegen, dich zu belohnen, Violaine hat mir das hier ja durchkreuzt.«

»Ja«, sagte Jephron ungeschickt und geistesabwesend. Er war in Gedanken völlig bei Violaine.

Sie stiegen ein. Jephron ließ Syonje den Vortritt, damit sie in den Schlafbereich durchkriechen konnte. Dann nahm er selbst im Pilotensitz Platz.

Sein Sitz. Noch immer an seine Körperkontur gewöhnt. Hatte etwa auch der zwischenzeitliche Besitzer das Schiff nie geflogen? Hatte sie die ganze Zeit treu auf Jephron gewartet?

Seine Knüppel, Knöpfe und Schalter. An. Seine Monitore und Monitorprojektionen. An. Seine Kompriglasscheiben. Blinkend und tanzend. Seine Pupillen füllten sich mit Spiegelungen.

Sein Schiff.

Seine MAYFIELD.

Er machte etwas an von Mayfield. Es musste einfach sein: »The Makings of You«.

Während das Lied ihn und Syonje feierlich umschmeichelte und alles ausdrückte, was in Jephron vorging, ließ er die MAYFIELD aus dem Hangar auf den betonierten Startplatz rollen. Ittric ging draußen neben dem Schiff her, überprüfte, ob alles in Ordnung war, und hielt grinsend beide Daumen hoch.

Jephron hätte das ganze Universum vor Dankbarkeit umarmen mögen.

Um den Landeplatz nicht zu verbrennen, startete das Schiff auf komprimierter Luft. Die Düsen kamen erst in einer Höhe von hundert Metern zum Einsatz.

Er gab Schub, so sanft, als streichelte er ein furchtsam atmendes Kaninchen.

Die MAYFIELD erhob sich, gewann an Übersicht und überquerte in einem eleganten Bogen eines der grün leuchtenden Meere von Lukida Anseris Prime.

»Hörst du eigentlich immer nur Musik von Curtis Mayfield?«, fragte ihn Syonje.

Er lächelte. »Niemand, der noch bei Sinnen ist, hört immer dieselbe Musik. Aber an Bord der MAYFIELD muss es einfach manchmal sein. Bei besonderen Anlässen. Das ist wie eine heilige Handlung.«

»Das kann ich gut verstehen.«

Sie saßen in einem SpaceNet-Café und warteten auf die Verbindung nach Tonatiuh IV. Der Pop-up-Blocker boxte mindestens einhundert kreischige Reklamen weg, dann baute sich endlich ein Bild auf. Es war nicht mehr Edgar. Violaine hatte Edgar und den anderen entlassen und sich einen noch Jüngeren gekrallt, sein Name war Todd.

»Wie *Toddler*«, scherzte Jephron leise zu Syonje, und sie kicherte.

Violaine saß aufrecht im Bett, trug die Perücke und irgendetwas Knappes aus ebenso rotem Plastik. »Meine Überraschung ist demnach gelungen?«, freute sie sich.

»Du bist verrückt, Violaine. Ich kann dir nicht mein Schiff schulden.«

»Un-sinn! Hat Itty-chan dir nicht erklärt, dass es ein *Geschenk* ist? Aber ich hoffe, ihr zwei Hübschen hattet richtig viel Spaß in meiner MISBEHAVE?«

Syonje kicherte diesmal aus Höflichkeit. »Hatten wir«, bestätigte Jephron knapp. »Du siehst gut aus.« Und das war nicht gelogen, sie wirkte nicht mehr so sterbenshinfällig.

Violaine rekelte ihre morschen Knochen gekonnt in der Sexwäsche. »Irgendwie habe ich mitbekommen, wie die MISBEHAVE sich bewegt, das hat mich wieder munterer gemacht. Und nun meldet ihr beiden euch doch bestimmt wieder bei dieser idiotischen Prügelshow an?«

»Dir entgeht einfach nichts. Wir wollen es zumindest versuchen.«

»Ich würde es dir ausreden, Darling, wenn ich nicht wüsste,

dass es aussichtslos ist. Ich hasse den Gedanken, dich vor mir sterben zu sehen.«

»Das wird sich aber nicht vermeiden lassen, denn du siehst aus, als würdest du noch weitere fünfzig Jahre lang die Männer verrückt machen wollen.«

Violaine klatschte vor Vergnügen in die Hände, rief »Rioght!«, und dann fiel das Bild aus, vielleicht hatte sie mit ihren zappelnden Füßen den Monitor vom Bett gekickt.

Jephron spürte Syonjes Hand auf seinem Arm und sah sie an. »Wir werden nicht sterben«, sagte sie eindringlich.

Er nickte, aber das fühlte sich jetzt gelogen an.

In Gedanken war er noch bei Violaine. Er hatte gar keine Gelegenheit erhalten, ihr richtig zu danken. Aber wahrscheinlich hätte sie das ohnehin nicht hören wollen. Er überlegte sogar, ob sie deshalb so schwach und hinfällig geworden war, weil er sich jahrelang verkrochen hatte, und nun wieder aufblühte, weil es ihn wieder gab. War so etwas möglich? Empfand Violaine so viel für ihn? Erlebte sie ihr Dasein auch durch ihn, ihren prominentesten und vielleicht interessantesten Geschäftspartner?

Nicht unmöglich. Denn hätte sie ihm sonst seine MAYFIELD geschenkt?

Syonje kümmerte sich um die Formalitäten. Sie meldete sich an. Als Schwester einer früheren *Casualty,* eines *Verlusts,* und noch dazu bei Syonjes Aussehen war es kein Problem, in die Show zu kommen. Jephron hatte seine Wildcard irgendwo auf Mesarthim III in eine Gletscherspalte geschmissen, aber das stellte kein Hindernis dar. Das Stückchen Kunststoff ließ sich jederzeit ersetzen, seine Daten waren mehrfach gespeichert.

Das Stimmengebrodel, dass Survivor Girant zum dritten Mal teilnahm – nur ein einziger anderer Teilnehmer hatte es in der gesamten Geschichte der Show auf mehr Crawls gebracht, nämlich auf vier –, begleitet von der Casualty-Schwester Cilings, begann augenblicklich. Dass sich beide erstmals als Adventurer eintragen ließen, machte die Sensation perfekt. Man fragte, wohin das Drehteam kommen sollte, um die Vorstellungsvideos zu machen. Jephron und Syonje entschieden, bis zur Show auf Lukida Anseris Prime zu bleiben. Es gab keinen schöneren Ort.

Es blieben noch drei Monate.

Jephron und Syonje trainierten zusammen. Er wollte sich nicht nur in Form bringen, er wollte auch noch mehr Eingespieltheit haben als seinerzeit mit Syonjes Schwester. Mit Bjanje hatte er viel zu wenig Zeit gehabt, um sich richtig auf sie einzustellen. Mit Syonje ging er schwimmen, laufen, hoverbiken, waffenlos kämpfen, mit Waffen umgehen, einmal ritten sie sogar hintereinander sitzend auf einem achtbeinigen Pferd.

Ihn beschäftigte, wie austauschbar ein Mensch war.

Die große Liebe auf einem Planeten mit grünen Gewässern – zack, vorbei, sie heiratet einen anderen, Näherliegenden, zwei Kinder, als hätte es niemals grüne Gewässer gegeben.

Jetzt zog er mit Bjanjes Schwester los, als wäre Syonje Bjanje, als wäre gar nichts Schlimmes passiert, die Eltern Cilings hatten für Nachschub vorgesorgt.

Von allen Kreaturen, denen man in den Dungeons begegnen konnte, waren Menschen wahrscheinlich die kaltblütigsten.

Das Videoteam tauchte auf. Sie sahen sich so ähnlich – sie waren entweder Drillinge oder Klone.

Syonje wurde sportlich inszeniert, sie ließ sich auf Skiern hinter einem Katamaran durchs grün gischtende Wasser ziehen und blickte dabei entschlossen nach vorne.

Jephron gab den kantigen Grübler. Fast bedauerte er, dass er den Vollbart und die Rastazöpfe nicht mehr hatte. Man interviewte ihn, während er in einem Korbstuhl am Strand saß, die grasfarbene Flut umspielte seine nackten Zehen. »Ich habe noch eine Rechnung zu begleichen«, sagte er, und fast aussageidentisch: »*Dungeoncrawler* und ich sind noch nicht fertig miteinander.«

Eine Woche später bekamen sie die fertigen Filme in einer der Vorbereitungs- und Anheizershows zu sehen. Syonjes Video enthielt fast mehr Material von Bjanje und Bjanjes Tod als von Syonje selbst, und auch in Jephrons Filmchen schmetterte Bjanje in Zeitlupe zwischen zwei blanken Wänden hin und her, die mit jeder Berührung schmutziger wurden.

Das war kein kleiner Schock.

Die beiden hatten fünf Jahre Zeit gehabt, vieles zu verdrängen, in andere Richtungen zu schauen als zurück, aber da war es wieder, das Trauma, das sie fast wie Eheringe aneinanderschmiedete.

In dieser Nacht hielten sie einander fest, erst nur an den Fingern, dann umfassender, und in ihrer Trauer erwuchsen Trotz und Hunger und Lust aufeinander. Sie vögelten so ausgiebig miteinander, dass die Nacht nicht reichte, längst bleichte das Sonnenlicht das Zimmer aus, als sie endlich in erschöpften Schlaf fanden.

Hinterher mussten sie darüber lachen. »In der MISBEHAVE hätten wir es nie und nimmer getan«, sagte Syonje.

»Nie und nimmer«, bestätigte Jephron.

Sie definierten nicht, ob sie jetzt »zusammen« waren. Sie waren ohnehin »zusammen«, nur bis zur Show. Letzten Endes war Sex ein weiteres Training, um sich aufeinander einzuschwingen.

Der Aufbruch nahte.

Jephron stand am Strand und schaute auf das Meer dieses Planeten, der ihm die beiden schönsten Frauen seines Lebens offeriert hatte. Hier hätte er vielleicht sogar leben mögen. Wenn es nicht die vielen Touristen gegeben hätte, die nachts trunken singend um die Palmdachhütten zogen und dagegen urinierten und die jeden so sehr nervten, dass auch die einsamsten Inseln auf diesem Planeten längst überbucht waren.

»Woran denkst du, wenn du aufs Meer schaust?«, fragte Syonje.

»An Horizonte. Horizonte gibt es nur auf Planeten. Im All reicht der Blick, so weit das Licht reicht.«

»Ja. Und dennoch kannst du auch im All nur die Dinge erkennen, die dir nahe sind. Alles Weitere sieht … *gleich* aus.«

Er umfasste sie an der Hüfte, und sie küssten sich. Dann trennten sie sich wieder, weil jeder von ihnen etwas anderes zu packen hatte.

Zehn Tage dauerte der Flug.

Die MAYFIELD war tatsächlich zu klein für zwei Personen, aber jetzt kam ihnen zugute, dass sie miteinander intim waren. Anders hätte man das gar nicht aushalten können.

Jephron brachte Syonje unterwegs viel über klassische Musik bei. Er lehrte sie James Brown. Wie in dem Lied »Cold Sweat« jedes einzelne Instrument und auch der Sänger zu Rhythmusinstrumenten wurden. Und er lehrte sie den P-Funk von George Clinton, sagte, dies sei die einzige schwarze Musikform, die niemals wirklich populär geworden sei bei Weißen. Er erwartete, dass auch Syonje nicht viel damit anfangen könnte, aber sie wackelte zu intensiven Jams wie »Mommy, What's A Funkadelic«, »What is Soul«, »Free Your Mind And Your Ass Will Follow« und »Red Hot Momma« von Funkadelic zumindest angeregt mit dem Kopf, staunte über »The Freeze

(Sizzaleanmean)« und die Kompromisslosigkeit von »Let's Play House« von Parliament und beklagte sich schließlich, dass man in der MAYFIELD unmöglich tanzen könne. »Man müsste eine zweite MAYFIELD bauen, mit einem Tanzboden und zuckenden Lichtern«, schlug sie vor, aber ein solches Schiff gab es bereits: Die POETE MAUDIT des Weltraumpiraten Capitaine Marc-Osiriz Jonquière hatte innen eine Art Versailles-Spiegelsaal mit Discokugeln anstatt Kristalllüstern – munkelte man zumindest unter Raumfahrern, die das Schiff noch nie zu Gesicht bekommen hatten.

Jephron ließ Syonje auch mal ans Steuer. Die Strecke lief ohnehin größtenteils über Autopilot, aber um ihr die Handhabung zu erläutern, musste er sich neben sie ins Cockpit zwängen, was zu kuriosen Überkreuzungen ihrer Gliedmaßen führte.

Als die MAYFIELD zur Landung auf dem Hafen von Laureline ansetzte, lief in dem Schiff »Cholly (Funk Getting Ready To Roll)« von Funkadelic, aber nachdem sie aufgesetzt hatten, bestand Jephron dann doch wieder auf einer heiligeren Handlung: »Never Say You Can't Survive« von Curtis Mayfield mit den ersten Textzeilen »All of your life / between heaven and hell / a great repetitious game«.

Passender konnte man Jephrons Leben nicht zusammenfassen.

Er und Syonje schauten sich an und nickten ernst, beide an Bjanje denkend und an den Minosaurus, ein vollkommen fremdes Ungeheuer, das ihnen fast ebenso nahe war.

»Das ist leider nicht einer seiner stärksten Songs«, entschuldigte sich Jephron. »Aber der Text passt so gut.«

»Gib uns den allerbesten Song.«

»Das ist schwer zu entscheiden.«

»Ich vertraue dir.«

»Der allerbeste?«

»Der allerbeste.«

»Auch wenn er sich textlich auf etwas bezieht, was es auf den meisten Planeten schon lange nicht mehr gibt?«

»Der allerbeste.«

Er entschied sich für »Choice of Colours« aus der Zeit, als Curtis noch bei den Impressions war, und die epochale Kraft dieses Liedes erfüllte sie noch beim Aussteigen und gab ihren Schritten auf Laurel einen Rhythmus vor, der erfüllt war von Stärke, Zuversicht und Trotz.

Laurel umfing sie mit seinem typisch gärigen Gestank, aber sogar dieser Gestank hatte sich verändert. Es roch nun zusätzlich noch nach Pferdemist und Pferdeleibern. Pferde waren der jüngste Trend, das war ihnen auch schon auf Lukida Anseris Prime aufgefallen, deshalb hatten sie sich eins gemietet. Wer etwas auf sich hielt, ritt heutzutage oder veranstaltete Pferderennen. Das würde bald vorübergehen. Vor rund fünfzig Jahren waren umweltvernichtende Verbrennungsmotoren wieder in Mode gekommen, nachdem genügend Planeten mit fossilen Vorräten und andere mit intakten Atmosphären gefunden worden waren. Die Menschheit tat alles, um sich in den Lebenshochgefühlen vergangener Zeiten zu aalen, aber in der Regel verebbten diese Trends nach zwei bis drei Jahren.

Nun sahen sie bereits Berittene über den Raumhafen galoppieren. Hufen schlugen Funken auf dem Bodenbelag. Und überall dampfende Pferdeäpfel.

Aber auch ansonsten war vieles anders als vor fünf Jahren. Damals war Jephron nur als Zuschauer nach Laurel gekommen und allenfalls ungeplant erkannt worden. Diesmal jedoch waren Syonje und er bereits als Teilnehmer gemeldet, und das bedeutete, dass man schon am Landeplatz auf sie wartete. Vor zwei Jahren hatte man einen Versuch unternommen, *Dungeoncrawler* mit prominenten Teilnehmern zu besetzen, Showsternchen, Immersionsfilmdarstellern, Sängerinnen. Von diesen sechs C-Promis waren drei draufgegangen, zwei von den Überlebenden befanden sich noch heute in Behandlung. Das hatte einfach nicht funktioniert, und die Folge davon war, dass letztes Jahr überhaupt kein bekanntes Gesicht mehr teilgenommen hatte und dass in diesem Jahr Jephron die prominenteste Person unter den Crawlern war. Gefolgt von Syonje, die immerhin die hübsche Schwester einer früheren Casualty war.

Gleich drei Bloggerteams rauften sich darum, den beiden Fragen stellen zu können. Jephron und Syonje blieben wortkarg.

»Zum ersten Mal Adventurer – heißt das, dass ihr jetzt alles riskieren wollt?«

»Sieht so aus.«

»Jephron, wird das dritte Mal das letzte Mal sein, oder wollen Sie den Rekord mit den vier Teilnahmen einstellen?«

»Dieser Rekord interessiert mich nicht.«

»Syonje, seid ihr ein Paar? Verrätst du das unseren Abonnenten?«

»Nein.« Syonje betonte dieses Wort lächelnd wie eine Frage.

Nur im letzten Kreuzverhör wurde Jephron aus der Reserve gelockt.

»Haben Sie es den Veranstaltern denn nicht übel genommen, wie brutal Bjanje Cilings in die Falle gelockt wurde?«

Er sammelte sich kurz und sagte dann: »Es war auch meine Schuld. Ich hätte besser aufpassen müssen. Und es war Pech. Die Veranstalter konnten ja nicht dafür sorgen, dass Bjanje alles Metall trägt und ich keins.«

In den Fanfavoritenlisten schoss er dadurch schon vor Beginn der Staffel auf Platz 1, ein privilegierter Status, der ihm gar nicht behagte. Er hatte eher gehofft, sich in Ruhe konzentrieren zu können.

Diesmal nahmen sie ein gemeinsames Rüschenzimmer im *Giacomona.*

Dass der Geruch von Laurel eine erotisierende Wirkung hatte, konnten sie nicht abstreiten, denn sie fielen erst einmal im gemusterten Himmelbett übereinander her. Hinterher war ihnen das fast peinlich angesichts der spießigen Großmütterlichkeit der Zimmereinrichtung.

Sie duschten in echter Schwerkraft – ein unbeschreiblicher Genuss nach zehn Tagen Nasszellenquälerei – und machten sich dann auf den Weg zum Anmeldestand, um die letzten Formalitäten in Ordnung zu bringen. Unter anderem musste Jephron sich eine neue Wildcard ausstellen lassen.

Die Frau am Anmeldestand war dieselbe wie vor fünf Jahren. Inzwischen musste sie 75 Jahre alt sein. Der Knabe von damals war jedoch von einer aufreizend schönen Blondine abgelöst worden.

Jephron und Syonje bekamen ihre Teilnehmerkarten. Sie hatten die Nummern 18 und 19, sie gehörten also auch hierbei zusammen.

Auf dem Weg zur Anmeldung waren sie zweimal, auf dem Weg zurück sogar dreimal angehalten und interviewt worden. Jephron war noch maulfauler als am Hafen, Syonje übernahm das Reden, verriet allerdings auch nicht mehr als das inzwischen jedermann Bekannte. Es ging in diesen Interviews auch gar nicht darum, etwas Neues herauszubekommen, sondern darum, dass die Interviewer sich mit Prominenten im 3-D-Bewegtbild zeigen konnten. Mit je mehr Prominenten man gefilmt worden war, desto mehr galt man als Koryphäe seines Faches.

Am Abend gingen Jephron und Syonje zusammen ins *Paradox Lost.* Sie erinnerte sich noch gut an diese Bar. Sie war noch ein Kind gewesen vor fünf Jahren.

Die Musik war immer noch sehr interessant. Es pluckerte etwas Elektronisches von Robert Hood im Hintergrund, Jephron konnte es nicht genau bestimmen. Vielleicht war es auch zwei, drei Jahrhunderte jünger.

Zuzann war ein bisschen dicker geworden, sah dadurch aber überhaupt nicht gealtert aus. Nach wie vor hatte sie muskulöse Oberarme im Umfang von Wrestlerschenkeln und stand riesig und majestätisch hinter ihrem Tresen, als gäbe es nichts anderes im Weltraum. Sie grinste breit, als sie Jephron reinkommen sah, und machte sich sofort daran, ihm seinen Singapore Sling mit Crushed Ice vom Jupitermond Europa zuzubereiten. Auch ihre Begrüßung war fast jedes Mal dieselbe. »Ich erwarte dich schon seit einigen Tagen.« Auch wenn er diesmal fünf Jahre weg gewesen war anstatt nur eins. Ihn überkam eine eigentümliche Rührung, dass sich im *Paradox* so wenig verändert hatte, dass er hier immer auf dieselbe Weise willkommen war. Gleichzeitig empfand er sich als untreu und unverhältnismäßig gealtert.

»Ich dachte, du willst es mir vielleicht ausreden.«

»Tja, ich halte es tatsächlich für keine gute Idee. Du hast einmal deinen guten Crawl gehabt und beim zweiten Mal bereits dein Glück überstrapaziert. Jetzt beim dritten Mal? Wirkt es ein wenig, als wolltest du dort unten sterben wie ein alter Bär, der in seine Höhle zurückkriecht.«

»Vielleicht nicht der allerschlechteste Ort, um abzukratzen.«

»Na, ich weiß nicht. Für einen Newcomer vielleicht. Aber für einen, der schon zweimal da war und andere überlebt hat? Dir könnte bestimmt etwas Besseres einfallen als die Eingeweide von Laurel. Aber ich sehe, wer dich hierhergeführt hat. Es ist immer wieder dieselbe alte Geschichte. Seid ihr zusammen?«

»Warum ist das für jedermann so wichtig?«

»Es gibt wenig, was wichtiger ist. Ich bin jetzt bald zehn Jahre mit meiner Becca zusammen, und ohne sie wüsste ich gar nicht, wozu es mich gibt.«

»Wir sind *jetzt* zusammen«, antwortete Syonje für ihn. »Aber wir haben uns noch keine Gedanken gemacht darüber, was hinterher wird.«

»Ja, das ist wahrscheinlich am schlauesten so. Ihr wisst schließlich, worauf ihr euch einlasst.«

Syonje bestellte einen Drink, der in diesem Jahr sehr in Mode war: einen dunkelblau wabernden Misty Magellanic Cloud. Jephron starrte auf die kreisenden Farben und dachte über Zuzanns Worte nach. *Ohne sie wüsste ich gar nicht, wozu es mich gibt.* Das hatte ihm noch nie jemand so formuliert. Das hatte er auch noch nie so gesehen. Aber vielleicht lag darin ein Geheimnis. Das Geheimnis, wie man es länger an ein und demselben Ort aushalten konnte als fünf Jahre.

Syonje und er verkrochen sich in einem Separée und studierten die stündlich aktualisierten Teilnehmerlisten. Es gab wieder einige auffällige Kandidaten. Vier Collectors mit hispanischen Wurzeln hatten sich unter dem Begriff »Die vier Andalusier« zusammengetan. Ihre Namen lauteten Vicente, Gaspar, Tiros und Leandro. »Kommt darauf an, wie gut sie aufeinander eingespielt sind«, sagte Jephron, »aber ein Viererteam ist ungewöhnlich und sollte auf keinen Fall unterschätzt werden.« Darling der Staffel war eine sehr schöne Orionerin namens Vandalle Mouyi, die ihr Leder trug, als wäre es ihr auf die Haut gemalt worden. Das Gegenstück dazu bildete Kriemhuld, eine vierschrötige, grimmige Adventuress mit Stiernacken und gestyltem Damenbart. Dann gab es noch Quelfer Way Blount – eine Art Pfadfinder-Collector –, den physisch enorm starken Adventurer Renth Titaul, einen Scavenger namens Firindit sowie die Bushwhackerin Elsie Casseau. Diese zehn waren die interessantesten und vielversprechendsten im Teilnehmerfeld. Darüber hinaus dann noch das übliche Sammelsurium aus Profilneurotikern, Glücksrittern, Angebern, Underdogs und ehemaligen Irgendwassen. Das Moderatorenduo bildeten dieses Jahr erstmals Yessiga & Yavier. Yasson war seit seinen Ausfällen im letzten Jahr abserviert worden und durch einen anderen Schönling mit Aldebarandiamantenlächeln nahtlos ersetzt worden, auch in Yessigas Privatleben. Man behauptete, sie habe jetzt endlich ihr Glück gefunden. Niemand glaubte dies auch nur für eine Sekunde, aber kaum jemand bedauerte Yessiga dafür.

Jephron und Syonje plauderten gerade über Yessiga, als sie in ihrem Separée Gesellschaft erhielten. Ein hübscher Dreißigjähriger, der ihnen beide vage bekannt vorkam, fragte: »Entschuldigt bitte, kann ich mich ein paar Minuten mit euch unterhalten?«

»Keine Interviews jetzt«, sagten beide gleichzeitig.

»Nein, keine Interviews. Ich bin Teilnehmer wie ihr. Algernon Dagarza.«

Daher kannten sie ihn, von den Teilnehmerlisten und -filmen. Er gehörte zum bislang nicht weiter auffälligen Sammelsurium. Da er seine Frisur verändert hatte, die dunklen Krausen rot gefärbt, hatten sie ihn nicht gleich erkannt. Sie luden ihn ein, sich zu ihnen zu setzen, er nahm das sehr dankbar, sehr höflich an. Jephron beobachtete, wie Syonje dieser jüngere, gut aussehende Mann gefiel. Vor fünf Jahren hatte ihre Schwester sich doch auch während der Show mit einem Halbwüchsigen vergnügt, an dessen Namen sich Jephron beim besten Willen nicht mehr erinnern konnte.

Algernon kam gleich zur Sache. »Ich war überrascht, dass der große Jephron Girant sich nun als Adventurer eingetragen hat. Heißt das, ihr wollt den Minosaurus angehen?«

Jephron hielt es für ratsam, die Karten so lange wie möglich verdeckt zu halten. »Mal schauen. Jedenfalls wollen wir runter in die Blaus. Wenn dann der Mino kommt, nehmen wir aber wahrscheinlich Reißaus.«

»Ja, das wäre klug. Ich glaube nicht, dass die Verantwortlichen es zulassen, dass der Minosaurus getötet wird. Vor dreißig Jahren ist das ja mal einem beinahe gelungen, aber irgendwie wurden die Kontrahenten dann getrennt, durch einen kippenden Boden oder herabkommende Gitterstäbe, das war nie deutlich zu sehen. In der nächsten Staffel war der Minosaurus einfach wieder ganz der Alte, aber die Quoten waren da trotzdem am allertiefsten. Es hat den Zuschauern einen Schock versetzt, so als würde man ihnen ein Idol ankratzen. Der Minosaurus ist der Held von *Dungeoncrawler*, nicht wir.«

»Das ist eine interessante Sichtweise«, sagte Syonje.

»Aber es ist wahr. Hey, ich habe mich viel beschäftigt damit, wo *Dungeoncrawler* überhaupt herkommt. Natürlich aus dem kretischen Labyrinth. Antike Gladiatorenschlachten. Dann aber auch von Brettspielen, Fantasy-Rollenspielen, später Computerspielen. Da gab es diesen Roman namens *Rakuen*, der in einigen Ländern auch *Paradise of Swords* hieß. Ganz frühes einundzwanzigstes Jahrhundert. Aus diesem Roman erwuchs eine Computerspiel-Turnierkultur, die sogenannten V-Leagues. Computerspiele waren für Jahrhunderte das ganz große Ding, bis sie dadurch überflüssig wurden, dass all diese virtuellen Welten plötzlich tatsächlich zur Verfügung standen: im Weltraum. Aber etwas von dieser Turnierkultur überdauerte. Man virtualisierte die Gladiatorenkämpfe nicht mehr, man *realisierte* sie. Man behielt die Schwerter und Schilde und die Rückschrittlichkeit der Technik bei, aber es hat sich gewandelt, ist nun nicht mehr ein Jeder-gegen-Jeden-Gemetzel, sondern mit erfolgreichen Spielshowformaten verschmolzen, bei denen es überwiegend Überlebende und Gewinner gibt. Vielleicht als Triumph der Zivilisiertheit. Wir alle wissen, dass es auf einigen Planeten Blutsportarten gibt, die viel grauenvoller sind als *Dungeoncrawler*, die aber genau deshalb nur Spartenprogramme sein können für ein paar wenige Enthusiasten. Die Masse begehrt Action, aber auch Schönheit, deshalb gibt es Yessiga und dieses Jahr Vandalle und dich.« Er schaute Syonje ganz unverblümt an. Sie errötete unwillkürlich, weil sie auf diesen Überfall innerhalb seiner weitschweifigen

Herleitung gar nicht gefasst gewesen war. Algernon jedoch redete einfach weiter. »Aber etwas muss unverändert überleben, versteht ihr? Ein dunkles Herz, das nicht angetastet gehört. Bei *Dungeoncrawler* ist dieser finstere Nukleus der Minosaurus. Deshalb kann ich euch nur davon abraten, euch mit ihm anzulegen. Ihr seid ersetzbarer als er.«

»Und du bist was noch mal?«, erkundigte sich Jephron.

»Nur ein Collector. So wie du früher.«

»Aber auch als Collector kann man weit nach unten gehen. Ich habe das bewiesen.«

»Klar, aber das habe ich nicht vor. Hey, nichts für ungut, Mann, ich meine es wirklich nur gut mit euch. Ich habe gesehen, was vor fünf Jahren passiert ist. Das war eine Tragödie. Ich finde es toll, dass ihr euch erneut stellt, aber versucht nicht das Unmögliche, okay? Sonst gibt es noch mal so eine Tragödie. Ich mag Komödien lieber.«

»Wir danken dir für deine Ratschläge, Algernon«, sagte Jephron eisig lächelnd. »Aber weißt du, was ich glaube? Selbst wenn deine Theorie stimmt, dass der Minosaurus die Hauptfigur ist, denke ich, dass es nötig ist, ihn alle dreißig Jahre zu erneuern. Das müssen die hinter den Kulissen ohnehin machen, sonst wird das arme Tier zu alt.«

»Okay, ich sehe schon. Aber denkt an meine Worte. Ich muss jetzt los. Wir sehen uns unten!« Algernon klopfte auf den Tisch, stand auf und verschwand so jäh, wie er erschienen war.

»Impertinenter Schwachkopf«, schnaubte Jephron.

»Ich fand ihn eher raffiniert«, sagte Syonje vergnügt. »Er hat dir immerhin so gut wie aus der Nase gezogen, dass wir den Minosaurus angehen wollen. Mir wäre das nicht entschlüpft.«

Jephron ärgerte sich, aber Zuzann, die sich dann ebenfalls für ein paar Minuten zu ihnen gesellte und mit Jephron über früher scherzte, heiterte ihn wieder auf.

Übermorgen.

Übermorgen ging es wieder hinab dorthin, wo man nicht

reden musste. Wo man, umzingelt von Ursachen und Wirkungen, nichts als Taten sprechen ließ.

Syonje hatte deutlich über den Durst getrunken, als sie in einer Rikscha ins Seilbahnviertel zurückkehrten. Sie hatte spontan Lust auf ein anderes Hotel, eines, das sie noch nicht kannte. Jephron ging darauf ein, ein bisschen kam ihm das wie der Wunsch einer Todgeweihten vor, den man unmöglich abschlagen konnte.

Seine Wildcard eröffnete ihnen ein Zimmer im ansonsten hoffnungslos überbuchten, gigantischen, wie ein altmodisch mit der Spitze nach oben startendes Raumschiff geformten *Ryugyong of Laureline*. Die Suiten waren hier unfassbar teuer, aber Jephron hatte seine MAYFIELD geschenkt bekommen und deshalb fast noch die ganze Summe auf seinem Konto, die Syonje ihm vor fünf Jahren überwiesen hatte – wofür sollte er die aufsparen? Als Teilnehmer bekamen sie ein Doppelzimmer in Etage 100 und ließen es sich dort mit Zimmerservice richtig gut gehen, zumindest, bis Syonje schnarchend einschlief.

Jephron rief noch einmal Violaine an, um deren Gesundheit er sich nach wie vor Sorgen machte. Und tatsächlich ging es ihr wieder schlechter, seitdem ihre MISBEHAVE erneut verwaist war, was ihm sehr leidtat. Er schlug ihr vor, das Schiff für eine Zeit an ein verliebtes Pärchen auf Hochzeitsreise oder vielleicht sogar an eine größere Gruppe lockerer junger Menschen zu vermieten. Der Gedanke gefiel ihr und munterte sie wieder ein wenig auf.

Jephron schlief ein und träumte nichts, an das er sich hinterher erinnern konnte. Der morgendliche Ausblick auf das schlaftrunken vernebelte Laureline aus dem hundertsten Stockwerk des *Ryugyong* kam ihm selbst wie ein Traum vor.

Der letzte Tag vor dem Einstieg in die Staffel und die Höhlen.

Jephron und Syonje machten Fitnessübungen, frühstückten und lunchten im Hotel, gaben zwei weitere »Interviews«. Manchmal schauten sie sich jäh an und gaben voreinander zu, Angst zu haben, aber keine Gedanken an Umkehr zu verschwenden. Umkehr war zwar noch möglich, aber schon nicht mehr ohne Gesichtsverlust zu bewerkstelligen.

Sie verwarfen den Gedanken, in ein Immersionskino zu gehen. So mitreißend der Film auch sein mochte, sie würden sich ohnehin nicht darauf konzentrieren können, sich wahrscheinlich eher gestört fühlen. Sie hingen stattdessen vor Monitoren und versuchten, aus der Vorberichterstattung so viel wie möglich über die diesjährigen Dungeons zu erhaschen.

Am Abend spazierten sie zum Raumhafen, zur MAYFIELD, und dann wieder ins *Paradox Lost*. Das waren die beiden Orte, die für Jephron einem greifbaren Ziel, sogar einem Zuhause am nächsten kamen. Syonje hatte ihr Zuhause auf Castelbouc, das war mit mindestens vierzehn Tagen Flug nun viel zu weit entfernt.

Im *Paradox Lost* lief Miles Davis, »Tatu«, vom Livealbum »Dark Magus«. Eine fünfundzwanzig Minuten mehrmals eigenwillig unterbrochene, kochend heiß dampfende Groovesuppe. Heute vertauschten sie die Rollen: Syonje trank einen Singapore Sling und Jephron den Misty Magellanic Cloud. Das mochte Pech bringen oder vielleicht auch Glück, sie wussten es nicht.

Zuzann gesellte sich wieder zu ihnen. Sie sprachen über die vielen Pferde auf den Straßen. »Der nächste Trend zeichnet sich schon ab«, erklärte Zuzann. »Schwere Hoverbikes statt Pferden, denn die Pferde kacken alles voll. Das mit den Bikes gab es vor zweihundert Jahren schon und wurde dann verboten, weil es zu viele Unfälle gab. Aber sie kommen wieder, jeder zehnte Gast träumt davon, sich eins zuzulegen.«

»Wie war Laurel eigentlich, bevor es *Dungeoncrawler* gab?«, erkundigte sich Syonje.

»Sehe ich so alt aus, dass du mir zutraust, vor 72 Jahren schon gelebt zu haben?«

»Quatsch, aber du hast bestimmt Ahnung.«

»Na ja, hier wird so gut wie überhaupt nichts los gewesen sein. Eine einzige Stadt auf dem ganzen Planeten und eine Luft, die riecht wie der Arsch einer Bisonkuh mit Verstopfung. Soweit ich weiß, gab es hier nichts außer einer Minensiedlung mit zwei Bordellen. Was willst du auch erwarten von einem Planeten, der nach einem Filmkomiker benannt wurde?«

Jephron stutzte. »Laurel ist doch nicht nach Stan Laurel benannt worden, sondern nach dem englischen Wort für Lorbeer!«

»Das glaubst aber auch nur du!« Zuzann lachte, und Syonje fiel mit ein. Jephron wurde sein verdutztes Gesicht noch lange nicht los.

Um auf Nummer sicher zu gehen, bestellte er dann doch noch einen Sling. Ihm war unwohl, wenn er alle Traditionen hinter sich ließ. Syonje jedoch war ein weiterer Magellanic zu langweilig, sie wollte sich etwas ganz Besonderes bestellen. Auf der Karte fand sie einen »Oxydised Negroni« und fragte ganz unbekümmert, ob der etwas mit »Negroes« zu tun hatte. Zuzann verneinte nach einem kurzen Seitenblick zu Jephron, der aber lächelte. Negroni sei ein uralter Drink, unter anderem mit rotem italienischem Wermut, der heutzutage aber überwiegend aus dem Kugelsternhaufen Messier 13 importiert werde. Syonje wollte den probieren. Zuzann bereitete einen zu. Syonje und Jephron kosteten beide die wie sehr dunkler Bernstein aussehende Spezialität. Weitere Drinks würde es aber heute nicht mehr geben, sie wollten morgen keine schweren Köpfe haben.

Sie verabschiedeten sich von Zuzann. Jephron versuchte, es

nicht allzu bedeutsam wirken zu lassen. Als wäre er in spätestens zehn Tagen hier ohnehin wieder Gast.

Wenn er in sich hineinlauschte, konnte er keine Antwort auf die Frage vernehmen, ob er leben würde oder sterben. Oder ob er leben *wollte* oder sterben. Er wollte Syonje besser schützen als Bjanje, das allein schien ihm wichtig.

Im Hotel löschten sie bald die Monitore, die bis zum Bersten gefüllt waren mit dem neuesten Klatsch und Tratsch über die Teilnehmer. Niemals zuvor hatten sie sich so wenig für die anderen interessiert. Sie versenkten sich stattdessen ineinander, bis sie in schweißfeuchter Bettwäsche einschliefen, hoch wie im Himmel über dem nächtlichen Lärmen der Stadt.

Vielleicht war auch dies das letzte Mal, sie wussten es nicht. Das kümmerte sie nicht.

Sie frühstückten im *Ryugyong*.

Danach brachen sie auf.

Sie konnten keine Rikscha nehmen, man hätte sie dort rausgezerrt, um sie zu erdrücken. In der Stadt herrschte Ausnahmezustand am Tag des Großen Tores, von Jahr zu Jahr schien das immer noch ein Quäntchen schlimmer zu werden. Aus seinen vielen Jahren als Zuschauer wusste Jephron, was in den Leuten vorging. Halb waren sie froh, dass sie nicht runter mussten, sondern einfach nur weiterleben und genießen durften, halb waren sie aber auch neidisch und eifersüchtig. Die Zuneigung konnte jäh in Aggression umschlagen. Also nahmen sie den Transportservice der Show in Anspruch und ließen sich in einer gepanzerten Limousine chauffieren, die außen jedoch den Schriftzug *Dungeoncrawler* aufwies und damit den Ausnahmezustand noch zusätzlich anheizte. Auf etlichen Straßen kamen sie nur im Schritttempo voran oder mussten sogar ganz innehalten. Der Fahrer war gut ausgebildet und fand immer wieder Schleichwege.

Vor dem Großen Tor brodelte es. Wahrscheinlich waren eine halbe Million Menschen dort versammelt. Dorthin fuhr der Chauffeur aber nicht. Stündlich gab es für die Teilnehmer einen anderen, geheimen Eingang, anders wäre das gar nicht machbar gewesen. Jephron und Syonje schlüpften durch einen langen, gummierten Tunnel und erreichten die Kostümprobe hinter den Kulissen. Von draußen drang das Röhren einer halben Million. Jephron und Syonje wurden vermessen, Jephron kannte das alles schon zur Genüge. Organisatoren. Kameramänner. Hostessen. Coolness und Kontrolle vortäuschende Sicherheitsleute. Kurz vermeinte Jephron Luetin von vor fünf Jahren zu erblicken, aber das musste eine Sinnestäuschung sein, Luetin war dieses Jahr nicht mehr dabei. Jephron wusste gar nicht, ob er oder sie damals überhaupt überlebt hatte. Zum Zeitpunkt von Bjanjes Tod und Jephrons Ausstieg war Luetin jedenfalls noch am Crawlen gewesen.

Die Teilnehmer wurden zusammendirigiert. Vandalle Mouyi war tatsächlich herausragend schön, sie verdiente sich ihren Lebensunterhalt als Topmodel in mehreren Sternensystemen. Auch Renth Titaul war eine auffällige Erscheinung, zwei Meter groß, die Haut kupferrot, was aber wahrscheinlich eine Art Bemalung war. Oder ein Pigmenttattoo. Algernon Dagarza tauchte auf und begrüßte Jephron und Syonje wie alte Bekannte. Er hatte ein Auge auf Syonje geworfen, so viel war klar.

Es ging raus in den Lärm. So laut war es tatsächlich vor fünf und auch vor einundzwanzig Jahren nicht gewesen. *Dungeoncrawler* war immer noch nicht am Zenit seiner Beliebtheit angekommen und würde das vielleicht auch nie, weil die Legendenbildung und die langjährigen Fans alles nur noch immer weiter verstärkten.

Der Weg zur Präsentationsplattform war durch gepanzerte Soldaten gebildet wie bei einem Spießrutenlauf.

Die Show begann. Yessiga sah aus wie nackt, nur wenn man genauer hinschaute, konnte man sowohl an ihr als auch an ihrem moleküldünnen Überzug Faltenbildung erkennen.

Diesmal musste Jephron nicht so lange warten wie vor fünf Jahren, sie waren die Nummern 18 und 19 und wurden zusammen aufgerufen und präsentiert. Dadurch entging Jephron sämtlichen Anspielungen auf Krötenaffen – das war auch längst uninteressant geworden. Alles drehte sich jetzt um Bjanje, von der mehrere Einspieler gezeigt wurden. Dann ihr Tod. Ihr ratloses Gesicht dabei. Nicht panisch. Nur überrumpelt.

Jephron spürte, dass Syonje leicht zitterte, ob vor Schauder oder vor Zorn, war ihm egal. Er legte einen Arm um ihre Hüfte und zog sie an sich.

»Zum ersten Mal Adventurer«, sagte der hübsche, blitzgepflegte Yavier und duftete dabei sogar aus dem Mund nach Lavendel, »fühlt sich das nicht an, als würde man alles auf eine Karte setzen?«

Die Frage war gar nicht so dumm. »Genau so fühlt es sich an«, antwortete Jephron.

»Und ist es die letzte Karte, oder hast du noch einen anderen Lebensplan in der Hinterhand, Jephron?« Auch diese Frage war nicht dumm, irgendjemand musste sie Yavier schreiben.

»Das hier sind jetzt alle meine Karten, die lege ich alle auf den Tisch. Aber das ist bei *Dungeoncrawler* immer so.« Die Menge kreischte vor Jubel. Genau so etwas wollte sie hören.

»Und du, Syonje?«, fragte jetzt Yessiga. »Du bist noch jünger, als es deine Schwester war – bist du bereit, ihr Schicksal zu teilen?«

Auch Syonje schien von der unerwarteten Investigativität dieser Frage kurz überrascht zu sein, dann antwortete sie: »Nein. Wir werden gewinnen. Für Bjanje!« Und riss die Arme hoch, als hätten sie bereits gewonnen oder auch nur irgendetwas geleistet.

Die Menge raste. Man warf sogar pudriges Candy auf die Plattform.

Jephron war heilfroh, als sie endlich in den Hintergrund entlassen wurden. Dort mussten sie allerdings 31 weitere Präsentationen durchhalten, ohne dabei allzu gelangweilt auszusehen, denn die schwirrenden Kameradrohnen sahen alles und zeichneten alles auf.

Schließlich die Ansprache des Veranstalters, nahe am Großen Tor, auf einer anderen Bühne. Er sah anders aus als der vor fünf Jahren, aber irgendwie ähnlich. Ein Bruder? Derselbe nach mehreren kosmetischen Überholungen? Jephron wusste es nicht, und es interessierte ihn auch nicht. Es interessierte überhaupt sehr wenige, jedenfalls keinen von den kreischenden, tobenden Fünfhunderttausend auf diesem weiten, rot ausgelegten Platz.

»… wünsche ich euch allen, dass ihr in unseren vielfältigen Verliesen vielfältiges Glück findet …«

»… keine Kosten und Mühen gescheut, die größte Show in der Geschichte des Universums …«

»… jeder ist seines Glückes Schmied, auch ihr Milliarden treuer Zuschauer da draußen …«

»… möge der Dungeoncrawl **beginnen**!«

Der Schrei der Menge klang wie elektronisch verzerrt und verstärkt.

Jephron schaute nur noch auf seine eigenen Füße. Er kannte das doch alles schon, und momentan erschien es ihm wie ein wiederkehrender Albtraum. Er spürte Syonjes Hand in seiner. Das war neu. Er drückte die Hand. So hielten sie sich aneinander fest, als das Große Tor sich öffnete und man dem Lärm entschlüpfen durfte in das Innere der Hölle.

Auch innen war alles wie gehabt. Die Lederkluften wurden angepasst. Jephron fluchte wieder. Sein Training hatte nicht jedes Gramm Bauchfett eliminieren können, er fürchtete, in dieser Wurstpelle lächerlicher auszusehen als jemals zuvor. *Ein alter Mann, der nicht weiß, wann er hätte aufhören sollen.* Er tröstete sich damit, dass Thibanth Alnilam vor fünf Jahren älter gewesen war als er jetzt. Gab es diesmal überhaupt Teilnehmer, die schon fünfzig waren? Er schaute sich um, hatte bislang noch gar nicht auf diesen Aspekt geachtet.

Der Scavenger namens Firindit wahrscheinlich. Dessen ledrige Haut sah aus, als wäre er schon sechzig. Vielleicht lag das aber auch nur an den gerbenden Umwelteinflüssen seines Heimatplaneten.

Syonje jedenfalls sah blendend aus in ihrem Ledercatsuit. Fast so gut wie Vandalle Mouyi. Syonje hatte denselben Thigh Gap, den ihre Schwester auch gehabt hatte. Jeder Schritt bekam dadurch etwas Stelzendes, das war sehr attraktiv. Die Kameraleute schwirrten um sie herum wie Bienen nahe am Nektar.

Dann ging es zur Waffenausgabe. Das war jetzt wichtig. Für Syonjes Plan.

Sie hatte ihre Augen auf einen Hammer mit langem Stahlschaft geworfen, der wie geschaffen dafür war, in eine der Lampen eingeklemmt zu werden und möglichst viel Stromstrecke bis zum Boden zu überwinden. Aber dieser Hammer wurde ihr vor der Nase weggeschnappt. Von dem Adventurer Renth Titaul, der damit hantierte, als sei er genau solche Waffen gewöhnt.

Syonje fluchte. Sie ließ sich etwas aushändigen, was noch eher auf den Kraftprotz Titaul zugeschnitten wirkte: eine riesige Axt. Damit ging sie zu ihm hin und fragte ihn, ob er nicht tauschen wollte, die Axt sei ihr doch ein wenig zu schwer.

Er lächelte und lehnte ab.

Syonje wollte nicht weiter insistieren, denn sie befürchtete, ihr Plan könne sonst auffliegen. Es war zu auffällig, wenn ein Teilnehmer auf eine ganz bestimmte Waffe bestand.

Ihr Gesicht war gerötet vor Ärger, als sie zu Jephron kam. »Verdammt, das Ding wäre perfekt gewesen, wirklich perfekt! Dann noch ein paar weitere längliche Metallwaffen und alles würde hinhauen!«

»Dann besorgen wir uns diese länglichen Metallwaffen.«

»Aber die werden nicht ausreichen! Die kann man oben nicht so gut einpassen. Dieser Hammer ist genau richtig!«

»Ja. Wir besorgen uns alles Weitere. Den Hammer besorgen wir uns unten.«

»Wie, unten? Wir sind doch keine Scavenger!«

»Ich will ihn ja auch nicht klauen. Ich will ihn tauschen, wie du das schon vorhattest. Ich nehme diese Axt mit, nur für diesen Zweck. Sobald Renth Titaul sich da unten zum Schlafen hinlegt, tauschen wir die Sachen aus.«

»Das klappt niemals. Wenn er wach wird?«

»Wir sind zu zweit.«

»Aber das wird man gegen uns auslegen!«

»Wen interessieren die Rankings? Außerdem: Wenn die Zuschauer sehen, was wir mit dem Hammer vorhaben, werden sie es verstehen. Wahrscheinlich finden sie es sogar spannend, dass Adventurer sich gegenseitig scavengen.«

Syonje war nicht begeistert, andererseits hatte sie dadurch das Gefühl, dass ihre Felle noch nicht schon zu Beginn weggeschwommen waren.

Auf der Suche nach guten Stromleitern stieß sie auf eine geradezu perfekte Waffe: ein metallisches Yonsetsukan-Nunchaku, das aus vier mit Ketten verbundenen Stangen bestand, zwei lange Stangen außen, die zwei kürzeren innen. Mit diesem Gerät allein plus dem hypothetischen Hammer konnte man bereits den Boden erreichen. Sicherheitshalber nahm sie jedoch noch einen leichten, schlanken Speer mit, um sich Ungeheuer vom Leib halten zu können. Speere gab es leider nur mit nicht leitenden Holzschäften, aber den brauchte sie zur Verteidigung. Als Waffe entschied sie sich für ein afrikanisches Wurfeisen, eine Mischung aus Sichel und Sense mit einem sehr eigenartig geformten Klingenverbund, der dem Umriss eines sitzenden Marabus ähnelte. Sie zeigte diese Waffe Jephron und fragte ihn, ob die nicht etwas für ihn wäre wegen seiner Herkunft. Er fand sie viel zu schwer zu handhaben. Sie behielt sie dennoch, vielleicht war es Aberglauben. Dann noch eine Rolle Bindfaden, die man seit dem Altertum in Labyrinthen brauchen konnte, sowie zwei Wasserschläuche. Damit war sie viel schwerer beladen als ihre Schwester vor fünf Jahren.

Auch Jephron musste diesmal mehr schleppen als damals, obwohl er sich im Großen und Ganzen für genau dieselbe Ausrüstung entschied. Die zwei Schilde hatten sich hundertfach bewährt, besonders beim Abschirmen einer Cilings-Schwester. Der Bambusstab ebenfalls. Das leichte Netz hatte er vor fünf Jahren nicht gebraucht, aber vor einundzwanzig Jahren hatte es ihm gute Dienste geleistet, deshalb wollte er erneut nicht darauf verzichten. Ein Wasserschlauch. Und eben die schwere, unhandliche Axt zum Tauschen gegen den Hammer.

»Ich frage mich, ob wir nicht noch Fernwaffen mitnehmen sollten. Gerade im Sinne des Plans«, raunte er Syonje ins Ohr. »Wenn der Mino auf der anderen Seite der Pfütze stehen bleibt, wie wollen wir ihn sonst beharken oder reizen?«

»Du hast recht, aber ich kann nicht noch mehr tragen.«

»Dann nehme ich noch einen Kurzbogen mit und dreißig Pfeile.«

»Mit diesen Kurzbogenpfeilchen kommst du aber wohl kaum durch die dicke Saurierhaut.«

»Mit einem Langbogen kann ich aber nicht umgehen. Du etwa? Und die kleinen Armbruste sind schon vergeben. Die vier Andalusier haben sich alle welche gegriffen.«

»Warte mal, da kann ich vielleicht was deichseln.«

Syonje nahm sich einen Langbogen und dreißig lange Pfeile

und schlenderte damit zu den vier Andalusiern hinüber, die sich posierend vor ihr aufbauten. Nach einem zweiminütigen Gespräch hatte sie den Langbogen gegen die Armbrust des Andalusiers namens Tirso getauscht.

»Was hast du ihnen erzählt?«, erkundigte sich Jephron.

»Nichts Besonderes. Nur dass es vielleicht nicht allzu schlau ist, wenn sie sich alle vier gleich ausrüsten. Die Zuschauer könnten sie dann schwerer auseinanderhalten. Wenn einer von ihnen aber anstatt der Armbrust einen auffällig langen Bogen …«

Jephron musste lachen, und Syonje lachte mit. Tatsächlich machten sich nun alle vier Andalusier noch mal auf zur Waffenausgabe, um sich vielfältiger auszustatten.

»Ich habe ihnen eigentlich einen Gefallen getan, oder?«, fragte Syonje mit unschuldigem Augenaufschlag.

»Ja, das glaube ich auch. Genauso werden wir Renth Titaul einen Gefallen tun. Die Axt wird ihm viel besser stehen, der Hammer verbiegt sich doch höchstens.« Er nahm die miniaturisierte Armbrust und den Bolzenkasten mit vierzig Bolzen an sich, da Syonje nichts mehr tragen wollte.

Er ächzte ganz schön unter der Ausrüstung, besonders in dem stickigen Leder. »Diesmal streunen wir wenigstens nicht so ziellos herum. Wir gehen einfach immer weiter in die Tiefe, wenn wir Glück haben, ist der Weg gar nicht allzu weit.«

So machte er sich Mut. Obwohl er wusste, dass die Tiefe viel gefahrvoller und anstrengender war als alles Umherirren in Orange und Hellrot.

Nun gab es wieder das gemeinsame Essen mit Yessiga & Yavier.

Diesmal gab es sogar drei Teilnehmer, die anschließend über Durchfall klagten oder sich übergeben mussten. Das lag nicht am Essen, das machte die Furcht.

Während des Essens gingen Techniker herum und deaktivierten sämtliche Handys und subkutanen Hilfsmittel mit Ausnahme von Herzschrittmachern. Dabei stellte sich heraus, dass Jephron sein Handy, seit es vorm letzten Crawl deaktiviert worden war, gar nicht mehr hatte reaktivieren lassen. Fünf Jahre lang hatte er somit ohne Körperfunk gelebt. Schließlich hatte er abtauchen und nicht permanent von den Veranstaltern oder durch Interviewanfragen belästigt werden wollen. Seine wenigen Freunde hatten ihn über die MAYFIELD kontaktieren können. Solange er die noch besaß.

War er eigentlich davon ausgegangen, dass Syonje versuchen würde, ihn zu erreichen? Warum hätte sie das tun sollen? Warum sollte ein Mädchen sich in den Kopf setzen, den Mann aufzuspüren, der ihre Schwester nicht hatte retten können?

Aber genau so war es gekommen. Sie hatte ihn im ewigen Schneetreiben gefunden und zurückgeholt in die warmen Eingeweide des Dungeon Planet.

Die Techniker staunten und beließen sein Handy einfach unaufgeladen, funktionsunfähig und ohnehin nicht mit den neuesten Applikationen ausgestattet, die heutzutage jeder besaß, um vollständig am interplanetaren Dasein teilhaben zu können. Für sie war ein Handyloser hinfälliger als ein Amputierter, denn für Amputierte gab es Gliedmaßen, die besser waren als echte.

Yessiga & Yavier hielten wieder ihre Ansprache der letzten Dinge.

»Vergesst nicht, alles zu erledigen, was noch erledigt werden muss. Habt ihr alle eure Testamente gemacht? Lacht nicht, wir haben schon jahrelange Prozesse Hinterbliebener erlebt. Unaufschiebbare Geschäfte? Habt ihr sämtliche in den nächsten zehn Tagen fälligen Rechnungen überwiesen? Eure Raumschiffmotoren abgeschaltet? Letzte Anrufe an die Liebsten? Dort hinten sind mehrere öffentliche Einwählstationen. Wenn das Innere Tor sich hinter euch schließt, gibt es eine achtundvierzigstündige Sperrfrist, das heißt, erst nach achtundvierzig

Stunden könnt ihr den Aufenthaltsbereich wieder aufsuchen, um euch auszuruhen, zu essen und zu trinken, medizinische Hilfe in Anspruch zu nehmen oder auszusteigen aus der Staffel. Toiletten, Waschgelegenheiten und Nahrung findet ihr in den Labyrinth-Ebenen, sollte die Nahrung vergriffen sein, wird sie binnen zwölf Stunden nachgefüllt, egal, wie tief ihr euch befindet, wir verfügen über automatisierte Versorgungsschächte, durch die übrigens kein Mensch durchpasst, falls ihr auf Abkürzungen spekulieren solltet. Nach zehn Tagen und zehn Nächten endet der Crawl. Wenn ihr eure Schätze behalten wollt, solltet ihr bis dahin nach hierhin zurückgekehrt sein. Solltet ihr das aus irgendwelchen Gründen nicht schaffen, holen unsere Spezialteams euch raus, egal, wo ihr euch dann befindet, aber eure Beute nehmen sie euch dann ab. Ein erfolgreicher Crawl endet hier in diesem Raum innerhalb der Zehn-Tage-Frist. Nicht erlaubt ist, dass ihr zwischenzeitlich gefundene Schätze hier im Aufenthaltsbereich in Sicherheit bringt. Wenn ihr medizinische Hilfe braucht oder zum Schlafen und Essen hierherkommt, müsst ihr vorher eure bisherige Beute im Labyrinth verstecken und somit den Scavengers eine Chance geben, diese zu entwenden. Dasselbe gilt für Ausrüstungsteile, die ihr nicht von Anfang an dabeihattet, das ist alles von uns registriert worden, mogeln ist unmöglich. Wer Schätze oder andere Beute vor Ablauf der zehn Tage mit nach hier bringt, darf anschließend nicht mehr in die Dungeons zurück, für den ist der Crawl beendet. Schätze und Beute darf er in diesem Fall aber behalten. Noch Fragen?«

Niemand traute sich. Niemand fragte diesmal nach dem Jackpot. Es war ohnehin schon mehr als zehn Jahre her, dass es zuletzt jemandem gelungen war, einen Millionenschatz in den Dungeons zu finden. Aber man konnte – Jephron war ein gutes Beispiel dafür – auch ohne den Jackpot wohlhabend werden.

»Wer hat eigentlich vor fünf Jahren gewonnen?«, fragte er Syonje.

»Das weißt du gar nicht? Es gab zwei Sieger. Das meiste Geld hat Mxu rausgeholt. Er hat emsig die ganzen zehn Tage lang Schätze nach Gelb geschleppt, von denen die meisten ihm von Bushwhackern abgenommen wurden. Aber am letzten Tag hat er ziemlich genial die Bushwhacker gewhackt und sich fast alles wieder zurückgeholt. Ich glaube, er ist mit über 200 000 Credits aus der Staffel rausgekommen.«

»Das ist wirklich eine Menge. Und der zweite Sieger?«

»Der zweite Sieger war Luetin, die in den Publikumsvotings unangefochten oben stand. Unfassbar elegante Kämpfe. Zwei Krötenaffen hat sie bezwungen. Sie hat sämtliche Spezialpreise abgeräumt.«

»Also war sie doch eine Frau.«

»Luetin war intersexuell, aber sie ließ weibliche Grammatik für sich gelten, weil sie sich in sächlicher Grammatik als Ding oder Kind herabgewertet fühlte.«

»Was ist aus den beiden geworden? Mir war so, als hätte ich Luetin vorhin draußen gesehen.«

»Eher unwahrscheinlich. Beide sind nicht mehr im Zusammenhang mit *Dungeoncrawler* aufgetaucht. Nicht jeden Survivor zieht es immer wieder hierhin zurück wie dich. Vielleicht war draußen jemand, der sich wie Luetin angezogen hat. Es ist beliebt, sich wie Teilnehmer zu kostümieren. Ich habe auch schon Jephrons gesehen, die gar nicht du waren.«

Jephron nickte. Davon hatte er ebenfalls gehört, in den sechzehn Jahren zwischen seinen zwei ersten Crawls. Das war verrückt, wenn man darüber nachdachte. Es gab Menschen, die mehr Zeit und Mühe darauf verwendeten, er zu werden, als er selbst.

Inzwischen führte man sie vor das kleinere Tor. Das wirkliche.

Es gab eine neue Musik, was Jephron irritierte. Er mochte es nicht, wenn die Rahmenbedingungen sich änderten. Immerhin war das Tor dasselbe, auch wenn es zu neuen Variationen von Wegen führen würde. Jedes Jahr war das Labyrinth ein anderes, wurden neue Stockwerke erschlossen, alte versiegelt. Laurel bot unendlich viele Möglichkeiten, deshalb hatte man diesen Planeten ausgesucht.

Die Kameras waren überall, starrten mit wimpernlosen Glasaugen mitten in Jephrons Gesicht.

Er schloss die seinen.

Es war nicht Scham, was er empfand.

Es war Wissen.

Sein dritter Crawl. Er würde sterben. Oder er würde überleben und wiederkehren, um beim vierten Mal zu sterben. Oder er würde überleben und wiederkehren, und überleben und wiederkehren, um beim fünften Mal zu sterben. Oder um zu gewinnen. Syonje hatte das viel besser begriffen als er. Um den Teufelskreis der Sehnsuchtskranken zu durchbrechen, musste man sterben oder gewinnen. Nichts anderes zählte.

Er lächelte. Es war eine gute Sache, in der Unüberschaubarkeit des Universums dermaßen deutlich erfasst zu haben, was einem zu tun blieb.

Das Tor öffnete sich. Langsam und bedeutsam, zu Musik, die falsch und billig klang, irgendetwas Klassisches, aber etwas, das man schon aus Werbespots irgendeiner Firma kannte. Vielleicht war *Dungeoncrawler* inzwischen gekauft worden von ebenjenem Konzern. Was machte es für einen Unterschied? Niemand betrat die Labyrinthe für braune Brause oder Erdenschuhe. Die Labyrinthe waren viel größer als dies, die Lebewesen darin ungleich wahrhaftiger.

Die Jüngsten und Eifrigsten stürmten jubelnd durch das Tor und verschwanden. Jephron hielt Syonje zurück, bis Renth Titaul vor ihnen war. Sie schaute ihn an und verstand.

Sie gingen fast als Letzte hindurch, einzig der Pfadfinder-

Collector Quelfer Way Blount hatte sich ebenso wie sie noch zurückgehalten, um das Feld ganz von hinten aufzurollen.

Das Tor schloss sich und verriegelte sich lautstark für 48 Stunden.

Quelfer Way Blount tauchte ins Gelb und verschwand.

Jephron und Syonje hefteten sich an den wuchtigen Umriss von Renth Titaul, der dreißig Schritt vor ihnen ins Bienenwachswabern stapfte.

Für einen Moment fühlte Jephron sich wie nachtblind, als könnten die Lichtrezeptoren in seinen Augen aus diesem funzeligen Goldglimmer nie und nimmer genügend Helligkeit ernten.

Dann spürte er es. Erneut.

Deutlicher noch als bei seinem Crawl mit Syonjes Schwester, bei dem er es vielleicht nicht hatte wahrhaben wollen.

Er war wieder da.

Das hier war tatsächlich sein echtes Leben. Er war ein Dungeoncrawler.

Egal, wie viel Zeit seitdem vergangen war, fünf ganze Jahre. Auf welchem Planeten er sich verkrochen, auf welchem anderen er seine MAYFIELD verkauft hatte. Mit welchem lachhaft geformten Ding er zuletzt geflogen war wie ein schlüpfriger Witzbold. Das alles war irrelevant, vergilbte vor Fehlfarben wie das Universum, das einem die Hightech-Fensteranlagen der Schiffe vorrechneten.

Dies hier waren die wirklichen Farben der Nacht. Dieses Gelb, das Orange, die beiden Rots, das Grün, die beiden Blaus.

Hier hatte er sein Glück gemacht und sein Unglück gefunden. Zwischen diesen beiden Vollausschlägen war alles andere nur Trugbild.

Sein ganzes Leben war nur hier unten und hier drinnen von Bedeutung.

Er spürte, dass diese Erkenntnis ihn nicht deprimierte, nicht schwächer machte, sondern ihn stärkte. Viele Menschen erfuhren nie, wohin sie gehörten. Er hatte es begriffen und nahm es an. Hier war er auf dem Spielfeld, welches das Leben für ihn vorgesehen hatte. Ob Collector oder Adventurer war bedeutungslos. Entscheidend war der Ort: die Innereien Laurels.

Er spürte, dass er bereit war für den Minosaurus. Dass er diesen letzten aller Kämpfe mit größerer Entschiedenheit würde führen können als so manch anderer Adventurer, dem im Ansturm der Bestie womöglich Zweifel kamen oder Erinnerungen an ein Leben jenseits dieser Kerkerwände. Dessen Füße sich in Hoffnungen verhedderten, und dessen Finger das Glasgefängnis einer seine Gefühlswelt beherrschenden Familie nicht durchbrechen konnten.

Für ihn gab es solche Zweifel nicht mehr. Er hatte keine Ahnung, wo er hin sollte nach diesem letzten Kampf. Kein bisschen rechnete er sich eine gemeinsame Zukunft mit Syonje Cilings aus. Genau wie ihre Schwester interessierte sie sich immer nur dann für ihn, wenn eine neue Staffel *Dungeoncrawler* unmittelbar bevorstand. Zwischen den Staffeln würde er ihr peinlich werden, würde sie einen Jüngeren kennenlernen, halb so alt wie er, der sie vollauf entzücken würde. Nichts wäre falsch daran. Nichts daran wäre für ihn niederschmetternd oder auch nur unerwartet.

Vielleicht hatte er ausschließlich diese eine Liebe in seinem Leben gehabt: Vimalaa für ein paar Wochen nur, längst mit einem anderen, Angemesseneren verheiratet. Die Erinnerung an ihr Lächeln und ihre Stimme wärmte auch jetzt noch sein Herz. Wahrscheinlich war selbst für eine hübsche Cilings gar kein Platz mehr darin.

Er nickte.

»Du siehst entschlossen aus«, stellte Syonje fest und lächelte nun ebenfalls. Fast so hübsch wie Vimalaa in diesem Gelb, das alle Konturen wie Senfrauch zerfließen ließ.

»Ja. Das bin ich. Pass mit auf, damit wir ihn nicht verlieren!«

Titaul wandte sich einmal zu ihnen um, machte sich aber nichts daraus, dass man ihm folgte. In der Anfangsphase war es nur natürlich, dass Teilnehmer noch zusammenblieben.

Der Gestank war so präsent, als brüllte er einen an. So rochen nur Monster von den entlegensten Planeten. Sehr viele von ihnen, bunt durchmischt.

Es war auch gleich hallendes Geschrei zu hören. Die ersten Teilnehmer prallten auf bizarre Bewohner, die ihr seit Monaten markiertes Revier eifersüchtig verteidigten.

Jephron und Syonje konzentrierten sich ganz auf Titaul. Einmal verloren sie ihn kurz, fanden ihn dann aber nach einem Abzweig wieder.

Zweimal hatten sie das Gefühl, er habe an einem Abzweig auf sie gewartet und sei erst dann weitergegangen, als sie ihn sehen konnten. Wollte er sie in eine Falle locken? Wohl kaum. Für eine Falle musste man die Örtlichkeiten kennen, und niemand kannte sie, selbst Jephron auf seinem nun dritten Crawl befand sich bereits jetzt in Gängen, die ihm völlig unvertraut vorkamen. Wahrscheinlicher war, dass Titaul es begrüßte, nicht ganz allein zu sein. Sollte er von einem Ungeheuer angegriffen werden, konnten seine Verfolger ihm zu Hilfe kommen. Sie konnten es auch bleiben lassen, aber solange er noch keine Beute besaß, hatte er immerhin nichts zu verlieren.

Sie bewegten sich nur eine halbe Stunde lang durch Gelb, dann gab es einen Abzweig nach Orange und nur kurze Zeit später eine enge Treppe, die hinab nach Dunkelrot führte.

Wo war Hellrot geblieben? Sie mussten es umgangen haben.

Dunkelrot nach nur wenigen Stunden kam Jephron äußerst gewagt vor, aber genau das hatten sie schließlich vor und Titaul offensichtlich auch: so schnell wie möglich ganz nach unten.

»Kommen dir Zweifel?«, fragte Syonje. Ihr Gesicht glänzte verschwitzt.

Jephron wollte gerade ehrlich mit »Ja« antworten, als ihn ein Geräusch hinter sich herumfahren ließ. Etwas klapperte im Gang. Es klang fast wie Bambusstäbe auf Stein, mehrere Bambusstäbe. Aber es waren natürlich keine. Es war etwas, das auf knöchernen Gliedmaßen hinter ihnen herging.

»Ja«, sagte er jetzt. »Natürlich. Dir nicht?«

»Nein. Ich finde, der Dicke führt uns prächtig.«

Den austrainierten, aber körperlich breiten Titaul als »Dicken« zu bezeichnen, fand Jephron originell. Das heiterte ihn ein bisschen auf. Sie zwängten sich die enge Treppe hinab, auch um dem Wesen hinter ihnen zu entwischen.

Wo waren die übrigen 47 Teilnehmer abgeblieben? Von Anfang an hatte Titaul einen Weg eingeschlagen, der von allen anderen wegführte. Jephron überlegte, ob sie nicht zu ihm hingehen und ihn ganz offen fragen sollten, zumindest vorläufig ein Dreierteam zu bilden.

Aber dazu kam es nicht mehr.

Am unteren Ende der Treppe befand sich eine größere Halle, die dunkelrot gloste.

Nichts war in dieser Halle außer Renth Titaul, der sich am jenseitigen Ende auf einen Ausgang zubewegte. Ein weiterer Vorteil, ihm zu folgen, bestand darin, dass es keine Falltüren geben konnte auf dem Weg, den er bereits abgeschritten hatte.

Plötzlich jedoch wurde er in einen Kampf verwickelt.

Es war erst gar nicht zu erkennen, was ihn eigentlich angriff. Alles sah in diesem Rot wie ein Höllengemälde aus. Von einer der Wände hatte sich etwas gelöst, ein großer brauner Fladen, etwa von der Größe einer zusammengerollten Decke. Ein Fladen, auf dem Pilze wuchsen. Oder waren das unzählige Augen?

Der Fladen schnellte sich gegen Titaul, klatschte gegen ihn, zuckte, wand sich um ihn herum wie eine Schlange oder ein

Wurm. Titaul schlug knurrend auf das Ding ein, mit bloßen Fäusten, versuchte, es von sich wegzureißen.

Genau das schien jedoch ein Fehler zu sein.

Die Pusteln, mit denen das Ding überwuchert war, platzten und gaben Insekten frei. Insekten, groß wie Weintrauben, die kurz feucht zu Boden klatschten, sich dann schüttelten, abhoben, angriffen und – stachen!

Titauls Bewegungen wurden immer hektischer. Er schlug um sich und knurrte dabei lauter. Der Hammer, auf den Jephron und Syonje es abgesehen hatten, fiel scheppernd zu Boden.

Syonje wollte sich dem Geschehen nähern – Jephron wusste nicht, ob um Titaul zu helfen oder um sich den Hammer zu klauen –, doch er hielt sie zurück. Das mit den Insekten missfiel ihm sehr, er wollte erst abwarten, was passierte.

Ein halbes Dutzend dieser Schwirrer sausten immer noch um Titaul herum und starteten unaufhörlich Angriffe, während er den eigentlichen Fladenkörper bereits zerschnitten oder erwürgt zu haben schien, der jedenfalls regte sich nicht mehr.

Titauls Bewegungen fingen an, unkoordinierter zu wirken. Er schwankte.

»Gift«, sagte Jephron. »Die Dinger vergiften ihn. Halt dich bloß fern.«

»Das ist gut für uns, oder?«

»Ich weiß nicht. Ich finde es nie gut, wenn ein Teilnehmer fertiggemacht wird.«

»Dann lass uns ihm helfen«, schlug Syonje spontan vor. »Sonst stechen die ihn noch tot!«

Das war tatsächlich ein Argument. Jephron überwand seine Vorsicht – oder war es nicht auch eine Form von Feigheit? Abzuwarten, bis alles fast vorbei war? Er warf sich das vor. Sie stürmten los, Jephron mit beiden Schilden in Händen, die er auch als Dreschwaffen benutzen wollte, und Syonje mit ihrem Speer.

Die Strecke zu Titaul wirkte trügerisch in ihrem wie blutigen Rot, aber sie vertrauten darauf, dass der Weg sicher sein musste.

Titaul sackte in die Knie, er wirkte plötzlich wie schwerst betrunken. Dann fiel er auf den Fladen – und brachte dadurch ein Dutzend weitere Insektenblasen zum Platzen.

Syonje ließ Jephron den Vortritt. Er hatte mit seinen Schilden bessere Karten. Er klatschte drei der Schwirrer aus der dunklen Luft. Die übrigen etwa zwölf oder dreizehn erkoren ihn als Ziel.

Jephron bewegte sich sehr schnell und war äußerst froh darüber, dass er vor diesem Crawl nicht so lange Zeit in der Schwerelosigkeit verbracht hatte wie vor fünf Jahren. Es fiel ihm verhältnismäßig leicht, sich in dieser Gravitation zu bewegen. Syonje unterstützte ihn gut. Zwei weitere Insekten wischte oder spießte sie aus der Luft. Jephron zerdrückte vier zwischen seinen Schilden, woraufhin es streng süß zu riechen begann. Noch acht, die ihn immer wieder anflogen mit wütendem, geradezu bösartigem Summen.

Jephron tanzte, um nicht gestochen zu werden. Zweimal rettete ihn nur das Leder seines Anzugs, für das er jetzt dankbar war. Stoff hätte nicht genügt. Syonje erwischte wieder eines. Jephron eines mit dem Schild. Syonje. Jephron. Jephron. Syonje. Jephron. Das letzte Insekt traf er mit einem Tritt, sodass es zu Boden taumelte und er draufsprang.

Während er noch verschnaufte, eilte Syonje zu dem Fladen und zertrat dort noch zwei weitere Insekten, die sich klebrig unter dem Korpus hervorarbeiteten. Argwöhnisch umrundete sie den Fladen viermal, bis sie sicher war, dass sich dort nichts mehr rührte.

Dann erst ging sie zu Renth Titaul.

Der Adventurer hatte ein geschwollen wirkendes, asymmetrisches Gesicht. Er hatte einen Stich in der Stirn, einen in der Wange, einen an einer Hand, womöglich noch einen vierten am Hinterkopf. Seine Augen waren geschlossen, unter den Lidern rasten die Pupillen, als albträumte er. »Er ist ohnmächtig«, sagte Syonje. »Ich kann nicht abschätzen, wie schlimm es ist. Vielleicht stirbt er.«

Jephron kam nun auch hinzu, untersuchte den Liegenden. Er war kein Experte in Erster Hilfe. Im Weltraum bekam man es ab und zu mit havarierten Schiffen zu tun, aber ein Einmannsegler wie die MAYFIELD konnte da ohnehin nicht viel ausrichten. Normalerweise verständigte Jephron dann das nächste größere Schiff in der Nähe, das eher über die entsprechenden Kapazitäten verfügte.

»Vielleicht sollten wir die Veranstalter informieren. Hilfe anfordern. Irgendwo muss hier doch eine Kamera sein.«

»Aber es ist doch noch die Sperrfrist. Wenn wir jetzt Hilfe für ihn anfordern, wird er aus der Staffel genommen, oder?«

»Schon möglich. Wahrscheinlich. Aber wenn wir es nicht tun, stirbt er vielleicht.«

»Ich bin mir nicht sicher, Jephron. Er ist sehr kräftig, vielleicht übersteht er es auch, hat nur eine Art Schock. Ich weiß nicht, ob wir das Recht haben, das für ihn zu entscheiden.«

»Wie meinst du das?«

»Wir wissen zu wenig über ihn. Vielleicht hat er irgendwo eine Farm, und die hat er darauf verwettet, dass es ihm gelingt, fünf Tage in den tieferen Ebenen zu überleben? Wir können das nicht wissen. Es gibt Teilnehmer, die in ihrem Umfeld oder über SpaceNet solche Wetten abschließen. Vielleicht verliert er alles, wenn wir ihn jetzt rausnehmen.«

»Das ist aber nur eine Vermutung. Seine Vergiftung dagegen ist Tatsache.«

»Ich weiß.« Sie sah zerquält aus. Aber ihm gefiel, dass sie es sich nicht nur leicht machen wollte, sondern wirklich versuchte, das Richtige zu tun. Hätte Renth Titaul das auch für sie getan? Hätte er, Jephron alleine, das für Renth Titaul getan?

»Also gut«, sagte er. »Lass uns abwarten. Niemand hetzt

uns. Solange kein zweiter Fladen auftaucht, sind wir hier erst einmal einigermaßen sicher. Wir warten zwei, drei Stunden und beobachten, wie es ihm geht. Wenn es schlimmer wird als jetzt, bleibt uns keine andere Wahl.«

Sie nickte.

Sie warteten.

Bewachten den liegenden Titaul. Tranken etwas. Starrten aber auch ins wabernde Rot. Irgendwo hinter ihnen musste noch das klappernde Ding sein. Sie hörten es sogar noch einmal, scharrend auf der Treppe, die sie herabgekommen waren, zu weit oben, um gesehen zu werden.

Titauls Zustand änderte sich kaum während der nächsten zwei Stunden. Er begann zu schwitzen, aber seine Atmung ging regelmäßig. Er schien Fieber zu entwickeln, aber das musste nicht unbedingt ein schlechtes Zeichen sein. Es deutete allerdings darauf hin, dass er nicht so schnell wieder auf die Beine kommen würde.

»Also ich glaube nicht, dass er im Sterben liegt«, fasste Syonje zusammen. »Aber er wird ein, zwei Tage so daliegen. So lange können wir nicht warten.«

»Nein. Wir können ihn aber auch nicht einfach so hier liegen lassen. Jedes vorbeikommende Ungeheuer kann ihn bei lebendigem Leibe auffressen, mit den Füßen anfangend. Er schläft ja nicht einfach nur und schreckt auf, wenn etwas ihn anstupst. Er ist bewusstlos.«

»Also müssen wir doch die Medics anfordern?«

»Ich weiß nicht. Vielleicht gibt es hier in der Nähe eine Kammer. Wenn wir die leeren, könnten wir ihn dorthin schaffen.«

»Ein Kampf mit einer Dunkelrotkammer?«

»Früher oder später bleibt uns ohnehin nichts anderes übrig. Irgendwo müssen wir auch schlafen. Morgen ziehen wir weiter und lassen ihn liegen mit dem Proviant aus der Kammer.«

»Und nehmen den Hammer mit.«

»Selbstverständlich. Ich lasse ihm die Axt da.«

»Gut. Aber wir teilen uns nicht auf. Wir suchen gemeinsam nach einer Kammer. Solange müssen wir ihn halt alleine lassen, das geht nicht anders. Ich will nicht, dass wir seinetwegen unser Leben riskieren.«

»Okay. Wir gehen zehn Minuten suchen, dann müssen wir wieder zu ihm zurück.«

So machten sie es. Der jenseitige Ausgang aus der geräumigen Höhle war nicht weit entfernt, Titaul hatte ihn schon fast erreicht gehabt, als der Fladen ihn ansprang.

Vor genau solchen weiteren Fladen waren sie nun auf der Hut. Aber der Gang, der sich anschloss, schien leer zu sein. Leer und dunkelrot und riechend wie verbranntes Malz.

Titauls Schicksal war nun alleine vom Glück abhängig. Wenn sich keine Kammer in der Nähe befand, würden sie nichts für ihn tun können. Jephron traute sich nicht zu, den schweren Brocken Titaul kilometerweit zu schleppen.

Die zehn Minuten waren um. Sie fanden nichts und eilten zurück zu ihrem Schützling.

Der lag immer noch unversehrt da. Sie atmeten schwer vom eiligen Rückweg.

»Noch mal?«, fragte Syonje. »Wir können jetzt schneller sein auf dem Weg, den wir schon kennen.«

»Okay, noch *einmal*.«

Sie wetzten los. Langsam wurden sie erst, als sie Neuland betraten.

Dann fanden sie tatsächlich eine verschlossene Kammer.

»Ist das zu weit weg?«, fragte Syonje.

»Nein, das traue ich mir noch zu. Aber ich würde vorschlagen, wir schleppen Titaul zuerst hierher und wagen dann den Kampf. Wir wissen nicht, wie lange der dauert und wie sehr das Vieh da drinnen uns verwunden wird.«

»Und wenn wir die Kammer gar nicht aufbekommen?«

»Dann haben wir auch nicht viel verloren. Und einen neuen Aktionsradius geschaffen, um eine weitere Kammer zu finden.«

Sie eilten zurück zu dem Liegenden. Und diesmal konnten sie das scharrende, klappernde Ding sehen, das sich Titaul bereits genähert hatte, sich aber jetzt zurückzog, als Syonje und Jephron angespurtet kamen. Es bewegte sich auf zehn oder zwölf knochigen Stelzen, die Beine waren angewinkelt, sodass der Körper geschützt war wie von einem Zaun aus Knien. Wenn es sich aufrichtete, war dieses Wesen wahrscheinlich deutlich größer als ein Mensch.

»Das ist irgendetwas Neues, das habe ich in keiner der Staffeln bislang gesehen«, stellte Syonje fest.

»Jep, die Veranstalter bezahlen viel Geld für Neuentdeckungen und Neuzüchtungen. Aber solange es alleine ist, scheint es vorsichtig zu sein. Bislang haben wir Glück, dass wir es nur mit Einzelgängern zu tun haben.«

»Das kann in der Kammer anders aussehen.«

»Jep.« Jephron ergriff Titaul unter den Armen und zog seinen Oberkörper hoch, sodass er ihn mit auf dem Boden schleifenden Füßen ziehen konnte. Syonje unterstützte ihn, indem sie Titaul seine Ausrüstung abnahm und trug und dem rückwärts gehenden Jephron den Weg voranschritt.

Viermal musste Jephron den bulligen Adventurer unterwegs absetzen und verschnaufen. Er keuchte, was auch an der schlechten Luft hier unten lag. Wenigstens ließ sich das Knochenwesen vorerst nicht mehr blicken.

Endlich waren sie angekommen und betteten den Bewusstlosen so gut wie möglich.

Sie verschnauften und tranken etwas. Von dem Wasser, das sie auch als Stromfalle brauchten.

»Einen Nachteil hat es, dass wir ihn so nahe an die Kammer gebracht haben«, sagte Syonje.

»Welchen?«

»Was immer da drin ist« – sie deutete auf die Kammertür –, »wir können es nicht einfach nur vertreiben. Wir müssen es ausmerzen, sonst fällt es über Titaul her.«

»Das stimmt. Aber die Monster aus Dunkelrot sollte man wahrscheinlich ohnehin nicht nur vertreiben. Die fallen einem sonst irgendwann in den Rücken.«

»Sollten wir uns also auch um das Knochengerüst kümmern?«

»Vorerst nicht. Wenn wir die Kammer haben, sind wir vor ihm sicher. Also, fangen wir an. Ich nehme die Schilde und bedränge, was immer da drin ist. Du erstichst es mit dem Speer oder erschlägst es dann mit deinem Wurfeisen.«

»Wir könnten auch erst ein paar Schüsse aus der Armbrust abgeben.«

»Die sind zu kostbar. Wir sind in Dunkelrot. Wir haben noch Grün und zwei Blaus vor uns. Lass uns so wenig Munition wie möglich verschwenden.«

»Einverstanden.«

Sie stellten sich auf. Atmeten tief ein. Syonje betätigte den Mechanismus. Er öffnete sich nicht sofort; sie musste, wie bei vielen Kammern, erst ein wenig fummeln, bis die richtige Umdrehung einrastete.

Die Kammertür schwang ihnen entgegen. Mitsamt beißendem Raubtiergestank. Etwas Großes fauchte.

Das Licht dort drinnen entsprach etwa dem draußen. Dem Glosen glühender Kohlen.

Jephron sprang vor. Er war sich sicher, dass er das alleine niemals getan hätte. Es war zum einen Teil Imponiergehabe vor Syonje, zum anderen aber auch das Wissen, ihr im Kampf vertrauen zu können, Rückhalt zu haben.

Funkelnde Augen. Funkelnde Hauer. Der Boden schlüpfrig,

Jephron musste mit den Füßen nachfassen. Krallen auf dem Stein. Eine Art Löwe mit einer riesigen Mähne. Nur dass diese Mähne nicht aus Haaren bestand, sondern aus langen Nadeln, ähnlich denen eines Stachelschweins. Das Tier sprang. Das waren keine Hauer. Das waren zwei Säbelzähne.

Jephron warf sich ihm entgegen. Um Raum zu gewinnen und dem Tier Wucht zu nehmen. Der Aufprall erfolgte auf die Schilde, dröhnte, warf beide Kontrahenten zurück. Syonje nutzte die Lücke und ließ den Speer hindurchzucken. Der Löwe brüllte verwundet. Seine Stachelmähne sträubte sich. Eine Tatze schlug nach Jephrons Beinen und fegte ihn vom Boden. Syonje stach zu, zweimal, dreimal, viermal, fünfmal, völlig ungeschützt, nur ihr Speer war zwischen ihr und der Bestie. Der Löwe wirkte durch diese Attacken überrumpelt, wusste nicht, wohin. Überall war die schmerzende Speerspitze. Plötzlich toste Jephron von hinten an Syonje vorüber und trieb dem Tier die riesige Axt in den Leib. Er hatte seine Schilde losgelassen, war ebenfalls vollkommen ungedeckt. Syonje stach noch zweimal zu, aber es war bereits vorbei. Der Stachellöwe krümmte sich einwärts zusammen und starb mit heraushängender Zunge.

Jephron und Syonje trauten dem Frieden nicht und rechneten noch mit einem zweiten Untier.

Doch nichts regte sich. Syonje fand einen Lichtschalter und regelte ihn hoch.

»Was ist aus der bewährten Taktik mit den Schilden geworden?«, fragte sie.

»Du hattest ihn so gut in der Gewalt, da dachte ich, wenn ich das Riesending schon mit mir herumschleppe ...«

Sie grinsten schief, um ihre Unsicherheit zu überspielen. Das Licht legte den Stachellöwen frei, und sie staunten darüber, was für ein schönes Tier das war. Das Fell silberblau, die Stachelnadeln waren abwechselnd schwarz und rot. Eine prächtige Großkatze.

»Ach nein, das ist doch traurig«, sagte Syonje. »Ich dachte, hier unten gibt es nur hässliche Monstrositäten.«

»Dachte ich auch. Andererseits liegt das wohl immer im Auge des Betrachters. Einige finden Zosma-Wimmler und Bulphars sicherlich auch imposant anzuschauen. Aber so etwas Schönes wie diesen Säbelzahnlöwen habe ich tatsächlich noch nie hier gesehen, auch nicht in anderen Staffeln. Vielleicht ein neuer Einfall, um die Crawls noch ergreifender zu machen.«

»So ein Löwe ist immerhin noch gefährlich. Aber was ist, wenn sie eine Art Antilope hier unten haben? Jephron? Versprich mir, dass, wenn jetzt Tiere kommen, die uns gar nicht angreifen, dass wir sie dann in Ruhe lassen.«

»So wie dieses Knochengerüst? Das ist auch nur geflüchtet.«

»Ja, von mir aus auch dieses scheußliche Knochengerüst.«

»Gut. Ich bin kein Großwildjäger, ich bin Adventurer.«

»Jephron?«

»Was ist denn?«

»Ich weiß nicht, ob man in dieser Kammer bleiben kann. Der Löwe hat tagelang alles vollgemacht, schau doch nur.«

»Na und? Denkst du, die Gänge da draußen sind nicht voller Ausscheidungen? Sauber ist es hier nirgends. Genau deswegen tragen wir ja dieses Leder.« Jephron mühte sich ab, den Löwen aus der Kammer zu schaffen. Auf halbem Weg hörte er aber damit auf. »Wir lassen ihn besser hier drin. Wer weiß, was für Viecher sein Leichnam anlockt, wenn wir ihn draußen vor die Tür legen. Ich glaube nicht, dass die Monster besonders gut gefüttert werden, die sind immer gierig nach mehr.«

»Wir bleiben hier mit dem Kadaver?«

»Wir beide bleiben genau nur eine Nacht. Titaul wird sich damit arrangieren müssen, bis er wieder auf den Beinen ist.«

Syonje ließ sich überzeugen, aber ihre Nase blieb dauerhaft gerümpft. Zu zweit bugsierten sie den weiterhin ohnmächtigen Titaul in die Kammer und schlossen von innen die Tür. Jetzt erst begann Syonje die Kammer auf Schätze zu untersuchen. Sie fand ein Proviantfach sowie eine kleine Statue, die möglicherweise aus einer Bronzelegierung war, aber keine Gottheit zeigte, sondern die Gewinnerin der letzten Staffel, eine pompöse Schönheitsoperierte namens Fredericia Santabella mit einer Frisur, die der des Stachellöwen gar nicht unähnlich war.

»Soll das eine Verarschung sein?«, fragte Syonje säuerlich. »Sind wir in eine Sponsorenkammer geraten und haben Fredericias Schoßtier umgebracht?«

»Schon möglich. Oder sie hat dieses Prachtexemplar gestiftet. Ich traue den Veranstaltern alles zu. Immerhin gibt es keine Grußbotschaft von ihr oder so was.«

»Wie viel mag die wert sein, die Figur?«

»Unter Fredericia-Fans bestimmt einiges. Live erkämpft. Die darf man nicht nach ihrem Materialwert beurteilen.«

»Was für ein Tand, und schwer noch dazu!« Syonje warf die Statue tatsächlich in die Ecke, dass es nur so schepperte. Voller Mitgefühl betrachtete sie weiterhin den Löwen. »Wahrscheinlich sind die Säbelzähne und die Stacheln auch einiges wert auf irgendeinem Sammlermarkt, aber ich habe keine Lust, ihn so zu entwürdigen. Außerdem haben wir genug zu schleppen.«

»Komm, setz dich und versuch, dich auszuruhen.«

»Ich bin kein bisschen müde. Ich bin wütend!«

»Ich bin auch noch nicht müde genug, aber wir bleiben jetzt nicht unseretwegen hier, sondern wegen Titaul.«

Sie grummelte etwas, dann sagte sie lauter: »Wir könnten noch mindestens drei, vier, fünf Stunden weitergehen.«

»Natürlich könnten wir das. Aber wenn wir dann müde werden, müssen wir uns erst etwas Neues freikämpfen. Außerdem wollen wir doch beobachten, ob sein Fieber besser oder schlimmer wird. Setz dich jetzt endlich.«

Als sie sich schließlich setzte, war Jephron bereits eingenickt. In der stickigen Luft der Dungeons konnte er eigentlich jederzeit schlafen.

Er träumte. Nicht von Dingen, die ihn aktuell beschäftigten. Er war wieder auf Mesarthim III und in einer kubistischen Höhle eingeschneit. Bei ihm waren Teilnehmer, die er nur vom Zuschauen kannte. Nervbolde und Selbstüberschätzer. Beinahe ein *Worst of*. Anstrengende Diskussionen. Er war erleichtert, als er zwischendrin aufwachte und nur Syonje und Titaul und einen toten silbernen Löwen in seiner Nähe sah.

Als er sich genügend ausgeruht hatte, war Syonje gerade eingeschlafen. Irgendwann hatte sie sich wohl doch die leicht verbeulte Fredericia-Statuette wieder geholt und hielt diese schlafend in der Hand. Er ließ sie und nahm etwas vom Proviant zu sich. Titauls Zustand wirkte unverändert. War das eine Bewusstlosigkeit, ein Heilschlaf, ein Koma? Es war nicht zu erkennen. Es war auch nicht feststellbar, ob Titaul dringend medizinische Hilfe brauchte. Wahrscheinlich wäre es das Beste, ihn einfach aus der Staffel zu nehmen. Würde sich Titaul denn innerhalb der kommenden neun Tage überhaupt noch mal ins Geschehen einbringen können? Und wenn ja, würde er nicht – von Ehrgeiz verblendet und in angeschlagenem Zustand – zur leichten Beute eines Krötenaffen werden?

Jephron hockte sich hin und wartete.

Irgendwann schreckte Syonje auf. Richtig tiefer Schlaf war ihr in einer solchen Kammer nicht möglich. Sie trank Wasser, aber auch das schien ihr nach Löwenharn zu schmecken.

»Ich habe nachgedacht«, begann Jephron. »Dies ist eine neue, finstere Ausrichtung. Indem sie schöne Tiere hier reintun, machen sie aus uns die Bösen. Bislang ging es immer darum, dass die Teilnehmer Helden sein konnten. Jetzt ist nur noch der Dungeon der Held.«

»Der Dungeon war schon immer die Hauptfigur.«

»Ja. Aber es war auch eine Spielwiese. Deshalb hat es mich nie losgelassen. Nirgendwo sonst kann man so gute Konfrontationen finden. Das Weltall? Nichts als nachgiebige Leere. Ein Eisplanet? Kälte und Harsch, letzten Endes jedoch nichts als Gleichgültigkeit. Ein Krötenaffe? Das ist das Wahre. Leben und Tod, zur Faust geballt. Aber ein silberner Stachelmähnenlöwe? Den möchte ich als Goldstatue haben und verehren. Und was bekomme ich? Den Tod des Löwen und die Statue einer übervermarkteten Angeberin.«

»Willst du aussteigen?« Ihre Stimme war zaghaft vor Bangigkeit. Sie sah all ihre Pläne wegschwimmen.

»Nein. Ich werde dich nicht im Stich lassen. Wir ziehen das durch für Bjanje. Aber ich merke, wie meine Fesseln sich lösen. Wie ich mich innerlich endlich freimachen kann vom *Dungeon Planet*. Dies wird mein letzter Crawl. Auch als Zuschauer.«

»Aber das ahnten sie doch schon, Jephron. In ihren Interviews haben sie dich das dauernd gefragt. Ob das dein letzter Crawl wird, die letzte Karte in deiner Hand. Sie sind uns immer einen Schritt voraus.«

»Aber mir selbst war es noch nicht klar. Ich habe vorher gegrübelt. Was, wenn wir tatsächlich gewinnen? Dann bräuchte ich nur noch zweimal teilnehmen und hätte den alleinigen Teilnahmerekord. Das ging mir wirklich im Kopf herum. Aber das ist jetzt vorbei. Weißt du, was wir machen, Syonje?«

»Nein, was?«

»Wir machen dies hier zum schönsten Crawl aller Zeiten. Für Bjanje und für uns.«

»Der schönste Crawl aller Zeiten? Was meinst du damit?«

»Wir besiegen den Minosaurus und holen uns seinen Jackpot. Aber wir lassen ihn am Leben. Das hat vor uns noch niemand gewagt.«

Ihr Gesicht hellte sich auf. »Du meinst – sozusagen stellvertretend für den Löwen?«

»Genau. Mit dem Löwen haben sie uns reingelegt. Aber noch mal lassen wir uns nicht reinlegen.«

»Von jetzt an also: Für Bjanje, für uns und für den Löwen.«

»Für Bjanje, für uns und für den Löwen.«

»Und was machen wir mit Titaul?«

»Wir überlassen es ihm selbst. Wo ist die Kamera? Dort oben.« Jephron ging zu der Kammerlinse hin und sagte: »Wir brechen jetzt auf und lassen Renth Titaul hier liegen. Sollte er bis zum Ende der Sperrfrist nicht zu sich kommen, schickt bitte ein Medics-Team hierher und bergt ihn. Falls er Krämpfe bekommen sollte oder sich sein Zustand sonst wie verschlimmert – wir legen ihn gut vor die Kamera, haltet ein Auge auf ihn, bergt ihn, falls nötig. Wenn er aber wieder auf die Beine kommt und weitermachen will, dann lasst ihn weitermachen. Er bekommt von mir die Axt, mit der ich den Löwen erschlagen habe.«

Niemand antwortete. In eine solche Kamera zu sprechen war fast so eine Glaubenssache wie ein Gebet.

Anschließend betteten sie Titaul im Sichtbereich der Linse. Mit größter Wahrscheinlichkeit erfasste die Linse ohnehin die gesamte Kammer, aber sie wollten, dass Titaul auch bequem zoombar war. Sie nahmen sich Titauls Hammer und legten dafür die Axt neben ihn. Zuletzt arrangierten sie Wasser und Proviant in seiner Reichweite.

Dann verließen sie die Kammer, um ihren ehrgeizigen Plan des schönsten Crawls aller Zeiten in die Tat umzusetzen.

Während sie durch Dunkelrot pirschten, diskutierten sie. War es vielleicht ratsam, ihren Plan offenzulegen? Den Angriff auf den Minosaurus regelrecht anzukündigen?

Das konnte ihnen einige Vorteile verschaffen. Die Aufmerksamkeit der Zuschauer würde sich mehr in ihre Richtung verlagern (die Veranstalter konnten das daran ablesen, welche Kameras die Zuschauer buchten). Mehr Aufmerksamkeit auf ihrem Crawl konnte zu Vergünstigungen führen, zum Beispiel zusätzlichen Rationen oder einer besonderen Waffe, die in einer auf ihrem Weg liegenden Kammer hinterlegt wurde. »Bonusmissionen« nannte man das.

Es barg aber auch eine Gefahr. Die Veranstalter stritten das zwar immer wieder ab, aber in vergangenen Staffeln hatte es durchaus Anhaltspunkte dafür gegeben, dass allzu forsch auftretenden Adventurers zusätzliche Steine in den Weg gerollt wurden. Plötzlich waren Durchgänge verschlossen. Oder Türen »verklemmten« sich hinter einem, sodass es kein Zurück mehr gab. Oder die Anzahl von Ungeheuern in einem ganz bestimmten Gang wirkte orchestriert. Selbstverständlich hatten die Veranstalter die Möglichkeit, die Bewegungen von Ungeheuern mit Lockstoffen und Futterködern zu beeinflussen.

Jephron und Syonje kamen überein, dass es besser war, noch nicht allzu viel Rampenlicht auf sich zu ziehen. Es gab sechzehn Adventurers in dieser Staffel. Von diesen lag erst einer – Titaul – momentan auf Eis. Vielleicht hatten sich noch ein oder zwei andere bereits übernommen und waren ausgeschieden. Aber das ergab immer noch elf oder zwölf weitere, die es in die tiefsten Ebenen zog, die vielleicht ebenfalls den Minosaurus und nichts als den Minosaurus im Sinn hatten. Die vielleicht auch einen Plan durchführten. Vielleicht sogar Erfolg hatten. In den Schlagschatten dieser anderen wollten Jephron und Syonje so weit wie möglich kommen. Das Risiko, nicht als Erste unten anzulangen, mussten sie eingehen, dieses Risiko trug jeder. Bislang hatte ihre Hilfsbereitschaft Titaul gegenüber ihnen sicherlich bereits eine paar Pluspunkte eingebracht, die sie durch den Diebstahl von Titauls Hammer aber möglicherweise eingebüßt hatten. Sie konnten sich noch verhältnismäßig unbeachtet wähnen.

Andererseits war diese Staffel arm an attraktiven Teilnehmern, und das hob Vandalle Mouyi, Jephron und mit ihm auch die Casualty-Angehörige Syonje von Anfang an hervor.

Die roten Gänge erschwerten die Sicht. Jephron fragte sich, wie das erst in Grün und den beiden Blaus werden sollte. Vielleicht hing es mit seinem Alter zusammen, aber es kam ihm alles funzeliger vor als vor einundzwanzig Jahren. Eine Lesebrille brauchte er noch nicht, also vielleicht hatte er es nur falsch in Erinnerung, oder die Veranstalter dimmten das Labyrinth tatsächlich von Jahr zu Jahr geringfügig herunter.

Sie hörten Geräusche. Zähneklappern und tappende Schritte. Einmal so etwas wie Hufe. Einmal auch einen durchdringenden Schrei, der sich vielfach brach. Kein Todes- oder Kampfschrei, eher etwas, das ein Tier von sich gab, um zu locken oder zu warnen.

Stellenweise wurde es so dunkel, dass Jephron den Bambusstab benutzen musste, um die Stabilität des Bodens zu überprüfen.

Nach einigen Stunden, in denen sie nirgendwo einen Durchgang nach Grün fanden, sondern sich stets nur von Dunkelrot nach Dunkelrot bewegten, erreichten sie einen Gang, der voller Umrisse war.

Zuerst erschraken sie bis ins Mark, wähnten sich in eine Bulphar-Versammlung geraten. Dann erfassten sie, dass es sich bei den Umrissen nicht um Lebewesen, sondern um Konstruktionen handelte. Was es aber nicht besser machte. Es waren Bulphar-Nester – aus Speichel, Knochen, Talg, Hornhaut und Lehm zusammengebackene Gebilde, die etwas Insektenhaftes an sich hatten. Sie waren in die Ausläufer einer Bulphar-Behausung geraten. Aber nichts rührte sich. Sicherlich gab es in den weitläufigen Katakomben auch Nester, die verlassen waren.

Sie bewegten sich geduckt rückwärts, wollten dieses Gebiet so weiträumig wie möglich umgehen. Jephron erinnerte sich noch zu gut an das Ausschwärmen der Bulphars vor fünf Jahren, das ihn und Bjanje ziemlich in Bedrängnis gebracht hatte. Und weil er sich so gut daran erinnern konnte, erkannte er das schnatternde Geräusch wieder, mit dem Bulphars sich untereinander verständigten. Dieses Geräusch kam von hinten.

Entweder waren sie bereits in eine Falle getappt, oder es handelte sich um Bulphars, die in ihre Nester zurückkehrten und noch gar nicht bemerkt hatten, dass sich Menschen ebenfalls hier aufhielten.

Ihnen blieb kein anderer Ausweg, denn Abzweigungen hatte es nicht gegeben: Jephron packte Syonje am Arm und drängelte sie erneut vorwärts, zu den Nestern. Dort versteckten sie sich zwischen zwei Gebilden, indem sie sich ganz tief auf den Boden kauerten, und hofften, dass der Eigengeruch der wie aus Fetzen zusammengeleimten Behausungen ihren Angstschweiß übertünchte.

Drei Bulphars erschienen dort, wo Jephron und Syonje sich gerade eben noch aufgehalten hatten. Sie schlurften grollend heran. Einer von ihnen witterte. Im dunkelroten Licht sahen sie wie Ungetüme aus, die irdische Indianer aufgrund ihrer zweibeinigen Bisonähnlichkeit sicherlich als Gottheiten verehrt hätten.

Jephron spannte seine Muskeln an, machte sich kampf- und sprungbereit. Er wusste nicht nur, er konnte sogar spüren, dass es Syonje hinter ihm genauso erging.

Aber sie wurden nicht bemerkt. Die Nester rochen streng genug. Die drei Bulphars schlenderten vorüber, Menschen deutlich ähnlicher als Tieren. Konnte es sogar sein, dass das rhythmische Geräusch, das einer von ihnen machte, eine Art Lachen war?

Jephron und Syonje warteten, rührten sich nicht.

Endlich waren die Bulphars außer Sichtweite, und die beiden Adventurer wurden hektisch. Tief geduckt hetzten sie aus dem Bereich der Nester hervor.

Und trafen dabei jäh auf zwei Nachzügler-Bulphars, die sich vollkommen lautlos genähert hatten!

Beide Parteien erstarrten vor Schreck.

Dann öffnete der vordere Bulphar sein Maul, zog sein Gesicht wie einen Handschuh zurück, um zu brüllen. Jephron prügelte ihm rechtzeitig beide Schilde um die Ohren. Syonje stach mit dem Speer nach dem zweiten, traf sogar, aber dieser brüllte nun. Speichel sprühte gegen Jephrons Gesicht, brannte wie etwas Ätzendes. Jephron vermisste die riesige Axt, die er getauscht hatte, mühte sich stattdessen, den Hammer zu ziehen, aber dafür war nicht genügend Platz. Er schlug noch mal mit dem Schild zu. Hinter ihnen, aus Richtung der Nester, antwortete ein zweites Brüllen, dann ein drittes und viertes. Das waren die drei, denen sie entwischt zu sein glaubten.

Syonje stach noch einmal nach dem Brüller, sodass dieser bis an die Wand getrieben wurde und Jephron vorbeikam. Sie brachte es sogar fertig, wie eine Stabhochspringerin den liegenden Bulphar zu stechen, während sie über ihn hinwegsprang. Dann rannten Jephron und Syonje nur noch, rannten, was ihre Füße hergaben. Sie schlitterten um zwei Ecken und rannten weiter. Die Schilde schrammten an Wänden entlang, Syonje hustete, weil ihr etwas in die Kehle geraten war.

Wenigstens waren sie diesen Weg bereits gekommen und mussten keine Fallen befürchten. Eigentlich war es Wahnsinn, durch die Labyrinthe zu rennen. Aber sie wollten nicht gegen fünf Bulphars kämpfen, von denen nur zwei verwundet waren. Vielleicht kamen sogar noch mehr, vielleicht war es eine ganze Siedlung.

Sie rannten etwa fünf Minuten in höchstem Tempo, dabei stets die Geräusche einer verfolgenden Meute hinter sich: Tappen, Scharren, Schnattern, Grollen. Krallen, die an Felsen wetzten.

Dann erreichten sie einen Bereich, in dem sie wohl noch nicht gewesen waren. Sie hatten sich verirrt, irgendeinen Abzweig genommen, den sie auf dem Hinweg gar nicht bemerkt hatten. Aber die Meute war weiterhin hinter ihnen, was blieb ihnen übrig? Sie hetzten weiter. Jetzt ständig Fallen befürchtend, den Tod vor Augen, den Tod im Nacken.

Jephron sah Bjanje vor sich, wie die Magneten sie hin- und herschleuderten wie eine Puppe in einer Waschmaschine. Er hörte Syonje hinter sich, deren Trinkwasservorräte gluckerten.

Plötzlich öffnete sich unter ihm der Boden. Eine Falle. Eine Fall*tür*!

Für einen Moment würde er grünlich beleuchtet, aber das bekam er kaum mit. Er warf sich stöhnend nach vorne, bekam den jenseitigen Rand zu fassen und zerrte sich hoch, zappelnd, als sei er in etwas Siedendes geraten. Syonje sprang an ihm vorbei und über ihn hinweg, half ihm dann von jenseits. Sie mühten sich gemeinsam, ihre Gesichter nun dicht an dicht, ihr gelöstes Haar – dann war er wieder oben, und sie rannten weiter, Jephron beinahe auf allen vieren, Syonje nun vor ihm. Die Falltür schloss sich wieder hinter ihnen. Sie versuchten, so schnell zu sein, dass Fallen ihnen nichts anhaben konnten, aber das war natürlich Unsinn. Wenn der Gang jäh in einen Abgrund führte, waren sie verloren.

Plötzlich erblickte Syonje eine Treppe, die nach oben führte und nach oben hin heller wurde, von Dunkelrot nach Hellrot. Sie hatte keine Zeit, das mit Jephron abzusprechen. Sie nahm diesen Abzweig, diese Treppe. Jephron keuchte »Ja!« und folgte ihr.

Die Treppe zog sich und wurde tatsächlich hellroter. Jephron stolperte und schlug hin, womöglich überlasteten ihn die sich ändernden Lichtverhältnisse. Oder die Stufen waren extrem unterschiedlich. Auch Syonje wurde langsamer, um auf ihn zu warten. Auf keinen Fall wollte sie alleine in irgendetwas hineinrennen.

»Sind sie überhaupt noch hinter uns?«, fragte sie, darauf hoffend, dass die Bulphars wie Lemminge in die Falltür gelaufen waren.

»Klar«, antwortete Jephron. Er war kaum zu verstehen, so außer Atem war er.

Sie eilten weiter aufwärts, fort von ihrem Ziel, das ganz unten lag, im Herzen des Planeten. Aber ihnen blieb gerade nichts anderes übrig, obwohl Jephron bereits darüber nachdachte, ob sie diese lange Treppe nicht nutzen konnten, um eine Art *Last Stand* durchzuführen. Mit dem Speer, dem langen Hammer und der Armbrust waren sie von oben nach unten kämpfend eigentlich im Vorteil. Das waren jedoch nur Gedanken. Syonje flüchtete, und solange ihr Weg frei war, konnte es erst einmal nicht verkehrt sein, zu flüchten. Kampf konnte zu leicht den Tod bedeuten.

Die Treppe umfasste mehr als einhundert verschieden hohe und breite Stufen. Schließlich mündete sie in eine hellrote Gangkreuzung, die nach links und rechts und geradeaus weiterführte.

Syonje und Jephron blieben erst einmal stehen und lauschten. Von unten drangen Schnattern und Kratzen und Gerenne, aber es kam von irgendwoher, nicht direkt von der Treppe. Scheuten die Bulphars davor zurück, nach Hellrot zu gehen? Vor fünf Jahren hatten sie keinerlei Respekt vor den Farben gekannt, da waren sie bis nach Gelb ausgeschwärmt. Aber vielleicht hatte man ihnen das abgewöhnt? Sie dressiert? Sie mit einem Belohnungssystem davon abgebracht?

Syonje und Jephron lauschten noch nach unten, als sie mit einem Mal gleich in ihrer Nähe ganz andere Geräusche hörten: Zischeln, Rascheln, das Klackern von Chitin an Chitin. Und plötzlich quollen Zosma-Wimmler aus sämtlichen drei Gängen.

Jetzt fiel es den beiden Adventurern wieder ein: Level Hellrot war deren Domäne.

Jephron hatte bisher auf jedem seiner Crawls mit ihnen zu tun bekommen. Bei seinem ersten hatten sie die Gruppe angefallen, mit der er unterwegs gewesen war, und hatten mit ihren

Beißzangen blutige Ernte gehalten. Bei seinem zweiten waren sie in einer Kammer zu fünft über ihn und Bjanje hergefallen.

Diesmal waren es mindestens zwanzig, aus jedem der drei Gänge krabbelten mehr als fünf. Die Riesenkäfer auf ihren acht Spinnenbeinen – jeder von ihnen kalbsgroß – schienen nur auf zwei abgekämpfte Menschen gewartet zu haben.

Eine neuerliche Flucht war gar nicht möglich. Jephron verwandelte sich und Syonje selbst in eine Art Käfer – er hielt die Schilde schützend um sie beide, fing dadurch Zangen und Wimmelbeine ab, konnte aber nichts weiter tun. Syonje war ganz nahe bei ihm, stieß mit ihrem Speer zu, der verfing sich aber nach wenigen Stichen in irgendeinem Panzer oder einer Zange. Jephron gab sie beide schon verloren, als Syonje ein rettender Gedanke kam. Sie nestelte an Jephrons Körper nach seiner Armbrust und schoss damit einem der Käfer genau ins rasend schnappende Maul. Der quiekte wie ein Schwein und verschwand unter den anderen. Eine wirkliche Lösung war das jedoch auch nicht. Das Nachladen der Armbrust dauerte viel zu lange, man konnte immer nur einen einzigen Bolzen einlegen. Syonje schoss noch viermal und traf davon dreimal. Einmal fiel ihr der Bolzen herunter, und sie kam nicht mehr an ihn heran, aber alleine schon die Masse der andrängelnden Käfer schob die beiden Menschen wieder auf die Treppe zurück. Jephron stemmte sich dagegen, bis ihm fast schwindelig wurde vor Anstrengung, doch er konnte die übereinanderkletternden Käfer nicht bändigen.

Unzählige Beine klackerten gegen die Schilde. Als würden durchgedrehte Stepptänzer waagerecht gegen sie antanzen. Zangen verbissen sich in den Schildrändern, die Jephron dann so ruckartig hebelte, dass Zangen sogar brachen. Zwei Zangen bekamen Syonjes Wade zu packen und quetschten – das für genau solche Zwecke gearbeitete Leder verhinderte Schlimmeres. Syonje trat, ließ ihren Speer fahren, der ihr ohnehin dauernd aus den Händen gezerrt wurde, und begann, mit einem Bolzen in der einen Hand und ihrem Wurfeisen in der anderen um sich zu stechen und zu hacken. Einige ihrer Hiebe prallten auf Käferpanzer, die härter waren als ihre Schlagkraft.

Wir gehen hier drauf!, durchfuhr es Jephron. *Wir können eigentlich nur noch über die Treppe wieder nach unten fliehen, aber dann laufen wir den Bulphars genau in die Arme. Vielleicht haben wir Glück und andere Teilnehmer tauchen auf. Aber selbst wenn – warum sollten die uns helfen? Wenn wir gefressen werden, sind wir zwei Konkurrenten weniger. Außerdem sind die anderen wahrscheinlich Kilometer entfernt. Wir sind völlig auf uns allein gestellt.*

Das kannte er aber. Im Weltraum. Atmend in einer künstlichen Blase, gewärmt von Aggregaten. Um sich nichts als Unerbittlichkeit.

Er kannte das und mochte das irgendwie. Suchte es geradezu. Zumindest bis vor Bjanjes Tod hatte er es gesucht. Danach hatte er sich dem Weltraum nicht mehr gewachsen gefühlt und hatte lieber gefroren, auf einem Planeten ohne Sommer.

Er kämpfte jetzt. Benutzte den sehr unhandlichen Hammer eher wie eine Stakstange als wie eine Waffe. Begriff die Wimmler als Meeresbrandung samt schnappenden Klippen. »Die Treppe runter!«, rief er Syonje zu. »Du zuerst! Die Falltür! Das Licht war grün!«

»Drehst du durch?«

»Nein. Das Licht war grün! Warum soll das Licht grün sein, wenn da unten nicht Level Grün ist? Das war nicht einfach nur eine Falltür, das war ein Übergang!«

»Und dann? Landen wir mitten in Grün unter welchen Monstern?«

»Findest du es etwa zu behaglich, um hier wegzuwollen?«

Sie hatten sich angeschrien wie Streitende, dabei stritten sie gar nicht. Sie kämpften, nicht gegeneinander, sondern gemeinsam.

Es gelang Syonje, das Wurfeisen so in einen der Käfer zu verhaken, dass sie ihn auf den Rücken zerren konnte. Seine panischen Beine behinderten die Beine der über ihn Herandrängenden. Das verschaffte Jephron und ihr eine halbe Sekunde lang etwas Luft und Platz. Syonje schnappte sich ihren Speer wieder und sprang förmlich die Treppe hinab, nahm fünf der über hundert Stufen mit jedem Schritt. Jephron folgte ihr etwas langsamer, die Schilde hinter sich haltend. Er wurde dann schneller, weil die Käfer wie eine hundertfingrige Faust gegen die Schilde drängelten und ihn schoben.

Syonje konnte nur abgehackt nach hinten rufen: »Wenn Bulphars … springen wir … über sie hinweg … bringen sich die … gegenseitig um!«

Jephron hörte bloß das Rattern der Zangen, die um die Ränder der Schilde herum nach seinen Armen gierten. Er rannte und strauchelte wieder wie auf dem Weg nach oben. Die Käfer schoben ihn weiter, und er kam auf die Füße. Das kam ihm wie ein Wunder vor, als hätte er selbst acht Spinnenbeine. Er ratschte an einer der Treppengangwände entlang. Es fühlte sich an, als würden ihm Leder und Haut zugleich vom Leib gerissen. Jephron spürte aber keine Schmerzen, dafür fehlte ihm der Atem.

Wo blieben die Bulphars? Er erwartete jeden Augenblick, Syonje von Krallen gepackt hin- und hergerissen zu sehen wie ihre Schwester im Magnetenfeld. Doch nur Treppe und Wimmler. Abwärts und dunkler, dunkler werdendes Rot, als würde die Farbe eindicken oder es ihm langsam schwarz vor Augen werden. Jephron fühlte sich feige, weil er Syonje voranschickte, aber es ging gerade nicht anders, die Käfer schoben ihn nicht nur, sie verbissen sich auch in ihm und hielten ihn zurück. Aber er stolperte weiter, bewegte sich ruckartig wie eine altmodische Trickfilmfigur aus jener fernen Zeit, als es noch von Hand gezeichnete Cartoons oder von Hand bewegte Spezialeffekte gegeben hatte.

Vielleicht konnten die Bulphars die Zosma-Wimmler hören oder riechen und ergriffen gerade ebenso die Flucht wie Syonje und er?

Vielleicht ließen sämtliche Monster sie gewähren, trieben sie aus Schadenfreude dem Entsetzlichen zu, das unter der Falltür auf sie lauerte?

Vielleicht wusste aber auch kein einziges Lebewesen gerade, was es tat, und alles Geschehen war nur Zufall und Übereiltheit.

Jephron rannte und sprang und versuchte, das Gleichgewicht zu halten. Die verhasste Schwerkraft erschien ihm jetzt sogar wie eine Verbündete, denn sie verlieh ihm immerhin ein Oben und ein Unten. Syonje war nicht mehr als ein rötlich flackernder Umriss vor ihm. Ab und zu sah er ihr Gesicht und fragte sich, ob das schlau war, vorwärts zu rennen und dabei nach hinten zu schauen. Seine Zweifel konnte er aber nicht äußern. Die Wimmler verbissen sich in seine Schildränder, und er konnte sie nur abschütteln, indem er die Schilde an den Wänden entlangriss.

»Wohin?«, hörte er Syonje schreien. Sie schienen das untere Ende der Treppe erreicht zu haben, der Gang gabelte sich dahinter, nur einer der Gänge führte zur Falltür. Jephron wusste, welcher, weil er beim Weg aufwärts vorangegangen war. »Links!«, schrie er zurück. Syonje verschwand nach links, er ihr nach, die Wimmler ihm hinterher. Es schienen noch mehr geworden zu sein, oder vielleicht kam ihm das nur so vor, weil sie so unglaublich viele Beine hatten.

Die Falltür war nicht weit weg gewesen, oder? Auf ebenem Boden würden die Wimmler ihn bald überholen. Auf der Treppe hatten sie noch Schwierigkeiten gehabt, aber nun würden sie einfach unter seinen Schilden durchfluten, ihn fortreißen und brüderlich und schwesterlich teilen.

Jephron legte all seine Kraft ins Rennen, schloss dadurch fast wieder zu Syonje auf. Dann verschwand sie erneut, diesmal aber vor und unter ihm, weil zu ihren Füßen der Boden wegklappte.

Sie schrie, hatte die Falltür an dieser Stelle weder erwartet noch kommen sehen.

Grünes Licht wieder.

Die Frage war: Wie tief war der Sturz? Sie konnten nur hoffen, dass es keine fünf Meter oder mehr waren.

Syonje fiel schreiend, landete aber – obwohl sie in der einen Hand den Speer und in der anderen das Wurfeisen hielt – wie eine Katze auf allen vieren, ihre Waffen schlugen dabei laut auf den Boden. Jephron machte es ähnlich wie beim ersten Mal an dieser Falltür: Er warf sich mit den Schild-Unterarmen auf die jenseitige Kante, ließ sich dann von dort abtropfen. Zu seinem Entsetzen sah er schon im Fallen, dass die vordersten Wimmler ihm einfach nach unten folgten. Sie sprangen ebenfalls mit ins Leere peitschenden Beinen.

Der Aufprall war hart, aber aushaltbar. Der Abstand zwischen Falltürdecke und Boden vielleicht höchstens drei Meter. Das Licht hier unten war gleichmäßig grün, nur von oben schimmerte noch Rot durch die Falltür, die sich nicht schloss, weil so viele Wimmlerleiber sie schlitternd offen hielten.

Ihr Manöver hatte ihnen nicht das Geringste eingebracht. Die Zosmas waren weiterhin an ihnen dran. Diesen Käfern schien sogar der Sturz noch viel weniger auszumachen als den Menschen.

Wo waren die Bulphars abgeblieben? Waren sie etwa ebenfalls nach Grün abgesackt, schon bei der Verfolgungsjagd vorhin?

Jephron wusste für Momente nicht mehr, was er tun sollte, welcher Weg jetzt überhaupt noch einen Sinn ergab. Grün war noch gefährlicher als Dunkelrot, und jeder Schritt mochte in weitere Fallen führen.

Syonje übernahm nun die Führung. Sie rannte einfach los, in die Richtung, in der sie auf allen vieren gelandet war. Den grünen Gang entlang. Jephron folgte ihr. Immerhin wirkten die Wimmler hier unten nicht mehr ganz so entschlossen, vielleicht gab es hier nur für sie wahrnehmbare Duftspuren, die sie verunsicherten.

Die beiden Menschen rannten, bis ihre Lungen schmerzten. Die Wimmler folgten ihnen, aber nun nicht mehr sich festzangend und drängelnd, sondern eher wie eine Hetzmeute, die wusste, dass Zweibeiner nicht über die Ausdauer von Achtbeinern verfügten.

»Wir brauchen eine Kammer!«, ächzte Syonje nach hinten.

»Ja!«, rief Jephron.

Sie erreichten sogar eine, nur war diese mit einem Rätselschloss gesichert. Sie hatten keine Zeit für Rätsel, die Wimmler würden sie lebendigen Leibes verdauen, während sie gerade versuchten, eine Lösung zu finden.

Sie erreichten noch eine Kammer. Kein Rätselschloss, aber eine komplizierte Mechanik. Zu zeitaufwendig, unmöglich zu schaffen.

Weiter!

Sie konnten bald nicht mehr, vor allem Jephron war völlig am Ende, Syonje blickte sich mehrmals besorgt nach ihm um und sah auch immer das vielbeinige Verhängnis in seinem Kielwasser. Wie sehr anhängliche Schoßtiere oder sehr treue Fans. Es hätte komisch sein können, wenn es nicht so aussichtslos gewesen wäre.

Noch eine Kammertür: ein Schachrätsel. Man musste den in die Tür eingebauten Schachcomputer auf einer wahrscheinlich recht niedrigen Spielstufe schlagen, aber: keine Zeit, keine Zeit, keine Zeit.

Weiter. Jephron glitt aus und mühte sich wieder aufrecht.

Die vierte Kammertür: Sie war einfach nur verbarrikadiert. Keine Zeit.

Weiter. Die Wimmler kamen wieder näher. Als würde es ihnen zu langweilig, immer nur hinterherzutrotten.

Das grüne Licht ließ alles kränklich wirken, sogar die Wände sahen wie verschimmelt aus.

Die fünfte Kammertür: keine Hindernisse, nur eine Art Klinke, das war ideal! Mit einem Ächzen warf Syonje sich dagegen, Jephron half mit, die Tür schwang nach innen auf, schwarzgrüne Dunkelheit, Syonje und Jephron stemmten sich von innen erneut dagegen, die ersten Wimmler prallten bereits auf, die Tür ließ sich dennoch federverstärkt gut wieder zuschieben und rastete ein.

Sicherheit! Geschafft!

Bis auf das Ding in der Kammer.

Das rührte sich jetzt und brüllte. Zu sehen war fast gar nichts. Es stank diesmal auch nicht nach Raubtier, roch eher nach feuchtem Nadelwald.

Syonje hatte keine Geduld mehr. »Gib mir die Armbrust und alle Bolzen«, verlangte sie.

»Vergiss nicht, dass wir die noch brauchen …«

»Das spielt keine Rolle. Wir sind in einer Kammer, oder? Ich sammle sie hinterher wieder ein!«

Sie lud und schoss. Lud nach und schoss. Lud nach und schoss. Lud nach und schoss. Insgesamt fünfunddreißig Mal, bis kein einziger Bolzen mehr übrig war.

Das Wesen bewegte sich anfangs, blieb dann bei jedem Treffer ruckelig stehen, bewegte sich, verhielt wieder, stöhnte und raschelte. Es wurde immer langsamer. Nach dem fünfunddreißigsten Treffer – oder genauer: dem dreiunddreißigsten, denn zwei der Schüsse waren im Dunkeln danebengegangen und laut gegen die hintere Wand gescheppert – bewegte es sich immer noch, und Syonje nahm genervt ihren Speer und rammte diesen noch zehnmal in den Leib des Wesens, bis es verröchelt war. Dann erst nahm Syonje sich überhaupt die Zeit, nach einem Lichtschalter zu fahnden.

Als verhältnismäßig helles Grün in der Kammer aufflammte, wurde ein mehr als menschengroßes Alien sichtbar, das wie mit Moos überwachsen aussah, das sechs Gliedmaßen hatte, bei denen sich Beine und Arme nicht voneinander unterscheiden ließen, und keinerlei Kopf, obwohl es doch gebrüllt, gestöhnt und geröchelt hatte. Ein wenig erinnerte es an einen Baum mit Luftwurzeln. Dann aber auch wieder nicht, je nachdem, aus welchem Winkel man es betrachtete. Nirgends waren Augen, nirgends trat so etwas wie Blut oder Harz aus. Dennoch war es tot, und Syonje begann damit, die Bolzen wieder aus dem Leib zu ziehen. Sie saßen fest wie angesaugt. Dreiunddreißig der Bolzen konnten wiederverwendet werden, lediglich die zwei, die sie gegen die Wand geschossen hatte, waren verbogen und unbrauchbar.

Jephron saß unterdessen mit dem Rücken an der Tür und versuchte einfach nur, wieder zu Atem zu finden. Er fühlte sich, als sei er einen Marathon gelaufen. Ihm fiel ein, dass es sogar einen Planeten gab, der für seine abwechslungsreichen, szenischen Marathonstrecken berühmt war. Der Planet hieß Nenikekamen, ein Name, der wohl irgendwie mit der ursprünglichen Legende vom Marathonlauf zusammenhing.

Draußen vor der Tür kratzten und rumsten immer noch unzählige Wimmler. Es schienen immer mehr zu werden, oder vielleicht wurden sie nur wütender.

»Der schönste Crawl aller Zeiten – mein Arsch«, sagte Jephron, immer noch außer Puste.

Syonje musste grinsen, dann lachen. Dann lachten sie beide. Erleichtert darüber, dass sie immer noch am Leben waren. Und belustigt über ihre absurde Flucht, die sie durch eine Falltür nach Grün geführt hatte.

»Ehrlich – wo sind diese verdammten Bulphars abgeblieben?«, fragte Syonje, immer noch lachend.

»Die waren einfach schlauer als wir und haben sich verkrümelt, als zwanzig Wimmler angerauscht kamen. Verdammt noch mal, ist das hier heiß in Grün oder ist das nur diese Kammer? War das ein Tropenbaum, der es schön heiß braucht? Ich halte es nicht mehr aus in diesem Leder.« Er fing tatsächlich an, sich ungeduldig aus seiner Kluft zu pellen. Darunter trug er nichts als feuchte schwarze Boxershorts.

Syonje sah sich in der Kammer um. Dann schoss sie einen Bolzen durch die Kameralinse. Jephron runzelte die Stirn. »Das ist aber nicht im Sinne des Publikums.«

»Meinst du, hier sind noch andere versteckt?«

»Man kann nie hundertprozentig sicher sein.«

Sie suchte noch ein paar Minuten lang die Decke, sämtliche Winkel und Wände ab und wirkte dabei ein wenig paranoid. Aber schließlich tat sie es Jephron gleich und zog sich ebenfalls bis auf einen fast schnurdünnen Slip aus. Erst ohne Kleidung wurden die Blessuren sichtbar, die sie beide durch die Zosma-Zangen erlitten hatten: etliche blaugrüne Blutergüsse und Quetschungen.

Sie berührten sich zärtlich. Küssten sich. Küssten sich die Wunden, ein köstliches Mischungsverhältnis aus Lust und Schmerz.

Es gab in dieser Kammer genügend Wasser, sodass sie es auch zum Waschen verwenden konnten. Sowie Proviant. Sogar ein paar Zitrusfrüchte.

Syonje begann, sie beide zu waschen. Jephron fuhr damit fort.

»Wir müssen uns darauf einstellen, eine Weile hierbleiben zu müssen«, raunte er.

»Was meinst du, warum ich die Kamera zerschossen habe?«, entgegnete sie.

Zwei Tage später waren sie immer noch in dieser Kammer.

Das Kratzen und Wühlen der Wimmler hatte vor etwa fünf Stunden aufgehört, aber sie trauten dem Frieden noch nicht.

Die Wimmler mochten weitergezogen sein, es aufgegeben haben. Oder sie lauerten listig in der Nähe, ob die sichere Beute nicht doch wieder zum Vorschein kam.

Diese *Dungeoncrawler*-Staffel war inzwischen an Jephron Girant und Syonje Cilings vorübergezogen.

Vier Tage waren nun verstrichen, einige Teilnehmer womöglich schon tot, andere hatten aufgegeben oder aufgeben müssen. Renth Titaul war entweder wieder unterwegs oder längst aus dem Rennen. Sie wussten nichts, blieben in ihrer Kammer blind und stumm. Ein einziges Mal hatten sie von draußen so etwas wie Schreie gehört, aber ob von einem Menschen oder einem Tier, einem Mann oder einer Frau, darauf hatten sie sich nicht einigen können.

Ihre Vorräte wurden knapp.

»Hättest du die Kamera nicht zerschossen, hätte man uns vielleicht mit Nachschub beliefert.«

»Ja. Im Austausch für den Sex, den wir dem Publikum geboten hätten. Das ist aber nicht mein Niveau.«

»Meins auch nicht, wie du mittlerweile schon aus drei Crawls weißt.«

»Ich fühle mich privilegiert.«

»Ich mich noch viel mehr.«

Sie hätten hier aussteigen können. Zufrieden damit, Level Grün erreicht und in einer dunkelroten Kammer eine Statuette von Fredericia Santabella und nun in dieser grünen Kammer (von Syonje in einer gut versteckten Bodenklappe gefunden) einen lebenden Bonsai aus dem japanisch geprägten Beta Ophiuchi/Cebalrai-System erbeutet zu haben. Unabhängig voneinander hatten sie sogar übers Aussteigen nachgedacht, es beide aber auch unabhängig voneinander wieder verworfen. Sie wollten keinen Crawl, auf dem sie flüchteten und Kleinzeug auflasen, sondern einen, der Bjanje zur Ehre gereichte. In dieser Hinsicht war der Start mit Renth Titaul nicht schlecht gewesen. Vielleicht hatte auch das Hin- und Hergerenne zwischen Bulphars und Zosmas ein bisschen für Aufmerksamkeit gesorgt. Aber der richtige Donnerhall fehlte noch.

Insofern war es vielleicht nicht dumm, dass sie sich zwei Tage lang den Kameras entzogen hatten. Sie kamen nun wieder aus dem Nichts. Fast als wären sie inzwischen an den Säulen der Schöpfung gewesen.

Syonje legte ihr Ohr an die Tür. Es war nichts mehr zu hören.

Sie beschlossen, vorsichtig zu sein.

Zuerst nur einen Spalt. Und wieder zu. Es war nichts zu sehen gewesen. Nichts hatte sich bewegt.

Gleich noch mal. Ein bisschen länger. Lauschen.

Nichts. Oder nicht ganz: Sehr weit entfernt gab es ein Echo von etwas, das wie ein verzerrtes Gebell klang. Ein sehr unheimliches Geräusch, aber nicht untypisch für die Dungeons. Jedenfalls keine Wimmler und auch keine Bulphars.

»Wenn sie richtig schlau sind, warten sie, bis wir rausgetreten sind«, knurrte Jephron.

»Wie schlau können Insekten sein? Okay, wir lassen die Tür offen, dann können wir jederzeit wieder hineinflüchten. Aber ehrlich gesagt habe ich keine Lust, weitere zwei Tage zu verlieren. Irgendwann ist die Staffel zu Ende.«

»Ich weiß. Gehen wir.«

Jephron pirschte nun voran, wieder mit seinen Schilden an den Unterarmen. Ein bisschen kam er sich vor wie ein Engel mit lederbezogenen Holzflügeln.

Der Gang blakte grün wie eine algenbehaftete Flasche unter Wasser. Eine versunkene Nachricht. Es roch süßlich nach Pilzen und säuerlich nach Essig.

Sie tasteten sich voran. Entfernten sich weiter und weiter von der Kammer, die ihnen so viele Stunden lang Schutz geboten hatte.

Etwas bewegte sich quer vor ihnen über eine Gangkreuzung. Wie eine Flunder flappend, nur über Land. Alles hier war seltsam und weckte amphibische Assoziationen. Selbst die Gangwände sahen löchrig aus wie ein riesiger versteinerter Schwamm.

Sie fanden eine Toilettenkammer und benutzten diese ausgiebig, vor allem zum Waschen.

In der Nähe fanden sie auch Proviant und Wasser. Syonje tauschte ihr abgestandenes Restwasser gegen frisches. Zu essen gab es Fladenbrot und Oliven. Auch diese waren dunkelgrün.

Wo waren die anderen Teilnehmer? Wie viele waren es noch? Und wie viele befanden sich ähnlich weit unten oder sogar noch tiefer, in einem der beiden Blaus? Es reizte sie, zum Aufenthaltsbereich zurückzukehren, um sich über den Zwischenstand zu informieren und die Unterwäsche zu wechseln. Das Leder hatten sie immerhin zwei Tage lang kaum angehabt, aber völlig nackt waren sie nur selten gewesen. Zum Purgatorium zu gehen wäre ein gigantischer Umweg, würde einen weiteren Tag bis nach oben kosten plus einen zweiten, wieder nach hier unten zu kommen. Nein, sie wollten es jetzt durchziehen.

Vergebens suchten sie einen Weg, der noch tiefer führte.

Stundenlang irrten sie umher. Syonje öffnete eine Rätselwand. Ein Verschieberätsel, man musste Symbole auf bestimmten Leiterbahnen hin- und herschieben, bis sie die geforderte Reihenfolge einnahmen. Das Lösen dauerte fünfzehn Minuten. Dahinter war es aber immer noch grün.

Und eine Stunde hinter dieser Tür fiel plötzlich das Licht aus.

Jephron und Syonje erstarrten. Es war nicht nur eine einzige Lampe. Der gesamte Gang war plötzlich in undurchdringlichstem Schwarz versunken. Nicht einmal in der Ferne gloste irgendwo noch Grün.

Sie warteten. War es nur ein Wackelkontakt? Oder eine Sicherung, die durchgebrannt war? Musste jemand einen Schalter umlegen? Mussten *sie* einen Schalter finden?

Das schien am wahrscheinlichsten. »Eine Falle?«, fragte Syonje. »Haben wir irgendeinen versteckten Kontakt berührt, eine Lichtschranke durchschritten?«

»Dann lass uns ein paar Schritte zurückgehen.«

Das taten sie, aber das Licht blieb verloschen.

Er konnte sich nicht helfen: Jephron spürte, wie es ihm die Eingeweide zuschnürte. Nichts war hier unten bedrohlicher, als nicht mehr sehen zu können, was sich näherte – und fast noch schlimmer: nicht mehr sehen zu können, wohin man selbst sich bewegte. Die nächsten zwanzig, dreißig Meter hatten sie vor dem Ausfall des Lichts noch sehen können, aber dahinter konnte sich ein Abgrund auftun, und sie wussten nichts davon.

Sie warteten.

Begannen trotz der Hitze innerlich zu frieren, fast zu zittern. Zwei winzige Menschlein im Inneren eines von Ungeheuern verseuchten Planeten.

Das Licht kam nicht wieder.

Andere Adventurer mochten sich Fackeln und Feuerstein als Ausrüstung mitgenommen haben oder einen der raren Phosphorstäbe. Sie nicht. Sie hatten nur an ihren Plan gedacht und auch nichts Nützliches erbeutet. Nur Tand.

»Wir sind aufgeschmissen!«, sagte Syonje. In ihrer Stimme bildete sich die beginnende Panik deutlich ab. »Ohne Licht gehe ich keinen Schritt weiter!«

»Uns wird nichts anderes übrig bleiben.«

»Aber das ergibt doch keinen Sinn: Ohne Licht können sie uns nicht filmen, und dann ist die ganze Show nutzlos!«

»Du vergisst, dass sie Nachtsichtkameras haben. Wir sind jetzt gerade entweder ebenso grün wie der Gang, mit weiß leuchtenden Pupillen, oder wir sind sogar nur rote Umrisse mit gelben Schlieren.«

»Meinst du, sie haben nur uns beiden das Licht abgedreht?

Weil sie wissen, dass wir aus dem Licht etwas machen wollten? Meinst du, der Minosaurus ist in der Nähe?«

»Jetzt beruhige dich mal wieder. Der Minosaurus ist nicht in Grün, sondern zwei Level tiefer.«

»Wir wissen ja nicht, ob wir noch in Grün sind! Wir können nichts sehen!«

»Haben wir uns etwa vorwärts bewegt? Nein. Also sind wir immer noch in Grün, keine Sorge. Grün ist schlimm genug, aber wir stehen das durch. Es kann nicht ewig dunkel bleiben. Entweder ist es eine Störung, dann wird sie bald behoben, oder es ist eine zusätzliche Spielerei, um uns oder allen das Leben schwer zu machen, dann müssen wir eben aus dem dunklen Bereich rausfinden.«

Schweigen. Dann Syonjes bange Stimme: »Was, wenn das Kontrollzentrum ebenfalls von Monstern überrannt wurde? Wenn niemand mehr die Störung beheben kann?«

»Das ist völlig ausgeschlossen. Laureline ist eine Millionenstadt, die wird nicht mal so eben überrannt. Macht dich das bisschen Dunkelheit denn wirklich so fertig?«

Ihre Stimme klang winzig: »Ja.«

»Gut, ich bin das vielleicht eher gewöhnt. Im Weltraum mache ich manchmal die Monitore aus mit all ihren gloriosen Farben und schwelge in der Echtheit der Finsternis.«

»Aber da gibt es immer ein paar Sterne, oder?«

»Ja. Wie Trugbilder. Wie molekulare Staubflecken auf dem mattierten Schwarz, mit dem alles verkleidet ist. Aber weißt du, was im Weltraum viel schlimmer ist als Dunkelheit?«

»Die Kälte?«

»Ja. Und das Alleinsein. Wir sind zu zweit. Das ist eine Menge wert.«

»Das stimmt.« Sie schluckte, versuchte, Tapferkeit in sich aufzumustern. »Eigentlich hast du recht. Was ist Dunkelheit denn schon? Nur die Abwesenheit von elektromagnetischen Wellen. Die Gänge sind dennoch dieselben.«

»Genau dieselben.«

»Aber es gibt Viecher, die nur im Dunkeln jagen!«

»Hier wohl nicht, denn hier wird es eigentlich nie dunkel. Ich glaube, die Monster haben gerade genauso viel Schiss wie wir Teilnehmer.«

»Das heißt: Die trauen sich auch nicht, sich zu bewegen?«

»Es ist genauso unsicher für sie wie für uns. Weißt du, warum Maultiere als störrisch gelten? Weil sie sich weigern, unsicheren Grund zu betreten, zum Beispiel einen Fluss. Sie bleiben lieber einfach stehen. Also komm, halt dich an mir fest. Ich taste mit dem Bambusstab voran wie ein Blinder im Mittelalter. Irgendwann kommen wir wieder ins Helle.«

Sie klammerte sich mit beiden Händen an ihn. Das rührte ihn. Syonje war sonst überhaupt nicht aus Zucker, aber Dunkelheit in einem unbekannten, gefahrvollen Terrain machte ihr zu schaffen. Er kannte dieses Gefühl von seinem ersten Crawl. In Himmelblau, kurz vor seinem Kampf mit dem Krötenaffen, war es auch beinahe dunkel gewesen. Aber inzwischen kam ihm Laurel nicht mehr wie unbekanntes Terrain vor, auch wenn er noch nie in genau diesem Gang gewesen war. Er war hier mehr zu Hause als auf Tonatiuh IV oder selbst nach fünf Jahren auf Mesarthim III. Das war eine fast schon spirituelle Angelegenheit, die nichts mehr mit dem Standort oder Zustand seines Körpers zu tun hatte.

Er tastete sie beide vorwärts. Nirgends zeigte sich auch nur eine Ahnung von Licht.

Vor ihnen war lediglich das Echo des Bambusstabes, das ihnen vorausprallte, hierhin und dorthin.

Es gab Abzweigungen. Jephron wollte nicht im Kreis gehen und blieb geradeaus, obwohl ihm klar war, dass es sich um einen sehr, sehr großen Kreis handeln konnte. Wenn das der Fall war, würden sie nie aus diesem lichtlosen Kreis herausfinden, und diese Gedanken schmeckten ihm gar nicht, aber er behielt sie für sich.

»Pst!«, sagte Syonje plötzlich. Er hielt darin inne, mit seinem Stab Geräusche zu machen.

Von vorne kam ein Widerhall zögernder Schritte, ihrem eigenen nicht unähnlich, aber zeitversetzt. Es war, als würde man einem Zeit-Raum-Phänomen in den Tiefen des Weltraumes begegnen.

»Ist da ein Mensch?«, kam eine raue, hohl klingende Stimme von vorne.

So in etwa stellte Jephron sich die Stimme eines Bulphars vor, wenn diese denn eines Tages anfangen würden zu sprechen.

»Zwei Menschen«, antwortete er.

»Dem Herrgott sei Dank! Ich bin Kriemhuld, Adventuress.«

»Syonje Cilings und Jephron Girant, ebenfalls Adventurers.«

»Ach, ihr seid das! Schön, hier unten noch auf Menschen zu treffen. Ich bin schon seit Tagen niemandem mehr begegnet.«

Sie näherten sich einander und fassten sich an, als könnten sie die Existenz der anderen kaum glauben. Ihnen allen war Freude anzuhören. Vier Tage im Inneren einer Staffel empfand man kaum noch Konkurrenz, man spürte eher die Verbundenheit von Schicksalsgenossen.

»Wie lange reicht diese Dunkelheit noch?«, erkundigte sich Syonje.

»Ich weiß es nicht«, antwortete Kriemhuld. »Es wurde plötzlich stockfinster, vor einer halben Stunde etwa. Wie weit diese Dunkelheit reicht, habe ich nicht erforscht. Ich habe mich nur in einer Richtung weiterbewegt, und das sehr, sehr langsam.«

»Ja, wir auch. Geht es da, wo du herkommst, nach Himmelblau?«

»Ja. Sogar nach Nachtblau. Ich habe den Minosaurus gesehen.«

»Was? Du hast ihn wirklich gesehen?«

»Ja. Er ist riesig. Ich wollte es eigentlich mit ihm aufnehmen, aber als ich ihn sah, bin ich nur noch gerannt. Ich habe sogar einen Teil meiner Beute verloren, die ich bis dahin gesammelt hatte. Sagt, geht es da, wo ihr herkommt, in die beiden Rots zurück?«

»Ja. Aber es wimmelt da von Zosmas und Bulphars. Du musst sehr auf der Hut sein.«

»Das werde ich. Habt ihr ein gutes Versteck gefunden für eure Beute? Ich würde sehr gerne eine Nacht im Aufenthaltsbereich verbringen, wieder richtig zu Kräften kommen. Dann noch mal runter, noch mehr Beute machen. Ich habe schon eine ganze Menge gesammelt.« Die kräftige Adventuress klirrte mit den Münzsäcken, die sie trug.

»Wir brauchten kein Versteck, denn wir haben noch nicht viel erbeutet«, erläuterte Jephron. »Wenn du diesem Gang folgst, kommst du zu einer leeren Kammer, in der wir zwei Tage verbracht haben, um uns vor den Wimmlern zu schützen. Dort gibt es eine gut getarnte Bodenluke, die dürfte ein ziemlich geeignetes Versteck sein. Aber ich fürchte, dass wir diese Luke mal als Klo benutzt haben.«

»Das wäre egal, hier unten ist doch sowieso alles eine einzige riesige Kanalisation. Das kann man wieder abwaschen. Danke für den Tipp. Vielleicht werde ich da was deponieren. Ihr würdet es mir nicht klauen, oder?«

»Erstens bestehlen Adventurer einander nicht, wir sind ja schließlich keine Bushwhacker. Und zweitens kommen wir wahrscheinlich gar nicht mehr dort vorbei. Wir sind in genau entgegengesetzter Richtung unterwegs.«

»Ich kann euch nur abraten. Kommt doch mit mir zurück! Der Minosaurus ist ein Gigant!«

»Wie sieht er denn von Nahem aus?«, fragte Syonje mit einer Mischung aus Bangigkeit und Neugier.

»Wie man ihn kennt, aus alten Aufzeichnungen und Bildern und Geschichten. Ein bisschen wie ein Stegosaurus, mit Hornplatten auf dem Rücken, aber auch an der Seite. Sein Kopf ist wie bei einem Krokodil oder Drachen. Die Zähne sind gelb, fast schon bräunlich, als wäre er ein Raucher.«

»Feuer speien kann er aber nicht?«

»Ich weiß es nicht. Ich würde es ihm durchaus zutrauen. Sein Körper wirkt jedenfalls kein bisschen altersschwach. Er war richtig hinter mir her, als ich zu rennen anfing. Irgendwann passte er aber nicht mehr durch einen Gang, durch den ich entschlüpft bin. Die Enge des Labyrinths ist alles, was ihn auf Level Nachtblau festhält. Sonst wäre er der Tyrann hier, die absolute Spitze der Nahrungskette.«

»Wir wollen es zumindest versuchen, uns mit ihm anzulegen«, sagte Jephron nach kurzem Zögern.

»Auch zu zweit schafft ihr das nicht.«

»Wir haben so eine Art Plan. Mal sehen. Jedenfalls gut zu wissen, dass man ihm durch die Gänge entkommen kann, wenn alles schiefläuft.«

»Ja, rennt. Das ist das Schlaueste, was man tun kann. Einen der Adventurer hat er schon gekillt.«

»Wen?«

»Den mit den rot gefärbten Haaren. Ich habe seinen in zwei Hälften zerrissenen Leichnam gesehen. Zumindest die obere Hälfte. Dagarson hieß er oder so ähnlich.«

»Dagarza? Algernon Dagarza?«

»Genau der.«

»Aber der war doch nur Collector! Der wollte doch gar nicht zum Minosaurus. Hat sogar versucht, uns das auszureden.« Jephron und Syonje erinnerten sich noch gut an ihre Begegnung mit Dagarza im *Paradox Lost*. Jephron schüttelte den Kopf. Entweder hatte Dagarza nur versucht, Konkurrenz vom Minosaurus abzubringen – oder er war durch ihr Gespräch, durch Jephrons Worte erst auf den Gedanken gekommen, es doch selbst einmal versuchen zu wollen. Wenn das stimmte, war Jephron nicht unschuldig an seinem Tod. Aber dann wiederum hatte er ihn schließlich nicht gezwungen und ihn auch nicht überredet. Jeder war hier unten für sich selbst verantwortlich. Außer Jephron selbst. Er war immer auch noch für die Cilings-Schwestern zuständig. Bei diesem Gedanken musste er lächeln, voller Zuneigung.

»Wir gehen weiter«, sagte er. »Irgendwann haben die Zuschauer das Wärmebild satt, dann wird es wieder hell.«

»Wahrscheinlich«, stimmte Kriemhuld ihm zu. »Es sei denn, es hat ein Voting gegeben, und zwanzig Milliarden haben beschlossen, uns den Rest der Staffel blind bleiben zu lassen.«

»Das glaube ich nicht. Das wäre zu eintönig. Einen Tag lang vielleicht. Länger nicht.«

»Vielleicht sollten wir uns zu dritt in unsere Kammer zurückziehen«, schlug Syonje vor. »Es ist doch verrückt, einen ganzen Tag lang hier im Dunkeln rumzutappen.«

»Aber was, wenn es nicht eine bestimmte Zeit lang dunkel bleibt, sondern nur in einem bestimmten Bereich? Dann können wir hier nicht bleiben, wir müssen raus ins Licht. Außerdem haben wir einen kleinen Vorteil: Wir wissen, dass auf dem Weg, den Kriemhuld gekommen ist, keine Fallen sind. Und sie weiß das über unseren Weg genauso. Wir sollten also voneinander profitieren und unsere Wege fortsetzen.«

»Das sehe ich genauso«, stimmte Kriemhuld Jephron zu.

Sie berührten sich noch einmal, fanden im Dunkel ihre Hände. Die von Kriemhuld waren größer und kräftiger als Jephrons. Dann stapfte sie weiter. Ab und zu war noch das Klirren ihrer Beutesäcke zu hören, das sich wie Kristall an den Wänden fortpflanzte.

Jephron musste Syonje regelrecht ziehen, um sie überhaupt zum Weitergehen zu bewegen. Er selbst jedoch schritt beherzter aus als vor der Begegnung mit Kriemhuld, denn er wusste, dass dieser Weg bereits von einem Menschen betreten worden war.

Es wurde nicht mehr hell.

Manchmal glaubten sie, Schemen sehen zu können. Als ob ihre Augen sich langsam an die Finsternis gewöhnten. Aber das waren nur Täuschungen. Erscheinungen, die das Auge bei Stress von selbst erzeugte.

Syonje bildete sich riesige Ungetüme ein. Oder dass die Wände lebendig wurden.

Jephron wähnte überall Kanten und Abstürze. Selbst gewöhnliche Treppenstufen waren gefährlich. Er tastete mit dem Stock nicht nur unten, sondern auch an den Wänden und oben.

Irgendwann hatten sie Abzweigungen passiert und konnten sich nicht mehr sicher sein, ob Kriemhuld hier wirklich vorbeigekommen war. Sie wurden also langsamer. Sehr langsam sogar.

Das war äußerst ermüdend. Die schlechte Luft, die Hitze, die Dunkelheit, die unablässige Gefahr im eigentlichen Grün, das beständige Zwängen der Lederhaut. Ab und zu war ihnen, als wären sie eingepackt in etwas, das gleichzeitig heimelig und quälend war. Oder als schlafwandelten sie bereits.

Jephron ohrfeigte sich, um nicht durchzudrehen. Das Klatschen wiederum erschreckte Syonje.

»Jetzt kommt einem das Purgatorium wie etwas Wünschenswertes vor, oder?«, fragte er.

Sie nickte. Da er das nicht sehen konnte, ergänzte sie kleinlaut: »Ja.«

»Der Witz ist nur: Selbst wenn wir dorthin wollten, wüssten wir nicht mehr, wo entlang es geht. Wir haben mehrere Abzweige passiert seit Kriemhuld. Wir finden nicht mehr zurück.«

»Was machen wir? Ich bin todmüde.«

Das war er ebenfalls. Eigentlich waren sie noch gar nicht so viele Stunden unterwegs, aber vielleicht gab es hier unten ein betäubendes Gas. Sicherlich nicht stark genug, um zu töten;

kein Zuschauer wollte sehen, wie Teilnehmer eingeschläfert wurden. Aber es machte müde und mürbe, verstärkte Ängste, zusammen mit der Schwärze.

»Wir suchen uns eine Kammer zum Lagern, okay? Wahrscheinlich geht das Licht da drinnen auch nicht, aber wenn wir ein paar Stunden schlafen, funktioniert das Licht dann vielleicht wieder.«

»Von selbst?«

»Womöglich ist es wirklich nur eine temporäre Netzüberlastung. Oder einer der Teilnehmer hat eine ähnliche Idee gehabt wie wir und irgendwie mit dem Strom rumgespielt.«

»Meinst du wirklich? Aber wir haben doch nichts verraten!«

»Ich weiß es nicht mehr. Haben wir wirklich dichtgehalten? In jedem einzelnen Interview? Es reicht ja, wenn ein einziger Zuschauer sich zusammengereimt hat, wozu wir den Hammer brauchen, und das dann gepostet hat. Die Veranstalter beschäftigen Hunderte von Leuten, die alles auswerten.«

»Das wäre furchtbar. Es fühlt sich an, als könnten sie Gedanken lesen. Jephron, ich bin kurz vorm Aufgeben. Verachtest du mich jetzt?«

»Unsinn. Aber wie gesagt: Wir *können* gar nicht aufgeben. Das ist die Pointe. Wir finden nicht mehr zurück. Wir sind jetzt wirklich mittendrin.«

»Du klingst, als würde dir das gefallen.«

»In so einer Situation war ich noch nie. Ich finde, das hat durchaus seinen Reiz. Komm weiter, wir finden eine Kammer.«

Aber sie fanden keine Kammer mehr. Zu Beginn von Grün hatte es ganz viele gegeben, und sie hatten nur keine Zeit gehabt, sie alle zu öffnen. Jetzt waren da nur noch Gänge und kahles, lauwarmes Gestein. Irgendwo tropfte saures Wasser. An einer anderen Stelle tappten sie durch schwülen Dampf. Jephrons Stab stieß gegen eine Stufe, dann gegen eine weitere. Insgesamt zehn Stufen, die aufwärts führten. War das dann schon wieder Dunkelrot, oder reichte es noch nicht? Sie konnten es nicht erkennen, alles war finster. Finster und erstaunlich leblos. Wo waren die Geschöpfe?

Sie tasteten sich noch länger als zwei Stunden weiter. Syonje fiel beinahe um vor Erschöpfung. Auch Jephron konnte kaum noch die Augen offen halten, und als ihm auffiel, dass das gar keinen Unterschied mehr machte, ging er mit geschlossenen Augen weiter. Aber eine Lösung gegen die Müdigkeit war das selbstverständlich nicht.

Sie mussten irgendwo einen Platz zum Schlafen finden. Aber nicht mitten auf dem Gang.

Sie kamen durch einen etwas größeren Höhlenraum. Jephron tastete überall herum, die torkelnde Syonje im Schlepptau. Schließlich meinte er etwas gefunden zu haben. »Da oben ist eine Art Sims. Wenn wir uns da drauflegen könnten, liegen wir wenigstens nicht mitten im Weg.«

»Aber da fallen wir doch runter!«

»Mal sehen.« Er kletterte hinauf und erkundete den Sims. Es war eher ein schmales Plateau. Keine Öffnungen, die direkt dort mündeten. Etwa einen halben Meter breit. Das konnte genügen. Es war nicht so sicher wie eine Kammer, aber es bot zumindest ein wenig Schutz vor Hunden oder Säbelzahnlöwen oder vielleicht auch Zosma-Wimmlern.

Er half Syonje hinauf. Dann presste er sie förmlich gegen die Wand und legte sich an den Rand.

»Du wirst abstürzen.«

»Nicht, wenn du mich nicht schubst.«

»Jephron, ich kann nicht garantieren, dass ich mich im Schlaf nicht bewege.«

»Gib mir dein afrikanisches Wurfeisen. So, damit kann ich mich ein bisschen hier festhaken. Und jetzt ruh dich aus. Vielleicht bleibe ich einfach wach.«

Sie war zu müde zum Protestieren. Zwanzig Sekunden später war sie eingeschlafen und atmete flach, als sei sie bewusstlos geworden.

Jephron versuchte noch eine Minute lang, sich bequemer hinzulegen und nicht an die zwei Meter Tiefe in seinem Rücken zu denken, dann schlief auch er ein.

Träume. Wild und bewegt. Bis sein Körper ruckte.

Jephron schlug die Augen auf.

Etwas hatte sich verändert.

Wie viel Zeit war vergangen? Er hatte keinerlei Anhaltspunkte. Aber er konnte wieder etwas sehen. Ein grünes Meeresgrundlicht erfüllte die Höhle. Die Beleuchtung funktionierte wieder!

Und er konnte etwas *hören.*

Etwas, das wie das Lecken einer riesigen Zunge klang, hinter und unter ihm.

Beinahe wäre er in die Tiefe gestürzt, als er sich erschrocken herumwerfen wollte. Eine Erinnerung an die Kante warnte ihn. Er starrte nach unten, hatte kurz Schwierigkeiten, das Gesehene zu verarbeiten, dann begriff er die Gefahr.

Es waren Nacktschnecken. So groß wie Menschen. Drei Stück. Langsam schoben sie sich die Wand hinauf zum Grat, auf dem Jephron und Syonje lagerten. Sicherlich nicht aus friedlicher Neugier. Sondern eher, um sie in ihrem Schleim zu zersetzen.

Jephron rüttelte Syonje wach. Sie wehrte sich unausgeschlafen.

»Wir müssen weg! *Schnell!*«

Als ihr Bewusstsein einsetzte und ihr klar wurde, wo sie sich befand, reagierte sie.

Es war nicht schwer, den Schnecken zu entkommen. Jephron ließ sich gar nicht erst auf einen möglicherweise vergeblichen Versuch ein, die Kreaturen mit seinem Bambusstab oder dem Hammer zu traktieren und zurückzustoßen. Er sprang an ihnen vorbei auf den Boden. Syonje warf ihm das Wasser zu und folgte ihm dann. Die Schnecken begriffen nicht so schnell, dass ihre Beute ihnen entfleucht war, und setzten ihren Weg nach oben noch weiter fort. Da hatten Jephron und Syonje die Höhle allerdings bereits Hand in Hand verlassen.

»Das Licht ist wieder da!«, freute sich Syonje.

»Wenn man das Licht nennen kann«, brummte Jephron und starrte voraus ins algige Dämmern. Keine weiteren Schnecken waren zu sehen, aber der Weg war völlig unbekannt und mochte Fallen enthalten. Immerhin konnten sie nun erkennen, dass sie sich immer noch in Grün befanden und nicht im Dunkeln bereits die Level gewechselt hatten.

Nirgends waren Kammern zu finden. Sie wussten aber auch gar nicht, ob sie eine Kammer überhaupt erhofften. Eine Kammer bedeutete zwar einen Platz zum Ausruhen, aber davor erst einmal einen Kampf, und die waren in Grün alles andere als einfach.

Eigentlich wollten sie so schnell wie möglich nach Nachtblau und zum Minosaurus. Solange sie sich dem überhaupt noch gewachsen fühlten, angesichts des Einschüchternden, das Kriemhuld ihnen erzählt hatte.

Vielleicht hatte sie aber nicht die Wahrheit gesagt. Man bestahl sich nicht, aber dass man Konkurrenten Angst machte, um den Ruhm und die Beute nicht mit ihnen teilen zu müssen, gehörte zum Handwerk jedes Adventurers. Sie mussten daran glauben, dass Kriemhuld übertrieben hatte. Andernfalls hätten sie sich bereits zu geschwächt gefühlt, um das Risiko überhaupt eingehen zu wollen.

Kurz wurde es wieder dunkel, und der Schreck fuhr ihnen in die Glieder.

Das Licht flackerte jedoch gleich wieder auf. Vielleicht gab es dieses Jahr Probleme mit der Energieversorgung. Schwankungen. Störungen. Vielleicht war alles Kalkül, um die Teilnehmer zu zermürben.

Sie suchten einen Weg nach weiter unten. Eine Ahnung von Blau.

Und fanden eine solche: eine Rätseltür, die grün und blau unterlegt war. Ein Übergang.

Hinter einer Abdeckplatte befanden sich zwei kleine Drahtscheren, sechs nummerierte Kabel und eine Plakette mit englischer Inschrift. *Dungeoncrawler* verließ hier die Mittelalter-Illusion, um seinen Teilnehmern und Zuschauern möglichst hohen Nervenkitzel zu bieten. Offensichtlich ging es um eine Bombenentschärfung. Die Plakette war mit Hinweisen beschriftet, wie die Bombe zu entschärfen war. Diese Hinweise lauteten folgendermaßen: **Zerschneidest du 1, aber weder 3 noch 4: BOOM. Zerschneidest du 3 und 6, aber nicht 5: BOOM. Zerschneidest du 5 ohne gleichzeitig 1: BOOM. Zerschneidest du 2 und sofern 3 auch 4: BOOM. Zerschneidest du weder 1 noch 2: BOOM. Zerschneidest du 4 und 6 gleichzeitig: BOOM. Zerschneidest du 1 als auch 3 oder 4: BOOM. Zerschneidest du 2 ohne 6: BOOM.** All diese Worte verwischten sich vor den Augen Jephrons und Syonjes, als seien sie in einer Fremdsprache geschrieben, und das lag nicht am funzeligen Licht oder irgendwelchen technischen Spielereien. Das war einfach nur Stress. Wieder und wieder mussten sie von vorne anfangen zu lesen.

Die Probleme waren vielfach. Zum einen diskutierten sie darüber, ob die »Bombe« nur ein Symbol war oder ob tatsächlich eine Bombe explodieren würde, wenn sie die falschen Kabel durchtrennten. Sie kamen überein, dass wahrscheinlich wirklich etwas explodieren würde, aber wohl nichts Tödliches.

Vielleicht ein reizendes Gas oder eine Stinkbombe oder eine Flüssigkeit voller Sexuallockstoff für besonders widerwärtige männliche Monster.

Die nächste Frage war: Öffnete sich die Tür, wenn die »Bombe« explodierte, wurde also »aufgesprengt« – oder öffnete sie sich nur, wenn die »Bombe« *nicht* explodierte. Sie kamen überein, dass das Rätsel nur dann einen Sinn ergab, wenn die »Bombe« entschärft werden musste, denn sonst bräuchte man einfach nur irgendwelche Kabel zu durchtrennen und die Tür würde aufgesprengt werden.

Das größte Problem war, ein solches Rätsel in einem dunkelgrünen Gang voller möglicher Angreifer zu lösen, während man nichts zum Schreiben dabeihatte und sich zu zweit auch durcheinanderbringen und widersprechen konnte.

»Wir lassen es«, sagte Jephron nach einer halben Stunde entnervt. »Ich vermute, diese Scheißtür verschließt sich für immer, falls wir falschliegen.«

»Aber diese Tür ist eine einmalige Chance. Wer weiß, wann und ob wir noch eine finden, die nach Blau führt.«

»Es muss welche geben, die sich ohne Rätsel öffnen lassen.«

»Und wenn nicht? Oder wenn die endlos weit entfernt sind? Ich habe keine Lust, hier noch tagelang rumzuirren, während Raubschnecken versuchen, mich im Schlaf auszuschlürfen. Schau mal: Wenn wir sie nicht aufbekommen, haben wir nichts verloren. Aber wenn wir sie aufbekommen, erleichtern wir uns damit alles. Wir werden das schaffen, wir sind doch kluge Leute, Jephron!«

Sie starrten wieder auf die Plakette. Wieder verwischten sich die Sätze zum Kauderwelsch.

Zehn Minuten später ächzte Syonje: »Wenn wir doch nur etwas zum Schreiben hätten.«

»Haben wir nicht.«

Sie starrten und murmelten durcheinander.

Dann fragte Syonje: »Woher wussten die, dass wir zu zweit hier ankommen würden?«

»Wussten sie nicht. Das Rätsel ist auch für eine Person lösbar, mit zwei Kneifern, linke Hand und rechte Hand.«

»Hm. Das bedeutet dann aber, dass wir alle Hinweise, in denen es um *drei* Drähte geht, ignorieren können, oder? Man kann alleine nicht drei Drähte gleichzeitig durchschneiden.«

»Richtig. Kann man auch nicht zu zweit, weil nur zwei Zangen da sind. Du hast recht. Die Dreier-Sätze sind nur Augenwischerei. Die Sätze 2 und 4 können wir also außer Acht lassen. Gehen wir systematisch vor. Kann es die 1 sein? Meiner Meinung nach nicht. Denn die Sätze **Zerschneidest du 1, aber weder 3 noch 4: BOOM** und **Zerschneidest du 1 als auch 3 oder 4: BOOM** widersprechen sich ja komplett. Du sollst die 1 nicht ohne die 3 oder die 4 zerschneiden, aber selbst wenn du die 3 oder die 4 dazunimmst, explodiert die Bombe. Die 1 ist also das Problem. Sie geht nicht.«

»Stimmt. Und hier steht **Zerschneidest du weder 1 noch 2: BOOM.** Also wenn es die 1 nicht sein kann, muss es die 2 sein.«

»Richtig. Und was steht hier als Letztes?«

»**Zerschneidest du 2 ohne 6: BOOM.**«

»Also sind es die 2 und die 6. So einfach ist es. Die anderen Sätze dienen nur der Verwirrung.«

Syonje starrte minutenlang auf die Plakette. »Ich traue dem noch nicht. Es ist zu wichtig. Lass es uns überprüfen. Was ist mit der 3, der 4, der 5? Okay, die 5 kann es nicht sein, denn hier steht: **Zerschneidest du 5 ohne gleichzeitig 1: BOOM,** und die 1 haben wir ja schon ausgeschlossen. Das ist aber verwirrend, weil der Eindruck entsteht, dass 5 und 1 zusammen funktionieren würden.«

»Das steht da nicht. Da steht nicht: 5 und 1 kein BOOM. Sondern da steht: 5 und irgendwas anderes: BOOM.«

»Ich finde es uneindeutig!«

»Ja, es ist nicht gerade brillant formuliert. Aber es ist auch nicht für Nobelpreisträger gedacht. Es ist für Showteilnehmer und ihre Zuschauer und soll gerade so zu lösen sein. Es sind die 2 und die 6. Der letzte Satz verrät eigentlich alles. Und schau dir den vorletzten Satz genau an. **Zerschneidest du 1 als auch 3 oder 4: BOOM**. Da steht nicht *gleichzeitig*. Eigentlich werden hier 1, 3 und 4 komplett ausgeschlossen. Bleiben nur 2, 5 und 6. Und die 5 geht nicht, weil man gleichzeitig die 1 zerschneiden soll, die aber BOOM macht. Bleiben also nur 2 und 6. Es ist einfacher, als man zuerst denkt.«

Syonje traute dieser »Einfachheit« weiterhin nicht, starrte noch länger auf die Plakette und bewegte dabei die Lippen. Irgendwann brüllte in weiter Ferne ein Tier, das alles andere als klein und handzahm klang. Das Geräusch brachte Syonje zu einer Entscheidung.

»Versuchen wir's. Jeder eine Schere?«

»Nein, das ist Unsinn. Es ist viel schwerer, zu zweit gleichzeitig zu schneiden, als es allein zu machen. Ich mache das. Ich schnalle mir die Schilde zu den Oberarmen hoch und gehe dahinter so gut wie möglich in Deckung. Du gehst mindestens zehn Meter weg. Dafür hast du mich schließlich angeheuert: dass ich die Bomben für dich entschärfe.« Er lächelte.

Sie war wütend, weil sie von der Lösung noch nicht restlos überzeugt war, weil er so herablassend mit ihr umsprang wie mit einem Kind, weil sie müde war und Hunger hatte. »Dann spreng dich doch in die Luft«, sagte sie und bereute das gleich im selben Augenblick. »Nein, pass auf, was du machst! Ich bin nicht sicher, ob es nicht doch eine richtige Bombe sein kann. Denk daran, was sie mit Bjanje gemacht haben. Das war gnadenlos.«

»Ja, war es. Aber es war auch Pech. Dass sie alles Metall trug und ich gar keins. Die Falle war nicht so gedacht, dass einer komplett umkommt, sondern sie hätte jeden ein bisschen erwischen sollen.«

»Du verteidigst die Show immer noch. Aber ein einzelner

Teilnehmer hätte auf jeden Fall sämtliches Metall getragen. Nur bei Gruppen gab es überhaupt so etwas wie eine Verteilung. Das war eine verdammt tödliche Falle. Und hier sind wir ja gründlichst gewarnt worden. Das Wort BOOM steht dort achtmal!«

Jetzt zweifelte auch Jephron wieder. »Soll ich es lieber lassen?«

»Du entscheidest.«

»Würdest du es tun?«

»Nein.«

»Seltsam, ich schon. Das ist vielleicht der Grund, weshalb ich nun schon zum dritten Mal hier unten rumkrauche, während jedem vernünftigen Menschen einmal genügt.« Er lächelte wieder. Dann zog er sich die Schilde zurecht, ging dahinter in Deckung, nahm die beiden Drahtscheren, wartete, bis Syonje sich mindestens zehn Schritt weit in den Gang zurückgezogen hatte, und setzte die Scheren an die Drähte 2 und 6.

Syonje schaute sich nach hinten um, dass sie keinem sich anschleichenden Ungeheuer in die Quere kam.

Nichts. Nur Jephron und die Bombe.

Er atmete durch, biss die Zähne fest aufeinander und machte gleichzeitig »Knack« mit den Drahtscheren links und rechts.

Die Tür rumpelte, dann schwang sie majestätisch nach hinten auf.

Jephron atmete noch mal durch. Hinter der Tür waberte es blau. »Bitte einzutreten, Mylady, und alle Hoffnung an der Garderobe abzugeben.«

Er ließ ihr den Vortritt, aber nur über die Schwelle, danach übernahm er sofort wieder die Führung mit seinen zwei Schilden.

Himmelblau.

Hier war er erst ein Mal in seinem Leben gewesen. In einem anderen Jahrzehnt. In einem völlig anderen Gangsystem. Nichts hieran wirkte vertraut außer dem Farbton des Lichts.

»Ist das wirklich Himmelblau?«, fragte ihn Syonje.

»Jep.«

»Wenn das Himmelblau ist, wie sieht dann Nachtblau aus?«

»Noch dunkler. Ich kenne es auch nur von Aufzeichnungen. Aber der Unterschied ist schon zu erkennen.«

»Ich bin eigentlich gut im Erkennen von Farben, aber hier unten …« Sie brauchte das gar nicht weiter auszuführen.

Sie tasteten sich voran. Der Boden war sehr uneben, es ging ein paar Meter abwärts, dann wieder ein paar Meter aufwärts. Zum ersten Mal in dieser Staffel roch es nach überhaupt nichts. Selbst Laurels eigenes Atmosphärenaroma war nicht mehr wahrnehmbar, weil der Sauerstoff hierher künstlich hinabgepumpt werden musste. In diesem Sektor war allenfalls noch die Temperatur des Planeteninneren wirklich authentisch.

Sie durchquerten eine Pfütze, die zu leben schien, weil sie an den Rändern winzige Fühler ausbildete, wenn man sie betrat. Sie beeilten sich, bevor die Pfütze umschlagen oder sie verschlucken konnte.

Dann erreichten sie eine Kammer. Die Tür sah wie aufgebrochen aus, hing halb in den Angeln.

Im Inneren der Kammer lag ein Kadaver, der an einen gestrandeten Wal erinnerte, nur etwas kleiner und mit Armen. Der Kadaver war an einigen Stellen bis auf die Knochen hinuntergenagt.

»Was zur Hölle …?«, entfuhr es Syonje.

»Die Bissspuren stammen nicht von einem Menschen. Aber ein Adventurer kann das Monster erschlagen haben, und danach haben sich Aasfresser eingefunden.«

»Aber welcher Adventurer könnte so eine Tür *aufbrechen*? Das würde ich noch nicht einmal Kriemhuld zutrauen.«

»Es kann natürlich auch sein, dass es kein Mensch war. Wir sind jetzt im Gebiet der Krötenaffen. Die streifen durch die Gänge und suchen selbst nach Nahrungsbeute. Vielleicht haben sie das Ding hinter der Tür gewittert, es getötet, sich satt gefressen.«

»Die Monster töten sich gegenseitig?«

»Natürlich. Das kommt dauernd vor. In freier Wildbahn ja auch.«

»Und was machen wir? Diese Kammer ist ein Geschenk. Wenn es wirklich Krötenaffen waren, gibt es hier vielleicht sogar noch einen Schatz. Können wir die Tür wieder einrenken?«

»Behelfsmäßig. Für eine Nachtruhe dürfte es reichen.«

»Aber kann es sein … Jephron, kann es sein, dass dies eine *Falle* ist? Dass die Krötenaffen mit diesem Raum Menschen einfangen wollen?«

»Das kann ich mir nicht vorstellen. Wie viele Adventurer gibt es denn überhaupt in dieser Staffel? Sechzehn? Das sind zwar mehr als sonst, aber es lohnt sich trotzdem nicht, ihnen Fallen zu bauen. Es ist viel effektiver, sie einfach anzugreifen. Glaub mir, bei Krötenaffen reicht das völlig. Außerdem darf man eines nicht vergessen: Die Monster leben nicht ständig hier. Sie werden überall im Universum zusammengefangen und hierher verfrachtet. Oder gezüchtet. Dann lässt man sie hier ebenso frei wie uns. Zumindest die, die nicht in Kammern gefangen gehalten werden. Aber auch die Freien wissen nicht, wo sie sind, sie wissen nicht, was sie erwartet, sie wissen nicht, dass Menschen kommen, wie viele Menschen kommen, noch, was Menschen überhaupt sind. Der Minosaurus ist, glaube ich, die einzige Konstante in der ganzen Show. Deshalb spielt er tatsächlich die Hauptrolle, da hatte Algernon Dagarza ganz recht. Wir Menschen sind aber gegenüber den Kreaturen im Vorteil, denn wir wissen immerhin, worauf wir uns einlassen und dass es für uns einen Ausgang gibt.«

»Wenn man es so betrachtet, ist es ganz schön unfair.«

»Klar ist es unfair. Aber was ist denn schon fair? Wenn Menschen mit Schusswaffen Tiere jagen, ist das etwa fair? Wenn ein starker Kämpfer gegen einen Schwächeren antritt? Ein schnelleres Raumschiff gegen ein langsameres? Nirgends gibt es ausgleichende Gerechtigkeit. Auch wir beide unterscheiden uns in tausend Dingen.«

»Aber wir halten zusammen?«, fragte sie mit plötzlicher Bangigkeit im Blick.

»Durch dick und dünn, Syonje. Durch dick und dünn.«

Sie umarmten sich. Die Worte »ich liebe dich« waren ihnen höchstens während auf die Spitze getriebener Leidenschaft entschlüpft, ansonsten vermieden sie sie, weil sie ihre Beziehung nicht durch dieses zusätzliche Gewicht belasten wollten.

Das Labyrinth jedoch schweißte sie zusammen wie ein Schwur.

Den Rest dieser Wachphase über erkundeten sie die Umgegend der Kammer, kehrten aber immer wieder zu ihr zurück. Als sei dies ein sicherer Hafen, weil er sein Opfer schon gebracht hatte. Dabei gab es hier unten keine sicheren Häfen mehr.

Sie fanden nirgendwo einen Durchgang nach Nachtblau. Dafür entdeckte Syonje in der Kammer tatsächlich eine noch von niemandem abgeholte Beute: ein Säckchen mit einhundert Golddublonen, jede davon sicherlich mindestens zweihundert Credits wert. Das war ihre erste reelle Beute auf diesem Crawl. Zwanzigtausend Credits. Gar nicht übel.

Morgen würden sie sich von der Kammer lösen, sich weiter entfernen müssen, um einen Durchgang aufzuspüren. Aber heute fühlten sie sich dem nicht gewachsen. Der beständige Druck, den das blaue Licht ausübte, war schon groß genug.

»Wie fühlst du dich?«, fragte Syonje Jephron einmal. »Die Krötenaffen sind dein schlimmster Albtraum, oder?«

»Weiß ich gar nicht. Natürlich war das damals der härteste Kampf meines Lebens. Aber ich habe ihn immerhin gewonnen. Insofern war es ja auch ein Triumph. Die Krötenaffen kommen mir vor wie etwas, das zwar schrecklich, aber bewältigbar ist. Mein schlimmster Albtraum ist, dass mir mit dir dasselbe passiert wie mit deiner Schwester. Das würde mich vernichten.«

»Tut mir leid, dass ich dich dem aussetze ...«

»Du hast mir ja eine Wahl gelassen. Und es stimmt: Wenn wir es diesmal schaffen, könnte der Albtraum enden. Noch sind wir im Rennen.«

Sie verkanteten die aus den Angeln krängende Tür, so gut es ging, in der Öffnung. Aber sie beschlossen, nicht gleichzeitig zu schlafen. Jephron legte sich hin, und Syonje hielt Wache. Nach ein paar Stunden, in denen er sich überwiegend hin und her gewälzt hatte, löste er sie ab.

Auch sie schlief nur unruhig.

Jephron saß da, die geladene Armbrust in der Hand, zehn weitere Bolzen griffbereit. Sollte tatsächlich ein Krötenaffe auftauchen, wollte er schnell klare Verhältnisse schaffen. Damals hatte er keine Schusswaffe gehabt. Er hatte einen Krötenaffen mit einem fast stumpfen Säbel und einem kleinen Buckelschild niedergerungen, und es hatte ihn fast beide Arme und das Leben gekostet. Der Nachteil der Armbrust war, dass es so verflucht lange dauerte, bis man sie nachgeladen und neu gespannt hatte, mindestens fünf Sekunden, in denen einem ein Krötenaffe bereits den ganzen Kopf bis runter zum Schlüsselbein abbeißen konnte. Aber wenn der erste Schuss saß, ins Auge oder die Stirn, dann konnte das alles vereinfachen.

Jephron zuckte zusammen, als er draußen ein Geräusch hörte.

Die Lichtverhältnisse änderten sich nicht, es gab keinen Tag und keine Nacht. Aber irgendetwas huschte dort draußen herum, schnupperte an der Tür. Es schien kleiner zu sein als ein Krötenaffe. Eine Art Schwein? Wenn es ein Schwein war, dann sicherlich eines mit Reißzähnen und giftigen Borsten.

Das Rascheln und Schnobern verebbte.

Jephron war nicht müde. Er fragte sich, ob er überhaupt jemals die Nervenstärke aufbringen würde, in Blau richtig tief zu schlafen. Er bewunderte Syonje, dass sie das zumindest einigermaßen konnte, aber wahrscheinlich war sie einfach nur zu Tode erschöpft und hatte gar keine andere Wahl. Ihr Kopf ruhte auf dem Dublonensäckchen, und sie sah im Schlaf niedlich und aufs Träumen konzentriert aus wie ein kleines Kind.

Jephron wartete stundenlang auf nichts Bestimmtes.

Unvermittelt wurde die nur behelfsmäßig eingerenkte Tür restlos aus den Angeln gerissen. Der Schreck darüber war so groß, dass Jephron beinahe den Bolzen aus der Armbrust verloren hätte. Aber nur beinahe.

Er nahm den Krötenaffen ins Visier und schoss. Erst danach sah er, dass es sich um *zwei* Krötenaffen handelte.

Sie kommen zu zweit, weil wir auch zu zweit sind!, fuhr es Jephron durch den Kopf. *All mein verständnisvolles Gelabere vorhin war Schwachsinn. Sie haben uns eine Falle gestellt, genau wie Syonje vermutete.*

Syonje war durch den Krach wach geworden, konnte aber im blauen Licht noch nicht allzu viel erkennen. »Wir müssen raus hier! Schnell!«, herrschte Jephron sie an und ärgerte sich sofort über seinen Tonfall.

Immerhin hatte er den ersten Krötenaffen voll ins Gesicht getroffen. Der Bolzen war oberhalb der Nase eingeschlagen und trieb das riesenhafte Untier, das nur gebückt in den Gang vor der Kammertür passte, zurück. Der zweite Krötenaffe drängelte sich vorbei und langte mit seinen haarigen Armen nach Jephron. Der machte zwei Schritte rückwärts bis zur Kammerwand, während er mit flinken Fingern nachlud. Die Kammer hatte keinen zweiten Ausgang. Es gab also kein Entrinnen, falls die Bestien den Eingang versperrten.

Syonje raffte alles zusammen. Ihr Atem klang panisch.

Jephron zielte sorgfältig und schoss. Auch den zweiten Affen traf er ins Gesicht. Aber bei beiden genügte das noch nicht. Vielleicht waren die Bolzen zu klein, nicht mehr wert als Nadelstiche. Vielleicht waren ihre Gehirne den Krötenaffen weniger wichtig als ihr Rückenmark. Es waren Kreaturen von irgendwelchen fernen, unbewohnbaren Planeten. Höllenwesen aus Höllenwelten.

»Bleib dicht an mir dran!«, schrie Jephron Syonje an. »Jetzt!«

Zum Nachladen eines dritten Bolzens blieb keine Zeit mehr. Der hintere Affe drängte nun auch wieder nach vorne. Wenn er an der Tür ankam, gab es keine Fluchtmöglichkeit mehr, und in der kleinen Kammer hatten sie keine Chance, die Affen hatten eine zu große Reichweite und waren einfach zu kräftig.

Jephron sprang – einen der Schilde vor sich haltend – gegen den ersten Affen, drängte ihn dadurch einen Halbschritt zurück. Eine Lücke tat sich auf. Jephron duckte sich unter den um sich schlagenden Arm, schlüpfte in die Lücke und zwischen den beiden Ungeheuern hindurch in den Gang. Syonje hatte das Glück, dass die beiden Affen sich nun Jephron zuwandten. Dadurch konnte auch sie sich nach draußen pressen.

Jephron lud, ging rückwärts, aber er würde es nicht schaffen. Einer der Affen setzte zu schnell nach.

Syonje half Jephron, indem sie dem Affen ihr Wurfeisen in die Seite trieb. Das Ungeheuer brüllte so laut, dass es wie eine lang gezogene Explosion klang. Als es sich Syonje zuwandte, traf Jephrons Bolzen es in die Schläfe. Es erstarrte und schien jetzt endlich wirklich Schwierigkeiten mit der Körperkoordination und dem Sehvermögen zu bekommen. Doch der zweite Affe sprang auf Jephron zu, ganz Maul und Geifer. Das Maul schien von einer Seite des Ganges bis zur anderen zu reichen.

Jephron versuchte, den Schlag mit dem Schild abzuwehren, was ihm fast die Schulter aus dem Gelenk riss. Während er hart gegen eine der Wände schmetterte, verfehlte Syonje den Gegner mit ihrem Wurfeisen, weil der Krötenaffe sich so schnell bewegte. Der erste, zweifach getroffene Affe stand immer noch behindernd im Gang herum und wischte ungelenk mit den Armen umher.

Jephron ließ sich in die Höhe ziehen, indem er sich einfach am Schlagarm des Ungeheuers festklammerte. Die Armbrust polterte zu Boden, aber stattdessen hatte er nun einen Bolzen in der rechten Faust. Er wollte damit zustechen, doch der Krötenaffe prügelte ihn erneut gegen die Wand. Jephron sah weiße Blitze vor den Augen aufflammen, als würden sich durch die Wucht seine Netzhäute ablösen. Er verlor seinen Atem, spürte Schmerz in der Lunge. Wahrscheinlich war sein Metallhammer ihm gegen die Niere getrieben worden. Er winselte unwillkürlich.

Er sah die Fratze des Affen, einen Nachtmahr in Blau, roch dessen Mageninhalt und das Ungereinigte zwischen den Zähnen.

Syonje kam von hinten. Sie schlug noch einmal mit dem Wurfeisen zu, traf, das Wurfeisen verkantete sich in den Rippen des Krötenaffen, mit einer Drehung entwand er es ihren Fingern. Sie ließ sich davon kaum beeindrucken, zog ihr viergliedriges Metall-Nunchaku und legte es dem Ungeheuer von hinten so um den Hals, dass sie ihm mit Hebelwirkung Blut und Luft abdrehen konnte.

Das Ungeheuer sprang. Krötenaffen hatten ihren Namen nicht nur ihrer Breitmäuligkeit und ihrem froschähnlichen Kopf zu verdanken, sondern auch ihren Sprungfähigkeiten. Der Gang war so niedrig, dass das Ungeheuer nicht aufrecht in ihm stehen konnte, aber ein Sprung auf so engem Raum hatte die Wirkung eines Schusses aus einer Pistole mit verplombtem Lauf: Die ganze Pistole wurde gesprengt!

Syonje schlug mit dem Kopf gegen die Decke und verlor augenblicklich das Bewusstsein.

Der Krötenaffe rammte sich ebenfalls schier den Schädel ein.

Der Wurfhaken löste sich aus seinen Rippen, wurde zum rotierenden Geschoss und verfehlte Jephron nur um Haaresbreite.

Jephron wurde hoch-, dann abwärtsgeschleudert. Auch er verlor kurz die Besinnung. Es war mehr die Angst um Syonje als um sich selbst, die ihn dazu zwang, seine auseinanderdriftenden Sinne beieinanderzuhalten. Er stach mit dem Bolzen zu. Einmal. Zweimal. Dreimal. Viermal. Dann brach der Krötenaffe endlich wie in Zeitlupe zusammen, und Jephron auf ihm ebenfalls. Aber wo war Syonje? Doch hoffentlich nicht *unter* dem Leiberhaufen? Das trieb Jephron wieder in die Höhe.

Noch immer stand der andere Affe im Gang und schaukelte müde umher. Aber er schien sich wieder zu sammeln, wieder klarer sehen zu können. Er verheilte. Es war nicht zu glauben. Auch der gesprungene Affe war noch nicht tot. Wie hatte Jephron das nur fertigbekommen, vor einundzwanzig Jahren, vor der Hälfte seines Lebens, einen von denen richtig umzubringen? *Vielleicht war der auch nicht ganz tot gewesen. Vielleicht war einer der beiden sogar derselbe.*

Er suchte nach der Armbrust und konnte sie nicht finden. Der Krötenaffe musste auf ihr liegen.

Dafür fand Jephron Syonje, die nicht unter dem Affen begraben lag, weil sie bei seinem Sprung nach hinten weggeschleudert worden war. Ihr Wurfeisen war ebenfalls nicht zu sehen. Aber ihr Speer. Sie hatte glücklicherweise den Speer vor den Zosma-Wimmlern gerettet!

Jephron versuchte, diese Waffe aus Syonjes Lederschlaufen zu ziehen. Ihr Körpergewicht erschwerte dies. Er machte sich ernstlich Sorgen um sie, es war nie gut, wenn jemand das Bewusstsein verlor. Bei Boxkämpfen war stets ein Ringarzt in der Nähe. Aber immerhin konnte er sehen, wie ihr Bauch sich unter dem Leder hob und senkte. Sie atmete.

Eine Krötenaffenkralle fischte nach ihm und ließ seine Gedanken platzen. Jephron musste ausweichen, seinen eigenen Bauch unter dem Leder ganz flach machen, als die Kralle ein zweites Mal an ihm vorbeifauchte. Er hatte den Speer noch immer nicht, tauchte nun nach ihm tiefer ins Blau, zerrte an dem Schaft, zerrte an Syonje, die sich nicht rühren wollte. Es war besser so für sie. Würde sie jetzt erwachen, würde sie womöglich vor Schreck sterben, eine blutige Krötenaffenfratze über sich.

Jephron löste den Speer unter ihrem Körper, indem er selbst sprang wie vorher der Affe. Dann wirbelte er mit dem Speer in der Hand herum, erinnerte sich dabei an Martial-Arts-Filme von asiatisch geprägten Planeten, die er als Kind gerne gesehen hatte, und hoffte vergebens, auch nur halb so heroisch auszusehen.

Der Affe wandte sich ihm mit der trägen Bewegung eines Betrunkenen zu. Schließlich steckten ihm zwei Armbrustbolzen im Kopf. Jephron wich dem ersten Arm aus, der zweite drängte seinen Speer beiseite, er tarierte den Speer neu aus und stach damit zu. Er fand eine Lücke. Der Affe öffnete sein Maul, wie um wieder so unfassbar laut zu brüllen, aber es kam kein Ton aus seiner Kehle.

Für einen Moment hatte Jephron beinahe Mitleid. Das Gesicht dieser hässlichen Kreatur sah wirklich leidend aus.

Aber er konnte sich Mitleid nicht leisten. Er war kilometerweit von jeglicher Hilfe entfernt, und es ging nicht nur um ihn selbst, es ging vor allem um Syonje, die dalag genau wie der unförmige Kadaver in der Kammer und bald genauso zerknabbert sein würde, wenn er, Jephron Girant, jetzt nicht jegliches Mitleid über Bord warf.

Jephron sprang vor und stach zu, sprang zurück, wich der

Kralle aus, sprang vor und stach zu. Nach dem fünften Mal wurden die Augen des Untiers endlich matt, und es kollabierte, leider halb auf Syonje drauf, das konnte Jephron nicht vermeiden. Jetzt musste er ackern, damit das Mädchen unter dem toten Krötenaffen nicht erstickte oder erdrückt wurde. Er warf den Speer von sich und zerrte stöhnend an dem Affen, bis er ihn von Syonje runter hatte. Dann nahm er den Speer wieder an sich, eilte zu dem anderen Krötenaffen, der sich grimmig gerade wieder in die Höhe stemmen wollte, und erstach ihn ebenso wie den ersten mit fünf tiefen Stichen. Völlig außer Puste wollte Jephron sich am liebsten einfach nur an der Wand herabrutschen lassen und im Blut der toten Monster sitzen, doch das ging noch immer nicht. Syonje war schutzlos und exponiert, was war, wenn weitere Ungeheuer auftauchten, durch den Kampflärm angelockt, durch den Blutgeruch rasend vor Gier?

Er nahm Syonje auf, so behutsam wie möglich. Sie wog glücklicherweise weniger als die Hälfte von dem, was Kriemhuld gewogen hätte.

Er brachte sie in die Kammer, bettete sie dort. Dann eilte er in den Gang zurück und barg alles, was dort noch herumlag: den Speer, das Wurfeisen, die Armbrust, mehrere Bolzen, den Beutel mit den Dublonen, der sich von Syonjes Dress gelöst hatte. Er brachte alles in die Kammer. Zuletzt nahm er die schwere Steintür auf und wuchtete sie zumindest behelfsmäßig wieder vor die Öffnung. Das war beinahe lächerlich, es würde nicht eine Sekunde lang gegen Krötenaffen helfen, aber es würde immerhin umherschnüffelnde Reißzahngiftborstenschweine fernhalten.

Ihnen blieb momentan keine andere Möglichkeit. Er konnte nicht mit der bewusstlosen Syonje auf den Armen durch die Gänge wanken, auch nicht durch diejenigen, die sie von hier aus schon erkundet hatten. Es war viel zu gefährlich, viel zu unwägbar in Himmelblau. *Höllenblau*, wie er es nun für sich nannte. Er musste erst einmal Syonje wieder auf die Beine bringen und herausfinden, ob es überhaupt möglich war, noch weiterzumachen.

Es dauerte etwa fünf Minuten, bis Syonje stirnrunzelnd zu sich kam. Jephron hatte inzwischen festgestellt, dass sie eine blutende Platzwunde oben am Kopf hatte, die durch ihre Haarfülle schwierig zu finden gewesen war. Eine Gehirnerschütterung war alles andere als unwahrscheinlich.

»Wie fühlst du dich? Ist dir schwindelig oder schlecht? Wenn du eine Gehirnerschütterung hast, müssen wir in den Aufenthaltsbereich zurück, bitte versuch nicht, mir etwas zu verheimlichen. Sei ehrlich mit mir!«

»Was ist mit den … mit den Affen?«

»Tot. Alle beide. Es war schwer genug.«

»Du hast zwei Krötenaffen … ganz alleine?«

»Von wegen ganz alleine! Ohne dich wäre ich komplett erledigt gewesen.«

Sie schmatzte und machte ein Gesicht, als hätte sie einen ekligen Geschmack im Mund. »Ich ohne dich aber offensichtlich auch.«

»Deswegen sind wir ja zusammen hier.«

Sie stellten schnell fest, dass ihr nichts Gravierendes zugestoßen war. Sie war kurz ausgeknockt gewesen, das war alles. Ihr Schädel brummte, aber mit etwas Wasser aus der Proviantluke ließ sich die Wunde brennend reinigen. Jephron dagegen klagte darüber, dass seine linke Schulter immer noch schmerzte, als seien sämtliche Sehnen überdehnt. Was angesichts des voll durchgezogenen Hiebes, den er mit dem Schild pariert hatte, durchaus denkbar war.

»Ich will nie wieder in meinem Leben einem Krötenaffen begegnen«, ächzte er.

»Und was bedeutet das? Rückzug nach Grün?«

»Nein. Durchmarsch nach Nachtblau. Aber so schnell und reibungslos wie möglich, bitte.«

Sie mussten beide stotternd lachen über diesen kindlichen Wunsch. Auch wenn das Lachen schmerzte.

Sie trauten sich kaum aus dieser hässlichen Leichenkammer raus.

Sie trauten sich aber auch nicht, dort drinnen zu bleiben. Zu viel Blut sickerte dort nun ins Gestein. Es hatte sogar Gebrüll gegeben. Sie wussten nicht, wie viele Krötenaffen es pro Staffel gab, aber wenn es auch nur fünf waren, mochten drei weitere bereits hierher unterwegs sein.

Sie *mussten* hier raus.

Syonje fühlte sich noch benommen. Niemand steckte eine Bewusstlosigkeit ganz ohne Nachwirkungen weg. Eigentlich gehörte sie in ein besonders weiches Bett im Purgatorium. Aber sie waren jetzt so dicht vorm Ziel. Sie waren in Himmelblau und hatten bereits doppelt so viele Krötenaffen umgelegt wie Jephron bei seinem berühmten Helden-Crawl vor einundzwanzig Jahren. Sie konnten jetzt nicht aufgeben. Nicht, ohne den Minosaurus mindestens *gesehen* zu haben. Nicht, ohne ihn vielleicht auch *berührt* zu haben und bestätigen zu können, dass er echt war und nicht nur ein Spezialeffekt, mit dem man zwanzig Milliarden Menschen vorm Zubettgehen wohlig gruseln konnte.

Sie huschten hinaus, geduckt wie Diebe.

Die beiden Krötenaffenkadaver lagen verkrümmt da, im Tod kleiner und schmaler als im Leben, als machten Wut und Gebrüll einen Teil ihrer Körpermasse aus.

Jephron und Syonje hatten die umliegenden Gänge bereits erkundet und nichts gefunden. Von dort aus waren sie immer wieder zu der Leichenkammer zurückgekehrt.

Nun fanden sie nach einer Viertelstunde einen Abzweig, von dem sie sich sicher waren, dass sie ihn noch nicht erkundet hatten. Weil er zu weit von der Kammer wegführte.

Alles mochte sich dort befinden. Weitere Krötenaffen, weitere Kadaver, weitere Schätze – oder auch etwas vollkommen Unbekanntes. Etwas, das nur diese Staffel bereithielt und keine andere vorher.

Sie nahmen diesen Abzweig. Jephron mit seinen Schilden voran, Syonje mit dem Speer in der einen Hand, der geladenen Armbrust in der anderen. Sie hatten nur noch achtundzwanzig Bolzen; selbst derjenige, den Jephron nicht abgeschossen, sondern mit dem er nur zugestochen hatte, war hinterher verbogen gewesen und hatte nicht mehr sauber in die Pfeilrinne gepasst. Jephron wollte nicht das Risiko eingehen, dass ihnen die Bolzen unkontrolliert um die Ohren flogen, deshalb hatte er die angekrümmten aussortiert.

Das Licht war ein stetiger Sommertagshimmel. Klar und tief.

Aber nirgends fanden sie Türen.

»Wie sehen die Durchgänge nach Nachtblau denn eigentlich aus?«, fragte Syonje irgendwann mit angespannter Stimme.

»Ich kann mich nicht erinnern. Sind die in den Aufzeichnungen jemals zu sehen gewesen oder haben sie die immer rausgeschnitten? Ist doch seltsam, dass ich mich nicht erinnern kann.«

»Ich mich auch nicht. Also gibt es ein Geheimnis. Vielleicht sehen sie anders aus als andere Durchgänge. Sind besser versteckt. Oder getarnt.«

»Eigentlich wissen wir nur eines.«

»Was?«

»Sie sind nicht besonders groß. Der Minosaurus darf nicht durchpassen.«

»Stimmt. Und Kriemhuld hat mindestens einen benutzt, rein und raus, oder sogar zwei, einen rein und einen anderen raus. Also selbst wenn er vorher nicht zu sehen gewesen ist, muss sie mindestens einen aufbekommen und benutzt haben.«

»Ja. Vorausgesetzt natürlich, sie hat uns keine Märchen erzählt. Aber so schätze ich sie eigentlich nicht ein.«

Überlegungen brachten sie nicht weiter. Sie mussten *finden.*

»Vielleicht ist es ja auch einfach nur ein Loch«, mutmaßte Syonje nach weiteren Minuten.

»Möglich. Aber wo?«

Sie suchten.

Und dann begegneten sie tatsächlich einem Wesen, das noch in keiner Staffel zu sehen gewesen war. Es kroch an der Decke entlang, war so massig wie drei oder vier Menschen und schien überwiegend aus Tentakeln, Pocken und umherschabenden Fühlern zu bestehen. Keiner von ihnen beiden wollte unter dieses Ding geraten, also eilten sie zurück und umgingen es so weiträumig wie möglich. Noch eine Stunde später blieben sie ab und zu stehen und lauschten besorgt nach dem Rascheln der vielen Fühler. Aber da war nichts mehr. Es war still.

»Müsste man nicht auch den Minosaurus hören können, wenn wir nicht mehr weit weg sind?«, fragte Syonje sich und ihren Begleiter.

»Nur, wenn er sich bewegt. Nicht, wenn er rumliegt und döst.«

»Ideal wäre, wenn andere Adventurer ihn aufscheuchen.«

»Ja. Aber es sind bereits fünf Tage vergangen, oder? Wir wissen gar nicht, ob es überhaupt noch andere Adventurer gibt. Kriemhuld ist zurückgegangen. Und so mancher der anderen hat wahrscheinlich auch schon Schluss gemacht.«

»Oder ist tot.«

»Oder ist tot.«

»Meinst du, wir sind die Letzten?«

»Die allerletzten Teilnehmer bestimmt nicht. Nicht nach

erst der Hälfte der Staffel. Oben wimmeln bestimmt noch mindestens zwei Dutzend rum und jagen sich gegenseitig die Beute ab. Aber hier unten? Ich sehe nirgendwo so etwas wie Kampfspuren. Ich meine, wer hinter uns kommt, kann zum Beispiel die toten Krötenaffen finden. Aber wo sind die Monster, die vor uns erschlagen wurden?«

»Das tote in der Kammer.«

»Das war das Einzige. Aber in den Gängen?«

»Du hast recht. Es gibt keine Kadaver in den Gängen. Wie ist Kriemhuld dann überhaupt bis nach Nachtblau gekommen?«

»Mit Glück. Auf einem anderen Weg. Eher fliehend als kämpfend. Hat sie nicht so was erzählt? Sie ist doch auch vor dem Minosaurus weggelaufen. Sie ist schließlich alleine. Sie kann es mit zwei Krötenaffen gar nicht aufnehmen. Es kann aber natürlich auch sein, dass Kadaver *beseitigt* werden. Vielleicht ernährt sich dieses Ding davon, das wir vorhin unter der Decke gesehen haben.«

Sie schauderten beide bei der Erinnerung an dieses ganz und gar unheimliche Wesen.

Weiter.

»Warum *hört* man denn nicht wenigstens etwas?«, fragte Syonje irgendwann genervt. »Selbst wenn jemand nur wegrennt, könnte man seine Beutesäcke klirren hören.«

»Ja. Es ist fast, als wäre alles schon vorbei. Als wären alle nach Hause gegangen, nur uns hat keiner Bescheid gesagt.«

»Das wäre unfassbar trostlos.«

»Aber so ist es nicht. Selbst wenn wir mehrere Tage verpennt hätten, vielleicht betäubt von irgendwelchen Gasen – wenn die zehn Tage um wären, hätte man uns schon längst hier rausgeholt. Wir sind die ganze Zeit zu sehen. Mehrere Milliarden schauen uns gerade zu. Je einsamer wir hier unten sind, desto interessanter macht uns das.«

Syonje winkte galgenhumorig in Kameras, von denen sie

nicht wusste, wo die sich befanden. Plötzlich blieb sie stehen. »Was ist denn …? Schiff Gottes! Jephron?«

»Ja?«

»Schau mal nach unten. Da.«

»Was denn?«

»Man sieht es kaum. Wahrscheinlich sind wir schon an mehreren vorbeigekommen.«

Jephron sah wirklich erst, was sie meinte, als er vor der Wand, auf die sie deutete, in die Hocke ging.

Tatsächlich!

Da war eine Öffnung. Groß genug, dass ein Mensch hindurchrobben konnte. Aber eben nur etwa dreißig Zentimeter hoch. Im Vorbeigehen bei dem einheitlich blau verschleiernden Licht so gut wie unsichtbar.

»Schiff Gottes!«, sagte auch er. Er ging richtig auf die Knie und spähte in die Öffnung.

»Sei bloß vorsichtig«, mahnte ihn Syonje. »Vielleicht leben da Kreaturen. Vielleicht will irgendwas dich anspringen.«

»Da ist nichts drin.«

»Und wohin führt es?«

»Kann ich nicht erkennen. Weil das Licht nach wenigen Metern dunkelblau wird statt hellblau.«

Er erhob sich wieder, und sie schauten sich in die Augen wie Hänsel und Gretel im tiefen, dunklen Wald, nachdem sie begriffen hatten, dass ihre Eltern sie ausgesetzt hatten und es nun ums Leben ging.

»Du hast es gefunden«, stellte er fest.

»Wir haben einfach nicht nach unten geschaut. Eher nach oben, weil da dieses Tentakelvieh war.«

»Macht nichts. Ein Durchgang reicht. Jetzt verstehe ich auch, warum der Minosaurus da nicht durchpasst. Selbst ein Mensch passt kaum durch und jedenfalls nicht aufrecht. Syonje, bist du dir sicher? Wollen wir da wirklich rein?«

Sie zitterte unwillkürlich. »Ich … ich weiß es nicht mehr …«

»Für Bjanje, oder? Wir müssen ihn nicht bezwingen. Aber wir sehen ihn. Berühren ihn vielleicht. Und überleben.«

»Aber wir sind zu zweit, und wir passen nicht beide gleichzeitig durch so einen Schacht!«

Das stimmte. Wenn sie fliehen mussten, konnte nur einer von ihnen schnell in Sicherheit krauchen. Der Zweite stand vor dem versperrten Tunnel und musste erst abwarten, bis wieder Platz war. Kriemhuld hatte dieses Problem nicht gehabt, sie war alleine unterwegs gewesen.

Jephron fiel die diesbezügliche Entscheidung nicht schwer. »Du gehst immer als Erste rein. Ich schirme dich ab.«

»Du kannst mich nicht abschirmen gegen einen Saurier! Der rennt dich einfach übern Haufen! Oder frisst dich mit einem Bissen!«

»Du entscheidest. Die Cilings-Schwestern sind meine Auftraggeberinnen. Ich bin bereit, es zu wagen. Aber wenn du jetzt der Meinung bist, wir haben Bjanje genügend Ehre erwiesen, dann stimme ich dir zu.«

»Was haben wir denn geleistet? Viel Beute haben wir nicht gerade.«

»Wir haben zwei Krötenaffen erlegt. Doppelt so viele wie ich damals.«

»Ja, aber wir haben nicht so heroisch dabei ausgesehen wie du damals. Ich war sogar verflucht ohnmächtig wie eine verzärtelte Prinzessin! Wir haben noch nicht genug geschafft.«

»Dann gehen wir.«

Sie nickte nur noch. Und schauderte wieder, als er ohne weiteres Zögern begann, in den Durchgang zu kriechen.

Der Durchgang war eine Belastungsprobe für jeden Klaustrophobiker. Er war kaum geräumiger als ein Sarg. Man konnte die Felsmassive des Planeten überm Rücken und im Nacken spüren, wie sie pressten und pressten und pressten, sich tektonisch knirschend verschoben, um einem noch näher auf die Pelle zu rücken.

Jephron schwitzte in seinem Leder, dass es kaum zum Aushalten war. Er kam sich wie eine Amphibie vor, gefangen in einer nassen und fettigen Haut. Aber immerhin war ihm warm, und das war so viel besser als draußen im All, besser als das langsame Auskühlen damals bei der Havarie über Mesarthim III, besser auch als die ewigen Winter *auf* Mesarthim III. Er roch sich selbst und Syonje, und das beruhigte ihn, lenkte ihn ab von der planetaren Fremdartigkeit ringsum.

Der Tunnel zog sich hin, war mindestens dreißig Meter lang. Eine dreißig Meter dicke Wand als Schutz gegen die Ausbruchsversuche des Minosaurus, eines Bulldozers aus Fleisch.

Das Licht wurde dunkler. Dunkelblau, fast violett.

Syonje, zu der er sich kaum umblicken konnte, hinter ihm noch im Helleren, ihr Gesicht angespannt, ebenfalls leicht klaustrophobisch. Keiner von ihnen hatte wirklich Raumangst, Jephron war die Beschränkungen seiner kleinen MAYFIELD gewöhnt, aber alles verstärkte sich in dieser Röhre, die wie ein Blutgefäß ins Herz des Labyrinths führte.

Diese Vene führte auf einen Gang hinaus, der sich in beide Richtungen verlor. Jephron streckte zuerst nur Stirn und Augen hinaus und wand sich so, dass er möglichst gut nach links und rechts blicken konnte. Der Gang war hoch und breit genug, um einem Saurier Platz zu gewähren. Aber nichts. Auch nichts auf dem Boden. Kein halbierter Algernon Dagarza. Keine Saurierlosung. Kriemhuld mochte durch einen ganz anderen Tunnel gekrochen sein.

Lampen gab es in unregelmäßigen Abständen. Dunkelblaue. Lampen waren das Rückgrat von Syonjes Plan.

Jephron robbte aus dem Tunnel. Richtete sich auf.

Nichts.

Auch nichts zu hören. Kein Atem des Drachen. Jephron fühlte sich, als müsste hier Nebel herrschen, als sei er eine mythologische Figur am gefürchteten Hort.

Doch er war wenigstens nicht allein. Ihm war schleierhaft, wie man hier einsam herumlaufen konnte, wie Kriemhuld das fertiggebracht haben sollte. Es war nichts zu sehen, nichts zu hören und nichts zu riechen, aber es war blanker Horror, weil man *wusste*, dass hier etwas war. Das Größte von allem. Der Mittelpunkt. Tod und Ende. Das Gegenteil geradezu von den Säulen der Schöpfung.

Er half Syonje heraus wie aus einem Geburtskanal. Sie schlüpfte ihm entgegen. Sie hielten sich an den Händen. Nickten sich zu.

Sie gingen nach rechts. Es war ohnehin egal. Um sich in einem Labyrinth nicht rettungslos zu verirren, hielten sich Rechtshänder meistens rechter Hand, Linkshänder linker Hand, das war nun einmal so. Sie waren beide Rechtshänder.

Jephron achtete auf den Weg und auf das Voraus sowie auf Fallen. Syonje dagegen hielt Ausschau nach weiteren Tunneln, die ihnen im Falle eines Angriffs die Flucht ermöglichen konnten. Sie entdeckte mehrere. Etwa alle dreihundert Meter gab es einen solchen Durchschlupf nach rechts in die Wand. Der Weg selbst schien eine stetige, weite Linkskurve zu machen. War es vorstellbar, dass es sich um einen riesigen Kreis handelte?

Dann stießen sie linker Hand auf eine Tür.

Eher eine Pforte. Zweiflügelig. Ehrfurchtgebietend. Ein Pendant zum Dämonentor, das den Eingang zu *Dungeoncrawler* darstellte.

Wohnte hier hinter der Minosaurus?

Aber dieses Tor war nicht aufzubekommen. Es wies eine Art Schließvorrichtung aus fünf großen ringförmigen Vertiefungen auf, Ringe vom Durchmesser einer Hand mit ausgestreckten Fingern.

Syonje verbrachte eine Viertelstunde damit, die Ringaussparungen und andere Teile des Tores in allen erdenklichen Kombinationen zu drücken, zu befühlen, zu ziehen, aber nichts rührte sich.

»Uns fehlt ein Schlüssel«, sagte sie.

»Aber ich sehe gar kein Schlüsselloch.«

»Die fünf Ringe sind der Schlüssel. Sie gehören hier eingefügt.«

»Das kann gut sein. Also suchen wir sie. Sie sind ja immerhin nicht klein, also leicht zu entdecken.«

Syonje zögerte noch. »Kriemhuld hat nichts von dieser Tür gesagt. Und hat den Minosaurus trotzdem gesehen.«

»Also?«

»Ist der Minosaurus nicht hinter dieser Tür, sondern davor. Er bewacht die fünf Ringe.«

»Und die Tür?«

»Führt zum Jackpot!«

»Aber warum fünf Ringe? Warum nicht ein klobiger, ehrfurchtgebietender, mittelalterlicher Buntbartschlüssel?«

»Ich weiß nicht. Irgendwie kommen mir fünf Ringe geläufig vor. Gibt es auf der Erde nicht so einen jahrtausendealten Sportwettkampf? Die *Elliptischen Spiele* oder so ähnlich?«

»Stimmt. Davon habe ich auch schon gehört. Das gibt es wirklich nur auf der Erde.«

»Und dann dieses alte japanische Buch: *Das Buch der fünf Ringe*? Von Miyamoto Musashi, dem berühmten Schwertkämpfer?«

»Damit kenne ich mich gar nicht aus«, musste Jephron eingestehen.

»Bjanje hat sich für so was interessiert. Sie hat einen riesendicken Roman über Musashi gelesen und mir dauernd davon erzählt, deshalb kenne ich den Namen noch.« Syonjes Gesicht hellte sich auf. »Das hier wäre genau das Richtige für sie gewesen! Wenn wir diese Tür aufbekommen, wird ihr Geist zwischen den Sternen tanzen!«

»Macht man das so auf Castelbouc? Man tanzt als Geist zwischen den Sternen, wenn man nicht mehr lebt?«

Syonje nickte eifrig. »Wenn man zufrieden ist, ja. Und in deiner Heimat, was macht man da?«

»Man vermodert.«

»Das klingt nicht gerade … spirituell.«

»Ich wollte ja auch immer da weg. Also dann: Suchen wir die fünf Ringe!«

Dass sie nicht alleine waren hier drinnen im womöglich ringförmigen Nachtblau, war so deutlich zu spüren, als würde man es ihnen unter die Haut tätowieren.

Etwas atmete hier. Etwas, das so bedeutsam war, als wären es die Felsen selbst, die atmeten.

Etwas, so alt, dass es schon keinen Geruch mehr verströmte, sondern nur noch Aura. Beinahe wie ein Gespenst. Eine Verdichtung von Seelensubstanz.

Jephron und Syonje begriffen jetzt, warum der Minosaurus nie getötet worden war.

Er war vielleicht so alt wie das Universum, war im Großen Knall mitausgespien worden aus dem Nichts, zusammen mit all den Trümmern und Funken und Klumpen, aus denen dann Sonnen und Systeme wurden.

Für zwanzig Milliarden Zuschauer war er eine Art lebendiger Gott. Zwar tief im Inneren eines Labyrinths verborgen wie sein mythologischer Vorfahre, der Minotaurus, aber dennoch greifbarer als jene Geschöpfe, an die man allenfalls *glauben* konnte und die sich auch beim Vordringen der Menschheit in die Galaxis nirgendwo gezeigt hatten. Je weiter die Menschheit in der Unendlichkeit gereist war, desto unwichtiger war ihr die Erde erschienen und desto rückschrittlicher und engstirniger all die Heiligen Bücher, die von nichts anderem als der Erde handelten.

Die neuen Mythen der Menschen waren spiralförmig oder leuchtende Säulen aus Staub und Gas.

Oder ein Ritus wie *Dungeoncrawler*. Unveränderlich grausam und beglückend zugleich, sowohl erniedrigend als auch erhaben.

Dass die Show keinen hochtrabenden Namen trug wie »Mythos« oder »Epic«, sondern schlicht und einfach das als Namen hatte, woraus sie bestand, war eines ihrer Erfolgsrezepte.

Syonje achtete weiterhin auf die Notausgänge, Jephron auf den Weg. Er kam sich ein bisschen lächerlich vor mit seinen zwei Schilden, was konnten zwei Schilde schon gegen einen heranrasenden Güterzugwaggon ausrichten? Aber er wusste, dass Milliarden von Augen gerade jedem seiner Schritte folgten und dass sie beide alleine schon durch ihr unbestreitbares Hiersein in neue Sphären der Prominenz aufgestiegen waren. Prominenz bedeutete ihm nicht viel, aber sie brachte Wildcards mit sich und Kontingent-Hotelzimmer, Einladungen nach hier und dort, Freitickets, Annehmlichkeiten, Eintritte, Aufträge, Kontakte. Alles, was man brauchen konnte zwischen den Sternen, solange man noch kein Geist war, der tanzte.

Er fühlte sich eigentümlich wohl. Als wäre er irgendwo angekommen, mit dem er nie gerechnet hatte. Als hätte er sein Soll nicht nur er-, sondern sogar übererfüllt.

Er war beiden Cilings-Schwestern dankbar, dass sie ihn dazu getriezt hatten. Syonje konnte er diese Dankbarkeit bezeugen, Bjanje jedoch war er immer noch etwas schuldig.

Nirgends waren Fallen oder Hindernisse zu finden.

Hatte Dagarza – dessen Leichnam ebenfalls nicht zu finden war – nicht etwas erzählt, wie die Kämpfenden vor dreißig Jahren getrennt worden waren durch Gitter oder Raumverschiebungen? Es gab keinerlei Anzeichen für so etwas. Es wirkte eher, als sei Nachtblau bereinigt. Sauber gehalten von irgendwelchen anderen Lebewesen außer den wechselnden Adventurern und ihrem ewigen Antagonisten.

Ein Heiligtum. Aber natürlich auch eine Opferstätte.

Jephron musste an die Pyramide auf Xocotl IX denken, auch diese mit Blut begossen. Waren es eigentlich Freiwillige wie hier bei *Dungeoncrawler*, die auf Xocotl IX ihr Leben ließen? Oder waren es Verbrecher, die Aussortierten der Gesellschaft? Oder gab es ein Losverfahren für jedermann? Jephron wusste es nicht, obwohl er mit diesem Planeten Handel trieb. Er wusste zu wenig über die Welten, die er bereiste. Er wusste zu wenig, Punkt.

Der Minosaurus erhob seinen Kopf, witterte und bleckte sein Gebiss.

Sie hörten ihn erst, bevor sie ihn sahen.

Ein Stampfen, begleitet von einer Art Schleifen. Dem Schaben von etwas, das so groß und breit war, dass es kaum in diesen geräumigen Gang passte. Das Dunkelblau schien wie vor Erregung zu vibrieren.

Syonje spürte, wie ihr das Herz in die Hose rutschte. Wenn das Ungetüm sich vor ihnen aus dem Licht schälte, war es längst zu spät. Sie würden einfach übertrampelt werden. »Dort ist ein Tunnel. Rein da!«, sagte sie mit flach klingender Stimme.

Jephron sagte: »Ja, mach. Ich nehme den nächsten.«

»Den *nächsten*? Bist du verrückt? Das Ding kommt von vorne!«

»Ja, dann nehme ich den davor. Beeil dich!«

Syonje zögerte noch, aber die Idee, dass sie sich bereits in sichere Deckung begaben, bevor der Koloss sie überhaupt zu Gesicht bekam, war selbstverständlich gut. Jephron machte langsame Schritte, er wirkte wie jemand, der schlafwandelte oder wie einer, der einem Lockruf kaum zu widerstehen vermochte. Syonje rannte erst dann zum nächstgelegenen Tunnel, als sie sah, dass er sich ebenfalls bewegte. »Komm auch hierhin! Die Zeit wird reichen!«

»Nein. Ich locke ihn von dir weg.«

Er entfernte sich nach links, während aus ihrer Perspektive von rechts das Schaben und nun auch ein deutlich zu hörendes vierbeiniges Trampeln kamen.

Sie spürte Verzweiflung. Sie trennten sich jetzt. Sie trennten sich im Augenblick der allerhöchsten Gefahr. Jetzt konnten sie einander verlieren.

Jephron rannte nicht, er ging halb rückwärts. Starrte dorthin, wo das Ungetüm kam.

Dann bildete es sich aus dem Halbdunkel. Massig, schuppengepanzert, die Beine mit Krallen, die Schnauze länglich wie bei einem Alligator, der Leib aber viel dicker. Hornplatten schliffen an der Decke entlang und ließen Sand rieseln. Der Boden vibrierte unter dem Donnern der Körpermasse. Der nicht-irdische Saurier schien nicht in vollster Geschwindigkeit zu rennen, sondern eher zu traben, auf Erkundungsgang.

Jetzt rannte Jephron auch, er verspürte plötzlich eine Furcht, die beinahe schon in Euphorie überging. Er stellte fest, dass der vorletzte Tunnel viel weiter entfernt war, als er das in Erinnerung hatte.

Der Minosaurus sah ihn. Wurde wütend. Wurde schneller.

Jephron konnte den Tunnel nicht rechtzeitig erreichen. Selbst wenn, wäre er dann erst halb drinnen, seine Beine schutzlos am Boden liegend den Krallen, dem Maul, dem Stampfen ausgeliefert. Er hatte sich verkalkuliert.

Aber immerhin ignorierte das Ungeheuer tatsächlich Syonje. Sie würde überleben können, im Gegensatz zu ihrer Schwester. Sie hatte er nicht im Stich gelassen.

Vorausgesetzt natürlich, sie würde sich nach seinem Tod nicht zu einer Dummheit hinreißen lassen und den Saurier doch noch angreifen mit all den Kleinigkeiten, die ihr zur Verfügung standen, wie zum Beispiel dieser Armbrust, die Jephron ihr in Nachtblau wieder ausgehändigt hatte, weil er ja mit seinen beidarmigen Schilden schlecht schießen konnte.

Er konnte sich nicht darauf verlassen, dass sie keine Dummheiten machen würde.

Außerdem war da noch der Rückweg. Krötenaffen. Bulphars. Zosma-Wimmler.

Er durfte jetzt nicht draufgehen. Noch nicht.

Er dachte an die Kameras. Wie sie ihn seinerzeit eingefangen hatten nach seinem Sieg über den Krötenaffen.

Jetzt erst, dachte er, *werde ich euch wirklich etwas zu schauen bieten.*

Er stoppte und änderte die Laufrichtung. Auf das Ungeheuer zu, das wie ein abrutschendes Haus auf ihn zugetost kam. Es gab keinen Platz links oder rechts oder darüber. Aber vielleicht darunter. Zwischen den massiven Beinen. Unterm Bauch.

Als sie nur noch fünf Meter voneinander entfernt waren und weiter aufeinander zurannten, das riesige Ungeheuer und der winzige Mensch, wusste er, dass dies der absurdeste Moment seines ganzen Lebens war. Was in diesem Moment vor seinem inneren Auge aufblitzte, waren nicht Syonje oder Bjanje oder Vimalaa und auch keine Kindheitserinnerung. Stattdessen eine tränenschlierenförmige Kontur, die ihn an die Säulen der Schöpfung erinnerte. Vielleicht die Schöpfung selbst.

Er sprang und tauchte zwischen die säulendicken Beine.

Das Ungeheuer dröhnte über ihn hinweg.

Fast schien es zu gelingen, aber Jephron hatte nicht bedacht, dass der Leib des Sauriers hinten in einen über den Boden schleifenden Schwanz auslief. Von dem wurde er voll erwischt. Es war, als würde ein biegsamer Baumstamm ihn peitschen. Aber auch der Minosaurus erschrak womöglich bei dieser Berührung seiner weicheren Unterseite, und er hob den Schwanz ein wenig an, sodass er nicht mit seinem vollen Gewicht über Jephron trümmerte.

Die beiden Schilde retteten Jephron das Leben, sie bildeten den Panzer, der ihm eigentlich fehlte. Er kreiselte seitlich gegen die Wand mit den Tunneln, klatschte dagegen, war einen Moment beinahe weggetreten. Sein Oberkörper fühlte sich an, als sei er mit einem Meteoriten kollidiert. Kurz hoffte er, die Show würde jetzt unterbrochen werden, damit man in Zeitlupe wieder und wieder seinen *Dive* betrachten und die Zuschauerrankings auswerten konnte wie Haltungsnoten. Doch nichts geschah. Alles lief unerbittlich weiter. Der Minosaurus trabte noch ein paar Meter vorwärts und begann dann, sich umzuwenden, was ihm in dem beengenden Gang nicht leichtfiel.

»Jephron!«, hörte Jephron wie von weit her eine Stimme. »Hierher!«

Syonje. Vielleicht noch dreißig Meter entfernt. Sie schaute aus ihrem Wandloch wie eine Maus und gestikulierte und redete mit ihm. Damit konnte er arbeiten. Er sammelte sich auf und bewegte sich auf sie zu. Mit jedem Schritt gewann er an Festigkeit.

Hinter ihm ein Brüllen. Das Schaben des sich umwälzenden Monstrums sprengte schier den Gang. Metall kreischte.

Syonje streckte einen Arm nach Jephron aus.

Das Donnern rennender Titanenklauen begann nun von Neuem, aber schneller noch als vorher. Aufgebrachter.

Jephron sprang abermals. Tauchte Richtung Öffnung. Syonje packte ihn und riss ihn mit äußerster Anstrengung zu sich hinein. Seine Füße wurden nur um einen Meter von den vorüberhämmernden Krallen des Sauriers verfehlt. Wieder schepperte Metall, riss sogar Funken.

Syonje und Jephron nahmen nun beinahe denselben Raum ein, so eng war es in dem Durchschlupf. Sein Gesicht war irgendwo in der Höhe ihrer Knie. Beide zappelten und atmeten hechelnd. »Du bist wirklich verrückt, weißt du das eigentlich?«, warf sie ihm vor.

»Aber wir haben ihn!«

»Wir haben ihn? Nur er weiß das noch nicht. Und ich auch nicht! Und die Zuschauer auch nicht!«

»Hast du dieses metallische Geräusch gehört? Zweimal?«

»Ja. Meinst du, er ist ein Roboter?«

»Ach, Unsinn. Der ist so lebendig wie du und ich. Aber das sind die Ringe! Die fünf Ringe, die wir suchen. Ich habe zwei von ihnen gesehen: Sie sind in seine dicke Haut gepierct.«

»Aber wie sollen wir denn da rankommen?«

»Hast du deinen Plan schon wieder vergessen? Wir haben ihn so gut wie in der Falle. Du robbst jetzt nach hinten raus und nimmst den nächsten Durchschlupf. Oder den übernächsten, ganz egal. Dort konstruierst du deine Strompfütze. Nimm die Axt mit und alles Wasser. Aber gib mir noch einen Schluck, bevor du alles verschüttest. Ich weiß, dass du bereit bist zu verdursten, um diesen Sieg zu erringen.«

»Aber… aber … aber … und dann?«

»Während du dahinten die Falle aufbaust, ärgere ich ihn hier aus dem Loch heraus. Er hat es jetzt auf mich abgesehen, aber er kann mir hier drinnen nichts tun. Wenn du dann fertig bist, rufst du mich, ich ziehe mich hier zurück und tauche bei dir wieder auf, und wenn er mich dann sieht, wie ich spotte und winke, wird er alle Vorsicht vergessen und losstürmen.«

»Und wenn es nicht klappt? Wenn der Strom aus diesen Funzellampen einfach nicht ausreicht, um ihn zu betäuben?«

»Dann haben wir überhaupt nichts verloren. Wir versuchen es dann entweder noch einmal oder denken uns etwas ganz Neues aus.«

»Warum bist du so guter Dinge? Er ist größer als deine MAYFIELD und hat dich fast zerstampft, und du fühlst dich unbesiegbar?«

»Hey, man fühlt sich ungeheuer lebendig, wenn man unter

dem Minosaurus durchtaucht und auf der anderen Seite wieder zum Vorschein kommt. Ich kann das nur empfehlen!« Er lachte beinahe; in der Röhre war es zu dunkel und eng, als dass sie sein Gesicht hätte sehen können, deshalb wusste sie nicht, ob er nur hysterisch war oder wirklich glücklich. Sie schubste und drängelte ihn, um sich an ihn drücken zu können, und er drückte sie seinerseits. Dann schubste und drängelte sie ihn, um an ihm vorbeizukommen. Er reichte ihr die Axt mit, nahm selbst den Stab und begann, den an der Öffnung herumknabbernden Minosaurus damit zu ärgern.

Syonje kroch aus der Öffnung und huschte den hellblauen Gang entlang, der die vielen Durchgänge nach Nachtblau aufwies. Zum ersten Mal war sie allein in den Dungeons, aber es beruhigte sie ein bisschen, dass sie die Geräusche hören konnte, die Jephron und der Minosaurus machten. Als würde man mit einem Stöckchen Zerberus traktieren.

Sie durfte jetzt keinen Fehler machen. Nicht vor lauter Konzentration auf den Endgegner ein anderes Ungeheuer übersehen, das in Himmelblau herumstreifte. Aber es war nichts zu entdecken, obwohl es ihr einmal schien, als hörte sie wieder das Klappern dieser Knochengerüstspinne, die viele Level weiter oben hinter ihnen her gewesen war. Das konnte aber eigentlich nicht sein. Wie hätte ihnen dieses Wesen denn alleine schon durch die Falltür folgen sollen, durch die sie den Bulphars und Wimmlern entkommen waren?

Vielleicht – dieser Gedanke kam ihr nun erstmals – war dieses Klappern ein Kameramann, der mit seiner Ausrüstung gegen eine Wand stieß.

Sie durfte jetzt nicht die Nerven verlieren. Wenn es stimmte, was Jephron in seiner unheimlichen guten Laune sagte, hatten sie eine echte Chance. Vielleicht waren sie die ersten Teilnehmer *jemals*, die eine solche Chance hatten.

Sie beeilte sich. Kroch in den nächsten Tunnel und arbeitete sich voran, egal, wie anstrengend oder schmerzhaft das war. Um es sich ein wenig zu erleichtern, streifte sie im Tunnel alles ab, was sie nicht unbedingt brauchte: die Statuette, den Bonsai, den Beutel mit den Dublonen. Sie überlegte auch, auf das Wurfeisen oder den Speer zu verzichten, aber das traute sie sich nicht. Falls jetzt doch noch etwas anderes auftauchte als der Minosaurus, wäre sie dann wehrlos.

Sie erreichte das Ende des Tunnels. Spähte hinaus. Dort rechts waren Jephron und der Minosaurus. Jephron *spielte* mit dem Titanen. Es schien unglaublich. Aber er war tatsächlich völlig sicher in seinem Tunnel. Es sei denn, der Minosaurus konnte Feuer speien. Syonje schauderte bei dem Gedanken. Jephron würde geröstet werden wie ein Hühnchen im Backofen.

Sie schaute sich um. Sie wäre am liebsten in Jephrons Nähe geblieben. Aber bei diesem Tunnelausgang war keine geeignete Lampe. Sie spähte nach links. Gut möglich, dass der nächste Ausgang günstiger war.

Was sollte sie machen? Sollte sie Zeit sparen, aus dem Tunnel raus und im dunkelblauen Gang zum nächsten Tunnel sprinten?

Sie entschied sich dagegen. Es war zu riskant. Was, wenn der Minosaurus auf sie aufmerksam wurde und sie verfolgte? Wahrscheinlich würde sie vor ihm am nächsten Tunnel ankommen, aber der Plan wäre dann gescheitert, denn Jephron könnte den Saurier nicht mehr ablenken, dieser würde sich auf *sie* konzentrieren.

Nein, sie musste zurück. Und wieder dasselbe Spiel. Sich winden durch die Röhre, vorbei an der zurückgelassenen Beute. Draußen im hellblauen Gang spähen, dass sie nicht in einen Hinterhalt lief. Raus und so schnell wie möglich zum nächsten Tunnel. Dort durchkrauchen. Rechts war der Minosaurus gerade noch so im dunkelblauen Licht auszumachen.

Aus dieser Entfernung sah er gleichzeitig hässlich und irgendwie auch niedlich aus, wie er versuchte, Jephron in dem Tunnel zu erhaschen. Syonje war froh, dass ihr Plan es nicht vorsah, auf dieses einzigartige Wesen einzuhacken oder zu -stechen. Sie würden ihm die Ringe stehlen, das war alles.

An diesem Tunnelausgang befand sich eine Lampe in geeigneter Nähe und Höhe.

Syonje atmete tief durch, motivierte sich noch einmal durch eine Kindheitserinnerung an Bjanje: Wie Bjanje sie, die Jüngere, einmal in Schutz genommen hatte vor zwei frechen, ekligen Dorfjungs. Bjanje hatte viel riskiert für ihre kleine Schwester. Die Dorfjungs hatten es mit der Angst zu tun bekommen und sich verzogen.

Syonje schlüpfte aus dem Gang. Ihre Gerätschaften klirrten, aber das taten sie auch beim Winden durch den Gang. Bislang hatte das nicht genügt, um die Aufmerksamkeit des Minosaurus zu wecken, der selbst reichlich Lärm veranstaltete.

Syonje nahm Renth Titauls Hammer in beide Hände und zerschlug damit die dunkelblaue Kunststoffschale der Grubenlampe. Das Licht wurde so hell, dass ihre Augen das kaum ertrugen. Nicht der Leuchtstoff war dunkelblau, lediglich die Lampenhüllen waren so gefärbt, dass es dem jeweiligen Level entsprach.

Die Helligkeit sechzig Meter weiter rechts ließ den Minosaurus stutzen und in diese Richtung schauen.

Dann traf ihn Jephrons Bambusstab an der Nase, und er konzentrierte sich wieder auf das Loch mit dem lästigen Menschen. Deutlich konnte Jephron eines der faszinierenden Augen des Tieres sehen: Die riesige Pupille war dunkel mit gelblichen Sprenkeln drin. Sie sah aus wie das Weltall an einigen Stellen, die Jephron schon bereist hatte.

Kurz darauf erstarb auch die ungewohnte Helligkeit wieder, denn Syonje hatte mit dem Hammer die Leuchtröhre zerschlagen.

Jephron musste beim Hantieren mit dem Stab vor allem darauf achten, dass der Minosaurus ihn weder zu beißen bekam noch einen Fuß daraufstellen konnte. Besonders das Zweite war nicht einfach zu bewerkstelligen, weil Jephron nie alle vier Gliedmaßen des Sauriers gleichzeitig im Blick hatte. Er musste aufpassen, dass das riesige Tier nicht wie eine Katze auf den Stab lauerte, um danach zu tatzen. Ohne den Stab oder auch nur mit einem zerborstenen Ende konnte er nichts mehr tun, um die Aufmerksamkeit des Ungetüms an sich zu fesseln.

Er schwitzte in seiner Lederkluft wie selten zuvor und wünschte, er könnte einfach nackt sein.

Syonje kam sechzig Meter entfernt gleichzeitig auf einen ähnlichen Gedanken, aber ihr war nicht zu heiß, sondern sie brauchte etwas, um sich gegen den Strom isolieren zu können. Dafür kam nur die Lederkluft infrage. Also entkleidete sie sich. Sollten die Zuschauer doch etwas zu sehen bekommen. Dies war ohnehin der spektakulärste Crawl aller Zeiten – also weshalb ihn nicht gleich unübertrefflich machen? Sie war nicht völlig nackt, trug schließlich noch einen schweißnassen Stringtanga. Nur ihre Brüste würde man sehen können. Es war Schwachsinn, unter dem Leder auch noch einen Sport-BH zu tragen. Aber allzu viel würde man ohnehin nicht erkennen. Das Licht war überall dunkelblau, und hier, wo sie stand, war es sogar ganz aus. Sie würde also lediglich eine nackte Silhouette vor nächtlichem Hintergrund bieten. Das würde sich höchstens positiv auf die Rankings auswirken. Etliche Teilnehmerinnen früherer Staffeln hatten durch schamlose Strip-Einlagen gepunktet. Vielleicht war auch die bezaubernde Vandalle

Mouyi in dieser Staffel auf diese Taktik verfallen, um auf sich aufmerksam zu machen.

Es war gar nicht leicht, sich komplett aus der klebrigen Zweithaut zu pellen. Als sie es geschafft hatte, fühlte sie sich verwundbar, und ihr wurde sogar ein wenig kühl, obwohl es hier unten geradezu tropisch war. Sie hatte das ungute Gefühl, sich all ihres Schutzes entledigt zu haben.

Egal. Egal. Egal. Jetzt zählte nur noch die Falle!

Mit dem Bindfaden verknüpfte sie den Hammer stabil mit dem Yonsetsukan-Nunchaku. Der Bindfaden war nie dazu gedacht gewesen, sich im Labyrinth nicht zu verirren, sondern hatte genau diesen Zweck: zu *verbinden*.

Nun goss sie das Wasser aus. Sie achtete darauf, dass sich eine zusammenhängende Lache bildete, die annähernd die gesamte Breite des Gangs ausfüllte. Der Boden war felsig, das Wasser floss also nicht einfach ab, aber ganz eben war der Untergrund nicht, deshalb musste sie an einigen Stellen deutlich mehr verschütten als an anderen.

Jephron hatte es geahnt: Sie verbrauchte das ganze Wasser. Auf dem Rückweg würden sie schon klarkommen, Wasser ließ sich in den meisten Kammern und in jeder Toilettennische finden.

Nun bastelte sie mit den Splittern des zertrümmerten Lampengehäuses einen möglichst stabilen Halt für den Hammerkopf und fügte abschließend – die Hände dick mit ihrem Leder umwickelt – extrem vorsichtig den Hammerkopf in die Stromführung ein. Sie hatte das oft geübt. Recherchiert, welche Lampen in *Dungeoncrawler* verwendet wurden. Sich von castelboucer Elektrikern erklären lassen, wie man etwas in die Stromführung hineinbasteln konnte. Sich entsprechende Lampen gekauft und im Schloss damit experimentiert.

Sie musste dabei selbst in der Pfütze stehen. Wenn das untere Ende der Nunchakus nun das Wasser berührte, würde Syonje sich selbst umbringen. Aber sie arbeitete umsichtig. Es war zwar schwieriger, mit einem fauchenden und scharrenden Minosaurus in nur sechzig Metern Entfernung zu tüfteln als zu Hause in Ruhe in einem der hohen Studierzimmer, aber sie schaffte es. Sie dachte nicht nur an Bjanje, sondern auch an Jephron, der sich gerade abmühte, ihr das hier zu ermöglichen.

Zuletzt trat sie aus der Pfütze, und zwar so, dass diese zwischen ihr und dem Minosaurus lag.

Sie überlegte: Sollte sie das untere Ende der Hammer-Nunchaku-Konstruktion noch in der Hand halten und erst dann in die Pfütze werfen, wenn der Minosaurus dort anlangte? Aber das würde bedeuten, den Saurier viel zu nahe an sich herankommen zu lassen. Das Tier war dermaßen massiv – selbst wenn der Stromschock es tötete, würde es durch seine Massenträgheit immer noch in der Lage sein, Syonje zu zerquetschen.

Nein, es ging nicht anders: Sie musste die Pfütze dauerhaft unter Strom setzen und sich mindestens zwanzig Meter dahinter zurückziehen.

Sie senkte das Ende des Metalls über das Wasser, ließ dann los und machte einen Sprung nach hinten.

Nichts funkte oder rauchte. Die Pfütze schien kurz zu erzittern, aber zu sehen war weiter nichts. War der Strom einfach zu schwach? Zu Hause hatte sie bei ihren diesbezüglichen Versuchen Effekte erzielt, wie wenn man einen Ionenföhn in eine Badewanne wirft.

Syonje kamen tausend Zweifel. Wenn ihr Leder ausreichte, um ihre Hände zu isolieren – wie gut musste dann erst der Minosaurus in seiner dicken Echsenhaut geschützt sein? Aber vielleicht seine Fußsohlen nicht? Oder seine Fußsohlen besonders?

Sie musste damit rechnen, dass der Minosaurus einfach durch das Wasser lief, als wäre es gar nicht vorhanden. Sie sollte sich also so weit wie möglich hinter die Pfütze zurückziehen.

Syonje sammelte Kraft, um Jephron rufen zu können. »Jephron, ich bin fertig! Du musst den übernächsten Tunnel nehmen, auf keinen Fall den nächsten!«

Sie war sich nicht sicher, ob Jephron sie überhaupt gehört hatte. Der Minosaurus grollte und stampfte.

»Jephron?«

»Ich bin auf dem Weg!«, kam es dumpf aus seiner Röhre. »Übernächster Tunnel!«

Jetzt begann für Syonje bangstes Warten.

Jephron musste darauf achten, den Kontakt zum Minosaurus nicht abreißen zu lassen. Also machte er beim Robben möglichst viel Lärm, vor allem mit dem Bambusstab, den der Minosaurus schon als Jephrons Bestandteil zu identifizieren gelernt hatte. Er klapperte damit und verhöhnte den Saurier. »Na komm doch, mach dich klein und verfolge mich, du musst nur einatmen, vielleicht noch ein, zwei Diäten, dann schaffst du es bestimmt.« Er quasselte auch deshalb so viel, um sich selbst von seinen Sorgen abzulenken. Syonje stand dem Saurier nun ganz alleine gegenüber, zwischen ihr und ihm nichts als eine womöglich nur schwach leitende Pfütze. Ein lächerlicheres Gegenteil eines Schutzwalles konnte man sich kaum vorstellen.

Jephron beeilte sich. Mit Müh und Not hatte er es geschafft, sich wie Syonje vorher in dem »Sarg« umzudrehen, sodass er wenigstens nicht die Füße voraus nach Himmelblau rausschob, jedem Wesen zum Fraß, das durch sein übertriebenes Gelärme angelockt worden war.

Doch da draußen war nichts. Vielleicht waren es die Geräusche des Minosaurus, die andere Wesen abschreckten. Weil sie schlecht abschätzen konnten, wie sicher die dicken Wände mit den kleinen Durchschlupfen waren.

Jephron rannte. Ließ den nächsten Tunnel aus und hechtete in den übernächsten. Krabbelte dort so schnell vorwärts, dass er sich schon selbst wie eine Art Wimmler vorkam. Diesmal versuchte er, keine Geräusche zu machen. Er wusste nicht genau, wo der Tunnel mündete, ob vor, neben oder hinter der Pfütze. Er wollte nichts durch Übereifer vermasseln.

Das Licht wurde wieder dunkelblau um ihn her. Er erreichte den Ausgang. Orientierte sich.

Dort stand Syonje. Sie war so gut wie nackt, einen Unterarm hatte sie mit ihrem gesamten Leder umwickelt, in der anderen Hand hielt sie die geladene Armbrust. Diese zitterte.

»Mach Geräusche mit dem Stab, er verliert sonst das Interesse«, sagte Syonje besorgt. Sie sah aus, als stünde sie kurz vor einem Nervenzusammenbruch. Kein Wunder. Jephron ging es keinen Deut besser.

Er fing sofort an zu klappern. Dann erst sah er den Minosaurus. Sechzig Meter entfernt, im Dunkelblau kaum auszumachen, aber hier an der Pfütze war es noch dunkler, Syonje hatte ein Licht zerschlagen. Der Saurier würde sie eher hören können als sehen.

Jephron schlug den Stab auf den Boden und rief: »Hey, hier bin ich, du Blindgänger! Oder hast du mich schon vergessen? Macht das Alter dir so zu schaffen? Ist das Gehör nicht mehr in Ordnung?«

Mehr Spott fiel ihm nicht ein. Ihm war auch eigentlich gar nicht danach, das Ungetüm zu verhöhnen. Seinem Instinkt entsprach es eher, den Minosaurus zu bewundern und ihm alle Ehren zu erweisen. Aber der Spott war Teil des Plans, er wusste nicht, wie er das Tier anders provozieren sollte.

Der Minosaurus brüllte so, dass Jephron deutlich seine Eingeweide rumoren spürte. Die verdammte Pfütze war kaum zu sehen.

»Ist da schon Strom drauf?«, fragte er, bang die leitende Konstruktion betrachtend.

»Ja.«

»Ist das mehr Strom als bei einer handelsüblichen Standby-Diode?«

»Ich weiß es nicht. Aber muss es doch eigentlich, diese Lampen leuchten ordentlich in mehreren Kilometern Tiefe, das kann doch nicht nur Schwachstrom sein!« Hoffte sie.

Hofft*en* sie.

Das Ungetüm, das fast den ganzen Gang ausfüllte, setzte sich in Bewegung. Auf sie zu. Wurde schneller.

»Komm weiter zurück, Jephron, er zermalmt dich sonst, auch wenn es ihn erwischt.«

»Wir müssen ihn bremsen. Er kriegt sonst von dem Strom gar nichts mit.«

»Wie: bremsen? Er beschleunigt gerade! Weil wir ihn locken!«

»Ich weiß. Schiff Gottes, das klappt nie und nimmer. In den Tunnel mit dir, los, mach!«

Sie wollte nicht, aber seine Dringlichkeit scheuchte sie. Der Saurier war noch etwa vierzig Meter von der Pfütze entfernt, sie beide waren noch mal ein Stück dahinter. Syonje schaute Jephron ratlos und zweifelnd an.

»Wir haben mehrere Versuche«, sagte er. »In den Tunnel, ich erkläre es dir dort.«

Jetzt tat sie es endlich, und er folgte ihr so schnell wie möglich.

Er sah das Ungetüm auf sich zuschnauben.

Es erreichte die Pfütze – und rannte einfach hindurch!

Jephron tauchte gerade noch rechtzeitig hinter Syonjes Füßen in den Tunnel, aus dem er gekommen war.

»Was ist passiert?«, fragte sie ihn bang.

»Kriech durch, wir müssen einen Tunnel zurück. Beeil dich. Er hat die Pfütze kaum gespürt, aber ein bisschen, glaube ich, schon. Wir müssen ihn dazu bringen, dass er genau in der Pfütze anhält. Das schaffen wir, wenn wir ihn hin und her scheuchen. Aber wir müssen schnell sein. Beeil dich!«

»Mach ich ja!«

Jephron klapperte wieder mit dem Bambus. Sie schlüpften

beide in Himmelblau aus dem Tunnel und warfen sich dann in den nächsten, den sie vorhin ausgelassen hatten. Wichtig war nur, dass sie wieder die Pfütze zwischen sich und das Tier brachten.

Die Kriecherei machte mürbe. Jephron hatte immerhin das Leder, um sich zu schützen. Syonje schürfte sich überall wund, sogar an den Brüsten, aber sie beklagte sich nicht. Dies war *ihr* Kampf. Der Kampf der Schwestern Cilings und ihres Vertrauten gegen *Dungeoncrawler*.

Jephron dachte unterdessen fieberhaft nach. Versuchte, den Plan zu perfektionieren.

Sie kamen wieder aus dem Tunnel. Der Saurier war nun nur etwa dreißig Meter entfernt und scharrte noch wie ein aus den Fugen geratener Hund an dem Loch, durch das sie ihm entkommen waren. Davor funkelte die Pfütze.

Jephron machte Lärm. Schickte Syonje wieder voran in den Tunnel. Ließ sich von ihr die Armbrust geben und schoss damit einmal auf den Minosaurus. Nicht mehr als ein Nadelstich für dieses Geschöpf, aber jedes vernünftige Lebewesen vermied es dennoch, von Nadeln gestochen zu werden.

Der Saurier durchquerte abermals die Pfütze. Langsamer nun als vorhin, da mit weniger Anlauf. Jephron beobachtete ihn dabei. Er schien zu schaudern. Der Strom war mindestens unangenehm für ihn, aber nicht schlimm genug, um ihn zu Fall zu bringen.

Eines hatte Jephron nicht bedacht, das fiel ihm jetzt erst auf: Allzu viele Versuche hatten sie doch nicht, denn mit jeder Durchquerung wurde die Pfütze weniger. Der Saurier verteilte das Wasser, indem er feuchte Fußspuren hinterließ. Aber zwei oder drei Versuche blieben ihnen vielleicht noch.

»Wir sind nicht schnell genug«, ächzte er, während er Syonje hinterherkrabbelte. »Wir brauchen immer zu lange für die Tunnel, um ihn richtig in Stress zu versetzen. Weißt du, was wir machen? Wir nutzen den Vorteil, dass wir zu zweit sind!

Du nimmst den Bambusstab und gehst zurück zum Tunnel hinter der Pfütze und lockst ihn mit dem Bambus. Am besten ohne Schreie, also ohne deine Stimme, nur das Bambusgeräusch, das kennt er schon. Achte darauf, rechtzeitig in den Tunnel zu schlüpfen. Dann bleib dort drinnen. Ich locke ihn wieder zurück, und so treiben wir ihn hin und her.«

»Okay.« Sie schien froh darüber, dass es einen neuen Plan gab, der ihr auch das dauernde nackte Kriechen ersparte. Ihre Knie fühlten sich an wie auf Reißzwecken. Sie ließ sich den Stab durchreichen und krabbelte weiter.

Jephron vollführte eine Drehung im Tunnel, das war immer das Allerschwerste: Jedes Mal hatte er das Gefühl, sich rettungslos in dem Sarg zu verkeilen. Seine Bandscheiben knirschten, oder war das nur das Leder?

Dann verhielt er sich still, während der Minosaurus wütend seinen Tunneleingang bearbeitete. Langsam zog Jephron sich noch ein Stück weit zurück, um nicht mehr gesehen und gerochen zu werden.

Er wartete.

Nach endlos scheinenden Minuten, in denen er Syonje bereits von Krötenaffen zerrissen vor sich sah, sich aber damit tröstete, dass ein solches Geschehen sicherlich nicht lautlos geblieben wäre, hörte er die Bambusstange auf den Boden schlagen.

Der Minosaurus wandte sich dem Geräusch zu. Er schien verwirrt zu sein, wähnte er sein Ärgernis doch direkt vor sich im Tunnel.

Aber dann folgte er dem Geräusch. Verschwand vom Tunneleingang. Jephron näherte sich diesem, blieb aber vorsichtig. Er wusste nicht, wie listig dieses Tier war. Es mochte darauf lauern, dass er den Kopf hinausstreckte.

Aber dann hörte er das Rennen des Riesen. Und die nassen Schritte in der Pfütze. Von Syonje hörte er gar nichts. Er konnte nur hoffen, dass sie es geschafft hatte zu entkommen.

Er schlüpfte aus seinem Tunnel und rief. Mühsam wandte der Minosaurus, nun hinter der Pfütze, sich ihm wieder zu. Die an ihm befestigten Ringe schepperten ans Gestein. Plötzlich wusste Jephron, wie sie ihn kleinkriegen konnten: Sie mussten ihn dazu bringen, sich genau in der Pfütze umzudrehen. Das dauerte jedes Mal, weil der Gang kaum breiter war als das Tier. Eine Wende war für den Saurier genauso mühsam und langwierig wie für Jephron in dem Tunnel. Der Strom würde die ganze Zeit über seine Wirkung entfalten und den Saurier schließlich zermürben.

Jephron stellte sich mitten in den Gang und hüpfte wie ein Verrückter. Er hatte den Bambusstab nicht mehr. Er musste anderswie die Aufmerksamkeit dieses Urwesens erregen. Also schrie er, und es galt sowohl dem Tier als auch Syonje: »Komm zurück zu mir, Mino, Seelenbruder, ich vermisse dich schon! Was treibst du dich denn dahinten rum, wo es nicht das Geringste für dich zu holen gibt? Hier bin ich, fast neunzig Kilo Lebendfleisch in einer Frischhalte-Lederpelle! Syonje, wir müssen ihn so hin und her locken, dass er mitten in der Pfütze stehen bleibt. Vielleicht schaffen wir das, indem wir ihn beide gleichzeitig rufen, wenn er gerade in der Pfütze ist. Dann ist er überfordert, fühlt sich umzingelt und bleibt stehen. Falls du anderer Meinung bist, sag noch nichts, lass ihn erst einmal wieder zu mir rüberkommen, dann bist du dran mit Reden. Worauf wartest du denn, Saurus, alter Junge? Hier bin ich! Du willst doch nicht lieber den blöden Stock als mich? Du bist doch kein Schoßhündchen, oder etwa doch?«

Der Saurier zischte und knurrte und trabte dann wieder los. Wieder durch die Pfütze, wieder auf Jephron zu. Der ging diesmal kein Risiko ein und entschlüpfte rechtzeitig in den Tunnel.

Jetzt hörte er Syonjes Stimme. »Ich weiß nicht, ob das klappen wird, dass er in der Pfütze stehen bleibt. Er rennt immer schnell durch, die Pfütze scheint ihm nicht zu behagen, ich weiß nicht, ob es wirklich der Strom oder nur die Rutschigkeit ist.«

Egal, dachte Jephron, *wir dürfen einfach nicht lockerlassen. So eine Chance bietet sich uns niemals wieder.* Aber er sagte nichts, denn jetzt war nur Syonje dran mit Reden.

Der Minosaurus spuckte nach ihm und traf ihn fast. Vielleicht war es auch Schnodder aus der Nase. Er biss in den Tunnelrand und zerbrach diesen fast. Dann trabte er wütend wieder zu Syonje, die den Bambus schlug und dabei genauso urzeitmenschenähnlich umherhüpfte wie Jephron vorher.

Jetzt entspann sich ein eigentümliches Gefecht, das annähernd eine Viertelstunde dauerte und überwiegend aus Lauern bestand.

Ab und zu wirkte der Minosaurus bereits lustlos, er schien begriffen zu haben, dass er reingelegt wurde und dass es für ihn nichts zu holen gab. Jephron, der befürchtete, der Saurier würde sich gelangweilt davonmachen, brannte ihm dann jedes Mal einen Armbrustbolzen drauf, insgesamt fünf Stück. Dreiundzwanzig hatte er noch.

Syonje rutschte einmal auf dem Boden aus, der entweder von den nassen Fußspuren des Sauriers oder möglicherweise sogar von ihren eigenen Schweißtropfen schlüpfrig geworden war, und stürzte um ein Haar in ihre eigene Strompfütze, konnte sich aber gerade noch abfangen. Der Minosaurus schnappte nach ihr, sie glitt jedoch in den Tunnel wie eine Muräne.

Um die Gangart des Sauriers irgendwie zu verlangsamen, holte Jephron sein bislang völlig nutzloses Netz heraus und warf es dem Ungetüm zwischen die Beine, damit es sich verhedderte, aber das klappte nicht, das Netz wurde einfach übertrampelt und blieb weiterhin nutzlos. Jephron holte es sich, versuchte es noch einmal damit und bewirkte wieder nichts.

Der Saurier schnaufte und ächzte. Jephron fragte sich schon, ob er irgendwann einfach einen Altersschwächeherzinfarkt erleiden würde. Aber er wollte ihn ja gar nicht töten. Er machte sich Sorgen und gab dem Tier beim nächsten Mal mehr Zeit zum Verschnaufen.

Und dann war es endlich so weit: Sehr langsam, schon sehr müde wirkend, trottete der Saurier durch die Pfütze.

»Jetzt!«, schrie Jephron. »Syonje, mach dich ebenfalls bemerkbar!« Er selbst hüpfte und krakeelte und schoss dem Saurier sogar einen Bolzen vor die Füße, der auf dem Boden Funken schlug. Der Saurier kam tatsächlich in der Pfütze zum Stehen. Hob abwechselnd die Füße, als stünde er auf etwas Heißem. Nun lärmte auch Syonje plötzlich mit Bambus und Stimme, beide Menschlein tanzten wie Derwische und schrien dabei, dass sich ihre Stimmen in dem Gewölbe überlagerten und brachen. Der Saurier wusste nicht mehr ein noch aus, drehte und wendete sich, erschrak, als Jephron noch einmal direkt vor ihm scheppernd auf den Boden schoss – und knickte plötzlich ein! Er hob den Kopf und stieß einen kläglichen Schrei aus, seine Zunge wurde dabei sichtbar. Dann erfasste ihn ein Zittern, das sich verstärkte, zu einem Beben wurde.

»Schiff Gottes, wir töten ihn!«, schrie Syonje.

»Unterbrich den Strom!«, schrie Jephron zurück. »Mit der Bambusstange! Schnell!«

Plötzlich änderte sich alles, und es ging nur noch darum, dem Minosaurus das Leben zu retten, damit er nicht in der Strompfütze langsam gekocht wurde, lebendigen Leibes.

Syonje musste sehr aufpassen, nicht vom wild schlagenden Schwanz erwischt zu werden, aber es gelang ihr, nicht mit dem Bambusstab, sondern mit dem lederumwickelten Wurfeisen die Axt-Nunchaku-Stange aus der Pfütze zu fischen, sodass sie wirkungslos auf dem Fels auflag. Der Saurier bebte immer noch, aber es schien wenigstens nicht mehr schlimmer zu werden.

»Sehr gut, Syonje! Die Ringe! Schnell!«

Auch Jephron rannte hinzu. Er fluchte darüber, dass er keinen Dolch mitgenommen hatte oder irgendetwas anderes zum Schneiden, aber er hatte ja nicht ahnen können, dass man Metallringe von einem lebendigen Saurier kappen musste. Tatsächlich waren die Ringe – jeder von ihnen mit etwa fünfzehn, zwanzig Zentimetern Durchmesser – durch die Haut des Sauriers gestochen wie Piercings. Die beiden Menschen mussten die Pfütze betreten, die nun keinen Strom mehr führte, und sich an beiden Seiten an dem Leib des schnaufenden Riesen zu schaffen machen. Jederzeit konnte er wieder aufspringen und sie zerbeißen, zertrampeln, zerdrücken, aber er schien wirklich benommen zu sein.

Syonje hatte mit dem Wurfeisen schnell zwei Ringe losgeschnitten. Jephron mühte sich mit einem Armbrustbolzen noch mehr schlecht als recht an seinem ersten.

»Ich habe zwei. Hast du auf deiner Seite auch zwei?«

»Ja, aber ich krieg sie nicht los. Wirf mir das Eisen rüber und such den fünften!«

Jephron musste dem Eisen ausweichen, das klirrend aufschlug. Der Saurier zuckte bei dem Lärm zusammen. Das Losschneiden blutete nicht, das war nur Hornhaut, die da durchtrennt werden musste.

»Ich kann den fünften Ring nicht finden!«, ächzte Syonje verzweifelt.

»Vielleicht am Bauch? Am Kopf ist jedenfalls keiner. In der Zunge war auch keiner, das war vorhin zu sehen.« Jephron hatte jetzt auch seine zwei Ringe losgeschnitten und half Syonje suchen.

Sie fanden nichts.

»Wenn er am Bauch ist, wie sollen wir da jemals rankommen? Er liegt drauf!« Syonje wirkte panisch, sie waren so nahe dran, so unglaublich nahe dran, sie hatten vier von fünf!

»Vielleicht ist der fünfte gar nicht an ihm dran, sondern in seinem Bau oder Nest.«

»Möglich. Aber wir bekommen keine zweite Gelegenheit, ihn gründlich abzusuchen. Lass uns sichergehen, bitte!«

Jephron hatte eine Idee. Er rannte zum notorisch nutzlosen Netz und holte es. Dann wickelte er das Netz um einen der Saurierfüße, und beide Menschen zogen mit vereinter Kraft. Der Fuß wurde unter dem Leib vorgezogen, der Leib verlagerte sich dadurch, auf der anderen Seite wurde der Bauch teilweise freigelegt. Syonje war im Nu auf dieser anderen Seite. »Ich sehe ihn!«, jubilierte sie. »Das Eisen, schnell!«

Der Saurier begann sich wieder zu rühren. Sein Kopf bewegte sich wie unwillig.

Jephron warf Syonje das Eisen zu, sie fing das rotierende, vielwinklige Ding wagemutig aus der Luft und machte sich sofort am Bauch des Ungetüms zu schaffen. Ein einziger rascher Hiebschnitt genügte, aber der Ring war dennoch mit dem unteren Rand durch die Wampe des Tieres am Boden festgeklemmt. Syonje griff in den Ring und zog, doch konnte sie ihn nicht freibekommen.

»Hilf mit!«, forderte sie.

Aber es war der Saurier selbst, der mithalf. Indem er sich wieder auf die Beine kämpfte.

Syonje fiel auf den Rücken, als der Ring plötzlich freigegeben wurde und der Leib des Sauriers gegen sie stieß. Wie träge wandte das Tier ihr den Kopf zu. Die schwarzen Augen mit den gelben Mustern darin. Blinzelten.

Jephron sah es deutlich vor sich: Auch die zweite Cilings-Schwester tot, diesmal zerbissen oder zerstampft, während er hilflos danebenstand. Sein wiederkehrender Albtraum.

»Nein!«, sagte er. Und diese Weigerung irritierte den Saurier, der nun zwischen beiden hin- und herblickte. Jephron sah Bjanje Cilings zwischen zwei Wänden hin- und herschlagen. Alles wiederholte sich. Alles im Universum war schon einmal da gewesen. Jedes Lebewesen bestand aus Material, das es schon seit dem Urknall und sogar davor gegeben haben musste.

Deshalb waren er, Syonje und der Minosaurus und sogar Bjanjes seit fünf Jahren auf Castelbouc in einem luftdichten Kunststoffsarg liegender Leichnam letzten Endes nicht nur miteinander verwandt, sondern sogar identisch.

Der Saurier knurrte. Aber er schien gar nicht übermäßig wütend darüber zu sein, dass jemand ihm die lästigen Ringe abgenommen hatte, mit denen er vielleicht ab und zu an den engen und rissigen Wänden hängen geblieben war. Auch hatte jemand den Strom abgeschaltet, der ihn umgehauen hatte. Niemand schlug ihn gerade. Niemand schoss, schrie oder rannte.

Jephron spürte den Atem aus den Nüstern an seinen Handinnenflächen, als er beide hob und langsam zurückwich. »Nicht rennen, Syonje, ganz langsam. Wir erschrecken dich nicht mehr.« Erneut sprach er abwechselnd zu seiner Gefährtin und dem Urtier von einem Planeten, der wahrscheinlich nicht ferner von seinen üblichen Routen lag als Castelbouc. Jephron hatte fast überhaupt keine Angst mehr. Nur eine gewisse Unsicherheit gab es, weil das Verhalten fremder Tiere sehr schwer vorherzusehen war. Aber ein Tier war immerhin ein Tier und keine bipolar getaktete Magnetwand. Es empfand. Es atmete. »Ganz langsam, Syonje, er hat es jetzt ohnehin mehr auf mich abgesehen als auf dich, weil ich derjenige bin, der redet. Nicht wahr, mein Großer?«

»Er ist eine *Sie*«, sagte Syonje nun recht leise. Der Saurier wandte ihr den Schädel zu. »Habe ich entdeckt, als ich den letzten Ring gefunden habe. Aber ich habe meine Kleidung fallen gelassen, sie steht drauf mit einem Fuß, wie komme ich da jetzt wieder ran?«

»Vergiss deine Kleidung, du kannst meine haben. Wenn wir das schaffen, spaziere ich nackt auf den großen Platz, ist mir völlig egal. Denk nur an deine drei Ringe, hast du deine drei Ringe?«

»Ich habe meine drei Ringe und das Wurfeisen.« Beide wagten es nicht, die Augen von dem Saurier zu nehmen, deshalb konnten sie nicht sehen, was der andere dabeihatte oder nicht.

»Okay, ich habe die anderen beiden Ringe. Lass uns weiter so zurückweichen zu verschiedenen Tunneln, dann haben wir da drinnen mehr Platz. Wir treffen uns drüben in Himmelblau. Und sag nichts mehr, es ist besser, wenn sie mich anschaut und mir folgt.«

»Warum ist das besser?«

»Für mich ist das besser, Syonje, ich bitte dich.«

»Du machst jetzt aber keine Selbstmordaktion?«

»Warum sollte ich? Solange es dir gut geht, geht es mir auch gut. Und nun tu mir den Gefallen und sag nichts mehr.«

Das Minosaurusweibchen ließ den dunklen Blick auf Jephron haften und folgte ihm jetzt sogar ein paar Schritte. Wie dressiert. Vielleicht wollte es aber auch nur sein Revier behaupten.

Syonje erreichte ihren Tunnel als Erste und kroch hinein. Sie blieb aber noch nahe der Mündung, um Jephron helfen zu können, indem sie die Aufmerksamkeit des Sauriers ablenkte.

Jephron erreichte seine Tunnelöffnung kurze Zeit später. Er redete die ganze Zeit mit dem Saurier. Erzählte ihm etwas von den Säulen der Schöpfung, wie riesig die waren, Lichtjahre lang, und dass die Menschen jahrhundertelang geglaubt hätten, die Lichtgeschwindigkeit sei eine physikalische Grenze. Wie Kurzsichtige, die sich aus Unsicherheit nicht vorwagen.

Dann schlüpfte er in seinen Tunnel. Der Saurier schaute ihm fast traurig hinterher.

Jephron verspürte fast den Wunsch, ihn zu tätscheln, aber das ließ er dann doch lieber.

Sie hatten es tatsächlich geschafft!

Noch war ihnen aber nicht zum Feiern zumute. Noch steckten sie kilometerweit von jeglichem Ausgang im Felsenlabyrinth von Laurel fest.

»Ich brauche was anzuziehen«, mäkelte Syonje, die ihren Busen im nun helleren Blau mit einem Arm abdeckte.

Jephron machte sofort Anstalten, sein Leder auszuziehen, doch Syonje bremste ihn: »Das wird mir ohnehin nicht passen. Aber können wir es in der Mitte durchtrennen? Du behältst die Hose, und ich ziehe mir das Oberteil an? Das wird bei mir bis übern Po reichen.«

»Klar.« Mit dem Wurfeisen rissen sie mehr, als dass sie schnitten. Syonje rümpfte die Nase, als sie an dem Oberteil schnupperte. »Stinkt«, stellte sie fest.

»Habe ich seit fünf Tagen an, was erwartest du?«

Sie zog es sich dennoch über, hatte jetzt aber immer noch völlig ungeschützte Beine. Nur ihre Schuhe und ihren Tangaslip trug sie untenrum noch.

»Du kannst auch meine Hose haben.«

»Geht schon. Wie kommen wir jetzt zu der Tür mit den fünf Ringen?«

»Ich weiß nicht mehr genau, wo die ist. Nachtblau scheint in diesem Jahr ringförmig zu sein. Ich krieche einfach durch verschiedene Tunnel, bis wir sie gefunden haben. Irgendwo muss ja auch noch unsere Beute sein. Du willst doch nicht ohne den Bonsai und die tolle Statue hier raus.«

Syonje schnaubte verächtlich. »Was, wenn die Saurierdame die Ringtür bewacht?«

»Meinst du wirklich, dass sie ein Interesse daran hat, eine Tür zu bewachen? Ich kann mir ebenfalls nicht vorstellen, dass die Veranstalter ihr über einen Knopf im Ohr Kommandos geben. Sie ist ja nicht Yessiga. Wir müssen natürlich drauf achten, dass sie sich nicht zufällig in der Nähe rumtreibt, aber dann warten wir einfach, bis sie sich wieder trollt. Eigentlich dürfte dieses Problem ausgestanden sein.«

»Ewig Zeit haben wir nicht, wir haben kein Wasser mehr.«

»Wenn wir Wasser brauchen, suchen wir Wasser. Jetzt kann uns nichts mehr aufhalten, Syonje.«

Jephron schabte sich durch vier Tunnel und wieder zurück und sammelte ihre alte Beute ein, bis er vom Ausgang des fünften Tunnels die Tür mit den fünf Ringen wiederfand. Vom Minosaurus war in beiden Richtungen nichts zu sehen, dennoch wollten sie so leise und vorsichtig wie möglich vorgehen. Er winkte Syonje in den Tunnel und nahm alle fünf Ringe an sich. Syonje sollte im Tunnel Ausschau halten, während Jephron die fünf Ringe in die Tür einsetzte. »Oder willst du das gerne machen?«, bot er ihr an und hoffte, dass sie nicht darauf bestehen würde, sich selbst in Gefahr bringen zu dürfen.

»Nach dir«, sagte sie nur, weil sie ihm seine Besorgnis ansah.

Jephron betrat den dunkelblauen Gang vor der Tür mit den Ringen. Er lauschte und schaute sich um, auch nach oben. Gab es irgendeine Falle, die sie nicht bedacht hatten? Ein Guillotinenbeil, das von oben herabkam, wenn man die Ringe in der falschen Reihenfolge einsetzte? Möglich war alles, das hatte Bjanjes Tod bewiesen.

Vom Minosaurus war weder etwas zu sehen noch zu hören. Syonje spähte vom Tunnel aus ebenfalls angestrengt in beide Richtungen.

Jephron betrachtete die Ringaussparungen in der massiven, sehr besonderen Tür. Sie unterschieden sich nicht voneinander, genauso wenig wie die Ringe in seinen Händen. Also konnte es keine geforderte Reihenfolge geben. Es sei denn natürlich, irgendwo im Labyrinth war eine Inschrift versteckt, die eine Reihenfolge anzeigte. *Dungeoncrawler* machte einen dermaßen paranoid. *Aber was soll's?*, dachte sich Jephron. Sie hatten den Minosaurus bezwungen, ohne ihn schwer zu verletzen. Selbst wenn sie jetzt noch draufgingen, würden sie unsterblich sein.

Er grinste über die Paradoxie dieses Satzes. *Paradox Lost.*

Dann fügte er den ersten Ring ein. Er nahm einfach irgendeinen und begann links oben.

Der Ring fügte sich gut ein und hielt. Weiter passierte nichts.

Ring zwei, oben in der Mitte. Hielt. Nichts passierte.

Jephron wurde nun schneller, wollte nicht wertvolle Zeit vertrödeln, vielleicht war Madame Minosaurus ja doch schnaufend auf dem Weg hierher, alarmiert durch ein kleines Glöckchen, welches das Einfügen des ersten Ringes in ihrem gemütlichen Nest ausgelöst hatte.

Ringe drei und vier brauchten nur drei Sekunden.

Für den fünften und letzten Ring gönnte Jephron sich eine Extrasekunde.

Eine einzige Sekunde des Innehaltens angesichts der großen Blackbox des Universums, der Tür, hinter der ein Alles oder ein Nichts lauern mochte.

Der letzte Ring. Er fügte ihn ein.

Die Tür begann zu rumpeln. Jephron sprang zwei Schritte zurück bis fast an die jenseitige Wand des Gangs.

Gleichzeitig änderte sich das Licht. Um die Tür herum gingen Leuchtelemente an, badeten den Gang in ein buntes Stroboskop. Es knallte und rauchte. *Feuerwerk?* Jephron vermeinte eine Art Tusch zu hören, ein digital aufgezeichnetes Großorchester.

»Schiff Gottes, was machen die?«, durchfuhr es ihn. *»Die locken sämtliche Monster der Dungeons an mit diesem Krawall!«* Laut rief er: »Komm schnell, Syonje, wir müssen da durch und hoffen, dass die sich hinter uns wieder schließt!«

Syonje kam angelaufen.

Gemeinsam eilten sie durch den Rauch und die Funken, die merkwürdig aufgeblasene Konservenmusik, sogar Konfettisplitter aus Goldfolie, ähnlich dem Zeug, das die ersten Raumfahrer der Menschheitsgeschichte als Hitzeschild benutzt hatten.

Beinahe erwarteten sie, halb nackt, wie sie beide waren, von jubelnden Händen in Empfang genommen zu werden, aber hinter der Tür war niemand. Die Tür jedoch schloss sich tatsächlich, nachdem sie beide die Schwelle übertreten hatten. Es stank nach schwefligem Rauch wie in der Hölle. Der Raum hinter der Tür war lediglich etwa fünf mal fünf Meter groß und enthielt eigentlich nur zwei Dinge: in der Mitte einen goldenen Pokal auf einem Podest sowie an der hinteren Wand eine blinkende, hochmodern aussehende Tür, die an einen Aufzug erinnerte.

»Ich glaube, das war's«, sagte Jephron mit belegter Stimme.

Syonje war überfordert von dem Rauch und der verebbenden Musik, die sie erst jetzt als Titelmelodie der Sendung *Dungeoncrawler* wiedererkannte. Sie war auch fasziniert von dem Goldflitter, der auf Jephrons nacktem, dunkelhäutigem Oberkörper kleben geblieben war.

»Das war's?«, fragte sie.

»Ja. Kein Wassersuchen mehr. Kein Rückweg. Nimm den Pokal. Das dahinten ist ein Lift. Der bringt uns mindestens direkt ins Purgatorium, wenn nicht sogar noch höher.« Sie erinnerten sich an die wenigen früheren Staffeln, in denen der Jackpot geknackt worden war. Mindestens zehn Jahre war das letzte Mal her. Die Sieger hatten keinen mühsamen Rückweg mehr antreten müssen, hatten sich nicht der Gefahr aussetzen müssen, durch einen Bushwhacker der Früchte ihrer Mühen beraubt zu werden. Sie waren direkt nach oben transportiert worden. Ans Licht. Falls es denn draußen jetzt überhaupt Tag war und Licht gab.

Syonje schaute sich nach den Kameras um. Die Wände waren voller Objektive. Oben, unten, aus sämtlichen Richtungen wurden sie gefilmt und übertragen.

»Du nimmst den Pokal«, sagte Syonje.

»Was? Unsinn. Wir sind deinetwegen hier. Oder wegen Bjanje. Es ist Bjanjes Pokal.«

»Dann nehmen wir ihn gemeinsam.«

Sie traten an den Pokal heran. Er war ähnlich mit Gravuren übersät wie Bjanjes Sarg. Der Minosaurus war dargestellt.

Recken mit altertümlichen Waffen. Ein Labyrinth. Das große »D«, das für die Sendung selbst stand.

Sie hoben ihn gemeinsam vom Sockel. Er war schwer, vielleicht aus massivem Gold. Oder gefüllt? Syonje nahm den Deckel ab.

Randvoll mit Juwelen aus den Minen von Aldebaran und Minchir, den besten und wertvollsten des Universums, von Maschinen geschürft unter Bedingungen, unter denen kein Mensch mehr existieren konnte. In allen Farben reflektierten sie das Licht. Da waren auch Opale und Bänderachate darunter, die Jephron an das Weltall selbst erinnerten. Und die Perlen waren wie Sterne, die größeren Steine wie Planeten oder verdichtete Nebel.

Er musste schlucken. Der Wert dieses Pokalinhalts betrug womöglich eine Million Credits oder noch mehr. Seine Schönheit und sein ideeller Wert jedoch waren unschätzbar.

»Eine Handvoll für das Labyrinth und seine Bewohner«, sagte er, griff hinein und träufelte eine Handvoll Edelsteine um sich herum auf den kargen Boden. Syonje nickte und schloss den Deckel wieder. Der Rest gehörte ihnen.

Sie betraten den Aufzug.

Drückten den Knopf.

Fuhren nach ganz oben. So hoch und so schnell, dass ihnen flau im Magen wurde.

Und kamen mitten auf dem großen Platz heraus, auf einem der Podiums, während hunderttausend Menschen aus sämtlichen Richtungen von den Eilmeldungen aufgerüttelt zusammenströmten, um sie zu feiern. Raumschiffe landeten. Andere stiegen auf wie Feuerwerk. Alles passierte in Zeitlupe und Zeitraffer gleichzeitig. Es war mitten in der Nacht, aber fast zwanzig Milliarden Abkömmlinge der alten Erde hatten auf ihren Monitoren die letzten Stunden live verfolgen können, den langen Kampf gegen den Minosaurus und das Überwinden der letzten Tür.

Niemand gab ihnen etwas Anständiges anzuziehen, aber zehnmal mussten sie gemeinsam den Pokal und auch den Bonsai zum Himmel recken und ein Blitzlichtgewitter auslösen, das womöglich auch aus dem All als eine Art Funkenflug zu sehen war.

Die schönste Gratulation formulierte ihnen Violaine in einer Textnachricht:

»Meine aufrichtigen Glückwünsche, liebe Kinder. Vergesst nicht: Ihr seid jetzt Helden in etwas völlig Unwichtigem, in einem Universum, in dem nichts unwichtig ist.«

Sie verstanden gut, was damit gemeint war. Sie verstanden es von Herzen.

Sie erfuhren, dass es ein Zuschauervoting gegeben hatte, während sie in Nachtblau zu agieren begannen: Ob man ihnen Licht und Strom abschalten sollte wie vorher schon in Grün. Aber überwältigende 88 Prozent der beteiligten Zuschauer hatten dafür gestimmt, sie ihren Plan unbehelligt durchführen zu lassen.

Viele Stunden später, die nicht weniger erschöpfend waren als ein *Dungeoncrawl*, kletterten sie in die für zwei Personen eigentlich viel zu enge MAYFIELD und flogen los, ohne ein bestimmtes Ziel vor Augen.

Es gab unendlich viele Ziele, und jedes einzelne von ihnen war ein leuchtendes Juwel.

NACHWORT

Ist hunderttausendfache Lichtgeschwindigkeit denn nicht absolut unmöglich?

Nach unserem heutigen Verständnis der Dinge schon.

Aber die Handlung von DUNGEON PLANET spielt in eintausend Jahren. Ich brauchte also etwas, das uns heute genauso absurd und unverständlich und *unmöglich* vorkommt wie den Menschen des Jahres 1018 Düsenjäger, Science-Fiction-Filme oder Mobiltelefonie mit Internetverbindung.

Also zum Beispiel die hunderttausendfache Lichtgeschwindigkeit.

Oder mit anderen Worten: die Geschwindigkeit der Fantasie.

Will man die Milchstraße mit all ihren Wundern begehbar machen, darf man nicht langsamer sein.

Das Universum, in dem dieses Buch angesiedelt ist, nenne ich das **retrO-tomorroW**-Universum.

Es ist nicht nur eine Hochrechnung heutiger Technik auf tausend Jahre Zukunft, sondern es basiert vor allem auf Vergangenheit, nämlich den klassischen Science-Fiction-Geschichten der 50er- und 60er-Jahre, von Autoren wie Philip K. Dick (der in seiner Novelle »The Variable Man« 1953 den Begriff »Jamison-Hedge-Antrieb« geprägt hat und im selben Jahr die Yucconae erfand, in seiner Kurzgeschichte »Mr. Spaceship«), Ray Bradbury, Robert Heinlein, Isaac Asimov, Fritz Leiber, Alfred Bester, Frederic Brown und Cordwainer Smith (der den Begriff Instrumentality entwickelte, wenngleich nicht als Markenname wie bei mir, sondern als Gesellschaftsform), angereichert mit ein paar Space-Opera-Einsprengseln von Edmond Hamilton (*Captain Futures* Taufname ist Curtis Newton – vielleicht wurde der 1942 geborene Curtis Mayfield nach diesem Weltraumhelden benannt, dessen Abenteuer genau von 1940 bis 1944 erschienen, unmöglich wäre das nicht …), den osteuropäisch-problematisierenden Einflüssen von Stanislaw Lem sowie den unübertroffenen Raumschiffdesigns von Chris Foss aus den 70ern (wer wissen möchte, wie ich mir die MAYFIELD vorstelle: Bildband »21st Century Foss«, Seite 73). Dazu kommt dann noch Osamu Tezukas wunderbar humaner und warmherziger »Astroboy« aus den 50ern und 60ern. Oder die 70er-Jahre-Extravaganz »Captain Harlock« von Leiji Matsumoto mit all ihren moderneren Variationen. Aus der nüchternen Perspektive des 21. Jahrhunderts betrachtet mag das alles *retro* wirken, in meinen Augen ist es aber auch *tomorrow*, weil es letzten Endes bereits zeitlos ist.

Eine Idee dahinter ist, dass diese Science-Fiction-Visionäre unser Bild von der Zukunft geprägt haben und somit ein eigenes Universum erschufen, in dem wir alle uns verhältnismäßig gut auskennen, vielleicht sogar besser als in unserem unüberschaubaren realen.

Eine andere Idee ist, dass nun, da wir bereits miterlebt haben, wie die Aufklapphandys aus »Star Trek« uns dafür noch gar nicht reifen Schimpansen in die Hände gedrückt wurden, sodass wir den ganzen Tag nur noch auf dieses Wunder starren können, möglicherweise auch der Rest der »klassischen« Science-Fiction seiner Realisierung entgegenfiebert. Ich wollte in dieser Hinsicht gar nicht so sehr expandieren und wildwuchernd »Neues« erfinden, sondern eher ordnen und zusammenführen.

Beim Design des unterirdischen Labyrinths habe ich Elemente des Brettspiels »Dungeon« (1975) von David R. Megarry übernommen, das 1978 unter dem Namen »Verlies« auch auf Deutsch erschien und für mich als Teenager meine ersten Erlebnisse in Richtung *Dungeoncrawling* bedeutete – Jahre, bevor es in Deutschland Pen-&-Paper-Rollenspiele gab, und Jahrzehnte vor Computerspielen, die so wie »Tomb Raider« das Betreten attraktiver Katakomben ermöglichten. (Dem Spiel »Verlies« entsprang auch mein allererstes, damals noch in der krakeligen Schreibschrifthand eines Zwölfjährigen verfasstes Fantasy-Kurzgeschichtenfragment.)

Der Name des kurz erwähnten Gallonigher-Systems mag etwas älteren Computerspielern bekannt vorkommen, denn es ist einer der Hauptschauplätze der *Colony Wars*-Trilogie aus der Playstation-One-Ära.

»Ancient Olaf« ist eine Figur aus Alejandro Jodorowskys prächtig buntem Incal-Universum und dient in *Avant l'Incal* (Mitte der 90er-Jahre) unter dem dortigen Weltraumpiratenkapitän Commander Kaimann.

Die Idee mit der fetischisierten Lederkleidung stammt nicht von heutigen Superheldenfilmen, sondern aus Mario Bavas Film »Planet der Vampire« von 1965.

»Paradox Lost«, bei mir der Name einer Bar und heutzutage in erster Linie geläufig als Titel eines »Doctor Who«-Romans, war ursprünglich bereits 1943 der Name einer Kurzgeschichte von Frederic Brown.

Und warum ist meine Hauptfigur ein Nachfahre von Afrikanern?

Weil ich unbedingt dem Afrofuturismus Tribut zollen wollte!

Der Afrofuturismus hat unsere Welt immens bereichert, er offenbarte sich uns Europäern erstmals in der Jazzmusik der 60er- und 70er-Jahre. Man schaue sich Albumcover von Miles Davis, Herbie Hancock oder Sun Ra aus dieser Zeit an und höre ihre musikalischen Ideen, aber auch die »Mothership Connection« von George Clintons Parliafunkadelicmentthang sowie Lee »Scratch« Perry, Afrika Bambaataa, Fela Kuti, Detroits Techno-House und, und, und. Kodwo Eshun hat ein empfehlenswertes Buch über dieses Thema geschrieben, es heißt »More Brilliant Than the Sun: Adventures in Sonic Fiction«. Gerade erst 2017 erschien das Buch »Afro-Futurism 2.0: The Rise of Astro-Blackness« von Reynaldo Anderson und Charles E. Jones. Ebenfalls empfehlenswert: die Kurzgeschichtenanthologie »Mothership: Tales from Afrofuturism and Beyond« von 2013. Musikalisch haben in jüngerer Zeit unter anderem Janelle Monáe, Saul Williams (auf »Volcanic Sunlight«), SBTRKT, Fhloston Paradigm, Flying Lotus (»Cosmogramma«), die weltweiten Afropunk Festivals sowie der Saxofonist Kamasi Washington das Thema fortgeführt, man betrachte allein das Cover von Washingtons 2015 erschienenem Triptychon-Album »The Epic«. Auch die gegenwärtig sehr erfolgreiche Science-Fiction-Schriftstellerin Nnedi Okorafor verdient in dieser reichen Tradition Erwähnung.

Die Spuren der Zukunft müssen nicht erst astrologisch aus den Sternen gedeutet werden, sie sind längst mitten unter uns.

Danken möchte ich an dieser Stelle meinen verdienstvollen und enthusiastischen Mitstreitern, die mit mir gemeinsam bereits seit 2014 das **retrO-tomorroW**-Universum in klapprigen Raumschiffkisten namens SLIPSTREAM und GRASSHOPPER erkunden. In alphabetischer Reihenfolge sind dies der Romanautor, Musiker und Systemadministrator Thorsten Nalazek (der sogar einige **retrO-tomorroW**-Musikstücke komponiert und eingespielt hat, die man unter dem Bandnamen »Moving Coil« auf Soundcloud finden kann), die multipel begabte und hyperkreative Schriftstellerin Jenny-Mai Nuyen sowie mein unverzichtbarer und zuverlässiger Mitstreiter seit nunmehr 37 Jahren: der Softwareentwickler Jörg-Uwe Zuchold.

Möge der Himmel niemals unser Limit sein!

Tobias O. Meißner im Frühjahr 2018